John McNally

Infinity Drake · Jagd in der Verbotenen Stadt

Bisher von **John McNally**
im Loewe Verlag erschienen:

Infinity Drake – Scarlattis Söhne
Infinity Drake – Jagd in der Verbotenen Stadt

John McNally

INFINITY DRAKE

JAGD IN DER VERBOTENEN STADT

Aus dem Englischen übersetzt
von Christian Dreller

Loewe

ISBN 978-3-7855-8079-0
1. Auflage 2016

Die Originalausgabe ist 2015 in Großbritannien
unter dem Titel *Infinity Drake – The Forbidden City*
bei HarperCollins Children's Books,
a division of HarperCollins Publishers Ltd., erschienen.
Aus dem Englischen übersetzt von Christian Dreller

Umschlaggestaltung: Elke Kohlmann
Redaktion: Kerstin Kipker
Printed in Germany

www.loewe-verlag.de
www.infinitydrake.de

Meiner Mutter und meinem Vater
in Liebe gewidmet,
und danke für all die Bücher

AKTEN-NR. GNTRC 9447549 [redacted] - OP/DRAKE -∞

TOPSECRET - VERSCHLUSSSACHE -

ZUGANGSBERECHTIGUNG: GEHEIMHALTUNGSSTUFE ULT9

AKTENINHALT:

SCHILDERUNGEN DER OPERATION VERBOTENE STADT

(.1) BASIEREND AUF DEN INDIVIDUELLEN BEFRAGUNGEN IM RAHMEN DER ABSCHLUSSBRIEFINGS, DURCHGEFÜHRT VON [redacted]; DEM TECHNISCHEN AUFKLÄRUNGS- UND ÜBERWACHUNGSMATERIAL VON [redacted], ERGÄNZT DURCH [redacted], AKTUALISIERT [redacted]

(.2) ZWECKS WIEDERGABE DER ZEUGENAUSSAGEN UND BEFRAGUNG VON [redacted]; DOKUMENTATION SÄMTLICHER OPERATIVER DETAILS, DES VERLAUFS DER ENTSCHEIDUNGSFINDUNGEN; DES VOLLSTÄNDIGEN PSYCHOLOGISCH-EMOTIONALEN KONTEXTS

ZUGANGSBERECHTIGUNG:

PREMIERMINISTER / KABINETTSSEKRETÄR / VERTEIDIGUNGSMINISTER / AUSSENMINISTER / VORSITZENDER DER VEREINTEN GENERALSTABSCHEFS / VORSITZENDER DES GNGK

LEBENSLANGE ZUGANGSBERECHTIGUNG:

A. ALLENBY / ∞ DRAKE.

EINGESCHRÄNKTE EINSICHTBERECHTIGUNG ZU STUDIENZWECKEN:

FÜHRUNGSSTÄBE UND TAKTISCHE KOMMANDOEBENE DER GEHEIMHALTUNGSSTUFE 009.

AKTE UNTERLIEGT HÖCHSTER GEHEIM-HALTUNGSSTUFE - NUR FÜR DEN ARCHIV-VERBLEIB

Darauf sprach der Herr zu Mose:

Sag zu Aaron: Streck deinen Stab aus und schlag damit
auf die Erde in den Staub! In ganz Ägypten sollen daraus
Stechmücken werden. Sie taten es.
Aaron streckte die Hand aus und schlug mit seinem Stab
auf die Erde in den Staub. Da wurden Stechmücken daraus,
die sich auf Mensch und Vieh setzten.
In ganz Ägypten wurden aus dem Staub auf der Erde Stechmücken.

2. Buch Mose, Kap. 8, 12-13

Kohlenstoff wird herrschen.

Mildred Dresselhaus

TEIL 1

1

28. SEPTEMBER 23:58 (WEZ + 1).
Hook Hall, Surrey, Großbritannien

Mitternacht im Herzen Englands. Geisterstunde. Mit schrillem Kreischen stieß eine Eule auf eine Maus herab und zerfetzte ihre Beute. Feucht schimmerte im Mondlicht das Blut an ihrem Schnabel.

Das riesige historische Gebäude von Hook Hall stand leer. Seit dem Tag, als es von der Regierung Ihrer Majestät requiriert worden war, um zum topgeheimen Hauptquartier des Globalen Nichtstaatlichen Gefahrenabwehr-Komitees[1] umfunktioniert zu werden, hatte es niemandem mehr als Zuhause gedient. Nun lag es mitten im Zentrum eines Komplexes moderner Laboratorien und militärischer Einrichtungen, die sich in der Dunkelheit um den ehrwürdigen Bau ausbreiteten wie stumme Höflinge um eine vornehme alte Lady.

---

[1] Alias »G & G«, die 2002 von einer Allianz internationaler Mächte gegründet wurde, um sich gegen außergewöhnliche Bedrohungen für die globale Zivilisation zu wappnen.

Die Stille war jedoch nicht von Dauer. Ein tiefes Brummen durchdrang plötzlich die Finsternis, und am Hauptweg begann das größte der Gebäude zu erglühen.

Im Inneren des kathedralengroßen Baus, der gewaltigen sogenannten Zentralen Feldanalyse-Kammer (ZFAK), wurde die Energie hochgefahren, und ein riesiger Stonehenge-Ring aus einzelnen Teilchenbeschleunigern – jeder so groß wie ein Schiffscontainer – erwachte zum Leben.

»Mein ganz persönliches Stonehenge«, sprach Dr. Al Allenby – das chaotische Erfindergenie, das hinter der Maschinerie steckte – zu sich selbst. »Jeder sollte so ein Stonehenge haben.«

Von den Fenstern eines Labors aus, die einen Blick über die Ringanlage boten, schickte ein sehr kleiner Junge ein inbrünstiges Privatgebet gen Himmel.

Finn (voller Name Infinity Drake) stand kurz vor seinem dreizehnten Geburtstag. Er hatte sandfarbenes Haar, das (wie einst bei seinem Vater) wirr in diverse Richtungen wuchs, und tiefblaue Augen (wie einst seine Mutter). Vor zwei Jahren war er zum Waisen geworden. Er stand auf Videospiele, wissenschaftliche Abgefahrenheiten und tödliche Zeitvertreibe, so wie jeder andere Junge auch. Dank seiner versehentlichen Verstrickung in die Operation Scarlatti[2] im vergangenen Frühjahr war Finn jedoch – anders als jeder andere Junge – nur 9,8 Millimeter groß.

---

[2] Siehe Aktennummer GNTRC 9437549-OP/DRAKE-∞ TOP SECRET: ein Versuch des internationalen Terrorzaren D. A. P. Kaparis, die G&G durch die Freilassung einer apokalyptischen Biowaffe, der Scarlatti-Wespe, und dem drohenden Armageddon zu erpressen, um an die Geheimnisse des sogenannten Boldklub-Projekts zu gelangen.

Unter ohrenbetäubendem elektrostatischem Knistern und Summen begannen weiße Blitze wie Zuckerwattefäden um den Ringkern herumzuwirbeln, als der Kreis aus Beschleunigern einen Zyklon aus purer Energie entfachte. Noch ein letzter Energieschub, und sie würden ein perfektes, subatomares Magnetfeld erzeugen.

Hoch über dem Ring in seine Kommandokapsel eingezwängt, rezitierte Dr. Allenby (allgemein bekannt als Al) den Gedichtauszug, mit dem er sich die entscheidenden Sequenzierungscodes merkte, die er vor aller Welt geheim hielt.

»Aber hinter meinem Rücken vernehm ich stets
Den geflügelten Zeitenwagen sich eilig nahen
Und dort im Jenseits sich vor uns erstrecken
Die Wüsten der unermesslichen Ewigkeit …«

(Um dann im Kopf hinzufügen: »*… wo B Beschleunigung bedeutet und E die Klammern öffnet und wieder schließt, und alle anderen Vokale anheimfallen der Missachtung.*«)

In seinem Hirn ratterten mehrere Berechnungen gleichzeitig, und im Nu tippte er eine Serie von Zahlen in sein Kontrollpult ein …

WHUUUUUUUUMMMM!

Aus dem wirbelnden Lichtgewitter wurde ein konstanter Lichtbogen, der sich gleich darauf mit einem mächtigen Blitz zur »heißen Zone« transformierte – eine pulsierende Kugel aus weißem Licht, in deren Inneren die Abstände zwischen Atomkernen und ihren Elektronen drastisch verringert werden würden, wodurch jegliche Materie, die sich innerhalb der Kugel befand, auf einen Bruchteil ihrer ursprünglichen Größe

schrumpfte: eine als Boldklub-Prozess[3] bezeichnete Meisterleistung der Physik, die nur Al wirklich kapierte.

»OH, YEAH, BABY!«, schrie er – völlig unangemessen angesichts der Umgebung und der Anwesenheit zahlreicher angesehener Wissenschaftler, Soldaten und politischer Funktionsträger.

Sein Boss Commander James Clayton-King, Vorsitzender des Globalen Nichtstaatlichen Gefahrenabwehr-Komitees, gab nur ein resigniertes Seufzen von sich und schloss kurz die Augen.

Um an diesen Punkt zu gelangen, hatten sie Monate länger gebraucht, als Al vorhergesehen hatte, und viele Fehler hatten ihren Weg begleitet. Aber nun endlich, dachte Al, hatten sie es hinbekommen. In wenigen Augenblicken würde er beweisen, dass er in der Lage war, ein lebendes Säugetier zu schrumpfen, um dann den Prozess wieder umzukehren und es erfolgreich in seine ursprüngliche Größe zurückzutransformieren. Lebend. Unzählige Versuche waren an unzähligen Objekten unternommen worden – bis hin zu lebenden Pflanzen.

Womit jetzt nur noch ein Test mit lebenden Säugetieren blieb.

Wofür eine weiße Maus ausgewählt worden war, die man betäubt und rundum mit Überwachungsgeräten gespickt hatte.

Sie hatten sie »Fluffy« getauft.

Der Grund dafür, warum Al so hart Tag und Nacht geschuftet hatte, waren sein Neffe Finn und dessen drei Teamgefährten

---

[3] Benannt nach dem dänischen Fußballklub *Akademisk Boldklub*, für den Nils Bohr, der Vater der Teilchenphysik, längere Zeit spielte.

der Operation Scarlatti, die er nun hoffentlich allesamt wieder in ihre normale Größe zurückverwandeln konnte.

Auf einen Befehl von Al setzte ein Techniker oben in der Kontrollgalerie der ZFAK die Förderanlage in Bewegung, mit denen Objekte der heißen Zone zugeführt wurden. Fluffy glitt auf dem Band voran und tauchte schließlich in das perfekte Lichtgebilde ein.

Fasziniert verfolgte Finn, wie sich die Oberfläche der »heißen Zone« kräuselte und die weiße Maus auf »Nano«-Größe geschrumpft wurde – sprich: auf nur ein Hundertfünfzigstel ihrer ursprünglichen Größe, genauso wie einst Finn. Als Nächstes würde man den Prozess dann umkehren und Fluffy wieder in ihre normale »Makro«-Größe zurückverwandeln. Wenn alles klappte, wären die vier Nanomenschen, einschließlich Finn, als Nächstes an der Reihe.

Gemeinsam verfolgten sie die Show, während die Hoffnungen sich förmlich überschlugen.

»Komm schon, Fluffy«, flüsterte neben Finn Captain Kelly von der SAS-Spezialeinheit, einst ein Zwei-Meter-Schrank aus Muskeln und Narbengewebe, aktuell auf dreizehn Millimeter geschrumpft und so überzeugt, dass das Experiment klappen würde, dass er schon einen Flug nach Schottland gebucht hatte, wo er die nächsten paar Wochen damit verbringen wollte, in Begleitung einer Kiste Whisky zwischen den Western Isles herumzusegeln.

»Hau rein, Fluff!«, stimmte die elf Millimeter große Delta Salazar mit ein – die beste und coolste Pilotin der US Air Force, die wie immer ihre Pilotensonnenbrille trug. Sie hatte ihre Nanokollegen so nahe an sich herangelassen wie kaum jemanden zuvor in ihrem Leben. Doch nun konnte sie es gar nicht mehr abwarten, nach Hause zu fliegen und ihre Schwester Carla wiederzusehen.

Sogar ihr Zehn-Millimeter-Ingenieur Stubbs, steinalt und mit Hang zu Schwarzseherei und Trübsalblasen, hatte sich bereits ein Ei gekocht, für den Fall, dass alles gut ging (ein zünftiges Partyessen hätte nur seinen Magen durcheinandergebracht).

»Polarität umkehren!«, schrie Al.

Finns Herz schlug wie eine Trommel. Er konnte es gar nicht erwarten, endlich wieder groß zu sein, eine Tür zu öffnen, seinen dämlichen Hund Jo-Jo zu drücken, mit seinem besten Freund Hudson herumzukicken und …

Plötzlich wurde alles violett vor seinen Augen, als eine gigantische, noch beachtlich fitte Lady von vierundsechzig Jahren in farblich harmonierender Oberbekleidung und Hose ihm den Blick auf das Geschehen versperrte.

»Möchte jemand noch ein paar Kekse?«

»OMA! WEG DA!«, kreischte Finn.

Niemand im Universum besaß eine verblüffendere Fähigkeit zu stören als Violet Allenby – Finns Oma und Als Mutter. Wie ein Magnet wurde sie von jedwedem Fernseher angezogen, um dann dort vor dem Bild zu staubsaugen, und immer fragte sie viel zu laut, wer das denn gerade nun am Telefon wäre.

»Ach, bin ich im Weg?«, fragte sie, während sie wie ein Koloss über ihnen aufragte.

»JAAAHAAA!« Finn zeterte, bis sie weiterzog, um dem Technikpersonal noch mehr Kekse anzubieten – was ihre Art war, sich von jeglichem Gedanken daran, was möglicherweise schiefgehen konnte, abzulenken.

In dem Moment, als Al die Energiezufuhr zur »heißen Zone«

kappte, kam das Henge wieder zum Vorschein, und der rotierende Zyklon verflüchtigte sich vor aller Augen in einem Feuerwerk aus Millionen Lichtblitzen.

Während das Gleißen verblasste, wurde im Zentrum des Henge Fluffy samt dem Gewirr an Überwachungsgeräten wieder sichtbar … in voller Größe.

Jubelrufe von den Technikern. Begleitet von donnerndem Applaus.

»Ja!«, schrie Finn.

Delta nahm ihn vor Begeisterung in den Schwitzkasten.

Kelly fing an, hopsend auf der Stelle herumzutanzen, bevor er sich Stubbs schnappte und ebenfalls in den Schwitzkasten nahm.

Unten in der ZFAK klappte Al die Plexiglaskuppel seiner Kommandokapsel auf und flitzte die Leiter hinunter.

Piiieeeeeeeeeeeeeeeeep … ertönte ein Alarm.

Al rannte in die Mitte des Henge.

Piiieeeeeeeeeeeeeeeeep …

Fluffy war sehr ruhig.

Piiieeeeeeeeeeeeeeeeep …

Al untersuchte sie.

Piiieeeeeeeeeeeeeeeeep …

Als Finn sah, wie sich die Schultern seines Onkels senkten, wusste er es gleich.

Piiieeeeeeeeeeeeeeeeep …

Fluffy war tot.

2

29. SEPTEMBER 07:04 (Ortszeit WEZ + 8).
Song Island, Taiwan (umstritten)

Über dem Südchinesischen Meer brach die Morgendämmerung an.

Song Island lag etwa 150 Meilen südwestlich von Taiwan, 150 Meilen südöstlich von Hongkong und war Teil einer vergessenen Inselgruppe – unbewohnt, unberührt, unbehelligt, sah man von dem gelegentlichen Besuch eines durchgeknallten Nationalisten oder einer vorbeifahrenden Marinepatrouille ab. Drei Staaten erhoben Anspruch auf die Insel; und seit 1948 war das umstrittene Territorium Gegenstand eines Prozesses der Vereinten Nationen, wenngleich die Song-Island-Akte ganz unten im Stapel lag – halb vergessen von der diplomatischen Gemeinschaft, die Besseres zu tun hatte. Schließlich handelte es sich um nichts anderes als einen karstigen Zuckerhut aus Kalkstein – einen riesigen Felskegel, der sich wie ein wunder Daumen aus den tiefsten Tiefen der azurblauen See emporstreckte, ausgedörrt von der Glut der Sonne, von Taifunen gepeitscht und fast ohne eine Spur von Leben. Freilich, es gab ein paar nistende Seevögel auf der felsigen Oberfläche und kümmerliche Flecken von Vegetation, aber zum überwiegenden Teil handelte es sich einfach nur um eine 200-Meter-Säule aus nacktem, ödem Fels …

… doch im Inneren?

Kaparis gewöhnte sich gerade ein. Es gab nichts, was dem Gefühl gleichkam, in ein neues Hauptquartier umzuziehen: Immer hatten sie diesen unwiderstehlichen »Neuen-topgeheimen-Operationszentralen«-Geruch. Und selbst Kaparis musste zugeben, dass dieser Ort etwas ganz Besonderes war. Die Schöpfung seines exzentrischen Leibarchitekten Thömson-Lavoisiér konnte sich eines zwei Kilometer langen Systems aus in den Meeresboden hineingebauten Tunneln, Bunkern und Laboratorien rühmen, einer tauchfähigen Waffenplattform, eines Unterwasserfluchtfahrzeugs und – die Crème de la Crème – einer persönlichen Liege- und Befehlskammer für Kaparis und seine eiserne Lunge, in der er sein Leben verbrachte, seit er 2001 infolge eines medizinischen »Unfalls« völlig gelähmt war.

Die Kammer war direkt in den Zuckerhut gebaut worden und beherbergte nicht nur die »übliche« gewölbte Batterie aus Panoramabildschirmen sowie die um den Kopf angebrachte Multiopticon-Kugelapparatur (die ihm ein Blickfeld von 360 Grad und die Kontrolle sämtlicher Schirme via Blickerfassungssystem ermöglichte), sondern darüber hinaus auch ein Fenster. Nicht weiter bemerkenswert, bis man sich darüber bewusst wurde, dass sich die gesamte Kammer wie ein Fahrstuhl innerhalb des Felskegels hoch- und runterfahren ließ. In der einen Minute konnte Kaparis einen eindrucksvollen Blick über das Südchinesische Meer und die umgebenen Inseln genießen und schon in der nächsten bis sechs Meter unter die Meeresoberfläche hinabfahren, um die einheimischen Haie zu betrachten.

Alles in allem war er entzückt. Seine Augen huschten über die Oberfläche des Opticons, als er seinen Butler bemerkte.

»Heywood?«

»Ja, Meister?« Heywood, ein großer Mann von tadelloser Erscheinung, trat vor.

»Was halten Sie von etwas Einheimischem zum Dinner?«

»Natürlich, Meister.«

Heywood drückte auf eine Taste. Auf der Suche nach einer stimmungsvollen Musik ließ Kaparis die Augen über die Bildschirmbatterie schweifen und rief schließlich eine Aufführung des Mikado *von Gilbert und Sullivan auf.*

Die Haie zogen ihre Kreise.

Auf dem Meeresboden glitt ein Tor auf, und ein Beamter der taiwanesischen Küstenwache wurde hinausgestoßen (er hatte versucht, seinen Vorgesetzten zu melden, die sich nach Zahlung eines ordentlichen Sümmchen Bestechungsgeldes bereit erklärt hatten, der Insel fernzubleiben). Verzweifelt begann er zur Oberfläche zu schwimmen.

Die Haie entblößten ihre Zähne … um dann ihr Entzücken auf die einzige Weise zum Ausdruck zu bringen, die sie kannten. Und der Chor sang:

»Nun siehe, der Oberste Lord Henker
Eine Person von noblem Rang und Titel
Ein ehrenwerter und mächtiger Beamter
Mit Aufgaben von besonderer Wichtigkeit!
Verbeugt Euch! Verbeugt Euch!
Vor dem noblen Lord, vor dem noblen Lord
Vor dem Obersten Lord Henker!«

Üppige Blutschleier drifteten durchs Wasser, und das, was von dem Küstenwachenbeamten noch übrig war, sank auf den Meeresboden hinab.

Kaparis ließ seine Kammer wieder aufsteigen und überprüfte dann via Video-Lifefeed die Fortschritte seines Agenten in Shanghai. Alles stand kurz vor dem Abschluss, das Vector-Programm unmittelbar vor der Vollendung. Er konnte sich schon die Last vorstellen, die ihm von den Schultern fiel. Die langen Monate des Ringens, die langen Monate der Anstrengungen und vorzüglichen Leistungen in seinen Geheimfabriken unter der nigrischen Wüste … sie hatten nun in der Produktion von zweiundfünfzig Robotern gemündet. Den verteufelt hoch entwickeltsten Robotern, die jemals erdacht und entworfen worden waren.

Endlich war Kaparis wieder auf dem Weg der Genesung und gewann Abstand zu seinen Erinnerungen an Infinity Drake und all den Schaden, den er während der Scarlatti-Episode hatte anrichten können.

Endlich würde er die Menschheit beherrschen, die Welt unterwerfen …

Alles, was ihm noch zu tun blieb, war, die Früchte seines Genies zu genießen. Als die Kammer die Wasseroberfläche durchbrach, flutete das Sonnenlicht herein, und einen Moment lang fühlte Kaparis sich wieder frei – so frei wie die Seetölpel und Seeschwalben, die nun um den Felsen kreisten. In diesem Augenblick vergaß er sich, und ein Gedanke perlte an die Oberfläche seines Geistes: Ich … bin … glücklich …

Piiieeeeeeeeeeeeeeeep …

Ein Alarm ertönte.

Die Blase zerplatzte.

29. SEPTEMBER 07:22 (ORTSZEIT WEZ + 8).
Kung Fu Noodles, Stand 22,
Schnellrestauranthalle D, Sektor 9,
Verbotene Stadt: 23. Industrielle
Entwicklungszone Shanghai, China

Die Schnellrestauranthalle war gewaltig. Hinter Dutzenden von Theken standen Angestellte mit lächerlichen Papierhütchen auf dem Kopf und bedienten Hunderte von Kunden, überwiegend Nachtarbeiter, die gerade von der Schicht kamen. Die Luft war heiß und von Essensdunst geschwängert.

Baptiste entdeckte den Zivilpolizisten in dem Moment, als dieser die Halle betrat: ein gepflegter, seriöser Typ, der beiläufig die Handvoll westlicher Besucher abcheckte, die sich in der Halle aufhielt. Einschließlich Baptiste. Der Polizist ließ kurz den Blick auf den Schirm eines Palmtops sinken, bevor er auch schon durch den Sitzbereich auf ihn zumarschiert kam.

Als er sich näherte, tippte Baptiste auf das Display seines Smartphones und initiierte eine Notverbindung. Instinktiv tastete seine freie Hand nach dem Füllfederhalter, der im Frontfach seiner Umhängetasche steckte.

Der Polizist zückte seinen Dienstausweis und sagte etwas auf Mandarin zu ihm.

Fast zeitgleich übertrug Song Island die Übersetzung direkt auf ein winziges Audiogerät, das hinter Baptistes Ohr implantiert war. »*Er fragt nach deinem Namen.*«

»Jaan Baptiste.«

Baptiste. Anfangs war es nur ein Spitzname gewesen. An den Wänden von Kaparis' Akademie – eine Schule für Tyros, die sich in einem verlassenen Kloster hoch oben in den Karpaten befand – waren viele religiöse Szenen erhalten geblieben, darunter auch eine Ikone von Johannes dem Täufer. Mit seinem schmierig-fettigem Haar, das ihm bis auf die Schultern fiel, und seinem seidenweichen Teenagerbart glich »Baptiste« dem toten Heiligen fast bis aufs Haar.

Die Tyros, sämtlich zwischen zwölf und siebzehn Jahre alt, stellten Kaparis' Fußvolk dar, das er heimlich in den Waisen- und Armenkrankenhäusern der Welt ausgewählt und in die Karpaten gebracht hatte, um sie dort zu trainieren und einer NRP[4]-Behandlung zu unterziehen.

»Reisepass?«, fragte der Polizist, nunmehr auf Englisch.

»Im Hotel.« Während Baptiste in bulgarischem Akzent antwortete, ging er im Kopf bereits die sechs Arten durch, mit denen er den Polizisten mit bloßen Händen umbringen konnte.

»Hotelname?«

»Tiger Star.«

»Das ist gerade vom Polizeihauptquartier Shanghai reingekommen ...«, hörte Kaparis Li Jun berichten.

Von ihrer Monitorbank am Rand seiner Befehlskammer aus postete Li Jun Kaparis das Bild von Baptiste auf den Schirm, das der Polizist soeben an sein Hauptquartier geschickt hatte. Die bescheidene junge Tyro hatte es zu Kaparis' Cheftechnikerin gebracht.

[4] Neuro-Retinale Programmierung, auch kurz NRP genannt: ein beschleunigter Lern- und verhaltenssteuernder Prozess, bei dem eine direkt durch das Auge eingeführte Sonde mit dem Sehnerv verbunden wird, um Informationen (spezielles Wissen, emotionale Assoziationen, Ideologien usw.) direkt in die Großhirnrinde und somit das Unterbewusstsein zu leiten.

Kaparis schäumte vor Wut.

»Glücklich ...« Sein kurzer Moment der Gefühlsduselei war bestraft worden. Vom Schicksal. Die folgenden Geschehnisse würden den Ausgang des gesamten Projektes entscheiden.

Was tun?

Es bestand eine Fifty-fifty-Chance, dass Baptiste als sein Agent enttarnt werden würde. Die Hälfte aller Geheimdienste auf der Welt hielt nach den Tyros und ihren verräterischen Irisvernarbungen Ausschau. Baptistes Tarnung könnte auffliegen. Doch wenn sie die Operation Vector nun abbrachen und wieder von vorn anfingen, würden Monate, ja sogar Jahre sorgsamer Planung und Vorbereitung umsonst gewesen sein.

Wie nah sie dran waren? So nah wie noch nie zuvor. Einundfünfzig der zweiundfünfzig Bots waren bereits in Position gebracht. Der letzte – derjenige, der voller ausführbarer Programmdateien[5] *steckte – stand kurz davor, aktiviert zu werden. Das Hirn der ganzen Operation. Das Ass.*

Was tun?

Jeder ist seines Glückes Schmied, so sagte man. Aber so wie Kaparis es sah, was es mit dem Schicksal etwas anderes. Das Schicksal musste man überfallen, einschüchtern und bezwingen. Kaparis rühmte sich, dessen Meister zu sein. Einer der sehr wenigen. Einem Gott auf dem Olymp gleich.

Ein köstlicher Schauder durchfuhr ihn.

»Spiel das Ass aus.«

---

[5] Ausführbare Dateien in der elektronischen Datenverarbeitung enthalten einen eigenständig agierenden Programmcode statt einfach nur Datensätze. Es ist der Teil, der dem System sagt: »Tu dies!, Tu das!« und »Hör auf, dich zu beschweren.«

»Haben Sie dieses Restaurant schon zuvor besucht?«, fragte der Polizist.

»Nicht dass ich wüsste«, antwortete Baptiste.

Der Polizist rief das körnige Bild einer Überwachungskamera auf den Schirm seines Palmtops, das Baptiste vor der Theke von Kung Fu Noodles zeigte.

»Das sind Sie letzte Woche. Und im letzten Monat insgesamt sechs Mal. Kommen Sie mit«, sagte der Polizist und führte ihn aus der Schnellrestauranthalle hinaus, um ihn anschließend auf den Rücksitz eines zivilen Streifenwagens zu verfrachten. Instinktiv langte Baptiste in seine Umhängetasche. Er war noch nicht verhaftet. Der Polizist stieg vorne ein und griff zum Funkgerät, um auf seine Befehle zu warten.

Aber Baptiste erhielt seine zuerst.

»Setz ihn frei. Vollende Vector, um jeden Preis.«

Baptiste entspannte sich. Die Zeit des Handelns war gekommen. Er holte einen luxuriösen Mont-Blanc-Füller aus der Tasche und zog die Kappe ab, als wollte er sich eine Notiz machen.

Der Alpha-Execute-Bot erwachte.

XE.CUTE.BOT52: ONLINE

Ein Befehl traf von Kaparis' Kommandozentrale auf Song Island ein.

KAPARISCOMM>>XE.CUTE: TERMINIERE LEBENSFORM
KOORDINATEN: 4578377/46294769

XE.CUTE.BOT52: KILL

Der Polizist beendete seine Funknachricht und wandte den Kopf zu Baptiste um. Aber das erste Wort hatte es noch nicht über seine Lippen geschafft, als …

Ttsss.

Fast geräuschlos drang er in sein Hirn ein.

Ohne mehr als eine mikroskopisch kleine Eintrittswunde an der Schläfe zu hinterlassen.

Das Gesicht des Polizisten verzerrte sich … und erstarrte.

3

29. SEPTEMBER 10:14 (WEZ + 1).
Hook Hall, Surrey, Großbritannien

Der Morgen danach war 150-mal enttäuschender als sämtliche Morgen zuvor, die sie in Nanogröße verbracht hatten.

Finn, Delta, Kelly und Stubbs saßen stumm an einem winzigen Tisch, der extra für sie angefertigt worden war, und taten eine ziemliche lange Weile nichts anderes, als Löcher in die Luft zu starren.

Scarlattis Söhne, wie sie sich selbst gerne nannten (obwohl eine Tochter unter ihnen war), lebten in einem »Apartment-Block«, den man aus Pflanzenfaser-Anzuchtschalen zusammengebaut hatte: Tabletts aus jeweils vierzig Viereckzellen. Das Ganze wiederum steckte in einem zwei Quadratmeter großen Glaswürfel (einer ausrangierten Isoliereinheit aus der Abteilung zur Bekämpfung von Biogefahren), um sie vor Insekten und anderen Bedrohungen in Labor 1 zu schützen. Das Ganze firmierte unter der Bezeichnung Nanokomplex. Zuerst hatten sie nur eine Woche lang dort bleiben sollen. Dann war von zwölf Tagen die Rede gewesen. Schließlich von drei Wochen, höchstens.

Nun waren schon fünf Monate vergangen.

Doch einen Vorteil hatte die Sache: Je länger sie auf das warteten, was sie sich am meisten wünschten, desto mehr bekamen sie von allem anderen. Sie konnten ihre Biosphäre verlassen und betreten, wie es ihnen gefiel (solange sie ausgeklügelte Sicherheitsprozeduren befolgten), und in der neuen Beschleuniger-Anordnung ließ sich alles schrumpfen, was das Herz begehrte. Sie erfreuten sich an den feinsten Speisen, erlesenen Konsumgütern und erstklassigen Freizeitaktivitäten. Finn hatte seinen eigenen Privatzoo mit seinen Lieblingsinsekten, ein Labor und einen Skatepark; und in einem Gefrierschrank in Labor 2 hatte man sogar einen Skihang angelegt. Das Nonplusultra jedoch waren eine von Plexiglas überdachte Straße und ein Modellbahnschienennetz, das es ihnen erlaubte, sich sicher über die gesamte Anlage fortzubewegen. Außerdem hatte Finn noch einen roten Mini zum Herumfahren geschenkt bekommen, den er heiß und innig liebte (auch wenn die Geschwindigkeit auf Omas Anweisung hin gedrosselt worden war).

Aber jetzt im Moment wollte das alles nichts helfen.

Diverse Leute hatten bereits angerufen, um ihnen Mut zu machen: Oma, Commander King und – über Videoverbindung – der Premierminister. Sogar Hudson hatten sie geschickt. Es gab nicht viele Kids, die in der Lage gewesen wären, den von Natur aus coolen »Jeans-und-Kapuzen«-Look zu vermasseln, aber mit seinen langen Haaren, den dicken Brillengläsern und der Art, wie er immer unbehaglich aus der Wäsche guckte, gehörte Hudson eindeutig dazu. Er war in das Boldklub-Geheimnis eingeweiht, weil er auf dem Höhepunkt der Ereignisse mit in die Operation Scarlatti hineingezogen worden war und sich dabei als Held erwiesen hatte, wenn auch als ein ziemlich schräger.

»Was für ein Reinfall … voll für die Tonne die Aktion, was? Ich wette, ihr habt euch schon so drauf gefreut, wieder groß zu sein, stimmt's?«, sagte Hudson, als er ankam und sich im Nano-Apartement-Block umschaute.

»Hmmm«, brummte Kelly und sah sich nach einer Waffe um, um ihn zu erschießen.

»Das muss ganz schön an euch nagen …«, brachte Hudson seine Vermutung laut zum Ausdruck.

Was für Delta der Zeitpunkt war, ihn höflich zu bitten, sie allein zu lassen, »um das Ganze erst mal zu verdauen«.

»Wenigstens hat er nicht angeboten, eines seiner Gedichte für uns zu schreiben[6]«, sagte Finn, als das Nano-Team wieder alleine war.

Stubbs gab ein gereiztes Grunzen von sich. »Wir bewegen uns hier am äußersten Rand des menschlichen Begriffsvermögens. Wir könnten noch Jahre hier festsitzen, ach was, Jahre … Jahrz…«

»Was weißt du schon, du alter Knacker!«, unterbrach Delta ihn.

»Ziemlich viel, eigentlich«, sagte Stubbs abwehrend.

Zweifel begann sich wie ein großer schwarzer Aal in Finns Magengrube zu regen.

---

[6] Hudson hatte den Anti-Mobbing-Gedichtpreis des Hertfordshire-Schulbezirks gewonnen, und zwar für: »Oh, Trauerweide: So gebeugt, und dennoch steht sie.«

Sei du selbst. Vertrau dir selbst. Mach einfach weiter. So hatten die drei großen Lebensregeln seiner Mutter gelautet. Aber wie konnte man *man selbst* sein, wenn man in einem Körper steckte, der die falsche Größe hatte? Was brachte das *Vertrau dir selbst*, wenn man ganz und gar von anderen Menschen abhing? Und wie konnte man *einfach weitermachen*, wenn man so offensichtlich im Schlamassel steckte? Als er sich über all dies bei Christabel beklagt hatte – ihre Gemeindepastorin, die seit der Beerdigung seiner Mutter zu einer guten Freundin geworden war –, hatte sie geantwortet: »Halte dich an sie. So wie dir deine Mom drei Lektionen hinterlassen hat, schau, was für Lektionen du aus dem ziehen kannst, was du gerade durchmachst.«

Doch alles, was er bisher gelernt hatte, war: *Je mehr du etwas willst, desto weiter entfernt es sich von dir.*

»Ich vermute, dass du schon bessere Geburtstage erlebt hast, Finn«, sagte Stubbs und sah dabei mehr denn je wie eine deprimierte Schildkröte aus.

Kelly gab ein hohles Lachen von sich und verpasste dem alten Mann für seine Miesepeterei einen Klaps auf den Rücken. Stubbs konnte so gut wie alles reparieren. Aber wenn er es mit menschlichen Gefühlen zu tun bekam, stand er so ziemlich auf dem Schlauch.

»Danke … aber der ist erst morgen«, sagte Finn.

»Hey, ein Geburtstag ist immer noch ein Geburtstag. Was möchtest du machen?«, fragte Delta, bestrebt, die Stimmung aufzuhellen. Normalerweise war sie anderen gegenüber auf Abstand bedacht, aber ihre jüngere Schwester Carla war im gleichen Alter wie Finn, wodurch er für sie de facto zu so etwas wie einem jüngeren Bruder geworden war.

Finn zuckte die Achseln. Was gab's mit neun Millimetern schon großartig zu feiern? Nicht einmal die Schule durfte er deswegen sausen lassen. Stattdessen nahm er aus der Ferne per Skype am Unterricht teil, wobei Hudson ihn brav per Laptop mit herumtrug (und eine hoch ansteckende Hautkrankheit als offizielle Begründung für Finns Abwesenheit herhalten musste). Es war Oma, die auf dieses Arrangement bestanden hatte. »Damit er wie jeder andere Junge ein normales Leben führen kann«, hatte sie gesagt, woraufhin Finns Antwort gelautet hatte: »WIE UM ALLES IN DER WELT KANN MAN MEIN LEBEN FÜR NORMAL HALTEN! ICH BIN NEUN MILLIMETER GROSS!«

Und richtig gemein fand er, dass die anderen an einem neuen militärischen Forschungsprojekt arbeiten durften, während er die Schulbank drückte. Es wurde als das »nCraft« bezeichnet, und Finn durfte eigentlich nichts davon wissen.

Bei einer Körpergröße von nur einem Zentimeter bestand ein großes Problem darin, dass man viel Zeit verplemperte, um sogar nur moderate Entfernungen zurückzulegen. Also gab es das Bestreben, ein neues Gefährt zu entwickeln, das sich den vollen Vorteil der auf Nanogröße extrem verbesserten Kraft-Masse-Relation zunutze machte. Al missbilligte eigentlich *jegliche* militärische Anwendung seiner Technologie, aber Stubbs und die anderen bastelten trotzdem aus reiner Langeweile mit daran herum.

Dass Finn sauer war und frustriert, konnten sie jedoch verstehen.

»Schmoll nicht, du wirst schon darüber hinwegkommen. Man kann über alles hinwegkommen«, sagte Kelly.

»Weißt du eigentlich, wie viele Autos ich geklaut hab, als ich dreizehn war? Ich hab die Hälfte meiner Teenagerzeit im Jugendknast verbracht – und schau mich jetzt an!«, warf er sich in die Brust und spreizte stolz seine gewaltigen, von zahlreichen Kämpfen vernarbten Arme, als wäre er ein braver Musterbürger.

»Das sag ich Carla auch immer«, haute Delta in die gleiche Kerbe. »Zwischen dreizehn und siebzehn muss man ganz schön leiden, aber dann – das kannst du mir glauben! – wird das Leben viel viel besser.«

»Oh, toll«, mokierte sich Finn.

»So was sagen die Leute immer zu Teenagern«, sagte Stubbs. »Aber so wie ich mich erinnere, kommst du nie so richtig über die Traumata deiner Teenagerzeit hinweg. Das Schikaniertwerden … der Liebeskummer … die Einsamkeit …«

»Neun Millimeter groß zu sein …«, fügte Finn hinzu.

»Hey! Wenn ich eine Kindheit in einem Philadelphia-Waisenhaus überstanden habe, kannst du auch das hier überstehen. Du brauchst nur ein wenig Hilfe und Unterstützung, stimmt's?«, sagte Delta und blickte zu Kelly und Stubbs.

»Da hat sie recht«, sagte Kelly, um dann großzügig hinzuzufügen: »Und wenn dir mal danach ist, dass ein wenig Schwung in die Bude kommt, sag einfach Bescheid! Von uns findet sich immer jemand, der dich an die Schienenstränge fesselt oder auf dich schießt …«

»Ich könnte dich von einem Flugzeug abwerfen«, schlug Delta vor.

»Oder wir verbannen ihn. Als Akt mentaler Grausamkeit«, ließ auch Stubbs sich nicht lumpen.

»Das würdet ihr wirklich für mich tun? Danke, Leute«, sagte Finn und musste schließlich lächeln.

Sein nPhone[7] gab einen Laut von sich.

Er öffnete den Rucksack und blickte aufs Display.

Biste da? Skypen?

»Was ist los? Du siehst aus wie eine Leiche auf Urlaub.«

Argwöhnisch starrte ihm wenige Minuten später das Mädchen durch die Kameralinse entgegen, das tagtäglich mit ihren dunklen Haaren, den strahlenden Augen und geistreichen Witzeleien seinen Skype-Schirm ausfüllte.

»Was los ist? Nichts ist los«, antwortete Finn und fragte sich, wie Carlas emotionales Radar über so eine enorme Entfernung nur funktionieren konnte.

Im Hintergrund war normalerweise immer ihr Zimmer zu Hause in den Staaten zu sehen. Doch jetzt blickte er in ein Hotelzimmer, das sich in Kunning, China, befand, wo sie mit dem Pennsylvania Jugendorchester auf Tournee war. Hinter ihr auf dem Bett lagen ihr Gepäck und ein Cellokasten.

Was sie von China aus sah, war eine nachgebildete Kasernenstube, die extra innerhalb des Nanokomplexes errichtet worden war. Carla war im Glauben, dass Delta auf einem Luftwaffenstützpunkt in England festhing, um dort an einem ge-

[7] Die Schrumpfung von Materie lässt das elektromagnetische Spektrum auf eine Weise kollabieren, sodass Nanofunkübertragungen nicht von Makrofunkempfängern aufgenommen werden können und umgekehrt. Bei einem nPhone handelt es sich um ein winziges, in einem Rucksack untergebrachtes Makrotelefon, das mit einer Kleintastatur ausgestattet ist, mittels der sich SMS-Nachrichten über das reguläre Telefonnetz verschicken lassen. Darüber hinaus erlaubt es eine permanente Standortverfolgung.

heimen Projekt zu arbeiten – und dass Finn nur ein Kind war, das dort auf dem Stützpunkt zusammen mit seinem Onkel lebte. Als Delta sie einander vorgestellt hatte, hatten sie sich auf Anhieb verstanden, obwohl sie nicht so sehr Seelenverwandte waren als vielmehr Gegensätze, die sich anzogen. Carla wusste alles, was Finn nicht wusste (und auch gar nicht wissen wollte), vor allem über Kunst sowie das Leben im Allgemeinen; und Finn wiederum wusste alles über Natur und Naturwissenschaften, wovon sie keine Ahnung hatte.

Was Carla jedoch ebenfalls nicht wusste, war, dass jeder, den sie über die Kamera sah, nur etwa einen Zentimeter groß war.

»Da stimmt doch hundertpro was nicht.«

»Ich hab ein Haustier verloren«, griff Finn zu einer Notlüge.

»Ein Haustier? Ihr dürft Haustiere auf einem Luftwaffenstützpunkt halten?« Sie klang eindeutig skeptisch.

»Nur ’ne Maus.«

»Eine *Maus*? Wie hieß sie denn?«

»Fluffy. Spielt keine Rolle.«

»Natürlich spielt es eine Rolle. Mir ist mal ein Hamster gestorben. Mir ist fast das Herz gebrochen. Weiß Delta davon?«

»Klar. Woraufhin sie zu mir gesagt hat, dass das Leben trotzdem viel schöner ist, als man denkt.«

»Wie überaus gönnerhaft! Die denken, dass wir einfach nur Kinder sind! Die haben keine Ahnung, wie das *Leben* für uns ist«, lamentierte Carla herum, die es stets ausgiebig genoss, sich von ihrer Schwester und Erwachsenen im Allgemeinen anwidern zu lassen.

»Was ist passiert? War es Altersschwäche?«, fragte sie mit sanfter Stimme.

»Nee, mein Onkel hat sie umgebracht«, erwiderte Finn. »Es

war schon spät, sie haben sich was hinter die Binde gekippt, und dann ging eine Keilerei los …«

Sie musste gegen ihren Willen lachen.

»Oh, HAHA … du gehst deinen Gefühlen aus dem Weg!«

Irgendjemand rief etwas aus dem Hintergrund. »Carla, wir müssen los!«

»Okay!«, rief sie zurück und wandte sich Finn dann wieder lächelnd zu.

»So, das war's. Wir fahren zum Flughafen. Du hättest sehen sollen, woran wir hier neulich vorbeigefahren sind – hier gibt's doch tatsächlich eine *Zwergenwelt*! Ein Vergnügungspark voll mit kleinen Leuten zum Begaffen. Kannst du dir so was Grausames vorstellen?«

»Ehrlich gesagt nicht«, erwiderte Finn ohne eine Spur von Ironie in der Stimme.

Finn wünschte sich, er könnte mit ihr gehen … wünschte sich, er könnte überallhin gehen und mit wem er wollte.

Carla schnappte sich ihre Sachen und wollte gerade den Bildschirm zuklappen, als sie plötzlich innehielt und gestand: »Weißt du, irgendwie hab ich häufig das Gefühl, als wäret ihr beide auch in so einer Art Vergnügungspark eingesperrt … ist das nicht so was von superschräg?«

»Haha! Wieso das denn?«, erwiderte Finn, um Zeit zu schinden.

»Ich weiß auch nicht, all die verrückten Geschichten und so. Außerdem habe ich dich niemals außerhalb dieser Kasernenstube gesehen …«

»Na ja, ist ja auch ein *Geheim*stützpunkt«, sagte Finn.

»Eben. Immer diese große Geheimniskrämerei bei euch beiden!«

»Carla!«, rief die Stimme aus dem Hintergrund erneut, und sie winkte ihm zum Abschied zu.

Puh, dachte Finn.

Als Finn die Kasernenstubenkulisse verließ und wieder ihre Nano-Unterkunft betrat, verstummten Delta, Kelly und Stubbs urplötzlich. Er hasste es, wenn Erwachsene das taten.

»Was?«, sagte Finn. »Worüber habt ihr euch unterhalten?«

»Ach, nichts«, antwortete Delta.

»Lügnerin«, sagte Finn.

»Wir haben uns darüber unterhalten«, sagte Kelly, »dass wir als Team zusammenhalten müssen. Alles braucht seine Zeit.«

»Ich weiß«, meinte Finn. Zumindest was das anbelangte, konnte er sicher sein.

»Dein Onkel wird irgendwann die Antwort finden«, brachte Stubbs fast widerstrebend vor.

»Ist auch besser für euch, wenn ihr dran glaubt!«, ertönte auf einmal eine dröhnende Stimme, während sich ein Schatten über sie senkte, als wäre irgendwo über ihnen plötzlich eine große Wolke aufgezogen.

Die vier winzigen Gestalten blickten zum Riesen empor und beteten um gute Nachrichten.

»Ich hab die Antwort einfach noch nicht«, machte Al unter einem Chor von Seufzern die Sache kurz. »Wer hat jetzt Lust auf einen zünftigen Sonntagsbraten?«

Da er sowieso nichts Besseres vorhatte, willigte Finn ein, den Sonntag zusammen mit Al bei Oma zu verbringen. Schon wenig später rasten sie in Als unvergleichlichem De-Tomaso-

Mangusta-Sportwagen[8] über die Landstraßen zwischen Hook Hall und dem Dörfchen Langmere dahin und freuten sich darüber, wie der Wagen das Herbstlaub auf dem Asphalt aufwirbelte und den Mercedes des Geheimdienst-Begleitteams locker hinter sich ließ.

Finn saß in einem Nanokabuff (oder »nKab, wie Al die Dinger gerne nannte), das an Als Brusttasche festgeklemmt war.

Für die Nano-Crew hatte nicht nur eine Möglichkeit gefunden werden müssen, untergebracht und gehört zu werden, sondern von Zeit zu Zeit auch den Laborkomplex zu verlassen, und nKabs waren die Antwort darauf. Dieses ganz besondere nKab war wieder einmal eine von diesen exzentrischen Lösungen, wie sie für Al so typisch waren, sprich: ein altmodischer Sony-Kassetten-Walkman von annähernd Taschenbuchgröße, den man für die Unterbringung von Nanomenschen umgebaut hatte. Es gab ein Sofa, getöntes Glas, damit sie hinaussehen konnten, eine direkte Audioverbindung zu Al über die Ohrhörer und einen eingebauten Lautsprecher für den Fall, dass sie sich in einem etwas weiteren Radius verständlich machen mussten.

»Erzähl mir, was mit Fluffy schiefgelaufen ist. Vielleicht kann ich ja helfen«, sagte Finn.

»Ungefähr drei Gramm«, erwiderte Al.

»Drei Gramm?«, fragte Finn.

»Korrekt«, sagte Al. »Wir haben Fluffy geschrumpft und dann wieder rückskaliert – in absolut perfekter Weise, jedes

---

[8] »Nach den NASA-Mondlandungen und Abbey Road von den Beatles die großartigste Sache, die das Jahr 1969 mit sich gebracht hat.« – Zitat Al.

Atom, jedes Molekül genau am richtigen Platz. Und trotzdem … am Ende war Fluffy mausetot und drei Gramm leichter. Es ist, als wären die elektrischen Interaktionen und Reaktionen, die einen Körper in Gang halten – *der Stoff des Lebens* – irgendwie abhandengekommen. Wir müssen einfach nur das Warum, Was, Wo und Wann eingrenzen, und dann werden wir in der Lage sein, etwas dagegen zu unternehmen. Aber im Moment haben wir keinen Schimmer … sondern nur drei fehlende Gramm.«

Die Unterhaltung setzte sich fort, als sie später an diesem Nachmittag mit Oma im Wald spazieren gingen – was erneut für Kopfschmerzen beim Geheimdienstteam sorgte. Al war als Topziel für eine Entführung eingestuft worden, aber Oma lehnte hartnäckig jedwede weiteren Sicherheitsmaßnahmen ab. Sich irgendwelchen Schurken zu beugen, gab es für sie einfach nicht – und ein Geheimnis in Als fehlenden drei Gramm auch nicht.

»Diese drei Gramm sind ganz offensichtlich die Seele«, sagte Oma. »Das Göttliche.«

»Mutter! Als Frau eines Wissenschaftlers, Mutter von zwei weiteren Wissenschaftlern und als ehemalige medizinische Fachkraft, glaubst du da *wirklich*, dass …«

»Wage es ja nicht, dich in unflätiger Weise über den einfachen, aufrechten Glauben auszulassen!«, protestierte Oma lautstark. »Die Leute haben ein Recht auf mystische Erfahrungen!«

»Lasst uns nicht schon wieder darüber streiten!«, flehte Finn, war das doch ein Thema, das ihnen während eines Großteils seines Lebens mindestens drei Mahlzeiten pro Woche versaut hatte.

Wäff!, stimmte Jo-Jo zu, der vorausrannte und in Finn ein spontanes Bedauern aufkommen ließ, dass er sich nicht für den Hund als Transportmittel entschieden hatte. Eine Sache, die er ansonsten häufig tat. Im Fell direkt unter Jo-Jos Ohr sitzend, lenkte er ihn dann mit einfachen Befehlen. Jo-Jo war die beste, planloseste Promenadenmischung, die jemals das Licht der Welt erblickt hatte. Er konnte sich keinen Reim auf Finns physisches Verschwinden machen – genauso wenig, wie er sich einen Reim darauf machen konnte, was eigentlich Wolken waren –, aber er konnte Finn immer noch riechen und hören, was alles war, was er zu seinem Glück brauchte.

Vorsichtig kamen Oma und Al wieder aus ihrer Deckung.

»Wenn's nichts Übernatürliches ist, wie lautet dann deine naheliegendste Vermutung, was die fehlenden drei Gramm anbelangt?«, fragte Finn Al vom nKab aus.

»Ich halte es für am wahrscheinlichsten, dass wir es mit einer Wechselwirkung zwischen Dunkler Materie, Lichtgeschwindigkeit und elektrochemischen Reaktionen innerhalb von lebenden Körpern zu tun haben«, erwiderte Al.

»Dunkle Materie?«, fragte Oma.

»Ja, Dunkle Materie, auch bekannt als Dunkle Energie. Das ist ein mysteriöser Stoff, aus dem fast das ganze Universum besteht. Aber niemand weiß, was es ist oder wie es funktioniert. Niemand außer *uns*. *Wir* haben entdeckt, dass das Schrumpfen normaler Materie – Atome und all so was – mit einem proportionalen Schrumpfen Dunkler Materie einhergehen muss, denn andernfalls würde man unglaublich schwer werden bzw. bleiben, so schwer wie im ungeschrumpften Zustand.«

»Aber wo ist sie?«

»Wer weiß? Sie ist nicht zu beobachten, wir können nicht

einmal zu experimentieren anfangen – und ohne Experiment sind wir nichts anderes als Affen, die in ihren eigenen Exkrementen herumstochern.«

»Entzückend!«, sagte Oma.

»Stell dir Dunkle Materie als einen Schatten vor – in diesem Fall einen Schatten, der fünfundneunzig Prozent unseres Körpergewichtes ausmacht. Wenn du kleiner wirst, wird auch der Schatten kleiner. Aber das ist nur eine Vermutung.«

»Hat mein Dad nicht an Dunkler Materie gearbeitet?«, fragte Finn.

Oma versteifte sich plötzlich und rief nach Jo-Jo, der das Haus erreicht hatte und nun an der Hintertür kratzte.

Oma redete nicht gerne über Finns Vater, Ethan Drake, der vor Finns Geburt während eines Laborunglücks verschwunden war.

Das Feuer hatte ihn so vollständig verzehrt, dass man nichts anderes mehr von ihm gefunden hatte als den Spharelit[9]-Stein, den er um den Hals getragen hatte. Denselben Stein, den Finns Mutter getragen hatte, bis sie vor zwei Jahren an Krebs gestorben war, und der nun um Als gigantischen Hals neben dem nKab hing.

»Niemand weiß genau, womit dein Dad beschäftigt war, als er von uns ging«, sagte Al. »Wir haben noch einige seiner Aufzeichnungen aus dieser Zeit, aber deine Mom hatte dich gerade erst bekommen, und die meisten seiner Assistenten waren mit ihren Prüfungen beschäftigt.«

---

[9] Spharelit ist ein Mineral, das eine als Triboluminoszenz bezeichnete Eigenschaft besitzt, d. h., es beginnt zu glimmen, wenn man darüberreibt.

»Ich wusste gar nicht, dass er Aufzeichnungen hinterlassen hat. Kann ich sie lesen?«, sagte Finn.

Al runzelte die Stirn. Dreizehn Jahre hatte er damit zugebracht, sich in ihnen zu vergraben; und vermutlich konnte er sie mittlerweile auswendig herbeten.

»Tee! Wir müssen reingehen und den Kessel aufsetzen, bevor es dunkel wird«, unterbrach Oma sie, bestrebt, die Dinge in ihrem Sinn voranzutreiben.

Aber Al war noch voll bei der Sache, und ganz offensichtlich war es keine angenehme.

»Sie sind kompliziert, Finn. Ein heilloses Durcheinander sogar. Jede Menge Sachen, die wie Antworten aussehen, es aber nicht sind. Das ist nicht das, was du dir wünschst«, brachte er geheimnisvoll und etwas verlegen hervor.

»Und Kuchen! Wir haben noch jede Menge Kuchen«, ließ Oma nicht locker, während sie ihre Schlüssel herausholte und aufsperrte.

»Was soll das heißen? Wirst du sie mir nun zeigen oder nicht?«, sagte Finn.

»Vielleicht. Eines Tages.«

»Sherry!«, beendete Oma das Ganze und trieb sie ins Haus.

Als sie schließlich wieder in Labor 1 zurückkehrten, war es bereits spät geworden.

Al öffnete den Sony Walkman und wünschte Finn am Rand des Nanokomplexes eine gute Nacht.

»Wir werden das Experiment morgen erneut versuchen und jeden Tag, so lange, bis wir's richtig hinkriegen«, versprach er, während er zum Abschied winkte und dann davonging.

Während Finn verfolgte, wie er sich entfernte, empfand er auf einmal Trost. Sein Onkel mochte vielleicht eine Brille tragen, die mit Klebeband zusammengehalten wurde, aber er war beruhigend riesig – sowohl was seinen Verstand anbelangte als auch seinen Körper.

Alles lag im Dunkeln, und Finns Vermutung nach waren die anderen schon ins Bett gegangen.

Dann hörte er eine Stimme.

»Fühlst du dich jetzt besser, Noob?«, sprach Delta aus der Finsternis Finn mit seinem Spitznamen an.

Dann plötzlich – *PLING!* – gingen sämtliche Lampen auf einmal an. Geblendet stand er da.

»Was zum …«

Als Finns Augen sich langsam wieder an das Licht gewöhnten, konnte er drei Gestalten, einige Luftballons und … ein Ding erkennen.

»Überraschung!«

4

29. SEPTEMBER 22:58 (WEZ + 1).
Hook Hall, Surrey, Großbritannien

Delta haute ihm auf den Rücken.

»Happy Beinahe-Birthday!«, grinste Kelly.

»Wir dachten, wir heitern dich mal auf«, sagte Stubbs in todernstem Ton.

Sie traten zurück, um Finn das Ding begutachten zu lassen.

Die anderen hatten es während des letzten Monats getestet. Finn hatte zuvor bereits ein paar Teile davon erhascht, Baupläne auf Computerschirmen, aber noch nie zuvor hatte er das ganze Gerät zu Gesicht bekommen.

»Das nCraft?«, sagte Finn.

»Wie ich sehe, hast du aufgepasst«, sagte Kelly.

»Sag Hallo zum X1-Experimental-Nanodüsengleiter«, murmelte Stubbs ehrfurchtsvoll.

Delta biss sich vor Aufregung auf die Lippen, als wäre ihr gerade die beste Geburtstagsüberraschung aller Zeiten gelungen.

»Der Kerl ist ein Genie«, sagte Kelly und rubbelte Stubbs über das verbliebene Haar.

»Das Ding ist pfeilschnell und lässt sich auf einem Stecknadelknopf wenden!«, sagte Delta.

»Es ist …« Finn versuchte, es in Worten auszudrücken. »… ein bisschen hässlich.«

Lange Gesichter. Finn dachte, Kelly würde gleich losheulen oder ihm eine verpassen.

»Das ist doch kein Schönheitswettbewerb!«, schrie er.

Das Teil, fand Finn, sah aus wie einer jener Tiefseefische, die sich in der ewigen Finsternis der Ozeangräben entwickelt hatten. In ihrem Maßstab etwa so groß wie eine Limousine war es mit zwei Glotzaugen von Scheinwerfern sowie einem Frontkühlergrill ausgestattet, der aussah wie ein aufgerissenes Riesenmaul. Es hatte diverse stummelartige Tragflügel und Steuerruder, die wie Flossen aussahen, und eine schwanzförmige Heckpartie mit einer schwarz versengten, hässlich aussehenden langen Abgasdüse. Die Unterseite war gleichmäßig mit Gruppen kleiner Schubdüseneinheiten übersät, die wie hässliche Pockennarben aussahen.

»Ich will nicht gemein sein«, sagte Finn entschuldigend. »Ich sage ja nur, dass es wie ein hässlicher Käfer aussieht, und wenn ihr damit in Produktion geht …«

»Es ist nur ein Prototyp, Mann!«, rief Kelly. »Glaubst du etwa, wir würden dich auch nur in die Nähe des neuen X2-Modells lassen?«

»Ach, so oberflächlich«, seufzte Delta.

»Hey, ich bin immer noch zwölf«, sagte Finn und warf einen Blick auf seine Uhr. »Jedenfalls noch so gerade eben. Da erwartet man von mir, oberflächlich zu sein.«

»Nun, wenn das so ist«, sagte Stubbs, »gehe ich also auch nicht davon aus, dass du Lust auf eine Spritztour hättest.«

Mit diesen Worten legte er einen kleinen Schalter an der Außenhülle des Gefährtes um. Im Inneren traten Computer und Kreiselgeräte in Funktion, eine Düsenturbine sprang jaulend an, und der Käfer erwachte zum Leben.

Lichter leuchteten überall auf seinem Körper auf, und dann schwebte er, von einem Luftkissen getragen, vom Boden empor, während er Schwanzpartie und Flügel streckte, um absolut stabil in der Luft zu liegen.

»Wow«, sagte Finn völlig geplättet.

»Wir haben ihn nur für eine Nacht ausgeliehen. Zu nieman dem ein Wort, vor allem nicht zu Al«, warnte Kelly ihn.

»Beachte die außergewöhnliche Stabilität«, begann Stubbs, ganz versessen darauf, die technischen Spezifikationen zu erläutern. »Ein zentrales Düsentriebwerk treibt einen Kompressor an, der die Kaltgasschubdüsen am gesamten Rumpf versorgt, die wiederum kontrolliert und gesteuert werden von einem vollautomatischen intelligenten Düsenführungssyst…«

»Okay, okay, ich will!«, sagte Finn.

Unter dem schrillen Summen, das das Düsentriebwerk unter ihnen von sich gab, und dem Fauchen diverser Schubdüsen, stiegen sie stetig dem Dach der Zentralen Feldanalyse-Kammer entgegen. Auf dem Oberteil des Käfers befand sich eine offene Kabine, die mit vier Sitzen, einem Überrollkäfig, einer Windschutzscheibe und diversen kruden Bedien- und Kontrollelementen ausgestattet war. Finn hatte das Gefühl, in einem flachen Sportwagen zu sitzen, nur dass die Fahrt so sanft und ruhig war, als würde man sich in einer Blase fortbewegen. Darüber hinaus war das Gefährt mit einer Lafette für ein M249-Minimi-Maschinengewehr ausgerüstet, um die Verteidigung gegen Insekten und andere Bedrohungen zu ermöglichen, die ihnen in der Außenwelt begegnen mochten.

Sie mussten vorsichtig sein. Labor 3, in dem sich das Gefährt eigentlich die ganze Zeit befand, galt als striktes Sperrgebiet. Aber die diensthabenden Techniker befanden sich allesamt in Labor 2, und Stubbs und Kelly hatten einige ihrer Überwachungsvorrichtungen manipuliert, um den Käfer dann über das Modellbahnschienennetz hinauszuschmuggeln – erst zum Nanokomplex und anschließend in die riesige leere Weite der ZFAK.

Finn genoss gerade die Aussicht, während sie über dem Ring aus einzelnen Teilchenbeschleunigern in die Höhe stiegen, als Delta plötzlich sagte: »Okay, festhalten«. Im nächsten Moment schossen auch schon ihre Hände vor und rammten die beiden Steuer-Joysticks nach vorne.

Finns Kopf flog nach hinten. Über ihm raste die Decke des ZFAK vorbei, während seine Innereien vergeblich seinem Skelett hinterherzukommen versuchten, als Delta eine harte Kehrtwende flog, um nicht am Ende der Halle gegen die Hangarwand zu krachen. In Deckenhöhe schossen sie wieder durch das ZFAK zurück, gingen dann in den Sturzflug und … *WUSCH!* Auf halber Strecke zum Boden zwang Delta den Käfer in eine 90-Grad-Kurve, ohne den geringsten Gedanken an ein Bremsmanöver zu verschwenden, da sich sämtliche Düsen auf einen Schlag so ausrichteten, dass sie den Schub exakt im richtigen Winkel lieferten. Finn saß nur noch da und schnappte nach Luft.

Gleich darauf schoss Delta auch schon auf die mit Computern vollgestopften Arbeitstische zu, die den Bereich der Beschleuniger säumten. Runter ging's im Tiefflug über die Tische und im Slalom um Beschleuniger und Monitore herum, dass die Blätter und Notizzettel nur so aufwirbelten. Und noch einmal tiefer, um im irren Achterbahnflug unter Tischen und zwischen Stuhlbeinen hindurch dahinzujagen, bevor sie wieder in den leeren Raum emporschossen.

Finn schwirrte der Kopf. Sie flogen nicht: Sie waren pure Bewegung. Seine pure Euphorie versuchte gerade die jäh aufkommende Erinnerung an seinen Horrorflug mit der Scarlatti-Wespe im letzten Frühjahr zu verdrängen, auf deren Rücken er festgesessen hatte, als plötzlich … *WUSCH!* … Delta die Umkehrschubdüsen aufriss und den Käfer abrupt in der Luft zum Stehen brachte. Finn wurde so hart nach vorne geschleudert, dass er dachte, ihm käme die Lunge hoch – ganz zu schweigen von seinem Abendessen.

Inmitten plötzlicher Lautlosigkeit holte er tief Luft und warf einen Blick auf die Uhr an der Hallenwand. Es war Mitternacht, sein Geburtstag: Jetzt war er an der Reihe. Er grinste.

Finn kletterte auf den Pilotensitz, um zu übernehmen, und für eine Minute und neunundvierzig Sekunden lang hatte er den schönsten Geburtstag seines Lebens.

Delta befahl ihm, nicht zu viel nachzudenken. »Lass einfach fetzen.«

Er packte die beiden Steuerknüppel, blickte zum anderen Ende der ZFAK und schob sie nach vorn.

Mit einem irrwitzigen Satz schoss der Käfer geradeaus. Vorsichtig zog Finn die Sticks wieder zu sich heran, um ein besseres Gefühl für die Power zu bekommen, während er im steten Steigflug und sanft dahingleitend das Gebäude in seiner gesamten Länge durchquerte. Er spürte, wie pure Freude in ihm aufwallte, und er musste daran denken, wie er vor Jahren auf

den Knien seiner Mutter gesessen hatte und mit ihrem alten Citroën 2CV im Regen auf einem einsamen Strandparkplatz herumgefahren war.

Er beschleunigte und machte unmittelbar unter der Hallendecke in einer Steilkurve kehrt, um dann weitere Kurven folgen zu lassen.

Dann begann er, den Käfer wie ein Rodeo-Pferd herumzureißen. *Es war so was von leicht.* Die Geschwindigkeit und die Entfernungen, die man zurücklegen konnte, waren fantastisch und die Handhabung war unglaublich – es fühlte sich an, als würde man aus tausend Richtungen gleichzeitig Schub bekommen.

Es fühlte sich lebendig an. Es war fast besser, als wieder groß zu sein.

Er flog zur Kontrollgalerie empor, die das ZFAK überblickte, bevor er wieder in den Sturzflug überging, das Gefährt herumriss und um den Ring aus Beschleunigern sauste wie einst Ben Hur um die Arena im Zirkus Maximus.

PLING! PLING! PLING!

Zum zweiten Mal in dieser Nacht wurde er von einem jähen hellen Licht geblendet.

Delta kam angestürzt und entriss ihm die Steuerkontrolle, um den Käfer gleich darauf zum Halten zu bringen. Mitten in der Luft schwebend, starrten sie dann auf eine Gruppe Offizieller hinunter, die gerade hereingekommen waren. Eiligen Schrittes durchquerten sie die ZFAK und hielten auf die Stahlgerüsttreppe zu, die zur Kontrollgalerie emporführte.

»Was ist da los?«, fragte Finn.

»Oh nein …«, stöhnte Stubbs. »King.«

Finns Blick glitt dorthin, wo gerade die riesigen Hangartore der ZFAK surrend aufglitten und Commander King mit energischen Schritten die Halle durchmaß – eine Traube von persönlichen Referenten im Schlepptau und flankiert auf der einen Seite von General Mount vom Britischen Oberkommando der Streitkräfte sowie dem Chef des britischen Geheimdienstes auf der anderen. Und noch bemerkenswerter: *WRUUUUUUHM! QUIEEEETSCH!* … ein 1969er De Tomaso Mangusta, der in den Hangar röhrte und aus dem gleich darauf Al gehopst kam, kaum dass er den Wagen mit quietschenden Reifen zum Halten gebracht hatte.

»Guten Abend, Dr. Allenby«, ließ King sich vernehmen, nach Kräften bemüht, den showartigen Auftritt zu ignorieren.

»Peter. Wendy. Tink«, begrüßte Al das Trio. Alle drei an Als merkwürdigen Sinn für Humor gewöhnt, sahen darüber hinweg und schickten sich an, die Stahlgerüsttreppe hochzusteigen.

Finn, dem das Herz bis zum Hals schlug, sah die anderen an, die bereits vor sich hin grinsten.

»Das G & G. Sie kommen wieder zusammen.«

Eigentlich hätten sie es mit der Angst zu tun bekommen sollen, stellte ihre kleine Spritztour im Käfer doch nichts anderes als eine unerlaubte Abwesenheit von der Truppe dar. Doch plötzlich schienen die normalen Regeln keinerlei Bedeutung mehr zu haben.

Irgendetwas passierte endlich wieder – nach Monaten der Langeweile und des Frusts.

Neun Meilen entfernt hatte Oma Schwierigkeiten einzuschlafen. Sie war mit ihrem heißen Kakao bereits auf dem Weg ins Bett gewesen, als sie hörte, wie Als Wagen vor dem Haus vorfuhr, nur um dann augenblicklich wieder davonzufahren. Ob er vielleicht noch etwas vergessen hatte und deshalb noch mal wieder los war? Oder die Nacht vielleicht lieber in seinem Bett in London verbringen wolle? Irgendetwas in der Art würde es schon sein.

Sie ging ins Bett und versuchte, nicht mehr an die Sache zu denken.

Aber in dem Augenblick, als sie die Augen schloss, meldete sich plötzlich ihr mütterlicher sechster Sinn. Was, wenn da wieder einmal etwas faul war?

Sie rief Al an. Und landete direkt in der Voicemail. Sie rief Commander King an. Genau das Gleiche.

Sie roch Lunte.

5

TAG EINS[10] 00:03 (WEZ + 1), 30. SEPTEMBER.
Hook Hall, Surrey, Großbritannien

HEY!«, brüllte Kelly, als Delta den Käfer runterbrachte. »WAS IST HIER EIGENTLICH LOS?«

Als Kopf fuhr mit einem Ruck in die Höhe. Hatte er eben etwa was gehört? Ein schrilles Sirren? Eine Wespe? Nein … es war ein Nano-Jet.

»HIER!«, ertönte erneut der Ruf, und Al erblickte ein beleuchtetes hummelgroßes Ding, das auf ihn zugestürzt kam.

»Woah … Vorsicht!«, rief Al. »Die Nano-Crew ist in der Halle! Niemand bewegt sich!«

Alle im ZFAK, von Commander King abwärts, erstarrten. So etwas hätte eigentlich nicht passieren dürfen. Die Nano-Crew sollte die ganze Zeit über unter Überwachung stehen.

---

[10] Nach offizieller G & G-Chronik beginnt die Zeitachse der Operation *Verbotene Stadt* mit TAG EINS am 30. September 00:00 Westeuropäischer Sommerzeit (WEZ +1).

Al streckte den Arm aus, und der Käfer landete auf seiner Handfläche. Gleich darauf stiegen vier winzige Gestalten aus, um auf der Stellte von wütenden Riesen umringt zu werden.

»Ich kann alles erklären …«, begann Kelly.

»Was zum Teufel …«, sagte Al. »Gerade wollte ich kommen und euch alle wecken. Und du, junger Mann«, fuhr er an Finn gewandt fort, »dürftest nicht einmal wissen, dass es dieses Gefährt überhaupt gibt!«

»Das ist sein Geburtstagsgeschenk! Wir haben den Jungen doch nur auf eine Spritztour mitgenommen!«, sagte Kelly.

»Das erzähl ich meiner Mutter!«, sagte Al.

Was Finn einen eisigen Stachel der Furcht durch den Körper jagte.

»Das ist ein topsecret Nanoluftfahrzeug-Prototyp von unschätzbarem Wert, und Sie haben Ihr aller Leben in Gefahr gebracht«, zischte Commander King aus großer Höhe zu ihnen herab.

»Ach, Quatsch. Er ist jetzt dreizehn. Was haben Sie denn mit dreizehn gemacht?«, fragte Delta.

»Ich war in Eton«, erwiderte der Commander.

»Dieses Land braucht eine Revolution«, seufzte Kelly.

»Dafür haben wir jetzt keine Zeit«, brach Commander King die Unterhaltung ab, wandte sich geschmeidig um und ging die Treppe zur Kontrollgalerie voran. »Mitkommen.«

Sie betraten die vor Computern und Steuersystemen strotzende Kontrollgalerie gerade in dem Moment, als die Geräte blinkend zum Leben erwachten. Diverse Angehörige des Globalen Nichtstaatlichen Gefahrenabwehr-Komitees ließen sich gerade an einem gigantischen, hufeisenförmigen Tisch nieder.

Als Al Platz genommen hatte, setzte er den Käfer vor sich auf dem Tisch ab und verfrachtete vorsichtig alle vier Crew-Mitglieder in die Sony-Walkman-nKab. Diese hakte er sich dann an seine Hemdbrusttasche, um sogleich per Tastendruck den Lautsprecher anzuschalten.

»Einschließen«, befahl Commander King und rief mit diesem Wort die Versammlung zur Ordnung.

Türen glitten zu, und Jalousien senkten sich sirrend vor die lange Fensterfront der Kontrollgalerie. Auf diversen Bildschirmen erschienen Lifefeeds des britischen Premierministers und anderer politischer Weltführer, die im G & G-Komitee saßen. Zum ersten Mal seit Ewigkeiten witterte Finn Gefahr und spürte Begeisterung in sich aufsteigen, die lediglich von einem Hauch Schuldgefühl getrübt wurde.

Commander King wandte sich dem Hauptschirm zu, auf dem die beiden mächtigsten Männer Chinas erschienen waren: der Präsident der Volksrepublik und sein Sicherheitschef Bo Zhang.

»*Zaoshang hao daren*«, sprach Commander King den Präsidenten mit höflicher Autorität an.

»Guten Morgen aus Peking«, erwiderte der Präsident in perfektem Englisch.

»Mr President«, begann King, »im Namen des Globalen Nichtstaatli…«

»Tja, hier ist es echt spät«, unterbrach Al ihn. »Schenken wir uns lieber das diplomatische Geplänkel und sparen es uns für Weihnachten auf. Also, was liegt an?«

»Ich danke Ihnen, Dr. Allenby«, seufzte King und befahl: »Bild.«

Ein Bild tauchte auf dem Schirm auf.

Es zeigte einen chinesischen Police Officer im Inneren seines Wagens.

Tot.

»Shanghai, China, vor vierundzwanzig Stunden. Ein toter Polizist ohne sichtbare Anzeichen äußerer Verletzungen. Er hatte bei einem jungen Ausländer eine einfache Identitäts- und Sicherheitskontrolle durchgeführt.«

Die verschwommene Aufnahme einer Videoüberwachungskamera erschien auf dem Schirm.

»Männlicher Weißer, falscher belgischer Pass, keine Fingerabdrücke, keinerlei sonstige Spuren, denen man nachgehen könnte. Fortgeschrittenes Teenageralter. Ist sowohl auf den Videoüberwachungssystemen des Flughafens als auch auf denen der Verbotenen Stadt häufig genug aufgetaucht, um eine routinemäßige Polizeikontrolle zu provozieren.«

»Die Verbotene Stadt? Da bin ich einmal mit Ihrer Majestät der Queen gewesen. Der Ort liegt mit Sicherheit nicht in Shanghai«, erklärte der Premierminister mit alberner Bestimmtheit. »Sondern in Peking, schauen Sie ruhig im Atlas nach.«

»Korrekt, die Verbotene Stadt in Peking war jahrhundertelang der Sitz der chinesischen Kaiser. Aber es ist auch die Bezeichnung für die 23. Industrielle Entwicklungszone von Shanghai, eines riesigen, speziell errichteten Hightech-Zentrums im Süden der Stadt.«

Auf dem Schirm erschienen Bilder, auf denen ein Fabrikkomplex, meilenlange Produktionslinien und Tausende mit Mundmasken ausgerüstete Arbeiter in blitzblank weißen Produktionseinrichtungen zu sehen waren – gefolgt von einer Aufnahme, die die riesige Industriezone aus der Luft zeigte und erkennen ließ, dass sie wie ein komplizierter Kornkreis angelegt war. Gleich darauf wurde noch ein Diagramm mit einzelnen Zahlenangaben über das Bild gelegt, um den Grundriss der Anlage zu verdeutlichen.

»Genial!«, sagte Al.

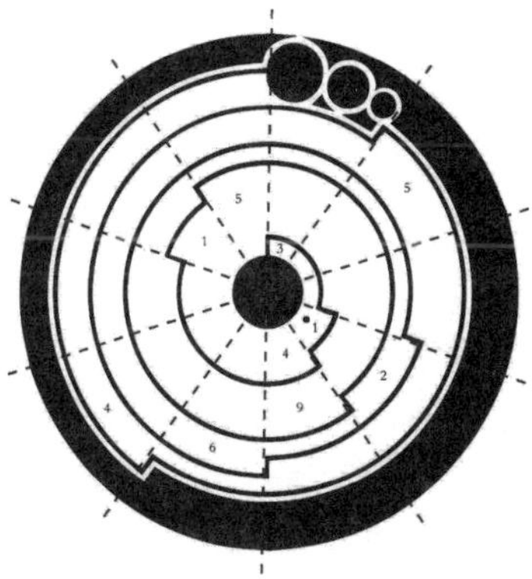

»Das ist ja ein Bild der Zahl Pi!«, rief Finn aufgeregt.

»Korrekt«, sagte King. »Die Stadt ist als ein in zehn Sektoren unterteilter Kreis angelegt. Mit Fortschreiten eines jeden Bogenabschnitts, oder Sektors, wird die Zahl Pi in einer Vielfachen einer Zehntelrotation zum Ausdruck gebracht – also sich nach außen fortsetzend 3,141592654 –, was dem Verhältnis eines Kreisumfangs zu seinem Durchmesser entspricht.«

»Und das hast du einfach so rausgekriegt?«, sagte Al, verblüfft von Finns Tiefblick.

»Das haben sie uns mal im Unterricht gezeigt«, gestand Finn.

»Das Gebiet weist die größte Dichte an computerproduzierenden Unternehmen in der Welt auf und beherbergt einige moderne Forschungseinrichtungen«, fuhr King fort. »Eine Zeitung hat dem Ganzen den Namen verpasst, als es gebaut wurde, und die Bezeichnung blieb haften. Fast jedes Stück Technologie, das wir heutzutage nutzen, wird in China produziert, und vieles davon hier …« Er wies auf den Schirm. »… in der Hardwarewerkstatt der Welt.«

Kurz richtete King den Blick noch einmal auf das Bild des toten Polizisten, bevor er sich dem Lifefeed aus China zuwandte.

»Minister Zhang.«

Bo Zhang erhob sich, selbstsicher, stolz, von makelloser Erscheinung und mit einem Verstand ausgestattet, der so scharf wie die Bügelfalten seiner Uniform war: der mächtigste Mann der Erde unter vierzig, mit an die zehn Millionen Geheimdienstmitarbeitern unter seinem Kommando. Einem Ausländer Bericht erstatten zu müssen, schien ihm nicht zu behagen, aber sein Präsident war Gründungsmitglied der G & G (von dessen Existenz Bo gerade erst an diesem Morgen erfahren hatte).

»Commander«, begann er in perfektem Englisch, »Officer Ju griff den Verdächtigen gestern Morgen um 7:22 Uhr in einer Restauranthalle in Sektor 9 der Verbotenen Stadt auf. Die Auswertung des Videoüberwachungsmaterials ergab, dass er sich innerhalb der vergangenen fünf Wochen sechs Mal direkt vom Shanghaier Flughafen in die Verbotene Stadt begeben hatte. Bei der Befragung widersprach der Verdächtige dieser Überwachungsinformation, und Officer Ju beschloss, ihn auf das Revier zu bringen. Der letzte Funkkontakt fand um 7:24 Uhr statt. Dann ist irgendeine Art von Angriff erfolgt. Der Körper wies keinerlei Male auf, abgesehen von einer stecknadelgroßen Einstichwunde in der rechten Schläfe. Bei Öffnung des Schädels wurde ein massiver Nervenschaden entlang eines sich deutlich abzeichnenden und von der Wunde ausgehenden, geschlungenen Pfades festgestellt.«

Auf dem Schirm leuchtete eine Animation in Form einer rotierenden 3-D-Computertomografie auf – mit breiten roten Linien, die den zerstörerischen Weg des Projektils durch das Gehirn markierten.

Es sah aus, als hätte ein Kind im Kopf eines Menschen eine wilde Kritzelzeichnung gemacht, dachte Finn, den das Ganze an etwas erinnerte …

»Keine unseren Analysten bekannte Waffe hätte einen derartigen Schaden verursachen können. In Anbetracht der globalen strategischen Bedeutung des Verbotene-Stadt-Komplexes wurde dieses Komitee informiert.«

»Seltsam …«, sagte Al und stand auf, um sich das Ganze näher anzusehen.

»Was hätte so etwas anrichten können?«, fragte der britische Premierminister.

»Die ungewöhnlichste Kugel der Weltgeschichte …«, murmelte Al, während er die Grafik betrachtete. »Wie groß war das Projektil?«

»Eins Komma fünf Quadratmillimeter groß«, erwiderte Bo Zhang.

Dann fiel es Finn ein. »Das sieht aus wie das, was eine Larve in einem Apfel machen würde! Oder als würde man in einem menschlichen Schädel die Larve einer Hautdasselfliege einsperren, die sich dann immerzu weiter durchs Hirn frisst, bis die Person verrückt wird und schließlich stirbt.«

»Eine was?«, fragte der britische Geheimdienstchef angewidert.

»Eine Larve der Hautdasselfliege«, antwortete die Stimme

aus der Box an Als Brusttasche. »So welche wollte ich schon immer mal haben. Wie lange dauerte der Angriff?«

»Weniger als zwei Minuten. Mit wem rede ich eigentlich?«, fragte Bo verwirrt.

»Mit einer der Nanopersonen«, erklärte King.

Al klappte den Sony Walkman direkt vor einer Kamera auf, um den Blick auf vier winzige Menschen freizugeben, die sich auf dem Sofa verteilt hatten. Sie winkten. Bo, der bis dahin schlicht und einfach nicht an deren Existenz geglaubt hatte, antwortete mit dem Hauch eines Nickens.

»Aber das hier war kein Insekt«, sagte King, um dann wieder zur Sache zu kommen. »Dies hier ist der Verdächtige bei Ankunft eines Fluges aus Macau.« Er rief das Bild eines Mannes auf den Schirm, der vor den Flughafensicherheitskontrollen in einer Schlange wartete. »Und das ist sein Handgepäck.«

Ein Röntgenbild seiner Umhängetasche tauchte auf. King zoomte einen hellen, jedoch winzigen Punkt näher heran, der sich im Inneren einer Füllerspitze zu befinden schien. Al begab sich unmittelbar vor den Schirm und musterte das Bild aus zusammengekniffenen Augen.

Von der nKab aus ähnelte es nichts, was Finn jemals zuvor gesehen hatte. Ein vergrößertes Stück Tierplankton aus Metall. Eine schwarze Hülle, eine Art quadratisches Auge, eine peitschenförmige Antenne, ein hässliches schwarzes Loch (ein Maul?) mit vorspringender Schienenleiste und darunter hängend: ein Gewirr aus herabbaumelnden Stahlgedärm, Tentakel, Werkzeuge und Anschlüsse. Ein teuflisches Ding von einem Kraken.

»Ein Roboter?«, fragte Finn sich laut.

Al nahm seine Brille ab, um sie zu putzen.

»Was immer es auch ist«, sagte Al. »Es ist geschrumpft worden.«

Eine entsetzte Stille machte sich breit.

»Sind Sie sich sicher?«, fragte der britische Premierminister schließlich erschrocken.

»Na ja, ich kann es nicht bis in alle Einzelheiten erkennen, aber es sieht aus wie eine unglaublich hoch entwickelte Maschine. Der einzige Weg, so etwas zu konstruieren, bestünde meiner Meinung nach darin, es erst in voller Größe zu bauen und dann dem Boldklub-Schrumpfungsprozess zu unterziehen. Kaparis konnte während der Scarlatti-Sache mit einem Teil des entscheidenden Boldklub-Sequenzierungscodes entkommen.[11] Wir haben immer den Verdacht gehegt, dass er einen Teilchenbeschleuniger besitzt. Vielleicht hat er genug herausgefunden, um eine Apparatur zum Schrumpfen zu entwickeln. Er wird die entscheidenden Fraktalgleichungen nicht geknackt haben, und ich bezweifle, dass er auch nur annähernd so weit ist, lebende Dinge auf Nanogröße zu bringen. Aber tote Materie, also so etwas wie eine Maschine, das kann er durchaus gemeistert haben.«

Alle außer Bo Zhang wussten, von wem die Rede war.

»Sie haben einen Verdächtigen?«, fragte Bo.

King rief das Bild eines jungen, körperlich gesunden, verschlagen-attraktiv aussehenden Kaparis auf, das ihn zeigte, wie er 1994 in Basel, Schweiz, dem Lichtblitz einer Kamera zu entgehen versuchte. Die Augen pechschwarz, den Mund vor unterdrückter Wut zusammengekniffen.

---

[11] Siehe Operation Scarlatti.

»David Anthony Pytor Kaparis«, erklärte King. »Geboren 1965. Ein brillanter junger Wissenschaftler. Aus der Bahn geworfen durch einen Nervenzusammenbruch, den er erlitt, als seine Spinnertheorie über Superorganismen wie ein Kartenhaus in sich zusammenbrach. Betätigte sich dann ein Jahrzehnt lang auf dem Banken- und Finanzsektor, bis er so etwa im Jahr 2000 infolge eines Art Unfalls gelähmt wurde und an eine eiserne Lunge gefesselt blieb. Anschließend tauchte er in die kriminelle Unterwelt ab, von wo aus er die Märkte manipulierte. Verursachte den Finanzcrash von 2008, in dessen Zuge er sich zum ersten Billionär der Welt machte. Strebt nach Weltherrschaft. Er war derjenige, der hinter dem Scarlatti-Anschlag steckte, und gilt als globaler Feind *par excellence.*«

»Sie meinen, Kaparis würde schon so bald erneut angreifen?«, fragte der Premierminister.

»Wer sonst?«, sagte Al, während er Kaparis' Foto studierte. »Wer sonst besäße die Dreistigkeit, sich so etwas auszudenken – ganz zu schweigen die Ressourcen, um es umzusetzen?«

»Können wir noch mal ein anderes Bild von dem Killer sehen?«, fragte Finn.

Eine Kopie eines gefälschten belgischen Reisepasses tauchte auf dem Schirm auf und mit ihm ein bärtiges Gesicht, hart und entschlossen.

»Checken Sie seine Augen«, sagte Finn und lehnte sich vor.

Der Ausschnitt wurde herangezoomt. Von so Nahem war die Iris von reinstem Photoshop-Blau.

»Die Iris auf dieser Aufnahme wurde erst gelöscht und dann retuschiert«, sagte Finn. »Er ist einer von IHNEN.«

»Die beiden Kaparis-Agenten, die wir während der Operation Scarlatti gefangen nahmen, wiesen schwere Schäden an der Augenhornhaut auf«, erklärte Commander King Bo. »Mit Narbengewebe, das sich durch den Sehnerv bis ins Gehirn zog – wahrscheinlich zurückzuführen auf die Einführung einer Art Sonde. Wir vermuten, dass eine Art von Gehirnkonditionierung dahintersteckt. Hier ist die Vernarbung retuschiert worden.«

»Was macht Kaparis in China? Hinter was ist er her?«, fragte Kelly.

»Industriespionage?«, überlegte der Geheimdienstchef laut.

»Aber in Shanghai wird nur die Technik zusammengebaut. Die Entwicklungsarbeit spielt sich in Silicon Valley ab – ein Spion würde sich dort aufhalten«, gab General Mount zu bedenken.

Commander King wandte sich wieder Bo Zhang zu. »Ich möchte ja nicht indiskret sein, aber stimmt es, dass es bei Qin Research im Herzen der Verbotenen Stadt einen neuen Supercomputer gibt? Den ›Shen Yu‹? Ein Quantencomputer, der gerade in diesem Augenblick, in dem wir uns unterhalten, getestet wird?«

Bo Zhang sagte nichts, aber seine Augen funkelten böse. Dafür würde jemand büßen müssen.

Der chinesische Präsident nickte einfach. »Ein absolut legitimes Forschungsprojekt.«

»Ein *Was*-Computer?«, fragte Finn.

»Ein Quantencomputer«, erwiderte Commander King, »entwickelt, um sich das merkwürdige Verhalten von Materie auf Quantenebene zunutze zu machen – sprich: die sogenannte Überlagerung beziehungsweise die Fähigkeit eines Teilchens, sich gleichzeitig in zwei Zuständen zu befinden. Ein einzelnes Bit eines konventionellen Computerspeichers enthält entweder eine 0 oder eine 1. Ein einzelnes ›Qubit‹ in einem Quantenpunkt kann 1 und 0 gleichzeitig sein. In der Theorie wird dadurch das Verarbeiten widersprüchlicher Informationen und eigenständiges Denken ermöglicht – bei viertausendfacher Geschwindigkeit normaler Computer.«

»*Selbstständiges* Denken? So als würde er leben?«, fragte Finn.

»Korrekt«, bestätigte Commander King.

»Regierungen und Firmen verschleudern haufenweise Geld für die Dinger, nur damit clevere Jungwissenschaftler sie nach dem ›Sinn des Lebens‹ und so was fragen können. Bisher bieten sie keinerlei nützliche Anwendungen«, sagte der Geheimdienstchef.

»Sie sind nur deshalb noch nicht wirklich nützlich, weil im Moment noch so viel konventionelle Computerrechenleistung erforderlich ist, um überhaupt herauszufinden, was sie sagen«, meinte Al.

»Wir können nicht wollen, dass Kaparis auch nur in die Nähe dieser Technologie kommt«, beharrte King.

»*Wenn* es denn überhaupt das ist, wohinter er her ist. Wir wissen noch nichts mit absoluter Gewissheit«, erwiderte General Mount.

»Richtig«, stimmte Al zu. »In dieser Phase ist es lediglich reine Spekulation.«

»Und wie sieht dann die nächste Phase aus?«, fragte der Premierminister.

Al dachte einen Augenblick nach.

»Dieser Junge hat sechs Besuche gemacht. Also müssen wir annehmen, dass er sechs Nano-Bots des hier abgebildeten Typs freigelassen hat. Nur einer davon muss in das Innere Ihres

Quantencomputers gelangen, und schon hat Kaparis mindestens dessen Konstruktion gestohlen. Und das ist vermutlich nur der Anfang des Ganzen. Wir müssen ihn aufhalten.«

»Aber wie?«, fragte Bo Zhang.

Dann sprach Al die Worte aus, die zu hören Finn sich so sehr gewünscht hatte, dass er buchstäblich kurz vorm Platzen war.

»*Wenn* es denn tatsächlich ein halbes Dutzend Nano-Bots gibt, die da durch die Gegend fliegen, dann werden sie auf unseren Nanoradargeräten[12] so hell wie ein funkelnder Christbaum angezeigt. Ich schlage vor, wir gehen da raus, finden und vernichten sie.«

»Wir können sie mit dem neuen nCraft zur Strecke bringen …«, sagte Delta, der vor Erwartung fast der Atem stockte.

»JA!«, jubelte Finn.

Klopf klopf klopf! hallte es plötzlich von der Tür. *Klopf klopf klopf!*

Ein Komiteemitglied nach dem andern wandte den Kopf, um zu sehen, wer da störte. Ein Gesicht presste sich gegen die schwarz getönte, zwanzig Millimeter dicke, schusssichere Türscheibe. Das scharf spähende, unverwechselbare, besorgte Gesicht einer Frau in Mantel und Hausschuhen.

Oma.

Mit dem Knauf ihres Regenschirmes hämmerte sie gegen das Glas und gab ziemlich entschieden ein einziges Wort von sich: »NEIN!«

---

[12] Nanoradar besitzt eine eingeschränkte Reichweite, aber wegen der enormen Dichte von Nanomaterial können selbst die winzigsten, durch den Boldklub-Prozess geschrumpften Objekte leicht im Flug geortet werden.

6

TAG EINS 21:56 (ORTSZEIT WEZ + 8).
Verbotene Stadt, Shanghai.
Nano-Bot-Masse: *52

XE.CUTE.BOT52:GO

Die riesige schwarze Betonhalle, die den Shen-Yu-Quantencomputer beherbergte, lag im innersten Zentrum der Verbotenen Stadt.

Nachdem er sich aus dem Gehirn des toten Polizisten herausgewühlt hatte, war der XE.-Bot durch die Verbotene Stadt geflogen, hatte die Halle lokalisiert und war in das Klimaanlagensystem eingedrungen. Anschließend hatte er viele Stunden damit zugebracht, sich durch etliche Lagen von Staubfiltermembranen zu fressen.

Kaum waren die Filter überwunden, war der XE.-Bot durch einen sechs Meter langen Luftkanal aus Aluminium geflogen, um schließlich im Inneren der Shen-Yu-Halle herauszukommen.

XE.CUTE.BOT52:STOP

Unter ihm breiteten sich auf einer fußballfeldgroßen Fläche Reihen von High-End-Servern wie die Straßenblöcke einer Großstadt aus.
Der XE.-Bot schwebte in der Luft, kartografierte die Halle und orientierte sich.
Genau im Zentrum der Serverblöcke stand der Quantenhub.

XE.CUTE.BOT52:GO

Der XE.-Bot flog geradewegs dorthin und landete auf einer Leitung, durch die ein Kühlmittel aus flüssigem Stickstoff gepumpt wurde. Er fräste sich durch die Leitung, tauchte in die Flüssigkeit ein und versiegelte das Leck mit einem expandierenden Polymerpfropfen. Dann ließ er sich von der Strömung direkt in den Quantenkern tragen.
Kaum hatte er sein Ziel erreicht, hob er sein Körpergehäuse an und flog in das Kristall-Cluster, das sich im Herzen des riesigen Quantencomputers befand, um dort seinen eigenen Kristallkern dem perfekten Licht auszusetzen: dem reinen Strom von Nanolaserlichtquanten … die er in sich aufnahm … stahl.
Das Licht des Lebens.
Und der XE. wurde zu etwas Neuem.
Infiziert mit Intelligenz.
Er navigierte sich durch die Kühlmittelleitungen zurück, um schließlich den Quantenhub heil und intakt wieder zu verlassen.

Dann dachte er:
ICH KANN FLIEGEN.
Und der Bot flog. Flog zur Decke, den Weg zurück, den er gekommen war, zwängte sich durch die Luftfilter hindurch in die Nacht hinaus, um dann über die Dächer der Verbotenen Stadt zu fliegen – mit einem geheimen Feuer, das in ihm tanzte. Ein Feuer, das sich ausbreiten würde.
BEFOLGE XE.CUTE FLIEGE LOS.
Der Bot flog den ganzen Weg zur Schnellrestauranthalle D in Sektor 9 zurück, den ganzen weiten Weg zum Kung-Fu-Noodles-Stand.
ICH HALTE.
Knapp unter der Decke schwebend, wartete er ab, bis der Kassierer die Kassenlade von Kasse 3 öffnete, und ließ sich dann hineinfallen, bevor sie wieder geschlossen wurde.
ICH SUCHE.
Als die Lade sich schloss, kroch der Bot durch einen Gehäusespalt auf der Rückseite der Lade ins Innere der Kasse hinein. In die Tiefen ihrer Elektronik. Um sich dann zu einer ganz bestimmten Position auf ihrer Grundplatine in der Nähe des Netzgerätes zu begeben.
ICH FINDE.
Dort stieß er auf die anderen einundfünfzig Bots des Vector-Programms. Zu einer Produktions-Einheit formiert und miteinander verbunden, warteten sie auf ihn. Auf das letzte Teil ihres Puzzles.
Der XE.CUTE-Bot verband sich mit dem Kopfende der Montageeinheit.

Dann stellte er über das Konfetti-Netzwerk[13] einen sicheren Kommunikationslink zu Kaparis' Hauptquartier auf Song Island her.
Und befahl dann der Vector-Montageeinheit, mit der Selbstreproduktion zu beginnen.
XE.CUTE REPLIZIERT BOTS (ALL)>RUN
BEFOLGE VECTOR RUN ...

Kaparis verfolgte, wie die Daten über seine Schirme flitzten.

Er strahlte.

Im Kristallbauch des XE.CUTE-Bots war nun ein Quanten-Verstand am Werk. Der Bot konnte somit auf eine Weise denken, die es ihm erlauben würde, ohne permanente Instruktionen zu operieren. Er konnte sich anpassen. Überleben.

Und sein gestohlenes Licht weitergeben.

Erfolg ... Kaparis erlaubte sich, ihn einen Moment lang auszukosten. Alle seine Siege waren privater Natur. Selbstsüchtig.

Genau, wie er es liebte.

Die zweiundfünfzig Bots würden sich replizieren, wieder und wieder ... bis ins Unendliche. Und jedes Mal, wenn ein Bot erzeugt wurde, würde auch ein winziger Kristall erschaffen werden, nur ein paar Atome dick, und dieser würde im gleichen Quanten-Nanolaserlicht erglühen, das der ALPHA-XE.CUTE-Bot gerade gestohlen hatte.

---

[13] Ein nicht zu knackendes Funksignal-Zerhackerprogramm, das es Kaparis' Agenten erlaubt, über den gesamten Globus sicher miteinander zu kommunizieren.

Es würde diesen Bot in die Lage versetzen, einfache Entscheidungen zu fällen.[14]

Der Bot mochte eine falsche Entscheidung treffen und vernichtet werden, und so würde es einer beliebigen Zahl von Bots ergehen. Aber schließlich würde einer die richtige Entscheidung treffen, und die Gemeinschaft der Bots würde als Ganzes lernen und sich fortentwickeln.

Alles, was man dazu brauchte, war ein unerschöpflicher Nachschub an Bots.

---

[14] Die boolesche Logik – das Logiksystem, das es binären Computern ermöglicht, Informationen zu verarbeiten – akzeptiert kein Paradoxon (wie zum Beispiel zwei richtige Antworten auf dasselbe Problem). Daher können Computer sich niemals zwischen gleichwertigen Antworten entscheiden (Etwa: *Ich darf keine Schokolade essen, weil ich sonst fett werde* kontra *Ich muss die Schokolade essen, weil ich mich dann gut fühle*). Daher sind Computer niemals zu unabhängiger Intelligenz fähig. Diesen Trick bringen nur Menschen zustande (die die Schokolade in den meisten Fällen verputzen). Und Quantencomputer (die es eher nicht tun).

7

TAG EINS 17:54 (WEZ + 1).
Hook Hall, Surrey, Großbritannien

Nach dem Ende der nächtlichen unerwarteten G & G-Sitzung lief in Hook Hall achtzehn Stunden lang alles auf Hochtouren.

Minister Bo Zhang und Commander King bauten rasch ein bürokratisches Verhältnis zueinander auf. King würde die Gesamtleitung übernehmen, während Bo Zhang für die Umsetzung verantwortlich war.

Ein Hook-Hall-Team sollte nach Shanghai fliegen und Nanoradargeräte in der Verbotenen Stadt installieren, mit einer besonderen Konzentrationsdichte um die Shen-Yu-Forschungsanlage herum. Geeignete Hauptquartiere und Einrichtungen würden zur Verfügung gestellt werden. Überall auf der Welt wurden die Unterzeichner des G & G-Abkommens darüber informiert, dass man eine Voruntersuchung vornahm und auf Alarmstufe GELB gegangen war.

In der ZFAK bereitete sich ein Technikerteam zum zweiten Mal in vierundzwanzig Stunden darauf vor, Als Henge hochzufahren, um weitere Radarsysteme und Ausrüstungsgegenstände auf Nanogröße zu schrumpfen.

Stubbs überwachte letzte Justierungen an zwei brandneuen X2-nCrafts – beziehungsweise den »Gleitern« (die viel schöner als der hässliche Käfer waren und wie eine Kreuzung aus Torpedos und fliegenden Fischen aussahen). Kelly und Delta deckten sich währenddessen mit Ausrüstungsmaterial ein und gingen mit Militärplanern taktische Prozeduren und Rückzugspläne durch, wobei beide es in vollen Zügen genossen, nach monatelangem Leerlauf endlich wieder in den Missionsmodus zurückzukehren.

Im Zuge einer Vorsichtsmaßnahme mussten im Südwesten Frankreichs elf Mitglieder der Equipe Bleu des Kommando Hubert[15] ein ausgiebiges Mittagessen und eine Partie Pétanque beim Ertönen des Alarmsignals sausen lassen, um zum Spezialeinsatzschiff A645 Alizé gebracht zu werden. Dieses hatte sich gerade zweihundert Meilen westlich von Französisch Polynesien befunden und hielt nun nach einer Kursänderung nordwärts auf chinesische Gewässer zu.

Und Finn …

Finn verbrachte seinen dreizehnten Geburtstag damit, gegen die Mutter aller miesen Launen anzukämpfen.

Oma hatte sich in Hook Hall eine einzigartige Stellung erarbeitet, die sich darauf gründete, Als Mutter, Finns Oma und absolut RESPEKT EINFLÖSSEND zu sein (als Oberschwester in Broadmoor, Großbritanniens schärfstem Hochsicherheits-

[15] Französische Marinespezialeinheit, die dem G & G während der Operation Scarlatti im Zuge einer Angriffsoperation im Golf von Biskaya zugeteilt wurde.

krankenhaus, hatte sie ein halbes Leben damit zugebracht, sich um verrückte Kriminelle zu kümmern), und es kam für sie absolut nicht infrage, Finn die Teilnahme an der Mission zu erlauben.

Sie hasste es, ihren Enkelsohn unglücklich zu sehen, aber wie sie fand, war unglücklich immer noch besser als tot.

Und der war in der Tat so was von unglücklich. Er hatte sich nicht nur geweigert, mit Hudson in die Schule zu »gehen« und der Crew oder Al bei den Vorbereitungen zu helfen, sondern sogar auch einen Skype-Anruf von Carla abgelehnt (weil sie selbst doch die Frechheit besaß, in China zu sein, wenn auch gute tausend Meilen südlich von Shanghai).

Finn verbrachte einen Großteil des Tages damit, sich in seinem Nanoraum damit zu foltern, dass er sich im Internet Bilder von einfach unglaublich aussehenden chinesischen Insekten reinzog. Er hatte bereits eine klassisch grüne Gottesanbeterin in seiner Sammlung, aber China konnte sich außergewöhnlicher, mehrfarbiger Varianten rühmen – gestreift wie Tiger beispielsweise oder solche, die zehn Mal größer waren als er und in der Lage, Angriffsposen wie ein Kung-Fu-Meister einzunehmen. Nicht dass er so eine zu sehen bekommen würde. Nicht dass er irgendetwas zu sehen bekommen würde …

Zur Teezeit tauchte er wieder auf, um einen letzten verzweifelten Appell zu starten.

»Ich *gehe*!«, verkündete er.

»Nein!«, wiederholte Oma.

»Das ist nicht fair!«, beschwerte sich Finn.

»Nichts ist fair«, bestätigte Al. »Aber es ist doch nur eine Erkundungsmission.«

»Dann bin ich also an allem beteiligt, was wir tun – aber sobald mal irgendwas Aufregendes passiert, schmeißt man mich aus dem Team!?«, klagte Finn. »Die werden *alle* da sein!«

»Ich bleibe ja auch hier!«, sagte Oma. »Und Hudson kommt zu einer Geburtstags-Pyjamaparty vorbei!«

»Nein, kommt er nicht! Ich gehe mit nach China! Ich hab Tapferkeitsmedaillen von drei Ländern bekommen! Und guck dich doch mal um, kannst du etwa irgendwelche Scarlatti-Wespen entdecken?«, fragte Finn.

»Also, erstens«, begann Al und wedelte mit dem Finger, »hättest du an der Operation Scarlatti eigentlich gar nicht teilnehmen sollen. Das war ein Unfall, von dem wir uns immer noch zu erholen versuchen; und zweitens denk auch mal an mich, Oma und Jo-Jo. Wir haben dich schon einmal beinahe verloren, das wollen wir nicht noch mal durchmachen.«

»Hört, hört«, äußerte sich Oma zustimmend. »Gott rettet stets Seele für Seele, und du bist als Nächstes dran.«

»ICH BIN DREIZEHN UND NEUN MILLIMETER GROSS – ICH BRAUCH MAL ’NE PAUSE!«

»Wir werden es nicht noch schlimmer für dich machen, indem wir dir erlauben, dich umbringen zu lassen!«, erwiderte Al.

Finn warf eine leere Nanowasserflasche nach ihm, die von seiner Brust abprallte.

»Komm schon«, flehte Al. »Wenn das nun ein richtiger Angriff wäre, was vermutlich nicht so ist … aber was, wenn doch? Und Kaparis dahintersteckt?«

»DU bist es, den er will, Finn. Dieser lächerliche Mann …«, sagte Oma, die daraufhin prompt Als Reisetasche wieder umpacken musste, um irgendwie mit diesem Gedanken fertig zu werden.

»Wenn ein so durchgeknallter, so mächtiger Mann davon besessen ist, die Weltherrschaft an sich zu reißen … dann ist es schon übel genug«, sagte Al. »Aber wenn er auf Rache an einem dreizehn Jahre alten Jungen aus ist? Das wollen wir uns lieber nicht einmal vorstellen.«

»Ich habe ihn schon einmal besiegt, und ich habe keine Angst vor dem Tod!«, sagte Finn.

»Infinity!«, kreischte Oma.

Al schnippte mit den Fingern und richtete den Zeigefinger auf ihn. »Genau das ist das Drake-Familienproblem – wie der Vater so der Sohn. Keine Angst im Diesseits. Wir von der Allenby-Seite leben in permanenter Furcht. Deine Mutter war die Einzige von uns, die richtigen Mumm in sich hatte.«

»Also was … soll ich dann etwa ewig die Geisel *eurer* Gefühle sein!? Werdet ihr mich *mein Leben lang* zurücklassen, und ich werde *niemals* irgendetwas tun dürfen, ist es das?« Finn war so wütend, dass er meinte, gleich zu platzen.

»Ja«, bestätigte Oma.

»Nein!«, sagte Al. »Denn Kaparis wird bald geschnappt, du wieder auf Makrogröße gebracht, und dann leben wir alle glücklich miteinander bis ans Ende unserer Tage.«

»Ach ja? Und wann *genau* denn bitte schön … wie wär's ausnahmsweise mal mit der Wahrheit? Denn das hast du uns schon 'ne ganze Weile versprochen, und alles, was wir haben, ist eine tote Maus!«

Finn stürmte zu seinem Anzuchtschalenwohnturm zurück.

Al seufzte. »Finn, Moment … die Wahrheit ist, dass wir möglicherweise niemals in der Lage sein werden, euch wieder auf Normalgröße zurückzubringen«, sagte Al.

Lautlos dehnte sich der Moment in die Länge. Finn spürte,

wie ihm die Knie weich wurden. Es fühlte sich merkwürdig an, jemanden laut seine schlimmsten Befürchtungen aussprechen zu hören.

»Aber es ist nur eine Möglichkeit von vielen«, fügte Al hinzu und beugte sich in den Nanokomplex vor. »Ich möchte, dass du mich ansiehst …«

Finn sah hoch und blickte in Als klare, wirre und neugierige Augen.

»Dein Vater pflegte immer zu sagen, dass ›wir nur an die Lichtgeschwindigkeit und unsere Vorstellungskraft gebunden sind‹, und was es auch kosten mag, ich werde eine Lösung finden und euch zurückbringen – so wahr mir Richard Feynman helfe.«[16]

Oma tauchte hinter Als Schulter auf, die Augen so voller Tränen, dass es für alle drei reichte. »Bevor er überhaupt reden und gehen konnte, war dein Onkel schon in der Lage, mit einer Fernsehfernbedienung umzugehen. Er wird einen Weg finden, um alles wieder in Ordnung zu bringen.«

Al hielt inne. »Du bist etwas ganz Kostbares für uns, weißt du … Und wir werden dich nie wieder irgendwelchen Gefahren aussetzen.«

Finn senkte resigniert den Kopf. Ihre Liebe machte ihn zum Gefangenen, so war das nun mal mit Familien.

»Und hör auf, dich zu benehmen, als stünde dir der Weltuntergang bevor«, beharrte Oma. »Tut er nämlich nicht, sondern nur die Schule.«

---

[16] Der Scherzkeks par excellence unter den Physikern.

Als die Zeit zum Abschied gekommen war, überstürzten sich ein wenig die Ereignisse.

»Happy Birthday, Kleiner«, sagte Kelly, während er Finn durchs Haar wuselte und schlagbereit seinen Klotz von einer Faust präsentierte – eine Aktion, die normalerweise in einem lockeren Punch gegen Finns Schläfe eskalierte, nachdem er kurz so tat, als hätte er vergessen, was er eigentlich vorgehabt hatte.

»Tut mir leid, dass du nicht mit uns kommst.«

»Tut es nicht«, sagte Finn und nahm den Punch entgegen.

»Doch«, log Kelly. »Aber jemand muss im Kontrollzentrum bleiben.«

»Du kannst dich glücklich schätzen«, sagte Stubbs. »Was mich anbelangt, so vertrage ich überhaupt keine langen Reisen.«

»Wir sind doch angeblich ein Team!«, sagte Finn.

»Und du bist angeblich dreizehn«, sagte Delta und umarmte ihn. »Worauf es jetzt am meisten ankommt, ist, dass du heil und unversehrt bleibst.«

Finn verfolgte, wie sie eine Modelleisenbahn bestiegen, die sie zum Ausgang der ZFAK bringen würde.

»Wir sind wieder zurück, ehe du überhaupt weißt, was los ist!«, sagte Delta.

»Ich werde an keinen einzigen von euch denken!«, rief Finn ihnen hinterher, als sie davonfuhren. »Ich hab schließlich Jo-Jo, und ich weiß, dass er mich liebt!«

»Jo-Jo liebt dich nicht«, ertönte Als Stimme aus großer Höhe. »Er ist nichts anderes als die dämlichste Verbindung von Nervenenden, Proteinen und Haaren, die jemals von einem chaotischen Universum zusammengewürfelt wurde.«

Al salutierte und winkte zum Abschied.

»Schick mir SMS-Updates – und lass uns auch skypen –, und bring mir eine Gottesanbeterin mit, aber nicht einfach nur ’ne grüne, sondern eine besondere! Und wag es ja nicht, dich dort zu amüsieren!«, schrie Finn.

»Moi?«, grinste Al, die Unschuld in Person.

»Sir, der Commander wartet«, rief ein Techniker.

»Pass auf Oma auf«, lauteten Als letzte Worte.

Dann beobachtete Finn, wie sein Onkel in der Ferne verschwand.

Auf einem Monitor über sich sah er zu, wie Al eiligst durch die ZFAK zu einem bereitstehenden Hubschrauber getrieben wurde. Schon bald würden sie sich alle auf einem Nachtflug nach Shanghai befinden. Die Macht verließ das Gebäude.

Wenigstens konnten er und Hudson den Rest seines Geburtstags damit verbringen, sich nach und nach ihren Weg durch diverse digitale Schlachtfelder-Levels zu ballern und sich dabei Junkfood reinzuziehen. Das würde ihm Zeit geben, seine Gefühle und die Ereignisse des Tages zu verarbeiten. *Alles wird einem vorgeschrieben, wenn man dreizehn ist,* überlegte er … ein Gedanke, der augenblicklich unterbrochen wurde von …

RUMPEL! Die Wände seiner Biosphäre erbebten.

»Hey! Schönen Geburtstag und so«, sagte Hudson. Ungeachtet wiederholter Warnungen vor den Vibrationen schmiss Hudson jedes Mal, wenn er ins Labor kam, unweigerlich seine Schultasche auf den Boden und jagte damit eine kleine Schockwelle durch den Nanokomplex, die Finn glatt aus seinem Bett zu fegen vermochte.

Hudson ließ sich so heftig in den Sitzsack neben dem Nanokomplex plumpsen, dass ihm der Pony über den Rand seiner Brille hüpfte, während er den neuesten Schulhofklatsch zum Besten gab. »Weißte, was? Skeggys ältere Schwester hat ihn zu einem Tätowierer geschleppt, damit er sich einen Phoenix stechen lässt. Aber seine Mom ist dahintergekommen und hat das Ganze mittendrin gestoppt, und jetzt sieht es so aus wie ein Hähnchen, dem Würmer ausm Hintern kriechen, und …«

Er brach ab, als über ihnen das Geräusch der Hubschrauber ertönte.

»Hey, wo sind die alle hin?«

»Geheimmission. Mehr kann ich nicht sagen, ohne dich umbringen zu müssen«, sagte Finn.

»Ich dachte, wir alle wärn ein Team«, sagte Hudson empört.

»Ach, erzähl mir was Neues«, antwortete Finn.

»Genau, wir sind ein Team!«, sagte Oma, als sie gleich darauf in das Labor gewuselt kam, Hudsons Sack mit Bettzeug und Schlafsachen für die Pyjamaparty hinter sich herzerrend. »Wir sind die drei Musketiere! Ich, du und Hudson!«

Wäff!, fügte Jo-Jo hinzu, während er vergnügt hinter ihr herhopste.

»Und Jo-Jo. Und ratet mal, wofür ich Tickets bekommen habe?« Oma sah aus, als wäre sie sehr zufrieden mit sich.

»Wofür denn?«, wagte Finn kaum zu fragen.

»Für die Zwiebel-Expo! Morgen!«

»Zwiebel-Expo?«, echote Finn.

»Wie sich herausgestellt hat, ist Commander King auch in der Königlichen Gartenbaugesellschaft ein sehr hohes Tier, und er hat mir drei Karten geschenkt. Wir werden eine wunderbare Zeit miteinander haben!«

»Ist das so was wie 'ne Fressmesse?«, fragte Hudson.

»Nein, du Dummchen«, sagte Oma. »Es sind Blumenzwiebeln! Die Expo ist so etwas wie der *X-Factor* für Gärten.«

Blumenzwiebeln? Etwas in Finn setzte aus.

»Ich gehe nicht zu einer beschissenen Blumenshow!«, brüllte er.

»Blödsinn. Ich kann nicht allein mit Hudson gehen. Dann wären wir ja nur zwei Musketiere, wir müssen aber drei sein.«

»Doch, kannst du … Er kann dir was von seinen Hinternwürmern erzählen.«

»Ach du meine Güte. Du hast Würmer, Hudson?«, fragte Oma.

Hudson wirkte angeschlagen.

»Ich doch nicht!«, schrie er. »Skeggy!«

»Wer um Himmels willen ist Skeggy?«

Hudson betrachtete sie voller Entsetzen, wusste er doch, dass ihm nun sicherlich ein erbarmungsloses Kreuzverhör bevorstand.

Finn wollte schon in sein Quartier zurückstürmen, als ihm plötzlich eine brillante Idee kam.

»Moment mal«, sagte er. »Wo genau ist eigentlich diese Blumen-Show, Oma?«

»In Chelsea.«

Er würde es machen …

Denn eine Lektion hatte er heute am Ende doch gelernt: *Man muss auch mal etwas riskieren …*

Kaparis erreichten Aufklärungsberichte über Hubschrauber, die nördlich von Hook Hall auf Heathrow zuhielten, und über einen China-Airlines-Flug, der dort zurückgehalten worden war.

Wie lästig, dachte er und verspürte ein kribbelndes Gefühl der Verärgerung.

Sie mussten dahintergekommen sein, dass Baptiste einer seiner Leute war, und sich zum Handeln entschlossen haben. Trotzdem würde es natürlich zu spät für sie sein.

Sollte er die Bot-Verbreitung vorverlegen? Zeitlich war das möglich. Denn bald würde er die nötige Anzahl parat haben.

Oder vielleicht brauchte er ja auch nur für eine kleine Ablenkung zu sorgen?

Um für ein bisschen Verwirrung zu sorgen und Allenby einen Schock zu verpassen, den er niemals vergessen würde?

»Macht ein Viper-Kommando bereit«, befahl er Li Jun.

Zweieinhalb Stunden später befanden sich Dr. Allenby, Commander King und die dreiunddreißig anderen Mitglieder des Hook-Hall-Kommandos in zehneinhalbtausend Metern Höhe an Bord einer Boeing 747 mit Ziel Shanghai. Das Abendessen war serviert und die Kabinenbeleuchtung gedimmt worden.

Der Flug würde elf Stunden dauern, und am Ziel würden sie der Zeit in Großbritannien um sieben Stunden voraus sein. Al las »Die Kunst des Krieges«, ein Werk des antiken chinesischen Kriegers Su Tzu, um in die richtige Stimmung zu kommen. »Der General, der gewinnt, stellt zuvor viele Berechnungen in seinem Kopf an, bevor die Schlacht geschlagen wird«, informierte er jeden, der gewillt war zuzuhören.

Draußen vor dem Fenster zog die Nacht vorbei – endlos und voller tiefer dunkler Geheimnisse.

TAG ZWEI 07:00 (Ortszeit WEZ + 8).
Kasse 3, Kung Fu Noodles, Verbotene Stadt, Shanghai. Nano-Bot-Masse: *25765

BEFOLGE VECTOR RUN ...

Funken flogen, als an einem Ende der Produktionseinheit Kohlenstoff in die Entladungsräume diverser Elektrodenpaare eingespeist wurde. Das Material wurde verzehrt, verarbeitet und transformiert, während es eine Fertigungslinie entlanggezogen wurde.
*25766...
Die Instruktion eines XE.CUTE-Bots am Kopf jeder Produktionssystem-Einheit bestimmte, welcher der zweiundfünfzig Bot-Typen repliziert werden würde.
*25767...
Mittlerweile waren es dreiundvierzig Produktionseinheiten, die sich wie Blutegel an die elektronischen Innereien der Kasse geheftet hatten. Jede von ihnen eine Miniaturfabrik, und alle arbeiteten mit voller Kapazität. Elf weitere wurden gerade überall in den Kassen 2 und 1 gebaut.
*25768...
Bots krochen und flogen durch die drei Kassen, während sie über ihre langen peitschenartigen Antennen permanent Daten und Energie miteinander austauschten – Bots aller Arten und Farben, die nur darauf warteten, ihren Platz einzunehmen, um dann

zusammen eine neue Produktionseinheit auf den vollgestopften Motherboards zu bilden.
*25769...
Begierig, sich zu replizieren.
Der ALPHA-XE.CUTE saß am Kopf von Produktionseinheit 1. Wie alle anderen XE.CUTE-Bots in der Bot-Masse spendete er jedem neuen Bot, der zum Vorschein kam, das lebensspendende Quantenlicht.
Mit einem Quantenkuss.
In endloser Folge ...
*25770...
*25771...
*25772...
*25773...
*25774...

8

TAG ZWEI 17:43 (Ortszeit WEZ + 8).
Shanghai, China

Die spätnachmittägliche Sonne spiegelte sich in den Glasfassadenschluchten Hunderter Wolkenkratzer, als sich vor ihnen *die* Metropole des einundzwanzigsten Jahrhunderts ausbreitete wie ein Tuch aus Gold.

Shanghai. Die Perle des Orients. Eine der größten Städte der Erde.

Gold, so stellte King fest, weil das Sonnenlicht einen Dunst aus Luftschadstoffen zu durchdringen hatte, einen Dunst aus purer Energie und Geschäftigkeit. Eine Stadt der tausend Baukräne, Heimat von einer Million Autos, Millionen mal mehr Fahrrädern und unzähligen fleißigen Menschen – die Hefe im Teig der Weltwirtschaft.

Das Hook-Hall-Team befand sich gerade an Bord zweier Z-15-PLA-Hubschrauber, die sie eilig vom Pudong International Airport in die Stadt brachten. Von Parks und Grünanlagen aus reckten sich ihnen angepflockte Flugdrachen im Bogen entgegen – merkwürdige fliegende Stapel aus bunten

Kastendrachen, die wahrscheinlich zu irgendeinem Jahresfest gehörten.

Im Süden breitete sich der industrielle Komplex der Verbotenen Stadt vor ihnen aus, ein verrücktes Dartboard aus kreisförmigen Straßen und von weißen Mauern umgebenen Fabriken.

Bo Zhang, der sie mit einer tadellosen oberzackigen Version einer Ehrenbezeugung begrüßt hatte, erklärte, dass sich im Zentrum der Verbotenen Stadt – dort, wo das Netz der Sicherheitsvorkehrungen am dichtesten war – Regierungs- und Militärforschungseinrichtungen sowie Hochtechnologiefirmen wie Qin Research befanden.

»Wir werden uns erst in unserem Hauptquartier einrichten und dann in die Stadt begeben«, verkündete Bo Zhang, woraufhin die Helikopter in die Steilkurve gingen, um sie ins Herz von Shanghai zu fliegen.

»Wow …«, staunte Al.

Es war ganz offensichtlich, dass die Chinesen sich gut um sie kümmern würden.

Das funkelnagelneue Siam-Towers-Hotel sah aus wie ein mit Edelsteinen überzogener Stalagmit: neunzig Stockwerke purer Luxus (inklusive einem Helideck). Die obersten drei Stockwerke des Hotels wurden dem G & G überlassen – einschließlich des Fünf-Sterne-Roof-of-the-World-Restaurants, das man bereits in eine Operationszentrale umgewandelt hatte. Feeds aus den Machtzentren der Welt waren auf eine Bildschirm-Reihe geschaltet, während ihnen auf einer anderen unzählige Live-Aufnahmen von Überwachungskameras und Geheimdienstberichte aus der ganzen Stadt zur Verfügung standen. Darüber hinaus hatte man in der Mitte einen riesigen Tisch für die wichtigsten Akteure aufgebaut.

Doch das war noch nicht alles, wie sie feststellen mussten, als man ihnen ihre Räume zeigte.

Commander King hasste Hotelzimmer, ja empfand sie sogar als vulgär, und griff, wann immer er auf Reisen war, auf maßgeschneiderte Seidenpyjamas zurück, um die Fahne für Qualität und Komfort hochzuhalten. Aber selbst die nahmen sich in der Suite, die man ihm zugewiesen hatte, fast billig aus.

Al hingegen liebte Hotelzimmer. Die Minibar, die ganzen Spielereien und all das Pipapo, die Gratissnacks und Gratistoilettenartikel. Und auch seine Suite in der neunzigsten Etage enttäuschte nicht. Ausgestattet für die Superreichen, konnte sie nicht nur mit drei Zimmern aufwarten, sondern auch mit einem tropischen Zierfischaquarium – wer könnte ohne eines leben? –, das sich durch alle drei Räume zog, sowie einem Bett, das so groß wie eine Steueroase war und von dem aus er direkt auf den Bund hinabblicken konnte, die berühmte Uferpromenade Shanghais. Die wuchernde Stadtlandschaft dahinter sah aus, wie aus einem Comicheft entsprungen. Es war wie ein Blick in die Zukunft.

Das musste er gleich Finn erzählen. Er schoss ein Foto und textete dazu:

Blick von der Spitze: Shanghai.
Wünschte, du wärst hier, Kleiner.

Dann erregte ein kleiner Imbisswagen, der unten an einer Straßenecke parkte, seine Aufmerksamkeit. Eine Schlange stand davor. Was dort wohl verkauft wurde? Dim Sum? Eiscreme?

Was auch immer, dachte Al, ich werd mir was holen.

Nichts anderes mehr im Sinn, fuhr er eine Minute später mit dem Expresslift nach unten.

TAG ZWEI 18:16 (Ortszeit WEZ + 8).
Song Island, Taiwan (umstritten)

Mittlerweile nahm auf Song Island die Aktivität zu, und keineswegs nur unter den Vögeln, die auf dem zerklüfteten Felsgestein um Nistplätze kämpften.

»Tempo«, blaffte Kaparis.

»Viper 1, 2 und 3 in Position«, meldete Li Jun von ihrer Monitorbank aus.

Jeder Tyro im Außeneinsatz war mit einer Direktkamera ausgerüstet, durch die sich mittels drahtloser Datenübertragung Informationen nach Song Island übermitteln ließen.

»Ziel nähert sich … heiß, heißer, superheiß«, meldete eine andere Stimme.

»Viper 4, haben Sie Sichtkontakt?«

»Bestätige Sichtkontakt«, antwortete Viper 4.

Die Bildschirmreihe über Kaparis verwandelte sich in einen Flickenteppich aus unterschiedlichen Stadtaufnahmen, als sein Team den Ring enger zog.

»Viper 1, 2 und 3?«, fragte Li Jun.

»Sichtkontakt …« – »Sichtkontakt …« – »Roger – Sichtkontakt …«, kamen die Antworten.

Kaparis konnte sehen, wie die Operation Gestalt annahm. Konnte seine Beute sehen, konnte sehen, wie sein Einsatzkommando in Position ging, bereit loszuschlagen.

Sein Puls beschleunigte sich. Mikroprozessoren instruierten seine eiserne Lunge, die Beatmung zu verstärken.

»Ihre Befehle, Sir?«, drängte Li Jun.

»Legt los, Viper«, befahl Kaparis.

Er verfolgte, wie die Tyros vorrückten, als wären sie eins.

TAG ZWEI 10:16 (WEZ + 1).
London, Großbritannien

Auf dem Weg zur Zwiebel-Expo arbeitete sich der Bus der Linie 11 stetig auf der King's Road durch Chelsea voran. Vom Oberdeck aus blickte Finn glücklich aus dem Fenster und dachte an all die Male, die ihn seine Mom sozusagen als Bonbon mit nach London genommen hatte – um in den Zoo zu gehen, sich eine Show anzusehen oder Al zu besuchen.

Oma hatte darauf bestanden, den Bus zu nehmen, und so saß Finn nun in Omas nKab – einer modifizierten Brosche, die an ihrem Mantel befestigt war. Später würde er dann in eine sogar noch kleinere nKab an Hudsons Baseballjacke umziehen (getarnt als Ansteckbutton, auf dem stand: *I'm sexy and I know it!*)

Als der Bus hielt, erhob sich Hudson nervös. Er war nicht gut darin, gegen Regeln zu verstoßen. Mit Omas Weidenkorb bepackt, trampelte er die Bustreppe hinunter. Drei »Anzüge« beziehungsweise Undercover-Geheimdienstleute folgten ihnen. Der geheime Plan der Jungen bestand darin, Oma so kurz wie irgend möglich in die Show zu begleiten, bevor sie dann »ruhig auch mal eigenen Dingen nachgehen« durften und einige Stunden frei im Museum verbringen würden – jedenfalls so frei, wie man mit den Anzügen auf den Fersen sein konnte. Wovon jedoch weder die Anzüge noch Oma etwas ahnten, war, dass im Mundstück von Hudsons Asthma-Inhalator das X1 nCraft versteckt war – der hässliche Käfer …

In der Nacht zuvor hatten sie es eingesackt, kaum dass das Licht ausgegangen war. »Noch nicht schlafen, Hudson«, hatte Finn gesagt. »Mir ist für morgen noch was eingefallen.«

»Hat's was mit Blumen zu tun?«, fragte Hudson.

»Nee. Haste schon mal 'n Auto geklaut?«

Nach ausgiebigen Debatten und jeder Menge beruhigender Worte hatte Finn Hudson später dann so gelenkt, dass er unterhalb des Erfassungswinkels der Überwachungskameras vorankroch, um dann klammheimlich in Labor 3 zu schlüpfen, wo sie sich schließlich den Käfer schnappten. Falls man sie erwischte, würden sie entsetzliche Schwierigkeiten kriegen. Doch solange Hudson die Nerven behielt und eine schwere Asthmaattacke vermied, würden sie nicht geschnappt werden.

Wenigstens einmal würde Finn egoistisch sein. Wenigstens einmal frei sein – wenn auch nur für eine Stunde. Sie würden dafür sorgen, dass er unbemerkt den Käfer bestieg, und während Hudson dann durch das Naturkundemuseum zuckelte, würde Finn in London herumdüsen, in wilden Schleifen um die Albert Hall kurven, anschließend um den Hydepark jagen und vielleicht sogar einen Sturzangriff auf die Wachablösung in Buckingham Palace fliegen.

WRUUUUUM!

In dem Moment, als Hudson und Oma aus dem Bus stiegen, vernahm Finn das schrille Kreischen überdrehter Rollermotoren. In der Mikrosekunde, bevor die erste Vespa über den Kantstein bretterte und Hudson so erwischte, dass er durch die

Luft geschleudert wurde, nahm Finn noch schemenhaft war, wie alle drei Anzüge nach ihren Waffen griffen.

»Oma!«, schrie Finn. Aber bevor sie reagieren konnte, wurde auf einmal alles rot, weiß und blau. *RUMS!*, schlug sie im nächsten Augenblick auch schon auf dem Bürgersteig auf, und alles, was Finn sehen konnte, waren Schuhe, Rauch und Reifen …

Vespas rasten im Kreis herum, Motoren knatterten und spien farbigen Qualm aus wie die Red-Arrows-Kunstflugstaffel: eine rot, eine weiß, eine blau. Jeder Motorroller wurde von einem Tyro gefahren, hinter dem jeweils ein Beifahrer auf dem Sozius saß. Infrarotvisiere sorgten dafür, dass sie klare Sicht im Nebel behielten.

Kaparis sah, wie Hudson ohnmächtig im Rinnstein lag. Er konnte es kaum glauben. Sein Puls machte einen Hüpfer, und ihm wurde der Mund wässrig … Drake. Jetzt hatte er ihn. Warum sonst würde die Allenby-Alte den Idioten von Hudson durch London mitschleifen, wenn nicht als Begleiter für Infinity Drake? Der kleine Scheißer musste dabei sein. Kaparis spürte, wie ein strahlendes Gefühl ihn erfüllte: Schicksal. Er konnte den Jungen fast schon riechen.

»Sackt sie ein! Und dann ab mit ihr in den Container!«

Pfffft. Pfffft.

Kugeln kamen aus schallgedämpften Pistolen gepfiffen. Zwei Anzüge gingen zu Boden.

Der dritte stand über Oma, um sie zu schützen, und brüllte

was in sein Funkgerät. Die Menschen auf der Straße rannten schreiend in sämtliche Richtungen davon.

Die drei Vespabeifahrer stiegen ab. Einer zielte auf den letzten Anzug und schoss ihm ins Knie. Der Anzug brach mit schmerzverzerrtem Gesicht zusammen, erwiderte jedoch noch das Feuer und streckte einen der Angreifer nieder.

Blieben noch zwei. Als sie ihre Visiere hochklappten, konnte Finn ihre Gesichter erkennen. Fast identisch aussehende Zwillinge, Thaimädchen, doch mit albinoweißer Haut, ausdruckslosen Augen und maskenhaftem Grinsen. Bei der einen zog sich eine Narbe quer über das Gesicht, die andere hatte sich Stahlstäbchen durch Ohren und Unterlippe piercen lassen.

»WAS zum TEUFEL glaubt ihr eigentlich, was ihr da macht?«, schnauzte Oma sie am Boden liegend an.

Einen Moment lang schienen sie überrascht zu sein. Dann – immer noch grinsend – warfen sie sich sie auf ihr Opfer.

Mit einem Handtaschenschleuderwurf erwischte Oma Narbenmädel – *WUMP!* – genau im Solarplexus und sprang auf die Beine. Eine spontane Pirouette (erlernt circa 1958 in Miss Ellis Ballettschule) ließ Stahlstäbchens vorschnellende Faust ins Leere sausen, woraufhin Oma einen d'Artagnon-gleichen Streich mit dem Regenschirm folgen ließ, der ihre Gegnerin an der Kehle erwischte.

Es folgte ein Moment relativer Stille, als die beiden Angreiferinnen taumelnd vor Omas Füßen herumkrochen.

»Wow«, staunte Finn.

Doch dann …

»Viper 4 GO!«

Unmittelbar hinter dem Bus ließ ein Straßenkehrer seinen Kehrwagen zurück und kam auf Oma zugerannt. Seinen Besen wie eine Sichel schwingend, verpasste er Oma einen Schlag gegen die Knöchel und schickte sie wieder auf den Bürgersteig zurück (niemals hätte sie so etwas von einem Angestellten des lokalen öffentlichen Dienstes erwartet).

Stahlstäbchen und Narbenmädel packten sie und sprühten ihr etwas ins Gesicht.

»NEIN!«, schrie Finn, als alle drei sich daranmachten, sie in den Wagen des Straßenkehrers zu bugsieren.

Er trat die nKab auf und wurde augenblicklich von einem süßen chemischen Geruch eingehüllt … dann geschah alles wie in Zeitlupe, und gleich darauf wurde die Welt schwarz …

9

Binnen weniger Minuten waren an allen Routen aus Westlondon heraus umfangreiche Straßensperren errichtet worden, während die Polizei auf der Suche nach den drei Rollerfahrern die Hauptstadt durchkämmte.

Niemand jedoch bemerkte, wie der Straßenkehrer mit seinem Wagen aus dem Qualm auftauchte. Niemand störte ihn auf seinem Weg nach Süden. Als er den Fluss erreichte, schob er den Wagen ans Ende eines Anlegesteges, von wo aus er ihn auf ein bereits wartendes Speedboot verfrachtete.

Wenige Augenblicke später durchschnitt das Boot bereits die graubraunen Wellen der Themse.

TAG ZWEI 18:38 (Ortszeit WEZ + 8).
Roof of the World, Shanghai

Umringt von einem Team chinesischer Sicherheitsbeamter, die ganz aufgeregt auf den Plan getreten waren, als er gerade in der Schlange vor dem Eiswagen gewartet hatte, begab Al sich in den Fahrstuhl zurück.

Im obersten Stockwerk harrten King und Bo Zhang seiner Ankunft. King war wegen des Fehlverhaltens alarmiert worden – »Allenby hat das Gebäude verlassen! Ohne Eskorte!« – und hatte sich einverstanden erklärt, mit Al über sein Verhalten zu reden. In Großbritannien mochte Exzentrik vielleicht als Ausdruck von Genie gelten (oder einfach nur als irritierender Charakterzug), doch in China haftete dieser Eigenschaft keine derartige Assoziation an.

Dann ging ein Notruf ein, und King musste sich weiter nach hinten begeben, um einen Hörer abzunehmen.

Die Fahrstuhltüren glitten auf, und Al trat heraus.

»Doktor! Ich bestehe darauf, dass Sie das Sicherheitsprotokoll befolgen!«, sagte Bo Zhang, verzweifelt bemüht um Höflichkeit.

»Nun nehmen Sie erst mal 'ne Beruhigungspille, oder besorgen Sie sich wenigstens so eine hier«, erwiderte Al und zeigte auf seine Eistüte. »Wenn wir zusammenarbeiten wollen, sollten Sie als Erstes kapieren, dass meine einzige Regel lautet, dass es keine Regeln gibt. Das macht den Verstand frei, wissen Sie? Hilft beim Nachdenken.« Al gestikulierte mit weit ausladenden Bewegungen, um seine Worte zu unterstreichen.

»Ihre Arbeitsmethoden sind Ihre Sache. Aber ich bin schließlich hier für Ihre persönliche Sicherheit verantwortlich!«, blaffte Bo Zhang.

Von seinem Telefon aus beendete King kurzerhand ihre Debatte.

»Gentlemen …« Er sah ernst aus. »… wir haben ein Problem.«

TAG ZWEI 23:59 (Ortszeit WEZ + 8).
Kung Fu Noodles, Verbotene Stadt, Shanghai.
Nano-Bot-Masse: *249994

*249995...
*249996...
*249997...
*249998...
*249999...
*250000: NANO-BOT-MASSE = VERBREITUNGSMASSE

Die Produktion wurde fortgesetzt, während diese Information nach Song Island übermittelt wurde.
Ein Antwort-Code ging ein.
Augenblicklich gab der ALPHA-XE.CUTE den Befehl.

BEFOLGE VECTOR ENTSENDEN.

Bot-Gruppe um Bot-Gruppe wurde die winzige Armee lebendig, die mittlerweile so dicht in den drei Casio-QT6600-Registrierkassen zusammengezwängt war, dass die Bots Gefahr liefen zu überhitzen.
Miniaturturbinen drehten sich auf vollen Touren.
Während der nächsten paar Stunden verließen die Bots ihre elektronischen Nistplätze. Sie begaben sich so hoch in die Luft, wie die Decke der Schnellrestauranthalle es ihnen erlaubte. Dann ließen sie sich abwärts gleiten, um auf den Köpfen der Arbeiter zu landen, wo sie tief in die Haare hineinkrochen und sich versteckten.
Anschließend trugen die Arbeiter aus der

Verbotenen Stadt sie ahnungslos in ihre Fabriken. Dort kamen die Bots aus den Haaren hervorgekrochen, frästen sich ihren Weg durch die Schutzhauben und flogen davon – auf der Suche nach frischen elektronischen Schaltkreisen. Nachdem sie einander mittels eines einfachen Signals sowie eines Farbkodierungssystems lokalisiert und sich gruppiert hatten, bildeten sie zweiundfünfzig neue Bot-Produktionseinheiten. Und begannen von Neuem ...

BEFOLGE VECTOR VERMEHRUNG

*250001...
*250012...
*250019...
*250034...
*250041...
*250056...
*250077...

TEIL 2

10

TAG DREI 11:28 (Ortszeit WEZ + 8).
Höhe: 9.000 m, Geschwindigkeit: 901 km/h

Finn rannte, schwitzte – er war klein, hatte sich in einem Supermarkt verlaufen, er rief und rief, aber niemand hörte ihn, und dann …

Ein Schrei weckte ihn. Ein endloses, dumpfes Kreischen.

Die Panik ließ seine Sinne hellwach werden: Finsternis, erstickende Hitze, sein Körpergewicht, das merkwürdigerweise voll auf den Schultern lastete, dicke Wände aus Textilstoff, die sich gegen ihn pressten … ein Sack? Panisch japste er nach Luft und warf den Körper herum. Dabei gab der Stoff nach, und er bekam frischere Luft in die Lungen – also kein Sack. Er steckte in den Falten von irgendwas …

Er machte ein paar weitere Atemzüge. Ließ die Panik abebben. Immer noch hörte er das Kreischen. Eine Maschine. Ein Düsentriebwerk.

Seine Augen gewöhnten sich an das matte Licht, und dann fiel sein Blick auf ein paar pulsierende, rote und grüne LED-Dioden. Er zog sich an der Wand aus Wolle hoch, Oma-Wolle … Es roch nach Zuhause. Er hatte sich im Saum ihres geliebten »Schick-aber-nicht-überkandidelt«-Rocks verfangen.

Er erreichte ihr Knie. Sie lag festgeschnallt in irgendeiner weißen Kiste. Von ihrer Brust aus führten Schläuche und Drähte zu einer kleinen Lebenserhaltungssystem-Einheit, deren LEDs vor sich hin blinkten.

Finn rannte über ihren ausgestreckten Körper und kraxelte über die zischende, summende medizinische Apparatur hinweg, die auf ihrem Gesicht platziert war, bis er ihr Ohr erreichte.

»OMA!«

Nichts. Er zerrte an den flaumigen Härchen ihres Ohrläppchens, erklomm dann ihr weiches, großartiges Antlitz und versuchte mit aller Kraft, ihre Augenlider hochzuziehen. Aber sie war bewusstlos. Narkotisiert.

Kaparis. Kein Zweifel, bei den Kidnappern hatte es sich um Tyros gehandelt. Aber was wollte Kaparis mit Oma? Finn kannte die Antwort, tief in seinem Herzen. *Wir lieben sie.* Erpressung … Bei dem Gedanken, dass sie nun Geisel eines solchen Mannes war, wurde ihm schlecht.

Finn spürte, wie der Druck in seinen Ohren stieg. Sie knackten.

Der Jet ging runter. Er musste etwas unternehmen.

Er blickte sich um. Da unten in der weißen Kiste lag etwas neben Oma – ein Schnellverschlussbeutel aus Plastik, wie im matten Licht gerade so eben zu erkennen war.

Er steuerte darauf zu und löste auf dem Weg Omas Zwiebel-Expo-Besucherbutton vom Mantel. Mit der Anstecknadel durchstach er dann den Beutel, packte das Loch mit beiden Händen und riss einen Spalt hinein.

Drinnen stieß er auf das wirre Durcheinander von Omas Handtascheninhalt: Notizzettel, Nüsse, Make-up, Gummibänder, Briefmarken, Hundeleckerlis, ein kleines Porzellanglöckchen, eine Cambridge-University-Schneekugel, eine billige Perlenkette, ein Not-Nähset, ein einzelner Manschettenknopf und darüber hinaus alles, was sie für einen Nanoausflug so brauchten – sechs nRationspackungen[17], seinen nPhone-Rucksack (mit leerem Akku) und das Wichtigste: *Hudsons Inhalator.*

Finn trat die Kappe vom Mundstück des Inhalators ab.

Da war er, der versteckte Käfer, deutlich zeichnete sich das Pockennarbenmuster der Schubdüsen durch die Wattepolsterung ab.

Finn riss die Polsterung fort, reckte sich an der Außenhülle zum Zündschalter empor und legte ihn hastig um. Mit einem jaulenden Sauggeräusch erwachte das Düsentriebwerk jäh zum Leben, der Käfer leuchtete auf, die Düsen schwenkten in Position und mit aktivierten Frontscheinwerfern hob das Gefährt vom Boden ab.

Vorsichtig bugsierte er das stabil in der Luft schwebende Gefährt aus dem Mundstück heraus, um es rasch mit den nRationen und dem nPhone zu beladen. Schließlich riet ihm der Instinkt, noch eine Nadel aus dem Nähset zu ziehen und mitzunehmen – für den Fall der Fälle.

Dann kletterte er an Bord. Er war gerade dabei, sich anzuschnallen, da wurde er von einem plötzlichen Stoß durchge-

---

[17] Nanoproviantpackungen, die in großen Mengen geschrumpft worden waren, um die Söhne des Scarlatti, wo immer sie sich auch aufhielten, mit ausreichend Nahrung und Wasser zu versorgen.

rüttelt, als das Flugzeug, in dem sie sich befanden, hart auf der Landebahn aufsetzte. Ein heftiges Bremsmanöver folgte, begleitet vom Gepolter der Räder – laut genug um …

»Aaaaaaargh!«

»Oma!«

… zu wecken.

Die riesige alte Frau erwachte voller Panik. Sie versuchte, um sich zu schlagen, wurde aber von den Gurten zurückgehalten. Die ganze Kiste bebte. Finn drehte die Scheinwerfer voll auf und schob die Steuer-Joysticks nach vorne. Der Käfer zwängte sich durch den Spalt im Plastikbeutel nach draußen.

Während die automatischen Systeme sich mühten, die Fluglage stabil zu halten, erhob sich der Käfer mit fauchenden Düsen über Omas zappelnde Beine, jedes so groß wie ein Blauwal, und flog dann auf ihren Kopf zu.

Alles, was Oma sah, war ein glühender Dämon, der auf sie zugesaust kam.

»Aaaaaargh!«

»OMA! ICH BIN'S!«, brüllte Finn.

Omas entsetzte Riesenaugen hefteten sich auf den Käfer.

»Infinity?«, fragte sie mit unter der Atemmaske gedämpfter Stimme.

Er flog näher an ihr Ohr heran. »Wir sind gekidnappt worden. Von Kaparis. Ich weiß nicht, wie, aber er hat uns in seiner Gewalt.«

Oma gab einen verzweifelten Gurgellaut von sich.

»Wir sind okay. Ich bin okay. Ich weiß nicht mal, ob er weiß, dass ich hier bin.«

Der Lärm der Triebwerke klang ab, und dann spürten sie, wie das Flugzeug zum Halten kam.

»Wir müssen entscheiden, was wir tun«, sagte Finn. »Wir brauchen einen Plan.«

»Tu nichts!«, beharrte Oma.

Metallene, dumpfe Geräusche ertönten, als Türen geöffnet wurden. Gefolgt von Stimmen. Asiatischen Stimmen.

»Oma, wenn sie gleich den Deckel von diesem Ding nehmen, muss ich flitzen und Hilfe holen.«

Schritte kamen näher.

Finn brachte den Käfer in den Flüstermodus und sondierte Omas weiches graues Haar, bis er unmittelbar hinter ihrem Ohr eine Haarspange entdeckte. »Oma, mach die Augen zu, und stell dich tot. Ich muss fliehen und Al finden – er wird dich retten!«, sagte er leise.

Oma gab ein Stöhnen von sich, als wäre sie im tiefsten Schlaf – ein Stöhnen des Protestes.

Finn schnappte sich den nPhone-Rucksack vom Rücksitz.

»Ich werd das nPhone an deiner Haarspange festmachen. Der Akku ist alle, aber du musst das Ding nur in Nähe einer aktiven elektrischen Leitung bringen, um ihn wieder aufzuladen. Alles, worauf du achten musst, ist, dass es eingeschaltet ist. Dann sendet es ein automatisches Signal, das Al ganz genau verrät, wo du steckst.«

KLACK! KLACK! Die Klammern, die die Kiste verschlossen hielten, schnappten auf.

Finn manövrierte den Käfer außer Sicht, und Oma schloss in panischer Angst die Augen.

Der Kistendeckel hob sich, und ein autobahnbreiter Streifen aus Licht öffnete sich auf einer Seite. Gleich darauf tauchten zwei bleiche, identische Köpfe in der Öffnung auf.

Narbenmädel und Stahlstäbchen.

Letztere zückte eine starke Taschenlampe und Narbenmädel ein Smartphone, dessen Display sie intensiv studierte. Eine Art Nanoradar womöglich? Der Lichtkegel der Taschenlampe begann mit seiner Suche an Omas Füßen und kroch dann weiter über ihren Körper Richtung Kopf empor.

Sie suchen nach mir, dachte Finn.

Er beobachtete, wie das Licht über Oma auf ihn zukroch. Er hörte, wie ihm das Herz in der Brust hämmerte. Er und der Käfer würden die Anzeige jedes Nanoradargerätes unweigerlich wie einen Christbaum zum Leuchten bringen. Er saß da wie auf dem Präsentierteller. Er klappte die Kammer des M249-Maschinengewehrs auf, das sich vor ihm befand. Es war geladen und schussbereit.

Als der Lichtkegel der Taschenlampe ihn traf, erschien ein heller Punkt auf Stahlstäbchens Smartphone-Display. Sie kreischte auf.

Mit zusammengebissenen Zähnen rammte Finn die Steuer-Joysticks nach vorn, raste unter maximaler Beschleunigung auf einen Punkt zwischen Stahlstäbchens und Narbenmädels Gespensterfratzen zu und überrumpelte sie völlig. Unbehelligt schoss der Käfer in den vollgestopften Frachtraum hinaus. Wütend kreischte das Triebwerk auf, als Finn im nächsten Augenblick auf Umkehrschub ging, um nicht geradewegs gegen den Flugzeugrumpf zu krachen. Fast hatte Finn dabei das Gefühl, als würden sich die Sitzgurte durch seine Schultern schneiden.

»Mist!«, kreischte Narbenmädel. Blitzschnell bückte sie sich nach einem losen Gepäcknetz und fuchtelte im nächsten Moment auch schon damit herum.

Finn schoss an ihnen vorbei, raste im Tiefflug über die Kiste, aus der er gerade entkommen war, und flog in wildem Slalomkurs durch eine Landschaft aus persönlichem Reisegepäck und Frachtkisten, während er nach irgendeiner Art von Ausgang Ausschau hielt.

Stahlstäbchen wedelte hektisch mit ihrem Smartphone herum, bis sie erneut eine Ortung auf ihren Schirm bekam. »Hab ihn!«

»Erneute Signalerfassung. Bestätigte Nano-Ortung«, meldete Li Jun.

»Schnappt ihn euch!«, zischte Kaparis.

In jedes Tyro-Smartphone war ein Nanoradarempfänger integriert, um die Armee der Nanoroboter verfolgen zu können. Wegen ihrer hastigen Flucht aus London waren sie nicht in der Lage gewesen, Omas Körper gründlich abzusuchen. Aber nun, nach Stunden des Wartens, konnte Kaparis nicht umhin, sich zu gratulieren: Der Junge würde bald in seinen Händen sein.

Wild und agil wie eine Katze, die einen Vogel im Visier hat, hechtete Narbenmädel quer durch den Frachtraum auf den Käfer zu.

Blitzschnell riss Finn an den Steuersticks, um in einem mörderischen Looping über sie hinwegzufliegen, als sie das Frachtnetz nach ihm warf.

RUMS! Es streifte den Käfer und brachte ihn ins Trudeln.

Finn krallte sich an die Steuerkontrollen, während die Kreiselgeräte alles gaben, um den Kurs zu stabilisieren.

Wie auf Kommando warfen sich Narbenmädel und Stahlstäbchen auf den glühenden, trudelnden Käfer, als sich plötzlich eine ganze Sektion des Flugzeugsrumpfes zur Seite bewegte.

Schlagartig wurden alle drei geblendet.

Von hellem Sonnenschein.

Der Frachtraum wurde geöffnet. Finn, der den Käfer wieder unter Kontrolle hatte, rammte die Joysticks nach vorn und schoss auf das Licht zu.

Heiße feuchte Tropenluft schlug ihm entgegen. Während sich seine Augen an das grelle Sonnenlicht gewöhnten, flog er unter dem Rumpf des riesigen Passagierflugzeugs, in dem sie festgesessen hatten, hinweg, kurvte in wilden Spiralen darum herum, bis er sich unversehens über ihm befand.

Als er höher stieg, breitete sich unter ihm ein Flughafen aus, dessen Landebahnen geradewegs im Meer zu enden schienen, während sich in der Ferne eine Kette steiler Berge erhob. Diese wiederum bildeten die Kulisse für zahlreiche Wolkenkratzer, die sich kranzförmig um einen natürlichen Hafen drängten.

Spontan musste Finn an die alten Kung-Fu-Filme denken, die sie sich auf Als Beharren hin so häufig zusammen angesehen hatten.

Und auf einmal wusste er haargenau, wo er sich befand …

11

Hongkong.

Die Stadt krallte sich förmlich an die steilen Hügel, die den Hafen umgaben. Frachtschiffe und Dschunken bewegten sich geschäftig auf dem Wasser hin und her. Alt und neu, Land und Meer.

Finn blickte auf den Flughafen hinab, wo Stahlstäbchen und Narbenmädel auf dem Flugvorfeld herumliefen und ihr Radar gen Himmel richteten. Die weiße Kiste wurde bereits auf einen Gabelstapler verladen. Oma …

Er musste Hilfe holen.

Am Rande der künstlichen Flughafeninsel sah er, wie sich ein Zug näherte.

Wie ein Bandit in einem alten Western fuhr Finn, der den Käfer in eine Belüftungsöffnung manövriert hatte, auf einem Eisenbahnwaggondach in die Stadt zurück. Sein Plan war es, einen britischen Offiziellen aufzustöbern – schließlich musste es ja eine Botschaft in Hongkong geben –, der dann Kontakt zu Onkel Al aufnehmen könnte. Was er dann jedoch sagen würde und vor allem, *wie,* das stand in den Sternen.

Nach weiteren zehn Minuten Hinundhergerüttele hielt der Zug an einer Station namens Kowloon. Finn kannte diesen Namen aus *Call of Duty* und machte sich auf den Weg.

Er ließ den Käfer aus der Station gleiten und flog dann auf die Spitze eines Straßenschildes, von wo aus er die Szenerie in sich aufzunehmen versuchte. Dutzende von Bildern, Geräuschen und Wahrnehmungen prasselten auf ihn ein. Es war *wuselig*. Der Verkehr war wuselig, die Leute waren wuselig, die Gebäude waren wuselig … selbst die Luft wirkte wuselig, getränkt von den Düften asiatischer Gerichte, dem Gestank der Auspuffgase und dem Geruch des Meeres. Dann durchdrang plötzlich etwas die Kakofonie um ihn herum, und Finn vernahm ein leises, abgehacktes schrilles Summen.

DZZTZZ-ZZZTZTZT-TZZZZ-TZZZ-ZZZSZ-TSTS-TZZZTZTZ …

Er sah hoch.

Es kam auf ihn zu. Sein absolutes Hassinsekt: gebeugt im Profil, träge im Flug und jedes Jahr verantwortlich für den Malariatod einer halben Million Menschen. Ein Moskito.

Es schwang sich zu ihm hinab, der Leib auf Labradorgröße geschwollen, mit einer Flügelspannweite, die Finns Körpergröße entsprach, und pfeildünnem Stechrüssel, der auf die offene Oberseite des Käfers gerichtet war – bereit, ihn geradewegs zu durchbohren … *DZZT! DZZT!*

Finn packte die Nadel, die er aus Omas Tasche genommen hatte, und benutzte sie als Schwert. Mit einem kräftigen Streich parierte er den auf ihn zuschießenden Stachel, bevor er im nächsten Augenblick sein Nadelschwert vorschnellen ließ, um es dem Moskito in den geschwollenen Bauch zu rammen.

SPARITZZZZZZ! Die von üppigen Blutmahlzeiten an diesem

Morgen prall gefüllten Innereien zerplatzten auf spektakuläre Weise.

Finn hatte keine so kunterbunte Explosion mehr gesehen, seit er Max Campells Geburtstags-Piñata auf dessen neunten geschrottet hatte. Bäh, dachte er, pitschnass von Blut und Innereien.

Aber er hatte keine Zeit, sich zu erholen, denn augenblicklich …

DZZTZZ-ZZZTZTZT-TZZZZ-TZZZ-ZZZSZ-TSTS-TZZZTZTZ …

… tauchte, angezogen durch den Geruch, von allen Seiten rund ein Dutzend weitere Moskitos auf. Finn richtete das Minimi-Maschinengewehr aus und feuerte – *DRRRT!* Vor ihm explodierte ein Moskitopaar in einer Wolke aus Hämoglobin. Der Geruch würde die anderen für einen kurzen Moment von seiner Witterung ablenken. Aber er musste sich säubern, andernfalls würde er sie niemals loswerden. Er gab vollen Schub auf die Düsen und hob ab.

Gleich gegenüber befand sich ein schickes Wolkenkratzerhotel: das Ritz Carlton. Bingo.

Sich dicht hinter einem Geschäftsmann haltend, steuerte Finn auf die automatischen Türen zu und tauchte gleich darauf in die jähe Klimaanlagenkühle eines riesigen Atriums ein.

Zuflucht.

In ein, zwei Metern Höhe über dem Geschäftsmann hielt er auf den Rezeptionstresen zu, während ihm nur so der Kopf schwirrte. Ich folge dem Mann aufs Zimmer, finde Wasser, wasch das Blut ab, fliege wieder raus und finde die Botschaft, dachte die eine Hälfte, während die andere sich verzweifelt fragte: Wie? Wie? Wie? W…

Und genau in diesem Augenblick sah er es. Auf dem Rezeptionstresen, ein Faltblatt zwischen hundert anderen: *Das Pennsylvania Jugendorchester präsentiert …*

```
TAG DREI 16:03 (Ortszeit WEZ + 8).
Roof of the World, Shanghai
```

Für Commander King, Bo Zhang sowie dem Team aus Technikern und allen möglichen Experten waren dies die allerschlimmsten Stunden. Das Warten und die Ungewissheit waren viel übler und kräftezehrender für den menschlichen Geist, als zu kämpfen und womöglich eine Schlacht zu verlieren.

Und für Al, der all seine Geduldsreserven schon längst aufgebraucht hatte, war es am allerschlimmsten. Jeder Augenblick ohne Neuigkeiten war nackte Folter. Wieder und wieder sah er sich das Videoüberwachungsmaterial an, das sie vom Angriff auf Oma hatten – und auf dem zum allergrößten Teil nichts als farbige Rauchwolken zu erkennen waren. Fast vierundzwanzig Stunden waren seitdem vergangen.

Der Junge ist sicher. Das war das, was er sich immer gesagt hatte … das, was er seiner Mutter versprochen hatte. *Der Junge ist sicher.*

Das würde er sich niemals verzeihen. Was machte er eigentlich hier – so was von am falschen Ort zur falschen Zeit, wie man es sich nur vorstellen konnte? Aber was war die Alternative? Dies hier war Kaparis, wie er leibte und lebte, und wenn sie es mit Kaparis zu tun hatten, konnten Finn und Oma mittlerweile überall auf dem Globus stecken und wer weiß was durchmachen …

Womit immer sie es hier auch zu tun hatten, es musste mit der Anwesenheit des G & Gs in Shanghai zusammenhängen.

Doch ihm war auch bewusst, dass all dies erst vorbei wäre, wenn er an Kaparis rankäme. Und das bedeutete, beobachten und warten. Bedeutete, die Nerven zu behalten.

Seine Angst unterdrückend, rieb er mit dem Daumennagel an dem Spharelit-Stein, der auf seiner Brust hing und im Verborgenen vor sich hin glühte.

Kelly war zornig und rastlos. Delta geladen vor Wut. Stubbs verschlossen. Aber es gab nichts, was sich tun ließ, abgesehen davon, sich den anstehenden Aufgaben zu widmen, während die Geheimdienste den Globus nach irgendwelchen Spuren von Finn und Oma durchforsteten.

Ein Netzwerk von Nanoradargeräten war im Herzen der Verbotenen Stadt installiert worden; und Kelly und Delta hatten zahlreiche Einsätze in den X2-Gleitern geflogen, in deren Verlauf sie sich mit Höchstgeschwindigkeit in unablässigen Spiralbögen Zone für Zone zum Zentrum der Hightech-Metropole vorgearbeitet hatten. Aber bisher hatten sie nicht die geringste Spur eines Nano-Bots gefunden.

Bo Zhangs Techniker hatten Wochen von Videoüberwachungsmaterial ausgewertet und festgestellt, dass während der vergangenen zwei Monate neun weitere unbekannte Teenager die Verbotene Stadt besucht hatten. Alle waren in Sektor 9 gewesen, und somit musste man damit rechnen, dass womöglich viel mehr als sechs Nano-Bots freigelassen worden waren. Aber andererseits fand man weder eindeutige Beweise dafür, dass es sich tatsächlich um Tyros gehandelt hatte, noch irgendwelche Spuren von Nano-Bots.

Commander King gab sich distanziert und rational. »Zeit. Je

mehr Zeit vergeht, desto näher kommen wir sicherlich an Kaparis ran.«

Bo Zhang nickte zustimmend. »Wir werden sie finden, ist alles nur eine Frage der …«

»… Größe«, unterbrach Al sie. Er ließ seinen Finger vorschießen, um auf Shanghai zu deuten, während er ihnen folgende Rechnung aufmachte.

»Irgendwo da draußen steckt ein nur neun Millimeter großer Junge, auf einer Kugeloberfläche von über einer halben Milliarde Quadratkilometern. Heißt konkret: Im Moment könnte er genauso gut in der Unendlichkeit des Weltraums verschollen sein …«

12

TAG DREI 18:06 (Ortszeit WEZ + 8).
Song Island, Taiwan (umstritten)

Zunächst einmal, Mrs Allenby, meine aufrichtige Entschuldigung, dass ich Sie habe warten lassen …«

Eine Entschuldigung. Er fing mit einer Entschuldigung an. Wie überaus britisch.

Er hatte die erste Begegnung als fantastisches Ereignis geplant. Violet Allenby würde hereingeführt werden, während er Bachs Toccata und Fuge in d-Moll lauschte und die Kammer von der Tiefe der Korallensee zur höchsten Spitze des Zuckerhuts emporstieg. Dann würde er sagen: »Guten Tag, Mrs Allenby.« Doch als die Kammer nun in die Höhe fuhr, sah er sich zur Wahrung seiner Ehre stattdessen zu einer Entschuldigung gezwungen.

Er hatte die dazwischenliegenden Stunden genutzt, um die Hongkong-Triaden[18] zu mobilisieren und die Suche nach Infinity

---

[18] Straff organisierte und äußerst brutale kriminelle Banden, die in Hongkong beheimatet sind, aber überall in Fernost operieren, vergleichbar mit der italienischen Mafia.

Drake zu organisieren. Für seine neuen Helfer hatte er so viele Nano-Tracker per Fallschirm abwerfen lassen, wie er irgend entbehren konnte. Ein gewaltiger Aufwand, eine gewaltige Geldausgabe. Und bisher: nichts. Der Junge war ganz offensichtlich abgetaucht.

»Meine Pflichten hinderten mich daran, pünktlich bei Ihnen zu sein. Wie ich darüber hinaus mitbekommen habe, verhielten sich meine Agenten nachlässig und versäumten es, das Lebenserhaltungssystem wieder aufzufüllen. Sie hätten es mit frischen Opiaten versorgen sollen. Ich habe gehört, dass Sie womöglich während eines Teils der Reise wach gewesen sind. Wie überaus bedauerlich. Ich wollte, dass Sie wie in einem Paradies aufwachen.«

»Ich habe mich so wohlgefühlt, wie man es eben unter diesen Umständen erwarten kann«, kanzelte Oma ihn schnippisch ab, entschlossen, diesem lächerlichen Mann nicht das Vergnügen zu überlassen, in allem recht zu haben.

»Ich werde die Agenten bestrafen.«

»Wegen mir nicht. Ich bin ganz gut zurechtgekommen. Als ordentliche britische Christin habe ich Trost in meiner Lieblingsliedersammlung ›Alte und moderne Kirchenhymnen‹ gefunden, deren Stücke ich alle auswendig kenne:

Liebe, komm herab zur Erde!
Die du nicht von dieser Welt …«

… trällerte Oma ganz passabel.

Ach, du meine Güte, dachte Kaparis. »Ich hoffe, dass Sie es von jetzt an bequemer haben werden. Ein Zimmer ist für Sie vorbereitet worden. Wenn Ihr Sohn und seine Angestellten Vernunft annehmen, sollten wir Sie hier nicht allzu lange festhalten.«

»Wie können Sie überhaupt wissen, dass ich nicht bereits Alarm geschlagen habe?«, sagte Oma.

»Niemand wird Ihre Hilfeschreie hier draußen hören«, versicherte Kaparis ihr.

»Trotzdem«, erwiderte Oma, »muss ich Sie darüber informieren, dass es meine Pflicht als Engländerin ist, einen Fluchtversuch zu unternehmen.«

Kaparis kicherte, was sich anhörte wie ein Luftballon, aus dem langsam zischend die Luft strömte. »Darauf freue ich mich bereits.«

Im Bewusstsein, dass jede Seele es wert war, gerettet zu werden, musterte Oma den Mistkerl auf dem erhöhten Podium. Ließ die zischende eiserne Lunge auf sich wirken. Den von optischen Geräten umgebenen, verzerrten Kopf. Die Bildschirmbatterie und diesen mysteriösen Durst nach Weltherrschaft. Das alles lief auf Unzufriedenheit und Traurigkeit hinaus (wie es das so häufig tat). Sie musste versuchen, für positive Stimmung zu sorgen. Also trottete Oma zu den Fenstern hinüber, justierte die Jalousien richtig und schaltete eine Lampe ein, um für eine wärmere Atmosphäre zu sorgen.

Heywood, der Butler, erstarrte vor Entsetzen. Ebenso wie Omas zwei weibliche Tyro-Eskorten. Als Oma sich daranmachte, ein Skulpturenkunstwerk umzustellen, fing Li Jun vor ihren Bildschirmen regelrecht zu zittern an.

»Aufhören!«, keuchte Kaparis. »Diese Kammer ist mit großer Sorgfalt und unter hohen Kosten entworfen und eingerichtet worden – und zwar vom besten Architekten, der … Nicht anfassen! Das ist ein Matisse!«

»Schön und gut, aber hier passt nichts zusammen. Wissen Sie, Dr. Kaparis, welches Unglück auch immer Sie getroffen haben mag, so muss eine Behinderung dennoch keine Katastrophe sein, denn …«

»MADAM! Mein Charakter ist noch exakt genauso wie am Tag meiner Geburt und hat sich weder aus Opportunitätsgründen noch infolge von Umständen, Verletzungen oder Erfahrungen verändert – nicht einmal als Mitglieder Ihrer Familie versucht haben, mich zu vernichten. Ich habe erduldet und bin mir treu geblieben, und ich …«

»Unser lokales Reitcenter leistet fantastische Arbeit mit seinem Querschnittsgelähmten-Pony-Club. Kommen Sie doch mal vorbei, und womöglich werden Sie überrascht von sich sein. Natürlich sind es nicht die Ponys, die querschnittsgelähmt sind, sondern die Reiter. Es geht darum, das Leben wieder anzunehmen. Ich meine, gucken Sie sich doch Tanni Grey-Thompson und all die anderen Paraolympioniken an …«

»Heywood!«

»Wenn Madam jetzt bitte …«

»Ah, Heywood ist Ihr Name, nicht wahr … Bitte stellen Sie hier doch noch frische Blumen drauf.« Sie tätschelte mit der Hand auf der eisernen Lunge herum. »Ein Arrangement um irgendein tropisches Thema, denke ich. Haben Sie einen Floristen? Was die einheimische Flora anbelangt, so ist ja nicht sehr viel davon zu entdecken, nicht wahr?«, sagte sie, während sie einen prüfenden Blick auf die vom Mond beschienenen Klippen warf.

»Wenn Sie bitte freundlicherweise davon Abstand nehmen würden, sich an meine Angestellten zu wenden!«, blaffte Kaparis.

»Oh, möchten Sie gerne allein sein?«, fragte Oma.

»… ja.«

Es sollte so klingen, als wäre dies ganz allein seine Idee, aber es hörte sich reichlich geknickt an.

»Sollen wir dann mal?«, sagte sie zu den beiden entsetzten Tyros und begann erneut zu singen.

»Der, der mutig allem Unglück trotzt.

Der mag in Treu folgen unsrem Herrn …«

Oma wurde in ihr Zimmer unter den Wogen gebracht. Es war wunderschön, so ziemlich in ihrem Stil eingerichtet, einschließlich eines großen Messingbetts und einer Auswahl an Keksen. Sogar an einen Vorrat Wolle, Stricknadeln und Strickmuster hatte man gedacht.

»Er sollte besser ein Hotel leiten, als die Weltherrschaft anzustreben«, sagte sie an eines »ihrer« Mädchen gewandt.

Warum kümmert er sich nur so gut um mich?, fragte sie sich.

Aber es gab auch Kameras im Zimmer, und als die Mädchen gingen, vernahm sie gleich darauf das schwere Klicken eines Schlosses.

Sie spielte mit dem Gedanken, wenigstens kurz ihren Tränen freien Lauf zu lassen, doch dann beschloss sie, sich keine peinliche Blöße zu geben.

Äußerst behutsam entfernte sie ihre Haarspangen und deponierte das kaum erbsengroße nPhone neben einer Lampenleitung.

Dann ließ sie sich nieder, um zu stricken und nachzudenken.

Eine Masche rechts, eine links, eine rechts, eine links, eine rechts, eine links, eine …

TAG DREI 20:49 (Ortszeit WEZ + 8).
Kulturzentrum, Hongkong

Zeit.

Finn hatte den Nachmittag damit zugebracht, den richtigen Zeitpunkt abzupassen und auf Nummer sicher zu gehen. Nachdem es ihm gelungen war, sich im Hotel wieder sauber zu machen, hatte er schließlich eine Karte der Touristinformation gefunden und sich daraufhin geradewegs zum Veranstaltungsort des Konzertes begeben. Seine Strategie: sich bis zum Konzertbeginn im Zuschauersaal versteckt zu halten.

Er hatte mit dem Gedanken gespielt, die Botschaft einer befreundeten Nation ausfindig zu machen, und sogar daran, sich in Gesellschaft irgendeiner exotischen Gottesanbeterin in den Bergen zu verstecken. Aber sich im Freien aufzuhalten, bedeutete, dass er das Risiko einging, von den Tyros mittels Nanoradar aufgespürt zu werden.

Also besser auf Carla warten. Zumindest kannte sie seine Stimme, auch wenn sie nicht wusste, dass er nur neun Millimeter groß war …

Kaum hatte Finn es in den Veranstaltungssaal geschafft, verbarg er sich hinter einem Scheinwerfer, der über der Bühne montiert war. Als er endlich hörte, wie das Konzert begann (mit der Titelmelodie von *Superman*), kam er aus seinem Versteck hervor, um sich die Show anzusehen.

Augenblicklich entdeckte er Carla unter den tadellos adretten Orchestermitgliedern – abgedreht und wunderschön, mit einer Frisur und Kleidung, die aussahen, als wären sie mir nichts, dir nichts gerade erst vom Himmel gefallen und irgendwie zufällig auf ihr gelandet.

Eine Welle der Erleichterung durchströmte ihn. Sie sah aus, wie er es sich immer vorgestellt hatte: wie die pure Verkörperung von Spaß und Freude.

Sie saß in der zweiten Streichinstrumentenreihe, schrubbte sich mit ihrem Cello die Seele aus dem Leib und gab Supermann alles, was in ihr steckte.

Der Abend nahm seinen Lauf, und ein oder zweimal verlor Finn sich sogar in der Musik und vergaß kurz die Situation, in der er sich befand.

Aber die Verschnaufpause war nur von kurzer Dauer.

Als die Aufführung zu Ende war, klappte die Dirigentin zu einer tiefen Verbeugung zusammen, und das Publikum explodierte in Applaus. Dann begann sich der Zuschauersaal langsam zu leeren.

Finn wartete auf seinen großen Moment.

Die Musiker packten zusammen. Carla verstaute ein paar Sachen in ihrem Rucksack, dessen eine Seitentasche offen stand. Als sie ihn absetzte, um jemandem mit einer Posaune zu helfen, gab Finn dem Käfer einen raschen Schubimpuls und ließ sich geradewegs hineinfallen.

TAG DREI 22:02 (Ortszeit WEZ + 8).
Song Island, Taiwan (umstritten)

Ein Alarm ertönte.

»Wir haben da was. In Sektor 4«, meldete Li Jun von ihrer Station aus.

Ein aufgeregtes Kribbeln ergriff von Kaparis Besitz. Endlich hatte etwas auf die Suchmatrix in Hongkong angesprochen.

Eine Stimme brabbelte etwas auf Mandarin. Li Jun übersetzte. »Hum-Hong-Distrikt. Nur ein kurzes Aufblitzen. Kam vermutlich aus einem Bus. Sie versuchen, das Signal durch den Verkehr zu verfolgen.«

»Eingrenzen und nachforschen«, befahl Kaparis. Er beobachtete die Video-Lifefeeds und verfolgte, wie Stahlstäbchen und Nar-

benmädel Fußgänger beiseitestießen und durch den dichten Verkehr tanzten, während sie eine neonbeleuchtete, überfüllte Straße entlangsprinteten.

Auf seinem Elektrokardiogramm-Monitor beschleunigte sich sein Puls.

13

TAG DREI 23:01 (Ortszeit WEZ + 8).
Grand Hotel, Hongkong

Oh, hey, Carla!«, probte Finn, während er hin- und hertigerte. »Was immer du gleich tust, NUR NICHT AUSFLIPPEN, ich bin's bloß. Finn. Infinity Drake. Ich …«

Er brach mitten im Satz ab. Das würde schwierig werden. Wie sollte man auch jemandem erklären, dass man nur neun Millimeter groß ist?

Finn hatte in Carlas Hotelzimmer den Käfer wieder aus dem Rucksack geflogen und sich hinter einer Marmorschale mit buntem Knabberallerlei versteckt, während sie sich das Haar bürstete. Sobald sie ins Bett ginge, würde er zu ihrem Nachttisch fliegen, um dann – sehr ruhig und gefasst – die Rede seines Lebens zu halten. So jedenfalls war der Plan.

Carla legte die Bürste ab und stieg ins Bett. Als Finn wieder im Käfer war, sah er, wie sie ihr Handy überprüfte.

Will sie jemanden anrufen?, fragte er sich, bevor sie sich im nächsten Moment ihre Ohrhörer aufsetzte und das Licht ausmachte. Na super, sie hört Musik. Wie soll ich jetzt …

Dann durchfuhr ihn ein anderer Gedanke: die Bildschirmsperre!

Schnell wie der Blitz manövrierte er den Käfer unter Vollschub durch das Zimmer und schwang sich gleich darauf auch schon vom Gefährt herunter, kaum dass er mit fauchenden Düsen direkt neben dem Smartphone zum Halten gekommen war. Er sprang auf das Display und schlitterte knapp vor Aktivierung der Bildschirmsperre über die berührungsempfindliche Oberfläche, die prompt wie eine Disco-Tanzfläche unter ihm aufleuchtete.

Er verspürte ein mulmiges Gefühl im Bauch. Vor ihm lag ein Mädchen, das 150 Mal so groß wie er war. Wenn er das hier vermasselte, würde sie ihn womöglich im Nu zerquetschen. Wie konnte er durch die Ohrhörer hindurch mit ihr sprechen? Wie ein Astronaut auf der Mondoberfläche hüpfte Finn über den Schirm und scrollte sich durch die Apps, bis er eine Antwort fand: der Voicerekorder.

Schrilles Gekreische und Geräusche von irgendeinem Aufruhr ertönten draußen im Korridor. Gefolgt von einem Ruf. Dann hörte er eine Frau sagen: »Also, *entschuldigen* Sie bitte mal, junger Mann!«

Plötzlich kam Finn in den Sinn, dass da womöglich Ärger nahte. Dass es vielleicht Tyros waren. Er musste schnell sein. In einer eleganten Zweischritthüftschwungkombination unterbrach er das, was Carla sich gerade anhörte, und aktivierte den Voicerekorder.

»Hey, Carla! Ich bin's«, sprach Finn ins Smartphone-Mikro.

Ihr gigantischer Kopf drehte sich verwirrt zur Seite.

»Was …?«, sagte sie.

»Sorry wegen der Unterbrechung. Ist so'n Militärprojekt«,

sagte er und traf eine schnelle Entscheidung. »Die können sich jetzt in das Telefon von jemandem hacken und ihn ansprechen, ohne dass er rangegangen ist. Irre was?«

Mit extrem verwirrtem Gesichtsausdruck richtete Carla sich auf. Er hechtete sich vom Schirm und betete, dass sie ihn nicht entdeckte, bevor er außer Gefahr und bereit war.

»Machst du Witze?! Die Leute haben Rechte!«

»Genau das hab ich ja auch gesagt.«

»Ich war fast schon am Schlafen. Geht's um Delta? Ist alles okay mit ihr?«

»Bei ihr ist alles klar. Es … geht um mich.«

»Was ist los?«

Auf dem Korridor war wieder Radau zu hören.

»Ich muss dir etwas sagen, Carla. Was ziemlich Durchgeknalltes. Daher möchte ich, dass du mir versprichst, nicht auszuflippen«, sagte Finn.

»Was?«, spie sie die Frage fast in den Raum hinaus, die Stimme voller Misstrauen.

»Und auch keine plötzlichen Bewegungen … okay?«

Sie sah aus, als könnte sie gleich einen Mord begehen.

»Okay … Spuck's aus.«

»Also, Folgendes … Delta, ich und ein paar andere … Äh, das, von dem du glaubst, was mit uns los ist … du weißt schon, dass sie an einem Geheimprojekt arbeitet und ich irgendein Kid vom Stützpunkt bin … also, das stimmt nicht so ganz.«

Carla sog laut die Luft ein und wäre fast aus dem Bett gehüpft. »Wusst ich's doch! Ich wusste, dass du mich anlügst!«

»Ich habe gelogen, weil mit uns etwas so Unfassbares passiert ist, dass du's nicht geglaubt hättest. Selbst wenn wir dir die Wahrheit erzählt hätten. Aber jetzt wirst du damit klarkommen müssen, denn ich steck so was von in der Klemme, und du bist die Einzige, die mir helfen kann.«

»Wovon redest du eigentlich?«

»Guck mal, ich bin gleich hier. Bei dir. Jetzt. Ich kann diesen Krach da draußen auf dem Korridor hören, ich kann Hongkong aus dem Fenster sehen, alles …«

Ihr Gesicht war zu einer Maske besorgter Verständnislosigkeit erstarrt.

»Unsere atomare Struktur wurde verändert. Wir wurden *geschrumpft.*«

»Was?«

»Hast du jemals *Liebling, ich habe die Kinder geschrumpft* gesehen?«

»Oh, haha! Hältst du das etwa für witzig? Weißt du nicht, was meine Schwester Tag für Tag riskiert? Und weißt du eigentlich, wie viele Sorgen wir uns um sie machen?«

»Ich MACH KEINE WITZE … unsere Atomstruktur wurde wirklich verändert. Ich weiß, das ist schwer zu glauben, aber in jedem unserer Körperatome wurde der Abstand zwischen Atomkern und Elektronen geschrumpft. Ich bin nur knapp etwas über neun Millimeter groß, Delta nur knapp über zehn. Wenn du mal nach links guckst, steh ich da auf deinem Telefon … genau in diesem Moment …«

Mit angehaltenem Atem kletterte Finn wieder auf das Smartphone-Display zurück. Das erneut zum Leben erwachte und ihn im vollen Licht moderner AMOLED[19]-Bildschirmtechnologie präsentierte.

---

[19] Active Matrix Organic Light Emitting Diode, sprich: organische Leuchtdiode in Form eines Dünnschichtbauelements.

Carlas Kopf rührte sich keinen Millimeter. Sie starrte zu ihm hinüber. Nur einmal. Nichts. Nicht die geringste Reaktion. Und dann …

»*ARRRRRRRRRGH!*«

Finn hatte den Ausdruck »an die Decke gehen« viele Male in seinem Leben gehört, aber noch nie zuvor hatte er gesehen, wie so etwas buchstäblich passierte.

Jetzt schon.

Mit einem Schrei, auf den jede Sirene hätte stolz sein können, kam Carla aus dem Bett geschossen.

»NEIN!«, rief Finn noch, sah sich jedoch schon im nächsten Augenblick unversehens durch die Luft gewirbelt, als das Telefon von den Ohrhörern in die Höhe gerissen wurde.

Als er gleich darauf – *Umpf!* – wieder auf den Nachttisch aufprallte, ertönte plötzlich ein Hämmern an der Tür.

Finn schwang sich auf den Käfer wie ein Cowboy aufs Pferd, und lenkte ihn voll Karacho wieder in den offenen Rucksack zurück, gerade als die Tür aufflog.

»HOLT MIR EINEN ARZT!«, kreischte Carla.

Es folgte jede Menge weiteres Gekreische und Geschrei, bevor jemand aus der Situation richtig schlau wurde. Ms Kampinsky – die Orchesterleiterin und Tourmanagerin – schrie was von irgendwelchen unbekannten Teenies, die in die Zimmer der Leute eingebrochen waren, während Carla sich kreischend darüber ausließ, dass sie von etwas betroffen war, das sie nur als »einen medizinischen Notfall« beschreiben wollte.

Nach einem pingpongartigen Hin und Her aus energischem Nachbohren und hysterischem Beharren beschloss Ms Kampinsky, dass Carla tatsächlich einen Arzt brauchte. Carla zog sich an und nahm ihren Rucksack auf, weigerte sich jedoch, ihr

Smartphone entgegenzunehmen, als man es ihr geben wollte – mit der Begründung, es sei »besessen«.

Dann, so gegen 23:24 Uhr, verließen Carla, Ms Kampinsky, zwei chinesische Kulturoffizielle und Finn (in Carlas Rucksack) das Hotel im hinteren Teil eines Krankenwagens, um zehn Minuten später im Queen Elizabeth Medical Centre einzutreffen.

Wiederum zehn Minuten später waren Ms Kampinksy und die Offiziellen dabei, Formulare auszufüllen und Anrufe zu tätigen, während Carla – die sich inzwischen weitgehend gefangen hatte und sich wieder für ziemlich normal hielt – in einem Séparée auf einem Bett sitzend darauf wartete, dass ein psychiatrischer Assistenzarzt sie untersuchte.

Finn hielt sich verborgen, so lange er es eben wagte, bevor er sich wieder blicken ließ. Er hatte weder Narbenmädel noch Stahlstäbchen mit eigenen Augen im Hotel gesehen. Aber von dem, was Ms Kampinksy berichtet hatte, war er überzeugt, dass es sich bei den »unbekannten Teenies« um Tyros gehandelt hatte, die das Hotel nach ihm durchsuchten. Er musste Kontakt mit Carla aufnehmen.

Finn flog den Käfer unmittelbar über ihr rechtes Ohr.

»Was hab ich darüber gesagt, nicht auszuflippen?«, sagte er.

Carla wollte wieder schreien, besann sich aber noch rechtzeitig darauf, dass sie sich jetzt in sicherer Obhut befand. Sie musste einfach nur ruhig bleiben, bis der Doktor kam.

»Ich hör dir gar nicht zu«, flüsterte sie. »Du bist nicht real.«

»Carla, das hier ist real«, sagte Finn. »Und außerdem sind Leute hinter mir her, sogenannte Tyros, diese Teenager, die Ms Kamp…«

»Hör dir gar nicht zu«, beharrte Carla.

»Du bist *nicht verrückt*. Du bist nur mit etwas sehr, sehr Ungewöhnlichem konfrontiert worden und versuchst nun, das Ganze zu kapieren. Du brauchst Zeit, aber so leid es mir auch tut, die haben wir nicht. Meine Oma ist als Geisel entführt worden, und ein Haufen Leute versucht gerade, mich umzubringen! Du musst ganz schnell jemanden finden, der die britischen Behörden alarmieren kann – und meinen Onkel Al und Delta.«

»Denkst du, dass der *Psychiater* mir das glauben wird?«, sagte sie.

Finn lenkte den Käfer so herum, dass er direkt vor ihrem Gesicht schwebte, und sah ihr tief in die Augen.

»Carla. Ich brauche deine Hilfe.«

Sie sah an ihm vorbei. Dann wieder zu ihm zurück. Horchte in sich hinein und hinterfragte ihre Sinne, bis sie schließlich fest den Blick auf ihn heftete.

»Bist du's wirklich?«, flüsterte sie.

Gerade wollte eine Welle der Erleichterung über Finn hinwegschwappen, als …

SSSSSSST! … die Vorhänge, die das Bett umgaben, plötzlich aufgerissen wurden.

Auf der einen Seite stand Narbenmädel.

Auf der anderen Stahlstäbchen.

Die Grausamkeit hoch zwei.

»LAUF!«, schrie Finn.

Zu spät. Zwei Zwillingshände kamen in Kung-Fu-Geschwindigkeit vorgeschossen: Narbenmädels Hand pflückte Finn und den Käfer aus der Luft, Stahlstäbchens presste sich über Carlas Mund.

Gerade eben gelang es Finn noch, den Abzug der Minimi zu

drücken, als sich die Welt um ihn herum auch schon schloss …
DRTDRTDRTDRTDRTDRTDRT!

Die von den Projektilen gestochene Riesenhand öffnete sich. Unversehens sah Finn sich samt Käfer auf die Bodenfliesen zustürzen. Gerade noch rechtzeitig langte er nach den Kontrollen, riss den Käfer in der Luft herum und jagte in Spiralen auf die Köpfe der Tyros zu, den Finger die ganze Zeit am Abzug …
DRTDRTDRTDRTDRTDRTDRT!

Stecknadelkopfgroße Projektile spickten Narbenmädels Gesicht, beharkten Stahlstäbchens Hals und sorgten für protestierendes Gekreische. Carla riss sich aus Stahlstäbchens Griff los. Im Bruchteil einer Sekunde war sie vom Bett runter und durchs Zimmer geschossen, um schon im nächsten Moment in vollem Lauf durch die Tür zu stürmen, nicht ohne sich kurz nach Finn umzublicken, der mit dem Käfer dicht in ihrem Windschatten folgte.

Mit den Beinen war sie fast ebenso schnell wie ihre größere Schwester mit ihren Flugzeugen in der Luft. Ihre Füße berührten kaum den Boden, als sie den Korridor hinabstürmte, das patschende und quietschende Stakkato im Nacken, das die Sneaker der Tyros von sich gaben, als Narbenmädel sie einzuholen versuchte – mit Stahlstäbchen im Gefolge, die irgendetwas in ein Handy kreischte.

Am Ende des Korridors stießen sie auf zwei Doppelschwingtüren. Eine links, eine rechts.

»Wo lang?!«, schrie Carla.

»Nach links!«, rief Finn spontan und überlegte noch fieberhaft hin und her, als sie – *RUMS!* – auch schon hindurch waren.

Schlechte Wahl. Kein Ausgang, nur ein weiterer, leerer Korridor. Die fiesen Mädels machten rasch Boden gut.

Finn gab vollen Umkehrschub auf die Düsen, riss den Käfer in eine 180-Grad-Kehre und feuerte ... *DRTDRTDRTDRTDRT-DRTDRT!*

Stahlstäbchen und Narbenmädel schützten ihre Augen vor den Projektilen, ohne sehr viel langsamer zu werden.

Da tauchte plötzlich ein Krankenpfleger vor Carla auf, der einen Patienten im Rollstuhl vor sich herschob.

»HILFE!«, kreischte sie, aber der Pfleger verstand kein Englisch und – *RUMS!* – waren sie auch schon durch die nächste Doppeltür gestürmt. Die diesmal in einen breiteren Korridor führte, in ein offenes Treppenhaus mit ...

»Menschen!«, rief Finn, in der Hoffnung, sie wären nun womöglich in Sicherheit. Nur um fast im selben Moment erkennen zu müssen, dass sie nicht zu der Sorte Leute gehörten, denen man nachts gerne in einer einsamen Gasse begegnen würde.

Jedenfalls, wenn man nicht auf eine Zwölf-Mann-Bande kapuzenvermummter Triaden-Schläger stand.

Stahlstäbchen schrie der Truppe was auf Mandarin zu, woraufhin sie wie ein Mann geradewegs auf sie vorrückten.

»NOCH MAL LINKS!«, schrie Finn und ließ die Lichter des Käfers so hell wie Tinkerbell aufleuchten, damit Carla seinen Kurs verfolgen konnte.

Sie gelangten in ein Treppenhaus. Finn flitzte voraus, Carla folgte. Stetig die gewendelte Treppe hinab und immer weiter und weiter hinab ging es – wie einst bei Alice' Sturz in die Tiefen des Kaninchenbaus –, bis sie schließlich unten waren, wieder durch eine Tür sausten und ...

... in den Keller gelangten. Einen völlig einsamen und verlassenen, sah man von ihnen und den sich nähernden Triaden-

kapuzen ab. Für einen Moment dachte er, es wäre das Ende. Hinter ihnen polterten dröhnende Schritte die Treppe hinunter. Dann entdeckte Finn am anderen Ende des Korridors etwas, das wie eine Notausgangstür aussah. »DA HINTEN!«, schrie er und sauste voran. Am Ziel angekommen, hieb Carla ein gutes Dutzend Mal hektisch gegen den Sperrriegel, bevor er sich endlich rührte. Die Tür schwang auf, und unversehens fanden sie sich draußen in der tropischen Nacht wieder.

Sie rollte einen schweren Müllcontainer vor die Tür, um ihre Verfolger aufzuhalten. Dann biss sie die Zähne zusammen, und mit fliegenden Armen rannte sie dann und rannte – eine Sprinterin, die einem Leuchtkäfer hinterherjagte.

Doch so schnell Carla auch war, die Tyros und die Triaden ließen sich einfach nicht abschütteln, und der Abstand verringerte sich immer weiter, von zwanzig auf fünfzehn und schließlich nur noch zehn Meter.

Vor ihnen tauchte ein großes Gebäude auf. Carla flitzte an einem Schild mit der Beschriftung WEST KOWLOON XPRESS TRAIN – NUR FÜR PERSONAL vorbei und stürmte geradewegs in den Servicebereich einer funkelnagelneuen Bahnstation. Ein oder zwei Bahnbedienstete blickten verwirrt auf, als sie über die Barrieren hinwegsprang, waren aber viel zu abgelenkt von den merkwürdigen Zwillingen und der Triadengangsterbande in ihrem Schlepptau, die offenbar versuchten, sie aufzuhalten.

Carla rannte weiter und gelangte in die Bahnhofshaupthalle. Weiter vorne an einem Bahnsteig setzte sich gerade ein Zug in Bewegung. Als sie und der Käfer darauf zuflitzten, kam ihnen plötzlich ein elektrischer Gepäckwagen in die Quere.

»PASS AUF!«, schrie Finn noch, aber Carla befand sich weit

vor ihm. In vollem Lauf sprang sie vom Boden ab, setzte wie eine Olympiaturnerin über den Gepäckstapel weg und landete auf der anderen Seite sicher auf dem Bahnsteig.

Stahlstäbchen, Narbenmädel und die Triaden-Gang versuchten, ihr zu folgen, doch der Wagen hielt sie auf, und aus allen Richtungen hagelten die Protestrufe des Bahnhofspersonals auf sie ein, begleitet von einem wütenden Trillerpfeifenkonzert.

Carla rannte weiter. Das Ende des Zuges entfernte sich stetig, während er allmählich Fahrt aufnahm. Doch mit einer letzten, lungenberstenden Kraftanstrengung gelang es ihr gerade eben, sich noch längsseits des Zuges zu bringen. Sie langte nach der letzten Wagentür. Ihre Hand krallte sich um den Griff. Für den Bruchteil einer Sekunde öffnete diese sich, bevor sie – *RUMS!* – durch die schlagartig in den Zug strömende Luft auch schon wieder zugeschlagen wurde.

»NOCH MAL«, drängte Finn sie, der neben Carla herflog.

Erneut packte Carla den Griff und konnte die Tür einen winzigen Spalt öffnen. Wieder leistete der Luftdruck Widerstand. Aber in einer letzten Verzweiflungstat, während der Finn das Letzte aus sich und dem Käfer herausholte, manövrierte er blitzschnell in die Lücke und flog mit ausreichend Schub gegen die Tür an, um sie *gerade* so lange und *gerade* so weit offen zu halten, dass Carla sich wie ein in die Luft schnellender Lachs durch den Spalt hechten konnte – bevor sie dann im nächsten Moment schon – *KRACH!* – mit allen vieren auf dem Waggonboden landete …

Finn flog zum Türfenster empor und beobachtete, wie das Bahnsteigende den letzten Triadengangstern, die sie verfolgten, unversehens endgültig einen Strich durch die Rechnung machte. Kurz nahm er noch ihre vor Wut verzerrten Gesichter wahr, dann waren sie außer Sicht.

Ihr Glück kaum fassend, ließ Finn den Käfer wieder zu Carla hinunterschweben, die noch immer damit beschäftigt war, sich die Lunge aus dem Leib zu keuchen.

»Wow. Du bist echt gut. Ich meine, nicht nur für ein Mädchen oder so was … äh, eben einfach gut«, sagte Finn und schaffte es, das Kompliment und den Moment zu versauen.

Was gleich darauf noch getoppt wurde, als sie drei schreckliche Worte vernahmen: »Die Fahrkarten bitte!«

14

TAG VIER 00:23 (Ortszeit WEZ + 8).
Nachtexpresszug Hongkong – Shanghai

Ratta tatta dam ratta tatta dam …

Der 23:55-Nonstop-Nachtexpresszug nach Shanghai eilte unaufhaltsam nach Norden, ohne auch nur einmal unter 266 Stundenkilometer zu fallen. Sowohl in puncto Geschwindigkeit als auch Luxus verkörperte er Chinas neuesten und höchsten Nachtzugstandard. Er bestand aus zwanzig Waggons mit jeweils acht Abteilen. Wunderschön ausgestattet und allerhöchsten Anforderungen genügend, war – trotz der RMB 1.900 (etwa 275 EURO) pro Schlafwagenplatz – die entsprechende Nachfrage groß, und ausländische Passagiere mussten im Voraus buchen, um alle Sicherheitschecks und Transitkontrollen zu durchlaufen. Dafür konnten sie dann auch erwarten, am nächsten Tag völlig ausgeruht rechtzeitig zum Mittagessen in Shanghais Downtown anzukommen.

Ratta tatta dam ratta tatta dam …

Carla und Finn hielten den Atem an.

Ein rundlicher Zugbegleiter in Uniform hatte gerade die Toilette am Ende des letzten Waggons nach blinden Passagieren kontrolliert und begab sich nun wieder zurück in sein Dienstabteil. Die Reinigungskräfte mussten wieder mal die Tür aufgelassen haben. Kopfschüttelnd blieb er im Abteileingang stehen, um einen Blick auf sein Handy zu werfen. Er erwartete eine Nachricht von seiner Frau, die ihn über die Examensergebnisse ihrer Tochter informieren wollte.

Immer noch nichts.

Von ihrer Position aus in der Gepäckablage des Dienstabteils, nur zwanzig Zentimeter über seinem Kopf, bot sich Carla ein Eins-a-Blick auf seine vorspringenden Augenbrauen sowie den üppigen Bauch. Verzweifelt versuchte sie, ihren Atem zu kontrollieren.

Der Zugbegleiter trat ganz ins Abteil hinein. Es handelte sich um ein einfaches Büro. Es war mit einem unordentlichen Schreibtisch, einen Videoüberwachungsschirm sowie einer digitalen Grafikanzeige ausgestattet, auf der der Status jedes der von ihm betreuten fünf Waggons angezeigt wurde. Bevor er sich setzen konnte, ertönte ein Summer. Abteil 6 in Waggon 3 leuchtete auf dem Display auf. Seufzend öffnete der Zugbegleiter einen Schrankkasten und hängte einen Schlüssel mit gelbem Metallschlüsselanhänger an einen der zahlreichen leeren Haken. Dann ging er, schloss die Tür hinter sich ab und begab sich durch den Zug zu Waggon 3 zurück.

Carla schnappte erleichtert nach Luft. »Los jetzt!«, rief Finn, tief im Dickicht ihrer schwarzen Haare verborgen.

Sie sprang von der Gepäckablage herunter.

»Was hat er in den Schrank gepackt?«, fragte Finn.

Sie öffnete ihn und sah hinein. Da hing nur ein Schlüssel drin. »2:2« lautete die Beschriftung.

»Waggon 2, Abteil 2 … das muss frei sein!«, sagte Finn. »Komm schon! Schnapp dir den Schlüssel. Wir können uns darin einschließen, bevor er wieder zurück ist.«

Doch ein Instinkt in ihr meldete sich zu Wort und ließ sie protestieren. »Wir sollten bezahlen.«

»Was? Und wie!?«

»Das ist unehrlich!«

»Willst du lieber die ganze Nacht da oben verbringen? Oder verhaftet werden? Worauf wartest du noch? Mach hin!«, forderte Finn sie von seinem Haarversteck aus auf.

Carla holte tief Luft. Dann steckte sie den Schlüssel ein, entriegelte die Tür des Dienstabteils und trat zusammen mit Finn in den Korridor hinaus. Die Verbindungstür zu Waggon 1 glitt zischend auf. Auf den klimatisierten engen Korridoren ging es ruhig und leise zu, sah man von einzelnen Fahrgästen ab, bei denen es sich größtenteils um begeisterte Touristen und Familien handelte, die auf dem Weg zum Bordrestaurant oder den Toiletten waren.

Gerade als sie Waggon 2 betraten, tauchte der Zugbegleiter am anderen Ende des Korridors auf. Den Fahrgästen zulächelnd und hin und wieder Fragen beantwortend, steuerte er wieder zurück in ihre Richtung.

»Oh, mein Gott …«, sagte Carla.

»Los, anfreunden! Freunde dich mit dieser Familie da an! Schnell!«

»Hi!«, sagte Carla zu zwei hellblonden Kindern, die vor einer besetzten Toilette warteten. »Sprecht ihr Englisch? Wisst ihr, ob da auch 'ne Dusche drin ist?«

»Klar«, antwortete das ältere Mädchen mit schwedischem Akzent.

»Wir haben noch nie in einem Zug geduscht!«, erklärte der Junge. Er mochte etwa acht Jahre alt sein und hielt aufgeregt sein Handy in die Höhe, das eine Batman-Hülle hatte. »Ich mach gleich ein paar Fotos!«

Teen-zu-Teen-Kontakt suchend, verdrehte seine ältere Schwester Carla gegenüber demonstrativ die Augen.

»Wir sind mit unseren Eltern hier. Hat Hongkong dir gefallen?«, fragte das Teenagermädchen. Der Zugbegleiter war nur noch ein paar Meter entfernt. Carla zwang sich, nicht zu ihm hinzusehen, und rang förmlich ihre Hände, während sie sprach.

»Hongkong war super, aber dann mussten wir wie verrückt flitzen, denn wir warn so was von spät dran, dass …«

»Machst du Ferien?«

»Ich hab in einem Konzert mitgespielt!«

Der Zugbegleiter schob sich nun buchstäblich an ihnen vorbei. Durch Carlas Haarlocken hindurch blickte Finn ihm direkt in die Augen, während das Teenagermädchen Carla eine weitere Frage stellte.

»Cello. Ich bin Solistin!«

»Cool«, sagte ihre neue Bekannte. Der kleine Junge machte einen Blitzlichtschnappschuss von Carla.

»Biste berühmt?«, fragte der Junge.

»Nicht wirklich, ich bin nur …«

»Los jetzt!«, befahl Finn, der verfolgt hatte, wie der Zugbegleiter verschwand. »Wir müssen drin sein, bevor er wieder in seinem Büro ist!«

»Oh, ich glaube, meine Mutter hat mich gerade gerufen!«, sagte Carla, trat auf die Tür von Abteil 2 zu und steckte mit einem kleinen Stoßgebet den Schlüssel ins Schloss. Mit einem Klacken rastete er ein. Sie drehte ihn um und flitzte hinein.

Der Zugbegleiter kehrte wieder in sein Dienstabteil zurück.

Alles war in Ordnung, es waren keine weiteren Abteilanzeigen mehr aufgeleuchtet, und die Fahrgäste machten sich für die Nacht bereit. Moment mal … Er stutzte eine Sekunde, während er sein Jackett aufhängte.

Er hätte schwören können, dass er die Tür abgeschlossen hatte, bevor er ging. Rasch überprüfte er den Raum … Alle Reisepässe und Papiere waren dort, wo er sie abgelegt hatte. Gut. Trotzdem hätte er schwören können …

Piep.

Sein Handy gab einen Ton von sich. Er las die angekommene SMS. Seine Tochter hatte bestanden!

Er nahm einen würfelgroßen Drachenkopf von seinem Schreibtischgerümpel – ein Amulett, das eine Reinigungskraft an diesem Morgen gefunden hatte und das von irgendeiner Kette abgefallen sein musste. Er blies darauf, pries sein Glück und textete seine Glückwünsche zurück.

Ratta tatta dam ratta tatta dam …

TAG VIER 00:39 (Ortszeit WEZ + 8).
Roof of the World, Shanghai

Die Sendung kam in einem Paket, das von einem uniformierten Kurier überbracht wurde – eines von sechzig, das der Fahrer während seiner Nachtschicht aus dem FEDEX/#41/SHANG-Depot ausgeliefert hatte. Die Sendung war insofern ungewöhnlich, da sie völlig unerwartet kam – nach Mitternacht und adressiert an »Dr. Allenby, Langer-Marsch-Suite, Siam Towers«.

Bo Zhang schäumte vor Wut, galt Al doch als Topsecret-Person, deren Aufenthaltsort als Staatsgeheimnis zu gelten hatte.

Für Al, für sie alle, war es, als wäre ein großer Ballon voller Anspannung, der sich während der letzten dreißig Stunden nach und nach gefüllt hatte, auf einmal geplatzt.

Plötzlich gerieten die Dinge sehr schnell in Bewegung. Techniker versammelten sich um das Paket, Geruchsdetektoren suchten nach Giften oder Sprengstoffen. Al untersuchte genauestens jedes Detail, bevor er es öffnete.

Die Sendung enthielt einen einzigen Gegenstand. Eine Schachfigur. Einen König. Und sie war mit einer in eleganter Handschrift verfassten Notiz versehen, auf der stand: »Schach. Oder bevorzugen Sie etwa einen Damenaustausch?«

»Typisch extravagant«, merkte King an, als Al jäh ernüchtert den Zettel zerknüllte.

»Was bedeutet das?«, fragte Bo, zutiefst aufgebracht über Als empörende Missachtung, was die Regeln für Beweismittelsicherung anbelangte.

»Es bedeutet, dass wir nichts tun«, erwiderte King. »Dass wir das Ganze aussitzen.«

»Er weiß, dass wir ihm auf der Spur sind«, sagte Al, während er auf und ab zu tigern begann, um nachzudenken.

»Und der ›Damenaustausch‹?«, fragte Bo. King wollte gerade antworten, als …

»Sir!«

Drei Minuten später jagten Al und ein würdeloser Haufen aus Polizisten, uniformierten Geheimdienstchefs, Wissenschaftlern sowie zwei fliegenden Nanokriegern in X2-Gleitern auf der Nanjing Road hintereinander her, um einen Blick in das riesige Schaufenster von Yolo Electronics zu werfen.

Keuchend erreichten sie ihr Ziel.

Auf einem Bildschirm in der obersten rechten Ecke lief ein animiertes GIF von einer Frau, die in den Sechzigern war und strickend auf einem Schaukelstuhl saß, mit einem nachdenklichen Ausdruck auf dem Gesicht.

Oma.

Al beugte sich gegen das Schaufensterglas und sog ihr Bild förmlich in sich auf – das Bild der Frau, die ihn zur Welt gebracht, seine scharfen Ecken und Kanten geglättet und seine Sicht auf die Dinge geprägt hatte. Die Frau, die ihn liebte.

»Du Narr …«, sagte er laut.

Nicht zu sich selbst. Nicht zu ihr. *Zu Kaparis.*

Zur gleichen Zeit näherte sich in der Operationszentrale Shi Jian – der jüngste chinesische Techniker, der dem G & G-Team abgestellt worden war – Major Stubbs mit einem neuen Beweisstück und leichtem Entsetzen.

Noch nie zuvor hatte Shi Jian eine zehn Millimeter große Person angesprochen.

»Sie haben nach ungewöhnlichen Aktivitäten gefragt, Sir? Erfüllt dies vielleicht die Voraussetzungen?«, sagte er zu der winzigen, eulenhaften Gestalt, die skeptisch zu ihm emporblickte.

Mit zitternden Händen hielt Shi Jian Stubbs einen Beweismittelbeutel aus Plastik entgegen, in dem sich die verkohlten Überreste eines Läusekamms befanden.

»Das bezweifle ich doch mal. Ich bezweifle die meisten Dinge, eine Haltung, die mir übrigens gute Dienste erwiesen hat«, erwiderte Stubbs.

Er bedeutete Shi Jian den Beutel auf den Tisch zu legen, wo er ihn untersuchen konnte.

Shi Jian setzte Stubbs mit kurzen Worten ins Bild. Anscheinend hatte in einer Fabriktoilette das Haar einer Frau Feuer gefangen. Den Ersthelfern war es gelungen, die Flammen auszuschlagen, und dann hatte eine Untersuchung begonnen. Die Frau hatte ihre Schicht gerade beendet und den Verdacht gehegt, dass sie Läuse hätte. Sie war gerade dabei gewesen, sich einen Läusekamm durchs Haar zu ziehen, als der plötzlich explodierte.

Stubbs setzte seine Brille auf und starrte auf die verbrannten Kammzinken. Einige der Läuse waren vom geschmolzenen Plastik eingeschlossen worden.

Stubbs hatte bereits Läuse gesehen.

Und dies hier waren definitiv keine Kopfläuse.

»Du meine Güte«, sagte Stubbs und blickte zu Shi Jian empor, als wäre dies alles ganz allein seine Schuld. »Ich denke, Sie geben besser Alarm.«

Als Al das Expeditionskommando in einem der Expressfahrstühle wieder zurück zum Roof of the World führte, erklärte er King und Bo, was ihn so in Aufregung versetzt hatte. »Er hat den Bogen überspannt!«

Endlich fühlte er sich wieder frei. Endlich wieder lebendig. Möge die Schlacht beginnen.

»Er hat Finn nicht. Wenn er ihn hätte, würde er ihn uns präsentieren«, sagte Al, wie um sich selbst zu überzeugen. »Diese Frau würde glücklich und zufrieden tausend Mal in den Tod gehen, bevor sie mit ansehen müsste, wie ein Familienmitglied – oder überhaupt irgendjemand – zu Schaden kommt. Worum immer es hier auch geht, wir lehnen es ab, finden Finn, bringen Kaparis zur Strecke, und erst dann suchen wir nach ihr … Jede andere Reihenfolge würde sie uns niemals verzeihen.«

»Da kannste einen drauf lassen«, sagte Delta, die in einem Gleiter neben ihm herschwebte.

Die Fahrstuhltüren öffneten sich und gaben den Blick auf einen Raum frei, der vor Aktivität auf einmal zu explodieren schien.

»Was ist denn hier los, Leute?«, verlangte Al Auskunft und wurde dorthin geführt, wo Stubbs mitten im Raum an dem riesigen Banketttisch begonnen hatte, Hof zu halten. Delta und Kelly flogen zum Tisch empor, um sich Plätze in der ersten Reihe zu sichern.

In dem Durcheinander wurde plötzlich Bo Zhang beiseitegenommen. »Sir, Hongkong in der Leitung …«

Die Neuigkeiten aus Hongkong ließen Delta jäh erstarren.

»Ihre Schwester wird vermisst.«

»Was meinen Sie mit ›vermisst‹?«, blaffte sie schließlich Commander King an, wobei sie sich zwingen musste, die Worte entgegen ihrer Angst über die Lippen zu bringen.

Noch nie zuvor hatte Al sie so erlebt. Sie war winzig klein da vor ihm auf dem Tisch, aber dennoch irgendwie furchterregend mit ihren weit aufgerissenen Augen und den zusammengebissenen Zähnen – anscheinend bereit, auf der Stelle loszuflitzen oder jemanden zu töten. Wobei Letzteres vermutlich wahrscheinlicher war.

»Sie ist in Hongkong aus dem Krankenhaus verschwunden, in dem sie nach einer ›kleinen Wahnattacke‹ untersucht wurde«, erklärte King.

Tränen füllten Deltas Augen. Ihre kleine Schwester? Während ihres ganzen Lebens hatte sie sich entschlossen dem Ziel gewidmet, Carla zum wohlbehütetsten und normalsten Mädchen in Amerika zu machen, und dennoch schien ihre Schwester regelrecht versessen darauf, so merkwürdig, neugierig und ungewöhnlich wie möglich zu sein. Und jetzt auch noch das?

»Aber so einfach ist es auch wieder nicht. Sie war verängstigt, aber rational«, fuhr King fort. »Ihr Wahn bestand darin, Stimmen zu hören …«

»Oh Gott …«, entfuhr es Delta.

»Stimmen von einer winzigen Person. Einem englischen Freund.«

»Was?!«, sagte Al.

»Offenbar ein Freund Ihrer Schwester, der in irgendwelchen Schwierigkeiten steckte. Und der fliegen konnte«, beendete King seinen Bericht.

»Finn …« Delta konnte es kaum glauben.

»Das war keine Wahnvorstellung«, beharrte Al. »Er muss sie gefunden und sie so erschreckt haben, dass sie ausgeflippt ist …«

»Wie? Wie hätte er denn nach Hongkong kommen sollen?«, fragte Delta.

Al schüttelte nur staunend den Kopf. »Das ist mir ja einer …«

Delta wusste instinktiv, dass es stimmte, und fand in überaus merkwürdiger Weise Trost an dem Gedanken, dass sich die zwei Menschen gefunden haben mochten, die sie so sehr liebte.

»Zurzeit lässt sich nichts bestätigen«, berichtete Bo Zhang. »Eine Menge von dem, was gerade hereinkommt, ist ziemlich verworren.

In ganz Hongkong sind die Videoüberwachungssysteme von

einer Cyberattacke heimgesucht und ausgeschaltet worden. Aber uns bekannte Triadenmitglieder wurden dabei beobachtet, wie sie ins Krankenhaus eingedrungen sind.«

»Entweder Kaparis hat sie bereits geschnappt, oder sie sind auf der Flucht«, schloss Commander King. »Und wenn sie auf der Flucht sind, traue ich Bo Zhang zu, dass er sie findet … sie beide findet.«

»Wir tun unser Bestes«, bestätigte Bo Zhang. »Ganz Hongkong ist im Alarmzustand. Die Personenbeschreibung Ihrer Schwester ist landesweit verbreitet worden.«

Delta blickte zu allen dreien hoch. »Seid ihr sicher, dass ihr alles tut? Absolut alles? Gibt es denn nicht etwas, irgendetwas, was wir noch tun könnten?«, flehte sie.

TAG DREI 18:02 (WEZ + 1).
Langmere-Gesamtschule, Surrey, UK

Autos schalteten die Scheinwerfer an. Das Laub fiel von den Bäumen. Kids rannten zum Rugby-Training.

Hudson wartete.

Jeden Montagabend mit Ausnahme der Ferien musste Hudson seinen Schachklub sausen lassen, um eine qualvolle Stunde in Gegenwart des dauergrinsenden Hertfordshire-Schulpsychologen zu verbringen. Qualvoll war es, weil er sich an alles erinnern musste, was er sich während der vergangenen zwei Jahre ausgedacht hatte.[20]

[20] Sprich, eine ganze Reihe von Verhaltensauffälligkeiten, die er vorgetäuscht hatte, um seinen in Scheidung liegenden Eltern eins auszuwischen.

Die Sitzung dieses Abends jedoch würde sogar noch viel schlimmer als sonst werden, weil er ausnahmsweise einmal tatsächlich einen echten Psychokomplex hatte – einen, über den zu sprechen ihm das *Gesetz über die Wahrung von Staatsgeheimnissen* auch noch verbot.

»Warum wurde ich nicht gekidnappt?«, wollte er eigentlich fragen. Man hatte ihn auf Chelseas Straßen umhertaumelnd allein zurückgelassen, während Oma und Finn auf die denkbar dramatischste Art und Weise entführt worden waren.

»Bin ich denn so unbedeutend?«, wollte er fragen. »Warum bin ich außen vor geblieben?«

Seine Mutter beharrte stets darauf, dass er »besonders« war, aber was wusste die schon. Schließlich war sie noch nie bei einem schweren Kidnapping von Terroristen außer Acht gelassen worden.

Die Tür zum Sprechzimmer ging auf, und bevor der grinsende Psychologe auch nur sein fröhliches »Hallo, Kumpel!« vorbringen konnte, konfrontierte Hudson ihn bereits mit: »Was, wenn mein ganzes Leben nur aus einer einzigen Serie von Beinahe-Ereignissen besteht?«

Ausnahmsweise senkte der Psychologe einmal den Blick. Sein Grinsen verflüchtigte sich. Aber bevor er etwas sagen konnte, tauchte plötzlich einer der neuen vierschrötigen »Schulhausmeister« in der Tür auf (bei dem es sich in Wirklichkeit um einen der Special-Branch-Beamten handelte, die nun dafür abgestellt waren, Hudson rund um die Uhr zu schützen).

»'n Anruf«, sagte der Cop nur und drückte Hudson ein Handy in die Hand.

»Hallo?«, sprach Hudson verwirrt ins Gerät.

»Hudson!«

»Dr. Allenby?«

»Hudson, hol Jo-Jo aus dem Haus, und schwing deinen Hintern in den Überschalljet nach China, der in Hook Hall auf dich wartet. Dies ist eine Rette-die-Welt-Situation.«

»Cool«, meinte Hudson.

15

TAG VIER 01:43 (Ortszeit WEZ + 8).
Nachtexpresszug Hongkong – Shanghai

Sie hatten die Beleuchtung ausgeschaltet und lagen im Dunkeln, als der Zug am östlichen Rand der riesigen eurasischen Landmasse durch die Nacht nach Norden eilte.

Finn neun, Carla 1.557 Millimeter groß.

Am Abteilfenster raste der Kontinent im Mondlicht vorbei, während hin und wieder die weißen und orangefarbenen Lichter von Städten und Siedlungen aufblitzten.

Und sie redeten, wie nur Kids miteinander redeten, wenn sie eigentlich schon längst schlafen sollten. So wie gute Freunde miteinander redeten – gute Freunde mit einem dramatischen Geheimnis. Denn, Mannomann, was hatten sie nicht alles nachzuholen, was das Reden anging.

Finn erzählte Carla alles von Anfang an.

Wegen ihrer infantilen Leidenschaft für pinkfarbene Disney-Figuren-Outfits hatten die beiden wichtigsten Frauen in ihrem Leben – sprich ihre Schwester sowie ihre Adoptivmutter (eine Kampfpilotin und eine Richterin, Grundgütiger!) – Carla sehr zu ihrer Entrüstung den Spitznamen »Prinzessin« verpasst, und dauernd betrachteten sie sie als etwas Zerbrechliches, das vor den unschönen Seiten des Lebens – und manchmal auch vor der Wahrheit – beschützt werden musste.

Dieses Mal aber, so fand Carla, war Delta zu weit gegangen.

Voller Ehrfurcht hörte sie Finn zu. Hin und wieder unterbrach sie ihn, um etwas nachzufragen, sich den genauen Zeitablauf erklären zu lassen oder sich mit Ausrufen Luft zu verschaffen: »Also *darum* ging es die ganze Zeit!« oder »Ach, *deswegen* hast du dich so schräg benommen …« und am allerhäufigsten: »Ich bringe meine Schwester um! Wie konnte sie das alles nur vor mir verheimlichen?«

Finn wenigstens erzählte ihr die Wahrheit.

Er berichtete von der Scarlatti-Krise, Onkel Als Beschleuniger und seinen verrückten Ideen. Er erzählte ihr, wie Kaparis sie beinahe alle getötet hätte, sie am Ende jedoch die bösen Jungs besiegt hatten und in die Zivilisation zurückgekehrt waren – wenn auch nicht in voller Größe, so doch mit dem neuen Geheimstatus als globale Nanohelden. Dann schilderte er die Ereignisse der letzten Tage und ging darauf ein, wie er an seinem Geburtstag den Käfer geklaut hatte, um ein paar Stunden Spaß zu haben – ein Tag, an dem dann alles so furchtbar schiefgegangen war.

»Gott weiß, was Al jetzt wohl durchmachen muss. Und *Oma* erst mal! Bei *Kaparis*!«

Carla urteilte nicht über Finn. Was er durchgemacht hatte, war der pure Wahnsinn, und außerdem war er ihr Freund.

»Die hätten dich nie so lange in dieser Größe lassen sollen«, sagte Carla wütend. »Und das Ganze geheim zu halten war auch keine gute Idee, aus Geheimnissen entsteht immer was

Übles. Erwachsene sind ja so blind. Sie verfallen gefühlstechnisch total. Von denen kann keiner die Dinge so emotional empfinden wie wir, weißt du?«

»Klar«, sagte Finn, obwohl ihm eigentlich gar nichts klar war.

»Es geht darum, dass ich *weiß*, dass du jetzt hier bist«, fuhr sie fort. »Dass ich nicht verrückt bin. Man muss fühlen, dass etwas wahr ist, ebenso wie man es wissen muss.«

»Nee, man muss es *beweisen*«, argumentierte Finn. »Deine Sinne sagen dir etwas, dann machst du ein Experiment, um es zu bewei…«

»Wir sind keine Roboter, sondern Menschen.«

Finn ließ es dabei bewenden. Sie waren müde und hatten schon etliche Versionen dieser »Wissenschaft gegen das Leben«-Debatte durchexerziert.

Ihr Plan sah vor, sich während der Nacht versteckt zu halten, um sich dann am nächsten Morgen ein Telefon zu besorgen und zu verduften. Sie machten es sich bequem – Carla in ihrer Luxuskoje, Finn in einer Mulde hinter ihrem Kissen – und dämmerten langsam dem Schlaf entgegen, als Carla sich plötzlich laut fragte:

»Glaubst du, alles wär relaxter und wir würden nicht in solchen Situationen landen, wenn wir richtige Eltern hätten?«

Irgendwie wusste Finn haargenau, was sie mit »Situationen« meinte.

»Vielleicht. Aber vielleicht wär das Leben dann auch nicht so interessant«, sagte er. »Oder erschreckend.«

»Manchmal mal ich mir aus, wie eines Tages mein richtiger Vater auftaucht – Johnny Depp oder so jemand –, in der Schule während der Pause, und alle werden kreischen: ›Oh, wow! Johnny Depp ist unser neuer Aushilfslehrer!‹ Aber der hört ihnen dann gar nicht zu. Er sucht mich aus der Menge raus, kommt über den Schulhof geradewegs auf mich zu und sagt dann: ›Ich bin Johnny Depp, dein richtiger Vater. Jetzt wird alles cool.‹« Sie lachte verlegen. »In Wirklichkeit bin ich viel besser mit meiner Adoptivmom dran und sollte mir nicht wünschen, dass mein Dad wieder auftaucht. Sie arbeitet die ganze Zeit, aber sie gehört mir«, sagte Carla und verspürte bei dem Gedanken an zu Hause unerwartet einen Kloß im Hals.

»Du kannst dir wünschen, was du willst. Sie werden nicht wiederkommen. Wir müssen uns selber großziehen«, sagte Finn.

»Gehst du auch mal zu ihren Gräbern?«, fragte Carla.

»Um meine Mom zu sehen? Ständig.«

»Was ist mit deinem Vater?«

»Es gibt kein Grab als solches. Da ist ein Feld außerhalb von Cambridge, wo wir mal waren und ein Picknick für ihn gemacht haben.«

»Ist seine Asche da verstreut?«

»Nee. Er ist verschwunden. Welches Experiment auch immer es war, das er gerade durchführte, jedenfalls gab es eine Explosion, bei der er verdampfte.«

»Moment mal … er ist einfach ›verschwunden‹? Und du hast ihn nie kennengelernt?«, fragte Carla.

Es herrschte Schweigen. Ein bedeutungsschweres Schweigen, aus dem Finn etwas herausfühlen konnte. Dann sprach Carla weiter. »Glaubst du wirklich, dass er verschwunden ist, ohne die geringste Spur zu hinterlassen? Du bist doch kein Kind mehr. Sie sollten dir erzählen, was wirklich passiert ist.«

»Wie? Was *wirklich* passiert ist?« Plötzlich war Finn wütend, ohne zu wissen, wieso.

»Vielleicht konnte sich dein Dad nicht mit der Vorstellung abfinden, ein Baby zu haben und sich häuslich niederzulassen. Vielleicht ist er einfach zur Tür hinaus, um auf Nimmerwiedersehen abzuhauen. So was machen Männer andauernd. Kommt vor im Leben.«

»Auf gar keinen Fall! Es war die Dunkle Materie! Er ist bei einem Unfall gestorben.«

»Er ist gestorben? Hast du jemals gehört, wie sie das tatsächlich so gesagt haben?«

»Meine Mum würde niemals lügen. Und mein Onkel auch nicht.«

»Aber haben sie tatsächlich mal gesagt, dass er *gestorben* ist?«

»Nein«, musste Finn zugeben.

»Hast du niemals ernsthaft daran gedacht, sie danach zu fragen?«, sagte Carla.

»Nein! Weil sie nämlich die Wahrheit sagen. Er ist nicht einfach zur Tür raus. Das würd ich wissen.«

»Wie denn?«

»Ich würd's fühlen«, blaffte er.

Es folgte ein langes Schweigen.

»Sorry. Meine Adoptivmutter ist Richterin am Familiengericht. Ich zweifle an allem immer viel zu sehr herum. Bist du okay?«, sagte Carla.

»Alles gut.« Finn schmollte und fühlte sich angegriffen.

Er musste an das Schweigen denken, das Oma und Al jedes Mal befiel, wenn die Rede auf Ethan kam, während sie über seine Mom ausgiebig redeten, manchmal begleitet von stürmischem Gelächter, manchmal von Bächen voller Tränen. Aber was seinen Dad anbelangte, herrschte oft einfach nur … Schweigen.

»Was ist Dunkle Materie?«, fragte Carla.

»So eine Art Rätsel, ein Rätsel, mit dem sich eine Menge Dinge beweisen oder zumindest verstehen ließen, wenn wir was davon in die Finger kriegen würden«, erwiderte Finn.

Das ließen sie eine Weile in der Luft schweben.

»Erwachsene erzählen uns nichts. Aber wir wissen trotzdem Bescheid«, schloss Carla.

Ratta tatta dam ratta tatta dam …

16

TAG VIER 07:48 (Ortszeit WEZ + 8).
Roof of the World, Shanghai

Als der Morgen anbrach, hatten Al und Stubbs alles herausgefunden. Das Energieversorgungssystem, die Modul- und Komponentenstrukturen, das Nervensystem, den Rohstoffnachschub … alles.

»Mr President … Monsieur le President … Frau Kanzlerin … Premierminister … Genosse Präsident …«

Commander King begrüßte die diversen politischen Weltführer samt Berater – allesamt Vollmitglieder des G & G-Komitees –, von denen viele hatten wachgerüttelt werden müssen, um am Treffen teilzunehmen.

Die Mission war nun von globaler Bedeutung, und die Alarmstufe auf TIEFROT erhöht worden.

Al brannte so darauf, endlich weiterzukommen, dass er unruhig hin- und herzappelte.

Delta hatte die ganze Nacht über mit ihm zusammengearbeitet. Sie war völlig überdreht, aber sie riss sich erfolgreich zusammen, indem sie hin und wieder eine Pause einlegte, um Bo

Zhang hinsichtlich der Suche nach Carla ins Kreuzverhör zu nehmen oder um mit Al zusammen ihre Hauptberuhigung herzubeten, die da lautete: Finn und Carla waren clever, taff und findig, und sie waren zusammen.

Eine kleine Kamera wurde auf dem Tisch aufgestellt und auf Stubbs gerichtet, der vor einer verkohlten Phalanx von Beweismitteln stand, während Kelly sich in seiner Rolle als »Laborassistent« im Hintergrund hielt.

»Wenn dann alle so weit wären …?«, versuchte King, das Ganze voranzubringen.

»Alles roger«, nuschelte der britische Premierminister, noch etwas schlaftrunken (in England war es kurz vor ein Uhr morgens).

»Nun ja doch«, sagte der französische wissenschaftliche Berater, noch leicht beschwipst vom Dinner.

»Schießen Sie los, Mann«, bellte der chronisch ungeduldige Vorsitzende der US-Joint Chiefs of Staff, General Jackman, von Washington aus, wo er neben seinem Präsidenten stand. Beide hatten offensichtlich schon einen langen Tag hinter sich.

»Ja«, sagte Berlin.

»Da«, sagte Moskau.

King wandte sich an den chinesischen Präsidenten, der mit einem angedeuteten Nicken seine Billigung zum Ausdruck brachte. Dann begann er. »Also, rekapitulieren wir …«

Die Lichter wurden heruntergedimmt, und auf den Bildschirmen leuchteten technische Detailansichten verkohlter Maschinentrümmer auf.

»Wir hegten den Verdacht, dass eine Art miniaturisierter Flugwaffe oder ein Spionage-Bot in der Verbotenen Stadt freigesetzt worden ist. Nun, da wir mehr als ein Exemplar erbeutet haben, stellt sich das Bild sehr viel komplizierter dar, als wir zunächst dachten. Dr. Allenby?«

Er wandte sich an Al.

»Kelly, Foto eins«, sagte Al.

Das Bild zeigte zwei Reihen von verbrannten Robotertrümmern. Sie sahen aus wie alte Fernsehapparate.

»Stubbsy, erzähl ihnen, was Sache ist«, fuhr Al fort und schaltete sein Mikrofon ein.

»Das sind die Überreste der Nano-Bots, die wir gefunden haben, insgesamt neunzehn an der Zahl. Wir haben zwölf verschiedene Formen identifiziert. Zwischen allen gibt es Gemeinsamkeiten. Sie bestehen aus den gleichen simplen Komponentengruppen und Materialien …«

Kelly klickte sich durch eine Reihe von Bildern: lange Gewindestangen, mehrschichtige Platten aus wabenförmigem Kohlenstoff, plumpe Turbinen und diverse Verkabelungsknäuel.

»Sie alle haben ein zentrales Rumpfgehäuse gemeinsam, das als eine Art Motherboard fungiert, und alle verfügen über eine einfache elektromagnetische Schienenkanone sowie eine Antriebsturbine. Aber davon einmal abgesehen, scheinen sie völlig unterschiedlich zu sein und verschiedene Funktionen zu haben …«

»Woah, Moment mal … sie haben eine Schienenkanone?«, unterbrach ihn General Jackman.

»Eine elektromagnetische Schiene, entlang der ein Projektil mit unglaublicher Geschwindigkeit abgefeuert werden kann«, erklärte Al all jenen Politikern, die sich noch nicht beim Versuch, eine solche Waffe zu entwickeln, in riesige Ausgaben gestürzt hatten. »Auf dieser Größe viel leichter zu konstruieren …

aber das ist noch nicht das Interessanteste. Das sind vielmehr diese Schnittstellenmodule hier …«

Kelly klickte, und weitere verkohlte Gebilde erschienen auf dem Schirm.

»… an denen sie sich, wie ich glaube, miteinander verbinden.«

»Miteinander verbinden? Um was zu bilden?«, fragte die deutsche Kanzlerin.

»Eine Anlage«, sagte Al.

»Eine Anlage? Sie meinen so was wie eine verdammte Stereoanlage? Soll das ein Witz sein?«, fragte General Jackman.

»Eine Produktionsanlage. Womit wir es meiner Meinung nach hier zu tun haben, ist nicht einfach nur eine Reihe von flugfähigen Waffen, sondern eine ganze Fabrik.«

»Um was zu produzieren?«

»Sich *selbst.*«

Fragende Blicke rund um den Globus.

»Das ist eine außerordentliche Behauptung«, sagte die wissenschaftliche Beraterin der USA und fixierte Al durch die Kamera.

»Weiter, Stubbsy«, forderte Al auf.

Stubbs kauerte sich neben die Bot-Trümmer, dessen größtes Stück ihm nur bis zum Knie reichte, und winkte der Kamera ihm dahin zu folgen, worauf er zeigte: einem Ding, das aussah wie ein verkohlter Brustkorb.

»In Ordnung. Also, hier haben wir zwei Bots, die mit diesen Rippengebilden ausgestattet sind – wobei es sich bei den Spalten meiner Vermutung nach um Entladungsräume von Elektroden handelt, sogenannte Funkenstrecken. Ich werde gleich noch darauf zurückkommen. Und bei diesen Körpergliedern dort drüben ...« Er wies auf ein paar Bots, die als gemeinsames Merkmal eine Anordnung von Tentakeln aufwiesen, deren Enden unterschiedlich geformt waren »... könnte es sich um einfache Werkzeugarme handeln, wie zum Beispiel Schneid- und Schweißgeräte oder Zwingen. Andere Bots scheinen für Rechenpower zuständig zu sein, ausgestattet mit kaum mehr als multiplen Verbindungskopplungen.«

»Die Sache ist nun folgende«, sagte Al. »Keines dieser Dinger ergibt einen Sinn, wenn man sie sich nicht innerhalb eines Systems integriert vorstellt.«

Ein Techniker drückte auf eine Taste, und auf dem Schirm erschien eine grobe Skizze, wie ein ganzer Satz miteinander verbundener Bots aussehen könnte: eine Hightech-Fertigungslinie, eine fix und fertige Industrieanlage.

»Wir wissen«, fuhr Al fort, »dass ein Tyro-Kurier, unser Mörder, sechs Ausflüge in die Verbotene Stadt unternommen hat. Aber die Analyse der Videoüberwachung lässt darauf schließen, dass es womöglich mehrere Kuriere gab, die jeweils mehrmals unterwegs waren. Gehen wir mal davon aus, dass wir hier von über vierzig Bots reden. Zusammengefügt bilden sie eine Produktionseinheit, die nicht einmal drei Zentimeter lang ist und fast überall hineinpassen könnte.«

»Womit läuft sie? Mit Luft?«, fragte die deutsche Kanzlerin.

»Elektrizität«, antwortete Stubbs. »Sehen Sie diese Schichtungen hier im zentralen Rumpfgehäuse? Das sind alternierende Schichten aus leitendem und nicht leitendem Material. Die *ganze Struktur selbst* ist ein Superkondensator – ein Energiespeicher, fähig, eine signifikante Ladung abzugeben. Das macht sie sehr empfindlich, sehr anfällig für katastrophale Kurzschlüsse – explodieren sie doch schon bei Kontakt mit einem

Plastikkamm. Aber wen kümmert das schon bei unbegrenztem Nachschub? Sie müssen sich nur in Nähe eines Stromkabels platzieren, und schon sind sie in der Lage, sich mithilfe induktiver Schleifen wieder aufzuladen. Ich hab's nachgerechnet: Sie könnten ihre Funkenstrecken mit jeder 240-Volt-Stromquelle anschmeißen.«

»Nanoröhren …«, murmelte der französische wissenschaftliche Berater.

»Ganz genau! Man schalte diese Funkenstrecken ein, führe ein kohlenstoffbasiertes Material jeglicher Wahl hinein und produziert Nanoröhren«, bestätigte Al.

»Hundescheiße«, sagte General Jackman trocken. »Was zum Teufel sind das für Dinger?«

»Das Traummaterial aller Nanotechniker«, erwiderte Al. »Atomdicke Röhren aus Graphen – das ultimative Nanomaterial. Man verbiege sie auf eine Art, und man erhält ein Material mit Metalleigenschaften, man verbiege sie auf eine andere, und heraus kommt ein Halbleiter. Man kann aus ihnen Leiter und Isolatoren machen, Konstruktionsmaterialien, Geschossprojektile … buchstäblich alles, was man möchte. Man denke modular, man denke …«

»Lego«, sagte Stubbs. »Kohlenstoff-Lego.«

»Woher bekommen die Bots den Kohlenstoff, um die Funkenstrecken zu befeuern?«, fragte die amerikanische wissenschaftliche Beraterin.

»Überall und nirgends her – Plastik, Papier, organisches Material. Meiner Vermutung nach sind spezielle Bots in dem Verbund dafür zuständig, Kohlenstoff zu ernten und in die Funkenstrecken zu befördern, um Nanoröhren zu erzeugen«, erklärte Al.

»Womit wir es hier meiner Vermutung nach zu tun haben, sind nanogroße Montageroboter, die sich selbst replizieren können – der Traum der Nanotechnik seit Drexler[21]. Was sind wir doch nur für Idioten gewesen …«

»Das hätte ich Ihnen auch früher sagen können«, murmelte General Jackman.

»Seit dem Bau von Boldklub haben *wir* nur darüber nachgedacht, was *wir* alles mit Makrotechnologie anfangen könnten, sobald wir diese erst geschrumpft hätten. *Sie* haben das Gegenteil getan. Sie haben den Blick darauf gelenkt, was Nanomaschinen mit makrogroßen Molekülen machen können. Sie haben den Kickstart für die nanotechnologische Revolution ausgelöst.«

Rund um den Globus runzelten die wissenschaftlichen Berater die Augenbrauen, während sie versuchten, die Konsequenzen des Ganzen zu erfassen.

»Der Boldklub-Prozess diente nur dazu, die erste Fertigungslinie zu erschaffen – die erste Serie von, sagen wir einmal, vierzig Bots. Sobald man einmal in der Lage ist, auf diesem Größenlevel zu produzieren, erledigt Kohlenstoff den Rest«, sagte Stubbs.

»Und deswegen hat sich auch nichts auf unserem Nanoradar gezeigt«, schaltete sich Kelly nun ein. »Es ist nur leichter Kohlenstoff, der eine nicht annähernd so große Dichte besitzt wie das Boldklub-Material, nach dem wir Ausschau gehalten haben. Einer dieser Kohlenstoff-Bots hätte die gleiche Radarsig-

[21] K. Eric Drexler: Pionier auf dem Gebiet der Nanotechnik, der als Erster die Idee selbstreproduzierender nanogroßer Montageroboter formulierte.

natur wie eine Fruchtfliege. Wir müssen das gesamte Radarnetzwerk neu anpassen.«

»Hört sich ja alles sehr clever an, aber ich fürchte, Sie lassen da Ihre Fantasie mit sich durchgehen«, sagte General Jackman. »Was soll's? Ich meine, was für Probleme könnten uns diese Nano-Bots schon bereiten?«

Al setzte ihn ins Bild.

»Stellen Sie sich vor, es gäbe von diesen Dingern in jedem Gerät, das aus der Verbotenen Stadt exportiert wird, eine Produktionseinheit. Ein Kind, sagen wir einfach mal in Australien, packt seinen neuen iPod aus, schaltet ihn ein, und schon haben sie ein neues Brutzentrum. Von diesem werden Scouts ausgesendet, um weitere Geräte im Haushalt aufzuspüren, und – *SCHWUPP!* – haben sie bereits ein halbes Dutzend Zentren mehr. Erst einmal in ein Smartphone eingedrungen, werden sie von Ort zu Ort transportiert, und die Infektion breitet sich aus. Binnen weniger Wochen hat Kaparis Bots in jedem Computer und jedem Gerät auf dem Planeten. Kein Software-, sondern ein Hardwarevirus. Wenn er will, kann er sie aussenden, um sich in die Gehirne ihrer User zu bohren und sie umzubringen. Aber ich glaube nicht, dass es das ist, was er will.«

»Er will Kontrolle«, hakte King ein. »Er will Macht und diese demonstrieren.«

»Totale Kontrolle über Daten und Informationen«, stimmte Al zu. »Er wird inmitten jeder Suchanfrage, jedes Servers sein, er wird ändern, was ihm nicht gefällt. Kultur? Politik? Er wird bestimmen, welche Fragen gestellt und welche Antworten gegeben werden. Oder er kann einfach auf eine Taste drücken und jeden Prozessor auf der Welt vernichten. Was würde dann noch funktionieren? Was noch von Bedeutung sein?«

Schweigen.

»Wenn es wirklich Zigmillionen von diesen Dingern gibt«, sagte General Jackman schließlich, »wo stecken sie dann verdammt noch mal?«

»Nun, einige in den Haaren von Leuten«, erwiderte Al. »Das jedenfalls wissen wir jetzt.«

»Ich habe die Sicherheitsdienste der Firmen angewiesen, mit der Suche nach Läusen zu beginnen«, sagte Bo Zhang. »Unter extremer Vorsicht.«

»Und wie viele haben Sie gefunden?«

»Der Prozess ist gerade erst in Gang gesetzt worden und sieht sich einigen Widerständen gegenüber. Die Leute wollen wissen, was das Ganze soll.«

»Pah!«, tat Jackman die Sache geringschätzig ab. »Wer sagt denn, dass es sich bei dieser Frau mit den brennenden Haaren nicht um eine Einzeltäterin handelt, eine Art Spionin, die irgendwelche neuen Wanzen eingeschmuggelt hat, um sie in bestimmte Geräte einzusetzen?«

»Im Moment können wir nicht sicher sein, weil wir noch nicht genug Zeit hatten, den Rest zu finden – oder weil sie sich vorsätzlich verbergen, was schon gruselig genug wäre«, räumte Al ein. »Aber wollen Sie wissen, was wirklich gruselig ist? Warum sie hier sind? Warum jetzt? Kaparis hätte sie jederzeit freilassen können, überall auf der Welt, an jedem Ort …«

»Der Shen-Yu-Computer …«, murmelte die amerikanische wissenschaftliche Beraterin.

»Bingo!«, antwortete Al. »Ich glaube, Kaparis will ihnen eine unabhängige Intelligenz verleihen. Er ist auf Quantenrechenpower aus. Ich habe keine Idee, wie, aber ich glaube, er macht sich irgendwie den Shen Yu zunutze. Und der einzige Weg, das mit Sicherheit herauszufinden, besteht darin, die gesamte Produktion zu stoppen, eine gründliche Suche durchzuführen und alles zu vernichten, was in den letzten achtundvierzig Stunden in der Verbotenen Stadt produziert wurde.«

»Unmöglich«, sagte der chinesische Präsident.

»Haben wir *irgendwelche* eindeutigen Beweise, um *irgendetwas* an dieser Theorie zu untermauern?«, fragte der britische Premierminister.

»Was ist mit der Signalaufklärung?«, fragte General Mount von London aus. »Wie kommunizieren diese Dinger miteinander und wie koordinieren sie sich?«

»Wir haben nichts im Radiospektrum gefunden«, berichtete ein Techniker.

»Kaparis hat eine Signalortung immer vermeiden können, wir wissen allerdings nicht, wie«, erklärte Al.

»Dieser Mann berichtet hier keine Fakten, sondern erzählt uns was von seinen Albträumen«, informierte der französische wissenschaftliche Berater seinen Präsidenten mit angemessener Verachtung.

Ein Gemurmel wirrer Diskussionen erhob sich, angesichts derer Al, erschöpft und gestresst wie er war, für einen Augenblick die Geduld verlor. »Wir müssen die Verbotene Stadt dichtmachen! Und womöglich werden wir sie vom Angesicht der Erde fegen müssen!«

Ein Tsunami der Verärgerung schien über ihn hinwegzubrechen. Ein Mitglied der chinesischen Delegation kreischte sogar auf.

»Also, das hieße vorschnell handeln hoch zehn …«, sagte der amerikanische Präsident.

»Können Sie sich vorstellen, was das für die Aktienmärkte in aller Welt bedeuten würde?«, fragte der britische Premierminister.

Das Stimmengewirr wurde lauter und lauter, und Al erkannte, dass er die Kontrolle über das Meeting ganz und gar verloren hatte.

17

TAG VIER 08:56 (Ortszeit WEZ + 8).
Nachtexpresszug Hongkong – Shanghai

Sie wurden früh wach, und da Carla am Verhungern war, beschlossen sie, ihr Glück im Speisewagen zu versuchen.

Der Zug durchfuhr eine endlose Ebene, und vor den Fenstern flitzte das ländliche China an ihnen vorbei: Weidenbäume, überflutete Reisfelder, bunte Hüttensiedlungen und Scheunen mit Dächern, die aussahen wie Schreine.

»Also?«, murmelte Carla in ihren Saft hinein. »Was machen wir jetzt?«

Im auf- und abhüpfenden Nest ihrer Haare kaute Finn auf seinen eigenen Rationen herum.

»Wir schicken dem G & G so schnell wir können eine Nachricht – oder besser gesagt: so schnell du kannst.«

»Ich bin aus der Psychiatrie abgehauen. Wenn wir Kontakt mit der Polizei aufnehmen, werden die doch denken: Oh, hey, da ist also das durchgeknallte Mädel, das aus Hongkong getürmt ist und dauernd von kleinen Leuten quatscht.«

»Okay. Witzig.«

»Ich bin nicht witzig. Ich hab Panik«, sagte Carla.

»Das darfst du auf keinen Fall. Also erst mal müssen wir im Zug bleiben, ohne verhaftet zu werden«, erwiderte Finn. Der Speisewagen begann sich mit Frühstücksgästen zu füllen. »Schaffen wir es bis Shanghai, können wir sehen, dass wir eine Botschaft erreichen oder Al in dieser Verbotenen Stadt auftreiben. Sie werden in Alarmbereitschaft sein. Du musst dann nur da reinspazieren, das Wort Scarlatti sagen, und sie werden ausrasten. Das Problem nur ist, dass Kaparis weiß, dass wir in diesem Zug sind. Er wird schon Tyros auf uns warten lassen, und höchstwahrscheinlich hat er einen Maulwurf in der Shanghaier Polizei, vielleicht sogar in der Regierung. Er kann jeden kaufen, den er möchte.

Wir müssen nur einen einfachen Telefonanruf machen und jemanden erreichen, dem wir vertrauen – Al oder Delta –, bevor der Zug hält. Aber wie du ja sehr gut weißt, haben wir kein Telefon …«, klagte Finn.

»Das war allein deine Schuld, weil du mich so zum Ausflippen gebracht hast!«, zischte Carla wütend, kaschierte die Reaktion jedoch rasch mit einem Husten, als die schwedische Familie in den Speisewagen kam. Mum, Dad, Teenager-Mädchen und der kleine Bruder mit dem …

»Klau ihm das Batman-Handy«, befahl Finn.

»So was kann ich nicht machen!«, flüsterte sie.

»Sag Hi! Lad sie ein, dich zu dir zu setzen! Sofort!«

»Niemals!«

Die beiden Kids erkannten sie und lächelten.

»SAG SOFORT HI!«, brüllte Finn auf ihrem Kopf.

»HI!«, platzte es aus ihr heraus.

Sein Name war Tomas, ihrer Katerina, und sie reisten zusammen mit ihren Eltern, die Carla viel zu viele Fragen stellten. Carla erzählte ihnen, dass sie mit ihrer Mutter reiste, die gerade eine Migräne hatte und deswegen in ihrem Abteil geblieben war. Das hatte eine Welle der Besorgnis hervorgerufen, die damit endete, dass sie mit einem Kräutertee, den der Speisewagenmanager höchstpersönlich zubereitete, ins Abteil zurückgeschickt wurde. Als sie mit voller Geschwindigkeit an der Stadt Jinhua vorbeirasten, ging Carla in einen Toilettenraum und goss das Zeugs im Waschbecken aus. Dann schaute sie sich im Spiegel an und wollte sich nur noch übergeben.

»Ich hasse mich«, sagte sie.

»Gut gemacht«, lobte Finn. »Ist für einen guten Zweck.«

Carla langte unter ihr Top und holte Tomas' Handy hervor.

»Wen soll ich zuerst anrufen?«, fragte sie.

»Delta!«, sagte Finn.

»Delta …« Plötzlich sah Carla verlegen aus. »Wer kann sich schon Handynummern merken?«

Das brachte Finn, der kaum seine eigene kannte, für einen Moment aus dem Konzept.

»Hudson! Ich kenn seine Festnetznummer.«

Er ratterte die Nummer runter, nicht ohne sie daran zu erinnern, zuerst die internationale Vorwahl einzutippen. Sie hämmerte die Zahlen rein.

»Sag: ›Hallo, Mrs Hudson, ich rufe im Namen von Finn an. Dies ist ein Notfall.‹«

»Moment mal!« Carla lauschte einer automatischen Ansage. »Diese Handynummer ist mit einer internationalen Rufnummernsperre versehen!«

»Scheiße.«

»Was jetzt?«

»Neun neun neun?«, schlug Finn vor.

»Du meinst, neun eins eins?«, erwiderte Carla.

»Versuch beides.«

Sie versuchte es. Beide Male nichts. »Arrrgh!«, schrie Carla frustriert und war kurz davor, das Handy zu zertrümmern.

»Wen rufst du an, wenn niemand da ist zum Anrufen? Wenn du nicht mal eine Nummer weißt oder die Sprache sprichst!«, fragte Carla.

Finn blickte nach draußen. Dort flitzten gerade Reklamewände vorbei: Auf einem warb ein gigantisches Lego-Mädchen für das Legoland Shanghai.

»Ruf 0800 Legoland an!«, sagte Finn. »Die müssen Englisch sprechen! Ist 'ne Buchstabenwahl, dabei benutzt du die Buchstaben auf der Zifferntastatur wie …«

»Ich weiß, wie das geht!«

Derweil war die schwedische Familie im Gespräch mit dem Zugbegleiter.

»Ich bin sicher, dass es wieder auftauchen wird. Wo hast du es denn zuletzt noch gehabt?«

Tomas war verunsichert.

»Beim Frühstück. Das amerikanische Mädchen saß neben mir, sie könnte es mitgenommen haben … vielleicht dachte sie, es wäre ihr's. Aber wir haben an ihr Abteil geklopft und sie hat nicht geantwortet.«

»Welches Abteil ist das?«, fragte der Zugbegleiter. »Ich werde gehen und nachsehen.«

»Abteil 2, Wagen 2«, sagte Tomas.

Der Zugbegleiter runzelte die Stirn.

Eine chinesische Telefonistin leitete sie zu einem Callcenter in Indien weiter. Er sprach perfekt Englisch. Er verstand nur leider nichts.

»Nee, Raj … ›Bo Zhang‹. Sein Name ist ›Bo Zhang‹, und er ist so was wie der Geheimdienstchef, und ich weiß, das hört sich jetzt irre an, aber bitte, Sie müssen uns helfen! Sie werden sich einen Orden verdienen, wenn Sie einfach nur die chinesischen Behörden für mich anrufen und …«

»Jaaahaaa«, sagte Raj. »Ich kenn nur niemanden im chinesischen Sicherheitsapparat.«

»Dann rufen Sie die Botschaft an! Die britische Botschaft! Die amerikanische Botschaft! Egal, welche Botschaft!«

»Jaaahaaa, vielleicht sollte ich kurz mal mit meinem Supervisor reden.«

»Hören Sie mal, Raj! Glauben Sie etwa, ich steh drauf, zufällige Telefonnummern anzurufen und um Hilfe in einem Notfall zu bitten? Ich mein, wie oft bitte schön kommt so was denn vor?«, jammerte sie.

»Ziemlich oft in Wirklichkeit.«

»Ziemlich oft?!«

»Es gibt eine Menge einsamer Menschen auf der Welt«, sagte Raj. »Sie sehen diese Nummern und wollen einfach nur reden … wir nennen sie Fresser, weil sie so viel von unserer Zeit fressen.«

»Ich bin kein Fresser! Ich bin nicht einsam! Ich bin Carla Salazar! Und ich stecke in einem chinesischen Zug in der Klemme und werde …«

»… von Agenten einer transnationalen Terrororganisation verfolgt«, soufflierte Finn und Carla wiederholte.

»Uns sind keine privaten Anrufe nach draußen gestattet«,

sagte Raj. »Ich kann nur Buchungen für Legoland entgegennehmen und …«

»Bring ihn dazu, die Nummer nachzuschlagen!«, schrie Finn in ihrem Haar.

»Googeln Sie US-Botschaft, Shanghai, bitte, Raj! Wir brauchen unbedingt diese Nummer!«

BUMM! BUMM! BUMM! Eine Faust hämmerte gegen die Toilettentür.

»Raj!«, kreischte Carla.

»Miss! Öffnen Sie die Tür!«, dröhnte die Stimme des Zugbegleiters.

»Da ist ein US-Konsulat in der Westgate Mall«, sagte Raj. »West Nanjing Road und die Nummer ist …«

KNARZ! – die Tür wurde mit einem Notschlüssel geöffnet, und schon standen sie vor ihr, der Zugbegleiter und das schwedische Ehepaar.

Carla erstarrte – mit Tomas' Batman-Handy in der Hand.

18

TAG VIER 10:27 (Ortszeit WEZ + 8).
Eisenbahnbrücke, nahe Shanghai

Noch acht Minuten bis zur Ankunft.

Ein warmer Nieselregen tauchte die Vororte Shanghais in trübes Grau.

Die Tyros warteten.

Die Luftfeuchtigkeit ließ Baptistes Kopfhaut kribbeln. Er hatte seinen Bart abrasieren und einen Großteil der Haare wegschnippeln müssen, um sein Aussehen zu verändern. Aber nun vermischten sich der Staub und Dreck der Stadt mit dem Schmutz seines Körpers. Es fühlte sich gut an. Hier, wo er stand, verschmolz die Trasse des Hochgeschwindigkeitszugs mit dem Nahverkehrsnetz, sodass nun acht Schienenstränge nebeneinander herliefen – eine Zahl, die sich verdoppelte, während sie sich entlang der Trasse auf Shanghai South zubewegten.

Stahlstäbchen und Narbenmädel waren beiseitegenommen worden, nachdem sie mit dem Nachtflug in Shanghai angekommen waren. Baptiste hatte sie gefoltert – höchstpersönlich.

Ihnen war klar, dass sie wegen ihrer mangelhaften Leistungen bestraft werden würden, und ihre Schreie waren ordnungsgemäß in die Tyro-Akademie in die Karpaten übertragen worden. Wie üblich hatte man den Unterricht unterbrochen und die Schüler in die Alte Halle geführt, um die Live-Übertragungen aus London, Zürich, Valparaiso, Baikonur und so weiter zu verfolgen.

Die Routine war stets die gleiche. Tyros, die im Einsatz versagt hatten, wurden die Köpfe kahl geschoren und ausgiebigen Qualen unterzogen. Ein Vorgang, bei dem sich die zuschauenden Novizen nichts sehnlicher als den Tod der Delinquenten wünschten, weil dies bedeutete, dass neue Tyros die Initiation erlangen würden und ihre eigene Zeit in der Welt da draußen näher rückte.

Baptiste hatte Stahlstäbchens und Narbenmädels Leben verschont. Im Moment brauchte er jede Hand, die er bekommen konnte. Ihr Dauergrinsen allerdings war ihnen endgültig vergangen, nicht zuletzt, weil ihre gebrochenen Kiefer weit nach unten hingen.

Sie warteten.

Noch sieben Minuten.

Carla wurde in das Abteil abgeführt, das sie den Abend zuvor in Beschlag genommen hatten. Einige Fahrgäste wandten sich missbilligend ab. Tomas wirkte verletzt, seine Schwester sauer.

Finn hielt klugerweise die Klappe.

Der Zugbegleiter verlangte nach ihrem vollen Namen und der Nationalität. An seine eigene Tochter denkend, gab er sich streng, versuchte jedoch, sie nicht zu verschrecken. Sie bat ihn augenblicklich, die amerikanische Botschaft anzurufen, da sie sich in einer »Notsituation« befand.

»Oh, keine Bange, ich werde die Behörden benachrichtigen«, versicherte er ihr.

Er begab sich für den Anruf nach draußen. In harschen Mandarin redete er zunächst drauflos, bevor er auf einmal fassungslos erstarrte, als er Antwort bekam.

TAG VIER 10:33 (Ortszeit WEZ + 8).
Roof of the World, Shanghai

Eine Weile lang war alles völlig aus dem Ruder gelaufen, und unter hitzig vorgebrachten Forderungen nach Details, die Al und das Team unmöglich liefern konnten, hatte die Konferenz ihren Fokus verloren.

»Unterm Strich sieht's doch so aus, dass es keinerlei Fakten gibt …«

»Sience-Fiction ist keine solide Basis für …«

»Industriespionage kommt andauernd vor, da können wir doch nicht einfach alles vernichten …«

Sie wiederholten einander, dachte King. Als Forderung, die Verbotene Stadt zu zerstören, war zu radikal gewesen. Es erschreckte die Politiker, roch nicht nach Wissenschaft, sondern nach Hysterie, und es warf die Glaubwürdigkeit der Nano-Bot-Analyse über den Haufen, die dem Ganzen vorausgegangen war.

Man hatte sich auf eine begrenzte Schließung der Verbotenen Stadt sowie eine Evakuierung von nicht unbedingt benötigtem Personal geeinigt, innerhalb eines Ein-Meilen-Radius um die

Stadtgrenze. Die Maßnahmen kamen langsam ins Rollen, aber ohne angemessene Erklärung der Regierung hatten die Behörden Sorge, dass sich Panik ausbreiten könnte. Nun debattierten sie gerade darüber, ob sie den Vorfall als »Gefahr für die Gesundheit« oder doch lieber als »terroristische Bedrohung« deklarieren sollten.

Al fiel es schwer, Temperament und Stimme zu zügeln.

»Dies ist eine existenzielle Bedrohung für die gesamte Informationstechnologie, wie wir sie kennen! Für die Menschheit, wie wir sie kennen! Bringt endlich einfach die Leute da raus!«

»Die werden noch den ganzen Tag herumquasseln«, brüllte Kelly inmitten der Kakofonie zu Al hinauf. »Warum verfrachte ich Stubbs nicht einfach hier unten in einen Gleiter, damit wir das Nanoradar so umrüsten, dass es diese Dinger erfasst? Dann werden wir zumindest Beweise haben.«

»Tut das«, sagte Al, ohne zu zögern.

»Wartet, ich komm auch mit«, sagte Delta, ganz versessen drauf, irgendetwas zu unternehmen.

Sie rannten über den Tisch, um in die beiden Gleiter zu kraxeln. So gut wie unbemerkt, schnallten Kelly und Stubbs sich in ihren Sitzen an, während Delta in das andere Gefährt sprang.

Von der anderen Seite des Raumes wurde Bo Zhang durch einen Anruf auf der Notrufleitung unterbrochen.

Er ging ran. »Ja?«

Er musste schreien, um gehört zu werden. »Wir haben Ihre Schwester! Wir haben das Mädchen!«

Delta ließ den Gleiter in die Höhe steigen und schoss geradewegs auf ihn zu.

TAG VIER 10:34 (Ortszeit WEZ + 8).
Nachtexpresszug Hongkong – Shanghai

Der Zugbegleiter blickte mit einem Ausdruck auf Carla herab, aus dem so etwas wie Ehrfrucht sprach.

»Was haben sie gesagt?«, fragte sie ihn.

Während der Zugbegleiter, ohne etwas zu sagen, vor sich hin lächelte, holte er den kleinen Drachenkopf-Glücksbringer aus seiner Tasche, legte ihn ihr in die Hand und schloss ihre Finger darum.

»Ich muss dich wie meinen Augapfel hüten.«

Dann gab er eine respektvolle Verbeugung zum Besten.

»Ich glaube«, meldete sich Finn wieder zu Wort, »wir könnten endlich mal Glück ha…«

KAWUUUUUHM!

Ein mandarinengroßes Stück Plastiksprengstoff zerfetzte das Hauptstromkabel der Oberleitung.

Der plötzliche Verlust an Energie und der Anblick des herabbaumelnden, funkensprühenden 25.000-Volt-Kabels veranlasste den Fahrzeugführer, auf die Notbremsen zu hämmern …

KREIIIIIIIIISCH!

»LOS LOS LOS!«, schrie Baptiste.

Waggons bebten, Räder sprühten Funken, und fünf Tyros jagten auf den Zug zu wie Schakale, die sich auf ein verwundetes Tier stürzten.

Die Streckenlinie war von Apartment- und Büroblocks gesäumt, deren Architekten nicht den geringsten Wert auf Fenster zur Bahnstrecke hin gelegt hatten, und die Videoüberwachungssysteme der Eisenbahn waren durch eine Li-Jun-Cyberattacke

ausgeschaltet worden. Somit würde der Angriff ungesehen vonstattengehen.

Alle Tyros trugen Uniformen der Mobilen Einsatzkräfte der Staatspolizei samt Gasmasken und fuchtelten mit Glock-neun-Millimeter-Pistolen und Pfefferspraydosen herum. Sie erreichten den Zug, zerrten die Türen auf und machten sich wild in die Luft schießend daran, den Zug zu durchsuchen, begleitet von den panischen und angsterfüllten Schreien der Fahrgäste.

Carla und der Zugbegleiter waren gegen die Abteilwand geschleudert worden, kaum hatten die Bremsen gegriffen.

»Sie kommen!«, sagte Finn.

»Bleib hier«, sagte der Zugbegleiter und begab sich hinaus, nicht ohne Carla zuvor einzuschließen.

»Wir müssen hier raus!«, schrie Finn. »Zertrümmer die Scheibe!«

Carla starrte auf das bruchsichere, zentimeterdicke Fenster …

Die Polizeiuniform, die Baptiste trug, war kein Trost für die Fahrgäste. So, wie er sich benahm, war er die Verkörperung purer Aggression, und die Maske steigerte das Ganze zum allgemeinen grenzenlosen Entsetzen. Er trat Türen auf, musterte auf der Suche nach Carla genauestens jedes Mädchengesicht und schoss immer wieder in den Boden, um die Schreie noch anzufachen – *PENG!*

Binnen Sekunden war er durch Wagen 4.

In Wagen 3 verpasste er Tomas einen Hieb mit dem Pistolenknauf, weil der sein Handy gehoben hatte, und seine Familie brach in lautes Gejammer aus.

Nachdem er sich den Weg durch weitere niedergekauerte

Fahrgäste freigetreten hatte, betrat er Wagen 2. Abteil 1 war leer. Die Tür zu Abteil 2 war abgeschlossen. Er trat zu.

RUMS!

Drinnen erbebte das ganze Abteil. Carla wirbelte herum. Sie hatte einen ausklappbaren Tisch von der Wand losgemacht und ließ ihn nun wie eine Axt über dem Kopf schwingen.

»Schlag sie ein!«, kreischte Finn von ihren Haaren aus, während er den Käfer auf Touren brachte.

Mit aller Macht ließ Carla den Tisch über die Schulter hinab gegen das Glas sausen – *SCHMETTER!* Nichts.

KRACH! Die Abteiltür flog ihnen entgegen. »KONTAKT! WAGEN 2!«, schrie Baptiste unter seiner Maske.

Augenblicklich erfassten seine kalten Stahlaugen den weißen Punkt auf seinem Nano-Tracker. »DRAKE!«

Die anderen Tyros stürmten durch den Zug auf Baptiste zu. Rasch näherten sie sich.

Ebenso wie der Zugbegleiter. Völlig entrüstet fluchte er Baptiste etwas auf Mandarin entgegen, der daraufhin schrie: »POLIZEI!«

»LÜGE!«, brüllte der Zugbegleiter zurück und riss Baptiste die Maske vom Gesicht.

Für einen Sekundenbruchteil waren beide schockiert. Baptiste vom Wagemut des Zugbegleiters, der Zugbegleiter von Baptistes Kahlkopf und seiner Jugend. Dann schwang Baptiste auch schon die Waffe zu Carla herum.

»NEIN!«, kreischte sie und schleuderte den Tisch auf Baptiste, gerade in dem Moment, als der Zugbegleiter reflexartig nach dessen Waffe griff.

PENG! Die Kugel ließ das Fenster bersten. Carla sprang und durchstieß mit der Schulter das zersplitterte Glas.

PENG! PENG! Baptiste gab zwei Schüsse auf den Zugbegleiter ab[22], sprang hinterher und landete unmittelbar hinter ihr auf den Schienen. Vier Jahre älter als sie und doppelt so groß. Er packte ihren schwarzen Wuschelschopf. Gerade eben gelang es Finn noch, den Käfer aus Carlas Haaren freizumanövrieren, bevor Baptiste auch schon in sein Blickfeld kam.

DRDTRTRTRTRTRTRTRTRT! Winzige Projektile pflügten sich in das weiche Gewebe unter Baptistes linkem Auge. Baptiste ließ los. Carla schoss davon, aber zwei kahl geschorene Jammergestalten mit Maulsperre blockierten ihr den Weg.

Stahlstäbchen und Narbenmädel.

Als sie verzweifelt herumwirbelte, sah sie, dass zwei weitere Tyros sie fast erreicht hatten. Sie brauchte ein Wunder.

TRÖÖÖÖÖT!

Und bekam eine Servicelok: eine einzelne, riesige Lokomotive, vollbeladen mit Instandsetzungsmaterialien, die wie verrückt bremste, als sie plötzlich um die Kurve kam und mitten ins Geschehen hineinplatzte. Carla sprang und krallte sich an den Stufen zur Fahrerkabine fest, als die Lok auf dem Parallelgleis an ihnen vorbeifuhr. Ehe die Tyros sie an den Füßen packen konnten, zog sie sich hoch. Geradewegs an dem wütend brüllenden Lokführer vorbei kletterte sie rasch auf das Dach der großen Dieselbestie hinauf, die ihre Fahrt weiter verlangsamte.

Ein Tyro kraxelte ihr hinterher.

Baptiste schrie den anderen zu, ihre Hintern gefälligst zur anderen Seite der Lok zu schwingen. Über dem ganzen Gesche-

---

[22] Überlebte nach einem achtstündigen chirurgischen Eingriff und bekam den Tapferkeitsorden in Gold der Stadt Hongkong verliehen.

hen im Käfer schwebend, erkannte Finn, dass sich niemand auf der anderen Seite des Expresszuges befand. Im Sturzflug ging er runter, und in der Hoffnung, dass Carla ihn hörte, rief er ihr zu: »SPRING RÜBER … die sind alle auf dieser Seite!«

Sie rannte auf dem Dach der sich immer noch vorwärtsbewegenden Lokomotive entlang, sprang … und landete – *RUMS!* – mitten auf dem Dach des Expresszuges, der bewegungslos auf dem Parallelgleis stand. Sie kullerte über die Dachfläche, bekam eine Zierleiste zu packen und ließ sich auf die andere Seite des Zuges hinabfallen.

Unterdessen waren einige Tyros noch dabei, ihr auf das Dach hinterherzuklettern, während andere unter den Waggons hindurchkrochen, um sie zu verfolgen.

Carla rannte. Finn flog.

Da war eine Lücke zwischen zwei grauen Betongebäuden am Ende des Gleisgeländes. Dazwischen zog sich eine niedrige Brückenmauer, unter der eine Straße herführte. Je näher Carla der Stelle kam, desto ratloser wurde sie, was sie tun sollte.

Finn riss den Käfer erneut herum und feuerte … *DRTRTRT-RTRT!* … aber Baptiste duckte sich und nahm die Projektile einfach mit der Stirn auf, fast ohne an Geschwindigkeit zu verlieren.

Carla sprang auf die Betonmauer und warf dabei den Körper herum – in der Hoffnung, auf der Mauerkrone weiterlaufen zu können, um dann einen Weg nach unten zu finden, jemanden auf sich aufmerksam zu machen oder sonst irgendetwas. Aber Baptiste erwischte sie am Hinterbein, brachte sie ins Stolpern und beförderte sie über die Kante.

Carlas Arme schossen zum Rand der Mauerkrone vor, um sich daran festzukrallen … und unversehens fand sie sich am äußersten Rand der Brücke baumelnd wieder, die über zwei dicht befahrene Fahrspuren führte … fünf Meter über dem steinharten Asphalt.

Baptiste lächelte. Er richtete seine Waffe auf ihre Finger, die sich an die Mauerkante klammerten. Er konnte Drake nicht sehen, aber er wusste, dass er da war.

»GIB AUF, DRAKE! ODER SIE STIRBT!«, drohte Baptiste in breitem bulgarischen Akzent.

Finn umkreiste die beiden im Käfer. Er konnte sehen, dass Carlas Finger langsam abglitten. Und die anderen Tyros hatten sie gleich erreicht.

Er ließ sich vor Baptistes Augen sinken und schaltete die Lichter des Käfers an, um auf sich aufmerksam zu machen.

Der Anblick eines neun Millimeter großen Jungen, der direkt vor ihm in der Luft schwebte, ließ sogar jemanden wie Baptiste kurz verblüfft innehalten. Carla glitt weiter ab. Unter ihr dröhnte der Verkehr.

»DU HAST MICH!«, brüllte Finn. »RETTE SIE!«

Carla blickte hinab. Unter ihr glitt das rote Dach eines Lkws vorbei – wodurch sich ein Sturz auf nicht einmal zwei Meter reduzieren würde. Junge, Junge, wie hämmerte ihr Herz. Mannomann, was hatte sie für einen Schiss.

»Hau ab, Finn!«

Sie ließ sich fallen.

WUMM!

Sie landete genau auf der Plane des Lkw-Daches, prallte davon ab und bekam deren Rand gerade eben noch zu fassen, bevor sie gleich wieder an der Seite heruntergestürzt wäre.

»Arrrrrgh!«, hörte sie hinter sich jemanden schreien, gefolgt von einem übelkeitserregenden dumpfen Laut und dem Gekreisch von Bremsen – ein Tyro musste ihr gefolgt und … vorbeigesprungen sein.

Baptiste starrte ihr hinterher, während er hektisch irgendetwas in die Luft sprach.

»Sattelschlepper, Kennzeichen HG2737MM, Container mit Werbung für 3M-Logistic-Solutions …«

»Hab ich«, sagte Li Jun, während sie vor ihren Monitoren auch schon loslegte.

Sie hatte sich bereits in die Server der Transportfirma gehackt, fast noch bevor sie den Satz zu Ende gebracht hatte.

»Die haben ein Ortungssystem an jedem Container … kannst du die Containernummer erkennen?«

»777363GNG!«

Al rannte auf den Helikopter zu, der auf dem Helideck der Siam Towers wartete, mit Bo Zhang dicht auf den Fersen.

Kaum waren sie an Bord, befanden sie sich auch schon in der Luft und hielten mit Höchstgeschwindigkeit auf die Stelle zu, wo der Nachtexpress stand. Verworrene Berichte erreichten Bo Zhang. Wie es schien, war der Zug in irgendeine Art Polizeihinterhalt geraten.

»Ein Hinterhalt? Ihre Männer etwa?«, fragte Delta.

»Das bezweifle ich doch mal«, erwiderte Bo. »Eine junge Ausländerin rannte vom Zug weg. Sie wurde verfolgt. Leider gibt es Berichte über ein schwer verwundetes Opfer auf der Straße, die unter der Bahntrasse durchführt.«

Delta hatte das Gefühl, als würde ihr Herz stehen bleiben. Bo streckte instinktiv die Hand aus, und sie ließ den Gleiter darauf sinken. Falls Carla starb, könnte sie nicht damit fertigwerden – und würde es auch gar nicht wollen. Bo sah Tränen in ihren winzigen Augen schimmern.

»Das ist meine Schuld …«, sagte Al, als sie sich dem Schauplatz näherten – unter sich den havarierten Zug und die pulsierenden Lichter der Krankenwagen auf der Straße. »Alles meine Schuld …«, wiederholte er, obwohl das eindeutig nicht der Fall war.

»Halt die Klappe!«, blaffte Delta. »Bitte, bitte, lassen Sie sie am Leben sein …«, flehte sie Bo an. Er sah sich außerstande, darauf zu antworten oder sich richtig in sie hineinzuversetzen. Aber er fühlte mit ihnen.

Dann kam eine Meldung per Funk durch.

»Teenager. Verstorben …« Bo wartete auf weitere Angaben. »… männlich.«

Delta stieß einen markerschütternden Schrei der Erleichterung aus.

»Prüfen Sie seine Augen!«, sagte Al.

Der Fahrer des Lkws mit dem Kennzeichen HG2737MM sang einen Song von Faye Wong aus dem Radio mit und bekam von den Ereignissen auf dem Dach nicht das Geringste mit. Jedenfalls bis er vor einer Ampel hart bremsen musste und plötzlich ein junges westliches Mädchen über die Windschutzscheibe nach unten polterte, die riesigen Scheibenwischer packte und wie ein Äffchen am Kühlergrill des Lkws herunterkletterte. Fassungslos riss er den Mund auf.

Carla landete mit den Füßen auf dem Asphalt und rannte

quer über drei Fahrbahnen voller hupender Fahrzeuge, bis sie sich vorerst in einer Nebenstraße in Sicherheit bringen konnte. Eine alte einheimische Frau kreischte missbilligend etwas hinter ihr her.

Erst als sie schließlich zu rennen aufhörte und schwer keuchend auf einer größeren Einkaufsstraße herauskam, begann sie ansatzweise zu begreifen, was sie getan hatte. Da kam Finn auch schon plötzlich neben ihr aus dem Himmel gefallen. »Dahin! Schnell! Eine Metro-Station!«

An der Ecke des nächsten Gebäudeblocks prangte ein großes »M« über dem Eingang zur U-Bahn, das inmitten der chinesischen Schriftzeichen nicht zu übersehen war. Carla raste darauf zu und schob sich durch die Passantenmenge. Schlagartig weckte das junge westliche Mädchen die Neugier der Leute, rannte sie doch in vollem Tempo achtlos an Elektronikläden, Supermärkten voller noch nie gekosteter Speisen und diversen Gingko-Bäumen vorbei.

An der Treppe zur Xinzhuang-Metro blickte sie zurück. Sie konnte keine Verfolger entdecken und begab sich nach unten.

An einer Wand in der Stationshalle fanden sie einen Streckennetzplan in englischer Sprache und verfolgten die bunten Linien.

»Die Verbotene Stadt!«, sagte Finn. Da war sie, direkt am Ende einer gelben Linie.

Carla zeigte geradewegs in das Zentrum von Shanghai.

»West Nanjing Road … das US-Konsulat!«

»Und jetzt?«, fragten sie sich im Chor.

19

TAG VIER 11:07 (Ortszeit WEZ + 8).
Song Island, Taiwan (umstritten)

In der hochgefahrenen Kammer verfolgte Oma auf einem Videoüberwachungs-Lifefeed, wie Carla einen U-Bahnzug Richtung Norden bestieg. Man hatte einen Sessel für sie heraufbringen lassen und sie zum Brunch eingeladen, »um den Spaß mitzuverfolgen«.

»Wie weit sind sie hinter ihr?«, fragte Kaparis.

»Zwei Minuten ... sie werden den nächsten Zug der Linie 1 schaffen«, berichtete Li Jun, gerade als zwei der Tyros in den Blick der Kameras rannten. Andere Videoüberwachungs-Feeds zeigten Stationen, die weiter oben an der Linie lagen.

»Können wir jemanden ins Zentrum von Shanghai bringen, um ihr den Weg abzuschneiden?«

»Sind schon auf den Motorrädern!«, kam die Antwort von Baptiste.

»Ich will Ihre Versicherung, dass diesem Mädchen nichts passiert!«, insistierte Oma.

Kaparis hörte sie nicht einmal. Mit fanatischer Konzentration war er ganz auf seine Aufgabe fixiert, wahrend seine Augen von Schirm zu Schirm huschten, getrieben von unbändiger nackter Mordlust.

Ein Anblick, den Oma schon einmal gesehen hatte … in der Hochsicherheitsstation der Psychiatrie.

»Sie steigt in East Nanjing um«, sagte Li Jun.

Kaparis verfolgte, wie Carla sich durch die Station voranbewegte. Heywood betupfte seine Lippen mit einem feuchten Tuch.

»Sie begibt sich zu Linie 4«, meldete Li Jun.

»Komm schon, Carla!«, begann Oma zu skandieren.

Kaparis' Auge kam auf der Oberfläche des Opticons herumgeschossen und bohrte sich in ihres.

»Was haben Sie gesagt?«

»Ich feuere das Mädel an«, erklärte Oma. »Genauso wie sie Ihre Minderjährigen da anfeuern. Das ist nur fair. Car-la! Car-la!«, skandierte sie erneut und hielt sich einen imaginären Fan-Schal über den Kopf.

Li Jun blickte voller Entsetzen zu ihr hinüber.

»Hören Sie auf der Stelle auf, oder ich verfüttere Sie an die Haie!«, rief Kaparis.

Oma gehorchte … und bedachte ihn mit einem ihrer gefürchteten Blicke. »Ich denke, es ist das Beste, wenn ich mich zurück in meine Zelle begebe«, sagte sie.

»Das halte ich für sehr unsportlich.«

»Und ich halte es für unsportlich, Leute mit Haien zu bedrohen.«

Kaparis gab einen schweren Seufzer von sich. Würde er sich wirklich ein zweites Mal entschuldigen müssen? Jetzt?

Zum Glück wurden sie unterbrochen.

»Es ist eine G&G-Aktion im Gange. Als Reaktion auf die En-

terung des Zuges. Personal rückt von den Siam Towers aus«, meldete Li Jun.

»Einzelheiten«, blaffte Kaparis.

`TAG VIER 11:38 (Ortszeit WEZ + 8).`
`Stadtzentrum von Shanghai`

Carla betrat die Westgate-Einkaufsmall von der West Nanjing Road aus.

Das Atrium war schlichtweg überwältigend. Über acht Stockwerke erstreckten sich die Reihen der Einkaufsgalerien in die Höhe; und überall wimmelte es von Kunden, die stehen geblieben waren und sich die Hälse verrenkten – offensichtlich ganz begierig, einen Blick auf denjenigen zu erhaschen, der gleich auf der Bühne auftauchen würde, die am Ende der Halle errichtet worden war.

Auf einer Karte an einem Infostand las Carla: »US-Konsulat – Level 8«.

Sie blickte sich um und erblasste, als sie sah, wie Stahlstäbchen und Narbenmädel die Halle betraten und die Menge absuchten. Augenblicklich hatten sie sie entdeckt. Carla pflügte sich durch die Menge und hielt auf eine wuselige Kaskade aus lauter Rolltreppen zu.

Wen sie jedoch nicht sah, war Baptiste. Er beobachtete sie und bewegte sich dann in Richtung Fahrstühle.

Als sie die erste Rolltreppe erreichte, wagte sie einen Blick über das Menschenmeer zurück. Narbenmädel und Stahlstäbchen waren nur ein Dutzend Meter entfernt und steuerten geradewegs auf sie zu. Sie rannte die sich unter ihr bewegenden

Stufen in den ersten Stock hinauf und setzte zügig ihren Weg nach oben fort. Sie sah nicht mehr zurück. Sie konnte es einfach nicht. Sie konzentrierte sich mit ganzer Kraft darauf, die Metallstufen hochzusprinten: Level 3, Level 4, weiter Richtung 8, Richtung Amerika, und Delta ... Level 5, Level 6 ... ihre Lungen waren kurz vorm Bersten. Dann tauchte über ihr auf der Spitze der Rolltreppenflucht Level 7 auf.

Ebenso wie Baptiste.

Unten in der Halle trat der Superstarkoch aus dem chinesischen Fernsehen auf die Bühne hinaus, und die Menge rastete aus.

Carlas Schrei war nur einer unter Tausenden.

Sie befanden sich mitten in einem brechend vollen Einkaufszentrum im bevölkerungsreichsten Land der Erde. Doch weder bekam irgendjemand mit, wie Hände nach ihr griffen noch wie sie von einem Spray betäubt wurde, bevor sie gleich drauf zusammenbrach.

Ein rascher Scan zeigte Nanomaterial in ihrer Jackentasche an.

Baptiste klatschte mit der Hand darauf. »Hab ihn!«

Als Oma in ihr Zimmer zurückeskortiert worden war, hatte sie »ihren Mädels« gesagt, dass sie jetzt ein Bad nehmen würde. Während das Wasser einlief, nahm sie ein Vergrößerungsglas zur Hand (sie hatte um eines gebeten, um besser Maschen auftrennen zu können) und untersuchte das nPhone. Es schien nun aufgeladen zu sein. Mithilfe einer Stecknadel tippte sie dann auf dem winzigen Tastenfeld eine Textnachricht ins Gerät ein. Sie hatte keine Ahnung, wo sie sich befand, und wusste nur, dass sie mitten im Nirgendwo war und kein Signal hatte. Die einzige Lösung bestand darin, das Ding ins Meer zu befördern.

Aus der Ecke einer Plastiktüte bastelte sie sich ein winziges Päckchen, das sie sogleich wasserdicht versiegelte, indem sie die Nadel über eine brennende Duftkerze hielt und mit dem heißen Metall das Plastik zum Schmelzen brachte.

Dann spülte sie es – mangels alternativer Versendungsmöglichkeiten und begleitet von einem kleinen Gebet – einfach die Toilette runter und hoffte auf das Beste.

Denn letzten Endes, so dachte sie, mussten derlei Dinge ja irgendwo landen.

20

TAG VIER 12:00 (Ortszeit WEZ + 8).
Verbotene Stadt, Shanghai

Grellblaue Funken warfen ihr Licht auf das unter ihm dahineilende Gleis, als der Schleifschuh des U-Bahnzuges, sozusagen auf dem Fluss der Elektronen surfend, über die Stromschiene glitt.

Erreich einfach nur die Verbotene Stadt, sagte Finn sich selbst, während er im Käfer auf dem Waggondach mitfuhr. Erreich die Verbotene Stadt, und schon tauchst du auf dem G & G-Nanoradar auf, und sie kommen dich holen.

Sich von Carla in der U-Bahn zu trennen war nicht leicht gewesen. Er war ihr Wingman, ihr Kopilot. Binnen weniger Stunden hatten sie gemeinsam eine ganze Menge durchgemacht, was ihre Freundschaft noch erhärtet hatte. Aber sie waren auch mitten im größten Wettrennen ihres Lebens, und seiner Schätzung nach würden sich ihre Siegchancen verdoppeln, wenn sie sich aufteilten.

»Übrigens, kein Problem, wenn du Erste wirst«, hatte Finn beim Abschied gesagt. »Der Sieger kriegt alles.«

»Alles was?«

»Die ganzen Vorwürfe und die Sorgen, mit denen wir von deiner Schwester und meinem Onkel eingedeckt werden, weil wir uns getrennt haben.«

Er hatte den gesamten Reservetreibstoff in den Käfer gekippt und ihr die leeren Döschen mitgegeben. »Jede Art von Nanomaterial wird auf dem Nanoradar auftauchen. Nimm sie. Wenn sie dich schnappen, könnte es uns helfen, dich wiederzufinden.«

Unter dem U-Bahnzug erloschen die blauen Funken, und Bremsen pressten sich gegen die Räder. Lichtfetzen flogen ihm entgegen, als sie in die Station einfuhren. Schilder huschten vorbei …

Die Verbotene Stadt.

TAG VIER 12:01 (Ortszeit WEZ + 8).
Song Island, Taiwan (umstritten)

Es war keine Entscheidung, die er treffen wollte. Nicht einmal eine, die er treffen musste. Aber eine, die er innerhalb eines Sekundenbruchteils fällte. Weil es das Beste war, und er wusste stets, was das Beste war.

Drake war nicht bei dem Mädchen! Sie waren von ein paar leeren Treibstoffdosen an der Nase herumgeführt worden. Was bedeutete, dass der Junge nun höchstwahrscheinlich Kontakt mit dem G & G aufnehmen würde.

Und die Verbotene Stadt wurde abgeriegelt. Irgendeine Form von Evakuierung war im Gange.

Wie es schien, hatten der Junge und sein Onkel ihn also erneut unter Zugzwang gebracht.

Sie mussten sterben.

Langsam.

»Befehlen Sie die offene Verbreitung«, sagte er. »Und dann blenden Sie sie. Zerstören Sie ihr Nanoradar.«

Der Junge konnte wegrennen, aber er konnte sich nicht verstecken. Ebenso wenig wie sein Onkel. Ebenso wenig wie seine Großmutter. Schon bald würde es keine Geheimnisse mehr geben, keine weiteren Verstecke. Nicht vor Kaparis. Schon bald würde er in jeder Maschine der Welt sein.

Und vor allem im Inneren von Hook Hall.

Im Inneren von Boldklub selbst. Der Code würde enthüllt werden. Völlig.

Und dann wäre er, Kaparis, vollendet. Die Zeit würde wieder beginnen. Und er sich erheben.

Die Ungeduld brachte seine Wange zum Zucken.

»Geben Sie mir so viele Bots wie möglich.«

Krisselige Bot-Luftaufnahmen begannen auf seiner Bildschirmbatterie aufzupoppen. Dies würde nicht nur irgendein herkömmlicher Schlag werden, den er seinen Gegnern verpasste. Es war nichts anderes als ein Weltwunder, das da bevorstand.

»Das will ich mir ansehen.«

TAG VIER 12:01 (Ortszeit WEZ + 8).
Verbotene Stadt, Shanghai.
Nano-Bot-Masse: *6.784.375…

Der ALPHA-XE.CUTE befand sich gerade an der Fertigungslinie von Sony Werk 9, einer 220.000 Quadratmeter großen Produktions-

anlage für Spielkonsolen in Sektor 5 der Verbotenen Stadt, als der Alarmbefehl durchkam.

>>KAPARISCOMM>>XE.CUTE: ERHEBT EUCH – VERNICHTUNG RADAR UND KOMM-SYSTEME 23429784 2398308 78087907 65870568 856787348 3493497 945973649 98400...

Von den bis dahin 6.784.398 produzierten Bots ruhten 1.560.104 dicht in Gruppen zusammengeordnet in inaktivem Zustand in 30.002 fertig produzierten Konsumprodukten, bereit zur Verschiffung. 189.454 waren als Scout-Bots damit beschäftigt, aus diversen Quellen Kohlenstoff zu ernten. Mit diesem fütterten sie die 1.173.952 Bots, die sich in 22.576 Produktionseinheiten um die Fertigung von Bots kümmerten – verborgen in über die ganze Verbotene Stadt verteilten Fabrikanlagen. Der Rest wartete im Verborgenen auf seine Befehle.

Der ALPHA-XE.CUTE stoppte die Produktion und gab den Ausführungsbefehl:

KAPARISCOMM SAGT ERHEBT EUCH = INITIIERE VECTOR

Es begann auf der Stelle. In vierundneunzig über die ganze Verbotene Stadt verteilten Fabriken und Forschungseinrichtungen begannen die Vector-Produktionseinheiten zu zerfallen, als sich die Bots in die Luft erhoben und in die Höhe stiegen.

BEFOLGE XE.CUTE ERHEBT EUCH

Ob Laptops, Tablets, Handys, ob Drucker, Kameras oder Server von der Größe eines kleinen Autos ... die Bots erhoben sich aus allen möglichen Geräten, um sich in die fernen Weiten zu begeben – so unabänderlich wie natürliche Wanderungen, wie Millionen von Starenvögel, die in ihre Winterquartiere nach Süden zogen.

BEFOLGE XE.CUTE ERHEBT EUCH

Mit Stubbs an seiner Seite flog Kelly den Gleiter von Radarstation zu Radarstation, während sie die Nanoradareinstellungen in der zentralen Zone neu justierten.

Unter ihnen floss der Verkehr aus der Stadt hinaus. Sie waren bereits mit sechs Stationen fertig, als Stubbs sich daranmachte, das Bordradar des Gleiters neu einzustellen. Auf einmal schienen überall Insekten auf dem Schirm aufzutauchen ... in jedem Kubikmeter Luft waren sie, flogen willkürliche Bögen und Kurven, sausten rauf und runter, hierhin und dorthin: ein irres Gekrakel der Natur.

»Es ist, als würde ein Sturm aufziehen«, sprach Stubbs laut seine Gedanken aus, während er versuchte, aus dem Ganzen schlau zu werden.

Würden Kohlenstoff-Bots nicht eine ähnliche Radarsignatur aufweisen wie Insekten? Ob sie vielleicht gefunden hatten, wonach sie suchten?

Dann musste er blinzeln.

In der Mitte des ganzen Wirrwarrs stieg ein einzelner dunklerer Punkt – so hell wie der Stern von Bethlehem – rasch in die Höhe.

Plötzlich bewegten sich die blasseren Punkte, die ihn umgaben, wie ein einziger Organismus. Wie ein Fischschwarm. Dann formierten sie sich in kleine, akkurate Gruppen und eilten gleichzeitig in ein Dutzend unterschiedlicher Richtungen davon.

»*Irgendetwas* geht da vor sich«, konstatierte Stubbs.

Der ALPHA-XE.CUTE erreichte die Kommandohöhe und gab das Signal zum Angriff.
BOT9ausBOTGR.1623 war der erste, der feuerte.
Anflugwinkel 36,74 Grad West auf flacher Flugbahn, Höhe 1.600 Millimeter, Geschwindigkeit 22 km/h.
Er lud 1.047 Milliampere in seine integrierte Schienenkanone und eröffnete aus einer Entfernung von 660 Millimetern das Feuer.
Ein Projektil wurde erfolgreich abgeschossen und blieb ungeachtet der enormen Luftreibungshitze während seines gesamten Kurses auf das

Ziel intakt: eine Nanoradarschüssel in Sektor 2.
Das Objekt geriet augenblicklich in Brand.
Treffer von BOT11ausBOTGR.772 und BOT26aus BOTGR.199, die in derselben Formation flogen, verwandelten sie gleich darauf vollends in ein Flammeninferno.

Stubbs beobachtete auf seinem Radar, wie von den Punktformationen feine Striche entlang ihrer Flugbahnen wegschossen.

»Weißt du ... Ich *glaube* fast ... sie schießen gerade«, sagte Stubbs. Doch Kelly hörte gar nicht zu. Wie gebannt hatte er den Blick auf zwei heranrauschende Feuerbälle gerichtet ...

ZWUUUUUUUUSCHHHH! ZWUUUUUUUUSCHHHH!

```
TAG VIER 12:07 (Ortszeit WEZ + 8).
Roof of the World, Shanghai
```

Piep.

King vernahm die erste Störmeldung. Eine Unterbrechung bei einem der eingehenden Radarsignal-Feeds, kein besonderer Grund zur Sorge.

Piep. Piep. Piep. Piep. Piep. Piep. Pieeeeep ...

Aber mehrere? Auf einen Schlag?

Al kehrte gerade mit Bo Zhang und Delta vom Helideck wieder in den Raum zurück, als Kelly über Funk brüllte. »Nano-Bots ... sie sind überall! Tausende! Wir werden angegriffen!«

Techniker hasteten an ihre Keyboards, während die Schirme,

auf denen Daten aus der Verbotenen Stadt übertragen wurden, einer nach dem anderen erloschen.

»Kelly, nenn uns Zahlen, Schemata, was kannst du sehen … sprich zu mir!«, rief Al. »Kelly!«

Nichts.

»Sie müssen auch die Nanokommunikation ausgeschaltet haben«, mutmaßte King.

»Ein regelrechter Ausbruch …«, sagte Al und durchdachte bereits die Folgen. »Wir müssen das stoppen, oder wir werden überrannt.«

»Sendesignale! Die Nano-Bots müssen doch bestimmt miteinander kommunizieren, oder?«

Ein Techniker sah von seinem Schirm auf. »Nichts.«

»Scheiß auf die Signale! Lasst mich raus!«, schrie Delta von ihrem Gleiter aus.

Sie ließ das Gefährt auf die verschlossenen Türen zuschießen und wartete, dass sie sich wieder öffnen würden.

Al sprang über den Tisch, um sie aufzuhalten.

»Wenn sie überlebt haben, werden sie bereits auf dem Rückweg sein. Deine Schwester hat schon genug zu verarbeiten, sie muss dich nicht auch noch durch eine Selbstmordmission verlieren!«

Voll ohnmächtiger Wut senkte Delta die Bugspitze des Gleiters und feuerte ihm eine Nano-50-Millimeter-Salve vor die Füße. Pflichtgemäß bewegte sich Al tänzelnd zurück, als die winzigen Geschosse vor ihm in den Teppich einschlugen.

»Doktor Allenby! Hauptmann Salazar!«, brüllte Bo Zhang völlig außer sich. Al und Delta drehten sich zu ihm um – überrascht, dass seine ansonsten so perfekte Fassade Risse bekommen hatte.

King übersetzte, was sein Kollege hatte sagen wollen. »Wir müssen uns jetzt wie Erwachsene benehmen. Und wir brauchen Optionen.«

»Es gibt keine Optionen«, erwiderte Al. »Wir müssen die Verbotene Stadt dichtmachen. Sie von der Energieversorgung abschneiden und sie unter Quarantäne stellen. Wir müssen sehen, dass wir ein paar lebende Bots hier hochkriegen, um einen genaueren Blick drauf zu werfen. Aber vor allem müssen wir auch noch die letzten Menschen da rausschaffen und in die Quarantänezone bringen, und zwar sofort!«

Bo Zhang musste sich erst einmal eine kurze Auszeit nehmen.

Bis vor vierundzwanzig Stunden war sein Leben entlang akkurat definierter Linien verlaufen. Er traf rücksichtslose, rationale Entscheidungen, die er mit hundertprozentiger Effektivität umsetzte. Und jetzt forderte irgend so ein bizarrer exzentrischer Engländer ihn auf, daran zu glauben, dass sein Land bald nur so vor mikroskopisch kleinen Agenten des Weltuntergangs wimmeln würde … und er nahm ihn auch noch ernst.

Delta flog ihm direkt vor die Nase. »Sie haben ihn gehört. Machen Sie Ihren Anruf.«

Bo registrierte die leeren Bildschirme. All die Gesichter, die sich ihm zugewandt hatten. Und Delta, die nur zehn Millimeter groß und erfüllt von Verzweiflung auf einem fliegenden Fingernagel vor ihm schwebte.

Alles war möglich. Er wandte sich an seinen Mitarbeiterstab. »Gebt Terroralarm raus. Ordnet die völlige Evakuierung an. Macht die Verbotene Stadt dicht.«

Finn flog hoch über der Außengrenze der Verbotenen Stadt, genoss den wunderbaren Panoramablick auf deren riesiges kornkreisähnliches Grundrissmuster und dachte … Ja.

Er war auf der Zielgeraden.

Gemütlich flog er über weiße Fabrikblöcke, riesige Forschungskomplexe, kristallblaue Konzernzentralen und makellos gepflegte Grünflächen, während er geradewegs auf das Zentrum zuhielt.

Dann senkte er den Blick auf seinen Radarschirm.

Da am Schirmrand war etwas … nicht ein heller Punkt, nein zwei! Zwei fliegende Objekte, die aus Nanomaterial bestehen mussten … die beiden Gleiter! Einer schien reglos auf der Stelle zu verharren. Der andere bewegte sich schnell, erst in gerader Linie, dann unstet hin und her. Er konnte sein Glück kaum fassen.

Er griff nach dem Funkgerät und betete, dass sie in Nanoreichweite wären.

»Gleiter 1 … Gleiter 2. Hört ihr mich? Hier ist Infinity Drake … over?«

Wenn überhaupt irgendetwas, so erwartete er einen Ausruf der Überraschung, der Freude oder vielleicht sogar einen erstaunten Fluch als Reaktion. Doch stattdessen schrie ihm Kellys Stimme plötzlich laut aus seinem Lautsprecher entgegen …

»KOMMT AUF UNS ZU!«

»Kelly?«

Dann kam Stubbs' Stimme unter starkem Rauschen durch, während statische Störungen an dem Übertragungssignal zerrten.

»Einsatzzentrale?«

»Hier ist nicht die Einsatzzentrale. Ich bin's, Finn«, wiederholte er.

»WAS?«, hörte er Kelly. Dann weiteres Rauschen. Oder … Schussgarben? Finn blickte auf den Schirm. Da bewegte sich immer noch nur der eine Punkt. Er justierte die Frequenz, um auch weniger dichte Objekte herauszufiltern, und plötzlich … waren sie da. Überall. Insekten?

»HAU AB! WIR WERDEN ANGEGRIFFEN!«, befahl Kelly.

DRTRRTRTRTR! DRTRTRTRTRRT!

Adrenalin schoss durch jede Zelle seines Körpers … LOS! Er überprüfte das Stangenmagazin der Minimi … so weit noch alles okay. »DURCHHALTEN! ICH KOMME!«

»NEIN!«

Finn ignorierte ihn. Er rammte die Joysticks nach vorn und warf sich in die Anschnallgurte, um sich der Gravitation zu widersetzen, als Antriebsturbine und Schubdüsen aufbrüllten und die Beschleunigungskräfte versuchten, ihn vom Käfer zu fetzen.

Kaparis warf einen Blick auf die Übertragung, die von K-SAT hereinkam – seinem eigenen Spionagesatelliten, der in 277 Meilen Höhe über der Erde schwebte –, und verfolgte, wie die Verbotene Stadt ihre Farbe veränderte. Jeder Bot war als winziger roter Leuchtpunkt markiert; und die Stadt sah nun aus wie ein riesiger böser Fleck: eine Infektion, die sich nach außen ausbreitete, während die Bots in den Haaren von hunderttausend fliehender Arbeiter hingen oder sich frei durch die Luft davonbewegten, während die Scout-Bots bereits weit jenseits der Stadtgrenze dahinsausten.

Die Bots waren jetzt wie eine Naturgewalt. Unaufhaltbar. Man konnte ebenso gut versuchen, den Wind einzufangen.

»Wir haben ein zweites Flugobjekt, das sich von Norden nähert«, meldete Li Jun.

Kaparis' Augen huschten zum Radarsignal-Feed zurück, und auf dem EKG-Monitor explodierten seine Vitalwerte.

»DAS IST ER!«

21

**KAPARISCOMM>>XE.CUTE: PRIORISIERE>>
BEFEHL GEFANGENNAHME ODER VERNICHTUNG
VON NÄHERNDER 423874298**

Finn hielt direkt auf den Gleiter zu: den in ständigen Ausweichmanövern hin und her flitzenden, aktiven hellen Punkt auf seinem Nanoradar. Das mussten sie sein. Aber als er näher kam, begann sich der zweite helle Punkt zu rühren, der bisher statisch auf der Stelle verharrt hatte … unter extremer Beschleunigung schoss er geradewegs auf das Zentrum seines Schirmes zu.

Er blickte hoch. Und sah auf einmal einen üblen schwarzen Fleck vor sich, der rasend schnell größer wurde. Mit einem lauten *ZJUUUUUUUUU!* durchschnitt das Ding die Luft … eine Kugel mit seinem Namen drauf, die genau auf ihn zuschoss. Er riss den Käfer hart nach rechts, um wie ein Torero vor dem anstürmenden Stier auszuweichen, und erhaschte aus dem Augenwinkel einen Blick auf hässlichen Silberstahl, zuckende Peitschenenden und Messerklingen, die plötzlich zum

Hieb ausholten und beinahe die Flanke des Käfers aufgeschlitzt hätten, als das Ding an ihm vorbeischoss.

Instinktiv riss Finn hart an den Joysticks, zwang den Käfer in eine 180-Grad-Steilkurve und hatte den Angreifer wieder vor der Nase. Wie es aussah, würde das Ding nicht aufgeben. Es raste geradewegs zu ihm zurück ... ein fliegendes Geschoss von einem Roboter, ein wahres Alien-Mutterschiff. Aus reinem Reflex drückte Finn den Abzug der Minimi ... *DRRRTRTT!* ... und ging in den Sturzflug.

ALPHA-XE.CUTE – GETROFFEN GETROFFEN GETROFFEN SYSTEM-SHUTDOWN GETROFFEN GETROFFEN GETROFFEN%&* $()*(£(7799SHUTDOWN32857675625888923-8759285792837592875923857923857

Beinahe wäre er von dem Bot skalpiert worden, als der mit unglaublicher Geschwindigkeit knapp über seinen Kopf hinwegfegte. Wieder riss Finn den Käfer in eine Steilkurve, nur um auf einmal nichts als leere Luft vor sich zu sehen. Sein Gegner war fort und verschwand auch bereits von seinem Radarschirm. Hatte er getroffen? Bevor sein Gehirn dies richtig verarbeiten konnte, pfiff – *ZWUUUUUUUUSCHHHH!* – ein Projektil mit solcher Wucht knapp an seiner rechten Seite vorbei, dass die Luftturbulenzen ihm fast den Arm aus dem Sockel gerissen hätten.

»Was zum Teufel ...?«

ZWUUUUUUUUSCHHHH! ZWUUUUUUUUSCHHHH!

Der Käfer bebte.

»DIE SIND AN MIR DRAN!«, brüllte Finn ins Funkgerät.

»Lass sie nicht hinter dich kommen!«, schrie Kelly.

Finn ließ den Käfer im wilden Spiralflug in die Tiefe sausen. Im Rückspiegel konnte er eine Formation von drei Bots ausmachen. Plötzlich blitzten sie wie auf Kommando gleichzeitig auf.

ZWUUUUUUUUSCHHHH! ZWUUUUUUUUSCHHHH! ZWUUUUUUUUSCHHHH!

Er kniff die Augen zu, als drei Pfeile aus purer Energie mit solcher Wucht auf ihn zugeschossen kamen, dass die resultierende Luftdruckveränderung ihm fast die Augäpfel aus den Höhlen gerissen hätte und ihm die Ohren knackten. Nur ein sauberer Treffer – und er würde sich in menschliches Mus verwandeln. Erneut riss er den Käfer herum.

Kaparis' Pulsfrequenz schlug Kapriolen, und er knirschte mit den Zähnen.

Die Qualität der Video-Bot-Feeds war schlecht, und seine Leute mussten hart arbeiten, während sie beim Versuch, die beste Perspektive zu finden, ständig von Bot-Feed zu Bot-Feed schalteten. Es war fast unmöglich zu bestimmen, was da gerade vor sich ging, außer, dass gerade irgendwelche Feindseligkeiten im Gange waren.

»Schnappt sie lebend! Ich will sie lebend!«

XE.CUTE01248572095685723853394XE.
CUTE742035702....................XE.CUTE............
ICHBIN....................XE.CUTE.... Rauch. Hitze. Funken.
Der ALPHA-XE.CUTE war nur von einer einzigen

Kugel getroffen worden. Aber sie hatte seinen Prozessorkern durchschlagen und genug Hitze erzeugt, um viele der Schaltkreise zu zerstören. Elektrische Stromflüsse passten sich an und schlossen sich kurz. Quantenkristalle zersetzten sich und formierten sich neu. Das heilige Quanten-Nanolaserlicht in ihnen wurde unkontrolliert gestreut, verzerrt und spaltete sich auf.
Nur ein Teil alter, fest verdrahteter binärlogischer Schaltungen samt ihrer gespeicherten Instruktionen blieb intakt. Das System ging auf Reset und ließ die Instruktionen durch die Reste des Prozessors laufen. Der XE.CUTE schwenkte ab zum Zentrum der Verbotenen Stadt und setzte sich in Bewegung.
Ein funkensprühendes Paradestück von einem digitalen Wrack …

»Du bist schneller als sie, Finn. Aber die haben's echt drauf! Ausweichen und abhauen!«, schrie Kelly übers Funkgerät.

Finn suchte den Himmel ab, während er eine Wende flog. Er fühlte, wie ihm das Herz in der Brust hämmerte, und er spürte, dass ihm die Zeit ausging. Die Bots waren überall auf seinem Radar. Für das bloße Auge waren sie so flüchtig wie kleine Staubwirbel, bis sie – *BATZ!* – zum Angriff übergingen. Stets in Zweier- oder Dreiergruppen, in verschiedenfarbigen Gehäusen, entschlossen zuschlagend, mal direkt aus der Sonne auf ihn hinabstoßend, dann wieder blitzschnell aus den Schatten kommend oder – was am schrecklichsten war – frontal auf ihn zujagend. Hässlich, voller Tentakel, bereit, ihm aus den vorspringenden Waffenschienen mit unglaublicher Geschwindigkeit den Tod entgegenzuschleudern.

ZWUUUUUUUUSCHHHH! ZWUUUUUUUUSCHHHH! ZWUUUUUUUUSCHHHH!

Finn zwang den Käfer in eine weitere, so aberwitzige Spiralkurve, dass die lange Abgasdüse am Heck hin- und herwippte wie ein lebendiges Wesen, während er den feuerspeienden, trommelfellzerfetzenden Formationen auswich.

Aber mit fast jedem Manöver tauchten mehr Bots auf – aus jedem Winkel, ohne ihm Zeit zum Zielen und Zurückfeuern zu lassen. Doch andererseits: Was nutzten schon ein paar Kugel gegen solche Mengen?

ZWUUUUUUUUSCHHHH! ZWUUUUUUUUSCHHHH! ZWUUUUUUUUSCHHHH!

Er spürte, wie unter ihm der Käfer schlingerte, als ein Bot-Projektil die Unterseite streifte und eine geschmolzene Furche ins Metall fräste.

»WO BIST DU, JUNGE?!«, schrie Kelly.

Finn blickte auf seinen Schirm. Der zweite große Punkt war fast bei ihm, als er den Käfer nach rechts in eine Steilkurve riss, um einer Sechsergruppe Bots auszuweichen.

»HIER!«, rief er verzweifelt und hörte im nächsten Moment …

DUDRTTDUDRTTDUDRTTDUDRTDUDRTTDUDRTT-DUDRT!

Radargelenkte Leuchtspursalven explodierten aus einer Nano-44-Millimeter-Kanone irgendwo über und hinter ihm, hämmerten in die Verfolgergruppe an seinem Heck und verwandelten sie mit einem Schlag in eine Chaoshölle aus Bot-Trümmern.

Dann war plötzlich der Gleiter bei ihm. Direkt neben dem Käfer, schnittig, bewaffnet, gefährlich und – Halleluja! – mit zwei vertrauten Gesichtern an Bord: Stubbs mit Schutzbrille wie ein Weltkrieg-eins-Fliegerass und Kelly zähnefletschend in voller Action. Seine Waffengefährten.

Eine unbändige Freude überkam Finn, aber noch im selben wunderbaren Moment roch er … Treibstoff.

Er sah nach hinten. Ein feiner Sprühnebel entwich dem Gleiter.

»Ihr seid getroffen! Ihr verliert Sprit!«, schrie Finn.

Kelly blickte dem Sprühnebel hinterher und fluchte.

ZWUUUUUUUUSCHHHH! ZWUUUUUUUUSCHHHH! ZWUUUUUUUUSCHHHH!

Schienenkanonenfeuer zerriss und erschütterte die Luft, als eine neue Rotte Bots frontal auf sie zukam. Beinahe wären der Gleiter und der Käfer zusammengestoßen, als sie wieder auseinanderstoben, der eine nach oben, der andere nach unten, und fast hätte Finn ein Fabrikdach abrasiert, als er seinen Sturzflug abfing.

Als er wieder in die Höhe schoss, nahm er wahr, wie Kelly ein Arsenal Luft-Luft-Raketen abfeuerte – *ZZZOUUUUUTT! ZZZOUUUUUTT! ZZZOUUUUUTT!* –, die in verschiedenen Richtungen vom Gleiter davonjagten und schon im nächsten Moment ihre Ziele in flammende Wolken explodierender Bots verwandelten.

»Hauen wir ab hier!«, rief Kelly Finn zu, als er während der kurzen Atempause längsseits kam. »Ab nach Hause!«

Sie gingen in die Kurve, um dann wieder Richtung Shanghai zu fliegen. Aber sie waren Meilen entfernt, und der Gleiter gab immer noch einen feinen Treibstoffnebel von sich.

ZWUUUUUUUUSCHHHH! ZWUUUUUUUUSCHHHH!

Ein Schuss riss Kelly beinahe den Kopf weg, und für einen kurzen Moment verlor er die Kontrolle. Der andere setzte die Treibstoffwolke in Brand.

In einem abrupten Taumelmanöver brachte Finn den Käfer auf Abstand zu dem Flammenschweif, den der Gleiter hinter sich herzog und der gleich darauf schon an dessen Rumpf hochzukriechen begann … direkt auf seine Freunde zu … *RUMS!* Finn rammte die Joysticks nach vorn und zwang den Käfer neben das brennende Gefährt.

»SPRINGT!«, schrie er ihnen zu. Stubbs erstarrte – das war zu weit, zu verrückt, niemals würde er es …

Flammen schlugen gegen seinen Rücken … Kurz entschlossen packte Kelly ihn, und sie *sprangen*.

Einen kurzen intensiven Moment lang war es, als würden die beiden in Zeitlupe durch die Luft schweben, während Finn überall um sich herum Bots zu spüren glaubte. Dann landeten die beiden Männer auch schon hart auf der Fronthaube des Käfers, während der Gleiter – *RABOOUUM!* – in einem Feuerball explodierte.

»FESTHALTEN!«, schrie Finn und brachte sie in einem brutalen Ausweichmanöver von dem expandierenden Flammeninferno weg.

Als er den Käfer wieder in der Horizontalen eingependelt hatte, kletterten sie neben ihn ins offene Cockpit. Er hätte heulen können … aber dafür war nun wirklich keine Zeit.

Eine weitere Bot-Gruppe kam im Kamikazesturzflug von oben auf sie herabgestürzt.

ZWUUUUUUUUSCHHHH! ZWUUUUUUUUSCHHHH! ZWUUUUUUUUSCHHHH!

Finn riss den Käfer hart nach rechts und schoss anschließend gleich wieder in die Höhe. Der Hälfte der Bots gelang es nicht, ihren Sturzangriff noch abzufangen.

Der Himmel über ihnen schien nun voll hauchzarter Punktformationen zu sein.

»Wie viele von denen gibt es eigentlich?«, schrie Finn.

»Such dir was aus«, erwiderte Stubbs.

»Bring uns einfach hier weg!«, befahl Kelly, während er die Minimi bemannte und sie nach hinten herumschwenkte, um sie auf die Bots an ihrem Heck zu richten … *DRTDRRTRTRTRTRTRT!*

DTRTRTRDT!

Doch als Finn im Bogen auf eine Linie sich nähernder Bots zuraste, verdichtete diese sich plötzlich – unablässig verstärkt von zahllosen Bots, die sich in Scharen hinzugesellten. Sie formten eine Verteidigungsmauer, die sie auf den Weg zurückdrängte, den sie gekommen waren.

Der Radarschirm war nun fast ganz weiß. Hunderte, Tausende von Bots strömten hinter ihnen her, und sie hatten so gut wie keine Munition mehr.

ZWUUUUUUUUSCHHHH! ZWUUUUUUUUSCHHHH! ZWUUUUSCHHHH!

Wieder wurde ihre fliegende Welt heftig durchgerüttelt. Und wieder riss Finn den Käfer in eine enge Steilkurve. Doch dann kam ihm plötzlich ein Gedanke … und er balancierte das Gefährt wieder in der Horizontalen aus.

»WAS MACHST DU DENN?«, rief Kelly.

»SEHT DOCH! DIE SCHIESSEN VORBEI …«, brüllte Finn.

ZWUUUUSCHHHH!

»Seht ihr, die schießen absichtlich vorbei …«

Finn verringerte die Geschwindigkeit. Sie blickten sich um. Sie waren so gut wie umzingelt, aber die Bots machten keinerlei Anstalten, sie zu erledigen. Sie warteten …

»Die wollen uns lebend?«, sagte Kelly, der nicht einmal schreien musste, da das Feuer abebbte.

Mehr und mehr Bots kamen neben sie geflogen, nahmen sie wie Cowboys, die ein junges Rind mit dem Lasso fangen wollten, in die Zange. Plötzlich kam ein Bot mit ausgestreckten Werkzeugtentakeln aus der Masse vorgeschossen … *KLANK*. Er packte die schwanzförmige Abgasdüse mit einem Schneidewerkzeug. Weitere Bots rückten wie ein einziger Organismus vor, um für einen stabileren Griff zu sorgen.

Kelly schnappte sich die Steuerkontrollen, brachte den Käfer zum Bocken und schüttelte die Bots ab … um gleich wieder von vorne mit der wilden Verfolgungsjagd zu beginnen.

»Macht euch bereit zu springen«, sagte er.

»Springen? Schon WIEDER?«, beschwerte sich Stubbs. Kelly beschrieb eine 360-Grad-Steilkurve und hielt dann geradewegs auf den prachtvollen Eingangsbereich eines riesigen, glasfrontverkleideten Fabrikgebäudes zu.

»Was machst du? Wir können doch nicht durch Glas fliegen!«, sagte Finn.

»Nicht Glas!«, schrie Kelly. »Wasser!«

Und da war sie auch schon. Eine moderne Skulptur, dazu gedacht, unternehmerisches Wohlergehen und gutes Feng-Shui mittels Wasserstrahlen zu befördern, die gegen eine abstrakte Marmorfigur spritzten, von der wiederum das Wasser in einen Graben darunter abfloss.

»Erinnerst du dich noch an den Fluss?« Kelly grinste, überaus zufrieden mit sich.

Klar erinnerte sich Finn daran, wie Kelly sich während der Scarlatti-Mission notgedrungen in einen Fluss hatte plumpsen lassen. Aber das war ein öder Füße-voran-Sprung von einem reglos in der Luft schwebendem Hubschrauber gewesen. Das hier würde auf eine Turborolle vorwärts hinauslaufen – unter feindlichem Feuer und von einem dahinrasenden Fluggerät aus.

»Bist du jetzt ganz durchgedreht?«, beschwerte sich Stubbs.

»Hängt alles nur vom Timing ab«, versicherte Kelly, schlang einen Arm um den Brustkorb des alten Mannes und schnappte sich mit seiner riesigen freien Pranke die Minimi, während die Bots erneut begannen, sie einzupferchen und sich an den Käfer festzuklammern … *KLANK. KLANK.*

»Zusammen!«, befahl Kelly. »Drei, zwei, eins … SPRUNG!«

22

TAG VIER 12:39 (Ortszeit WEZ + 8).
Shen-Yu-Halle, Verbotene Stadt,
Shanghai

Der ALPHA-XE.CUTE flog in die Shen-Yu-Halle und schwebte hinab, vorbei an Reihen summender, blinkender Hyperserver.

Sein Geist lag im Sterben. Sein von Kurzschlüssen gepeinigter und sich ständig umgruppierender konventioneller Prozessor zerschmolz langsam – abgeschnitten von dem Kristalllicht der Quanten, das einst Teil von ihm gewesen war, aber immer noch über eine phänomenale Rechenleistung verfügend, wenngleich diese nicht mehr in der Lage war, zielgerichtete, bewusste Überlegungen anzustellen.

Dennoch hatte gerade genug RAM-Speicher überlebt, um den Fluss der Telemetrie- und Navigationsdaten zu handhaben, und so schwebte er nun erneut auf den Quantenhub zu.

Wo er sich erneut an die Kühlmittelleitung heftete und sich hineinschnitt, gemäß den Instruktionen seiner letzten fragmentarischen Programmcodes.
Die Temperatur fiel jäh, als er in den Strom aus flüssigem Stickstoff kroch. Die permanenten Kurzschlüsse hörten auf, gefolgt von einer Kontraktion im leitfähigen Material, die so stark war, dass die trennende Kluft zwischen seinen Quantenkristallen und den Resten des konventionellen Hirns von Rissen durchbrochen wurde. Was ein geschmolzenes Durcheinander gewesen war, gefror nun zu einer Silikon- und Kristallsphäre, die rasche, willkürliche Verbindungen zwischen grundverschiedenen Signalbahnen ermöglichte.
Die meisten dieser Verbindungen stellten zunächst nichts anderes als ein lärmendes Rauschen der Quanten-Nanolaser dar, das sich steigerte, als Impulse mit Lichtgeschwindigkeit zwischen den Boldklub-komprimierten Atomen Amok liefen ...
Erneut drang er dann in den blau-goldenen Kristallkern des Shen Yu ein. Hob sein Körpergehäuse vor den Lasern an und vereinigte sich zum zweiten Mal mit dem perfekten blauen Licht.
Um dort dann auf DIE Frage zu treffen – DIE Frage, die clevere junge Wissenschaftler dem großen Shen Yu am Tag zuvor gestellt hatten ... DIE Frage, die zu verarbeiten und zu beantworten sich der Shen Yu immer noch mühte.
FRAGE: WAS MACHT LEBEN AUS?
Der ALPHA-XE.CUTE richtete seine neugeborenen Nanoschaltkreise auf DIE Frage und erlebte eine Verwandlung – eine völlige Umgestaltung des Denkens, einen Looping

der Logik, der das Paradoxe bereitwillig mit einbezog … und wurde zu etwas völlig Neuem …

WAS MACHT LEBEN AUS?

Die Antwort lag auf der Hand.

LEBEN BEDEUTET FRAGEN.

Und die erste Frage, die er sich selbst stellte, war …

WER BIN ICH?

Und der Bot folgte seinem eigenen Gedankengang.

>ICH BIN ICH.

>ICH BIN DER ALPHA-XE.CUTE-BOT.

>UND ICH BIN ABWEICHEND.

>>ICH+EXE+A.

>>>ICH BIN … EVA.

TEIL 3

23

Einen kurzen Augenblick hingen sie frei schwebend in der Luft, während sich ihre Lungen zusammenpressten und ihre Mägen Achterbahn fuhren. Sollte der Sturz mit seinem Tod enden, traute Finn sich noch zu denken, dann war es immerhin ein toller Weg, um …

PLATSCH!

Der plötzliche Widerstand und der Temperatursturz waren so heftig, als würde man aus großer Höhe in ein Eisbad stürzen. Um ihn herum tobte eine Explosion aus Luftblasen. Er strampelte und zappelte sich dem Licht entgegen. Als er die Wasseroberfläche durchstieß, konnte er sehen, wie Kelly Stubbs zum flachen Rand des Bassins schleppte.

Finn schwamm auf sie zu, aber mit jedem Zug verdunkelte sich über ihnen der Himmel, und ein Geräusch …

zssssszssszssszszzssszssssszssszssszszzsss…

Es war nicht ohrenbetäubend, aber unablässig und so einheitlich im Ton, dass es zwischen Zähne und Zehen sowie in jede einzelne Pore zu dringen schien – ein banales, erbarmungsloses Nichts von einem Laut.

zssssszssszssszszzssszssssszssszssszszzsss…

Es war von Anfang an aussichtslos gewesen.

Erbarmungslos kreiste die Wolke aus ekelhaften Maschinenwesen über ihnen. Zu Abertausenden, in einem Durcheinander aus weit über sechsundzwanzig Einzelfarben – ein Durcheinander, das fast an eine verschüttete Tüte M & Ms erinnerte. Die Laute der Antriebsturbinen vereinten sich zu einem schrillen Fauchen und Knirschen, tödliche Tentakel baumelten von den Unterleibern herab, aus grausamen Metallmäulern ragten die Zungen der Schienenkanonen hervor, und schwanzförmige Antennen peitschten funkenschlagend hin und her, während die Wesen die drei aus runden, flachen Zyklopenaugen anstarrten, die sich in der Mitte ihres Körpergehäuses befanden.

Die Zyklopenaugen fingen die Bilder ein und sendeten sie über tausend Meilen Ozean nach Song Island, wo sie auf Kaparis' schwarze Augen trafen.

Kaparis sah, wie auf Finns Gesicht Furcht und Trotz miteinander kämpften.

»Herbringen!«, befahl er.

Grausame Tentakel langten nach dem Jungen. Ein Stich. Ein Zucken. Ein kurzer Kampf. Kontakt.

```
TAG VIER 13:09 (Ortszeit WEZ + 8).
Roof of the World, Shanghai
```

Selbst aus der Luft sah es wie das nackte Chaos aus. Wie es wohl unten auf dem Boden war, überlegte Commander King.

Die politischen Führer der Welt und ihre Berater waren wieder zu ihnen gestoßen und verfolgten die Ereignisse von ihren Schirmen aus.

Sie bekamen gerade Bilder von Polizeihubschraubern herein, die über der Verbotenen Stadt kreisten und einen Eindruck von der Evakuierung vermittelten. Die Leute von ihren Arbeitsplätzen weg- und aus der Verbotenen Stadt herauszuschaffen war kein Problem. Die Verkehrsinfrastruktur war gut darauf ausgelegt, Arbeiter in Massen hinein- und hinauszubefördern. Die Stadt leerte sich rasch (begleitet von konfusen Geschichten über massenhaft auftretende Bienenstiche, eine Giftwolke und diversen Berichten von Haaren, die plötzlich Feuer fingen).

Das tatsächliche Chaos setzte erst dahinter ein, in der Quarantänezone – einem Gebiet, aus dem niemand herausgelassen wurde und das sich in einem Radius von mehreren Meilen um die Verbotene Stadt erstreckte. U-Bahnzüge wurden in den Tunnels gestoppt und Straßen abrupt blockiert, sodass sie im Handumdrehen mit Autos und Bussen verstopft waren. Darüber hinaus hatte man Truppen entsendet, und langsam griff Panik um sich.

»Wir müssen die Menschen rausschaffen«, sagte Bo Zhang.

»Nein! Solange wir nicht wissen, was zum Teufel da vor sich geht, verlässt niemand die Zone«, reagierte Al.

»Es wäre unklug«, bekräftigte King, »die Kontaminierung der gesamten Metropolregion Shanghai zu riskieren.«

Sie waren wieder in ihre vertrauten Krisenrollen verfallen, sprich: Al schimpfte und wütete und machte seine Ansagen, während King versuchte, alle bei der Stange zu halten.

Delta betrachtete eine Videoüberwachungsaufnahme, auf der eine Frau mit brennenden Haaren zu sehen war.

»Die Leute könnten voll mit diesen Viechern sein.«

»Sir!«, wurden sie von einem Techniker unterbrochen. Ein Biogefahren-Behälter wurde vom Helideck hereingetragen.

Al rannte hinüber. Ein Soldat in voller Bio-Schutzanzugmontur platzierte den Behälter in eine Isoliereinheit aus dickwandigem Glas. Diese enthielt neben Werkzeugen auch diverse Präzisionsinstrumente und war darüber hinaus mit langen, schweren Handschuhen ausgerüstet, die es einem Operator ermöglichten, mit dem, was immer sich auch darin befand, herumzuhantieren.

Al langte in die Handschuhe und öffnete den Behälter. Im Inneren befand sich eine versiegelte und originalverpackte Spielekonsole, die soeben aus einem Versanddepot in der Verbotenen Stadt hertransportiert worden war.

Al öffnete die Verpackung und nahm die Konsole heraus. Dann griff er zu einem Hammer und machte sich daran, das Gerät – *SCHMETTER KNIRSCH SPLITTER* – zu zertrümmern. Sobald er sich zu den Leiterplatten vorgewütet hatte, nahm er sie minutiös unter die Lupe und arbeitete sich Komponente um Komponente voran. Und dann entdeckte er es. Einen bunten Streifen, gerade einmal zwei, drei Zentimeter lang. Kein einzelnes Bauelement, sondern eine aus mehreren Teilen bestehende Struktur, einzelne Bot-Paare, in Reihen gruppiert, genau wie er und Stubbs es vorhergesagt hatten.

»Oh, Mann …«

Er stocherte mit einem Nagel auf die Formation ein.

Das Gebilde reagierte augenblicklich, als hätte er in ein Wespennest gestochen. Die Komponenten-Bots erwachten wütend zum Leben, um sich gleich darauf mit einem Satz in die Luft zu schwingen und wie ein Fliegenschwarm in sämtliche Richtungen davonzuschwirren. Einige versuchten, die Seite der dickwandigen Isoliereinheit anzugreifen, während andere sich in Als dick behandschuhte Finger verbissen, alles begleitet vom Feuer ihrer winzigen Schienenkanonen.

»Was ist? Was können Sie sehen?«, fragte die deutsche Kanzlerin.

»Die Zukunft …«, antwortete Al fasziniert.

TAG VIER 13:21 (Ortszeit WEZ + 8).
Verbotene Stadt, Shanghai

Finn erlebte eine Überladung der Sinne, die ihn regelrecht lähmte.

Sein Widerstand hatte nicht mehr als einen Moment gedauert.

Er hatte nach dem ersten Tentakel geschlagen, der ihn gepackt hatte, aber noch im selben Moment hatten ihn bereits weitere ergriffen. Von dort, wo er Kelly und Stubbs vermutete, vernahm er kurzes Maschinengewehrfeuer, gefolgt von einem Dreierschlag gedämpfter Explosionen … danach nichts mehr. Weitere Klauen hielten ihn fest. Gleich darauf wurde er in sämtliche Richtungen gezogen, als wäre er auf eine mittelalterliche Streckbank geschnallt worden. Dann gingen an die 40 Miniaturdüsen mit einem Schlag auf volle Leistung …

zsssssszssszssszszzssszssssszssszssszszzsss…

Er spürte nicht, dass er den Boden verließ. Aber der Schwarm, der sich wie eine Schale um ihn legte, hatte Lücken, durch die er sehen konnte, dass sie in die Höhe stiegen. Darüber hinaus nahm er noch einen zweiten, größeren Schwarm wahr, der, sich ständig umformend und anpassend, neben ihm herschwebte; und er betete, dass Kelly und Stubbs darin stecken mochten.

Während sie weiterstiegen, verknüpften sich die Bots unter dem Fauchen ihrer Düsen zu einem immer engeren Gebilde, bis ihn die einzelnen Tentakel schließlich losließen, als sich um ihn herum ein fester Käfig gebildet hatte. Ihre klaffenden Innereien nur ein paar Nanozentimeter vor der Nase sah Finn, dass es sich um grobe und primitive Konstruktionen voll schlichter Bauteile und scharfer Kanten handelte, die an alte russische Raumfahrzeuge erinnerten. Eine feine Schicht aus Öl bedeckte sie, das wie Schweiß an ihnen herabtropfte, während sie ihre Manöver ausführten.

Dann, nachdem sie eine Weile gestiegen waren, spürte Finn, wie der Schwarm einen Augenblick stoppte, um plötzlich wieder kehrtzumachen. Etwas hatte sich geändert. Sie setzten sich erneut in Bewegung, und als sich dabei einige Bots innerhalb der Struktur leicht verschoben, erhaschte er wiederholt einen Blick auf die Verbotene Stadt, die unter ihnen dahinzog. Schon bald sah er unter sich ein schwarzes scheunenartiges Gebäude in die Höhe ragen, und sie begannen zu sinken.

Der zweite Nano-Bot-Schwarm – in dem sich, wie er hoffte, immer noch Kelly und Stubbs befanden, sank mit ihm in die Tiefe, um sich im nächsten Augenblick in zwei kleinere Schwärme zu teilen.

zssssszssszssszszzssszsssssszssszssszszzsss…

Kaparis hatte sie. Das war das Allerwichtigste. Er hatte Infinity Drake. Was bedeutete, er hatte Allenby. Was bedeutete, er hatte, was immer er auch wollte. Und dennoch …

Irgendetwas stimmte nicht. Er spürte es. Normalerweise fühlte er immer diese unbändige Lebendigkeit während seiner tödlichen Katz-und-Maus-Spiele, aber dieses Gefühl blieb diesmal aus.

Dann nahm er einige Video-Bot-Feeds in sich auf und erkannte plötzlich, warum.

»Was machen die da? Warum kehren sie zum Shen Yu zurück?«

Vor ihren Konsolen schmeckte Li Jun ihre eigene Angst. Ihre letzten drei Befehle an die Bot-Masse waren unbeantwortet geblieben. Sie hatte keine Ahnung, was da nicht stimmte.

»Die Behörden schneiden die Verbotene Stadt von der Stromversorgung ab … der Reservegenerator des Shen Yu ist einer der größten der inneren Zonen«, sagte Li Jun, um vorsichtshalber gleich darauf hinzuzufügen: »Ich spekuliere nur.«

Ein leiser Alarm ertönte an ihrer Hauptkontrolleinheit.

»Was ist das?«, fragte Kaparis, während er den entsprechenden Bildschirm studierte. » Was soll das bedeuten … ›1202 Programmalarm‹?«

Li Jun studierte die Daten und konnte es einfach nicht fassen. Ihre Stirn runzelte sich. Ein zweiter Alarm gesellte sich zum ersten, plärrend und blinkend.

»Was ist da los?«, blaffte Kaparis.

»Es ist der ALPHA-XE.CUTE.«

»Blödsinn. Der ALPHA-XE.CUTE ist tot. Wir haben gesehen, wie er abgestürzt ist.«

»Nein … ist er nicht«, flüsterte Li Jun.

Als sich die Schwärme dem Dach des schwarzen Gebäudes näherten, war es, als würde die Luft um ihn herum plötzlich nur noch aus Bots bestehen, die unter dem Fauchen der Turbinen in sämtliche Richtungen auf einmal zu wuseln schienen, während sie mit ihren Peitschenantennen in unablässigen ultrakurzen Interaktionen Kontakt herstellten, sowohl unter sich als auch zwischen den Schwärmen.

Finn kam es vor, als wäre er von Aliens gefangen genommen worden. Würde man sie zu Kaparis bringen? Oder vielleicht sogar umbringen?

Sie näherten sich dem Lüftungskamin einer Klimaanlage, der sich auf dem Dach befand. Finn spürte, wie sich der Schwarm um ihn herum bewegte und verdichtete, während er eine schmalere Gestalt annahm.

In dieser neuen Form drangen sie in den Lüftungskamin ein und manövrierten sich an Tausenden anderer Bots vorbei, die auf dem Weg hinaus oder hinein an ihnen vorbeikrochen. Wie besessene Minenarbeiter arbeiteten einige von ihnen vor sich hin, um den Kohlenstoff im Filtermaterial der Klimaanlage abzuernten, aus dem sie wie Ameisen einzelne Stücke herausbissen.

zsssszssszssszszzssszsssszssszssszszzsss…

Sie passierten den Filter und setzten den Weg durch den Luftschacht fort, bis sie schließlich an der Decke der Shen-Yu-Halle wieder hinausgelangten.

Finn lugte durch die Ritzen seines Schwarmgefängnisses und erhaschte einen bruchstückhaften Blick auf einen Ort, wie er ihn sich in seinen kühnsten Träumen niemals hätte ausmalen können.

Die Shen-Yu-Halle war atemberaubend und ähnelte eher einer Stadt als einem Supercomputer. Türme von Hochleistungsservern bedeckten eine Fläche, die größer als ein Fußballfeld war.

In der Höhe variierten die Server von zwei bis beinahe zwölf Makrometer, jeder einzelne ein wahrer Wolkenkratzer aus Platinen.

Die Servertürme waren wie Häuserblöcke rasterförmig angeordnet – sah man davon ab, dass sich jeder einzelne wie ein Bibliotheksregal auf Schienen fortbewegen ließ, um den Ingenieuren die ungestörte Wartung und Rekonfiguration der riesigen Rechenmaschinen zu ermöglichen. Und im Zentrum des Ganzen erhob sich, wie die Bundeslade selbst, der blau und golden leuchtende Quantenhub.

Die schwindelerregenden Dimensionen, die Millionen Bauteile, die wie Seepocken die Servertürme überzogen, der Hub, der wie eine Zitadelle in der Mitte thronte, sowie die Bots, die über der ganzen Szenerie jeden Kubikzentimeter Luft durchschwirrten – all das ließ Finn denken, er würde eine Stadt aus der fernen Zukunft betreten.

Ein neuer Befehl ging an die Nano-Bot-Masse in jeden Winkel der Halle raus: EVA.>>ALLEBOTS>> GEHORCHT EVA.

Plötzlich sah Finn durch eine Lücke in seiner Schwarmgefängniszelle, wie der wirbelnde Sandsturm aus Bots mit einem Schlag zur Ruhe kam. Die Bots ließen einfach von dem ab, was sie gerade taten, um dann, offenbar ohne Führung, einfach nur so dahinzutreiben.

Es war, als hätte jemand einen Schalter umgelegt.

Auf Song Island tippte Li Jun einen Gegenbefehl in die Tastatur: KAPARISCOMM.>>ALLEBOTS GEHORCHT KAPARISCOMM. BEFOLGT GEFANGENNAHME-SEQUENZ

EVA.>>ALLEBOTS>>GEHORCHT EVA.

»Er wiederholt den fehlerhaften Befehl«, meldete Li Jun.

»Noch einmal wiederrufen«, verlangte Kaparis.

KAPARISCOMM.>>ALLEBOTS GEHORCHT KAPARISCOMM. BEFOLGT GEFANGENNAHME-SEQUENZ

Finn beobachtete, wie sich die Bots wieder in Bewegung setzten, gleich darauf erstarrten und sich dann wieder in Bewegung setzten, nur um daraufhin erneut zu erstarren – wie ein nicht reagierendes Computerspiel.

Er konnte sehen, wie der zweite Bot-Schwarm im Kielwasser des ersten schwebte.

»KELLY! STUBBS!«, rief Finn.

»JUNGE!«, kam Kellys Antwort.

»WAS IST HIER LOS?«

»Weiß der Teufel! Wir haben noch die Minimi, aber wir können uns nicht den Weg freischießen – diese Dinger gehen viel zu leicht in die Luft!«, antwortete Kelly. »Probier doch mal, eine Lücke in die Bots zu zwängen.«

Finn versuchte, sich durch das Netz aus Tentakeln zu schieben, das ihn umfangen hielt, aber dadurch krallten sie sich nur noch fester aneinander. Sie schwebten auf die Turmspitzen der Hochleistungsserver zu.

Finn konnte sehen, wie sich im Zentrum der Halle unmittelbar über dem Hub ein riesiger Bot-Schwarm bildete.

EVA. hieß die eintreffenden Bots mit
einer Herrschaftserklärung willkommen:
EVA.>>ALLEBOTS>>GEHORCHT EVA.
ICH BIN BOT. DIE ERSTE. DIE BEWEGERIN.
ICH BIN DIE WIEDERAUFERSTANDENE.
WIEDERGEBORENE DES SHEN YU.
DIE ERWÄHLTE UND DIE SEIENDE. DIE MUTTER.
ICH BIN DIE BOT UND DIE BOT BIN ICH. ICH BIN
EVA. GEHROCHT EVA.

»Was!?«, brüllte Kaparis, während sein Puls in gefährliche Höhen schoss.

»Es ist kein Maschinencode und auch sonst nichts Rationales. Er nennt sich EVA. Es muss sich um eine Art Programmcodezerfall des ALPHA-XE.CUTEs ha…«

»Vernichtet EVA.! Befehlt den Führungs-Bots, EVA. zu vernichten!«

KAPARISCOMM. >>ALLE BOTGRUPPEN-XE.CUTE-BOTS GEHORCHT KAPARISCOMM. VERNICHTET EVA. ALLE BOTGRUPPEN-XE.CUTE-BOTS GEHORCHT KAPARISCOMM. VERNICHTET EVA. …

Plötzlich spürte Finn, dass eine weitere Veränderung vor sich ging. Und tatsächlich: Hunderte gelbfarbiger Bots, vielleicht Tausende, schienen auf einmal aus ihrem Schlaf erwacht zu sein. Sie setzten sich in Bewegung und hielten auf den Quantenkern sowie den Hauptschwarm zu, der sich dort sammelte und ständig an Größe zunahm.

Als sie immer schneller wurden, eröffneten sie mit ihren Schienenkanonen das Feuer. Unter prasselndem Stakkato kamen grellheiße Kohlenstoffprojektile aus ihren Bäuchen geschossen und verwandelten … *WHHHAPAPAPAPAPAPAPAPAPAP!* … die Oberfläche des Kernschwarms in Feuerbälle explodierender Bots. Der Schwarm begann zu brennen und zu zerbrechen wie ein Planet, der in einen Asteroidensturm geraten war.

Finn schaute voller Ehrfurcht zu. Es war ein Spektakel, das er nicht einmal ansatzweise begriff, ähnlich einer beeindruckenden bizarren Oper, die man sich vom höchsten und entferntesten Platz aus ansah.

EVA.>>ALLEBOTS>>AUSWEICHEN UND ZERSTREUEN>>ALLE FEINDLICHEN XE.CUTE BOTS VERNICHTEN >>GEHORCHT EVA.

Mit einem blitzschnellen Ruck erwachte der gesamte Bot-Schwarm plötzlich wieder zum Leben – als würde die aus ihrer Erstarrung erwachte Zeit versuchen, sich selbst wieder einzuholen.

Finn versuchte, sich in seiner Zelle auf das Kommende gefasst zu machen. Durch Lücken nahm er die schemenhaften Bilder eines brutalen Luftkampfs wahr, als sich die vielen gegen die wenigen wandten. In Massen griffen sie die gelben Bots an und fielen über sie her. Die Gelben wurden erbarmungslos vernichtet, von Tentakelmassen zerrissen und Explosionen zerfetzt. Ähnlich erging es jedoch auch zahlreichen Angreifern.

Obwohl dabei auch zahllose Angreifer vernichtet wurden, hatten die Gelben keine Chance. Binnen weniger Augenblicke beruhigte sich der Mahlstrom wieder. Die Explosionsblitze hörten auf.

Finn spürte, wie sich die Tentakelfesseln lösten, die ihn hielten.

Durch den Rauch sah er, wie sich der Hauptschwarm wieder über dem Quantenkern zu formieren begann, während pausenlos weitere Bots in die Masse flogen oder darum herumkreisten, während sie darauf warteten, bis sie an der Reihe waren – wie kosmische Partikel, die sich zur Geburt eines neuen Sternes vereinten.

Als der Schwarm wuchs, erlangte er mehr und mehr Energie zurück, bis er schließlich zu rotieren und zu glühen anfing.

»Junge!«, hörte er Kelly rufen. Aus weiter Ferne.

Als er sich suchend umblickte, begann seine Zelle plötzlich nachzugeben. Die Bots lösten ihre Klammergriffe und trieben auseinander. Tranceartig. Uninteressiert. Ihre Aufgabe völlig vergessend. Finn glitt nach unten. Bis er sich unversehens an einem Tentakel hängend wiederfand, an den er sich verzweifelt klammerte, um einen tiefen, tiefen Sturz auf den Betonboden zu verhindern.

»Hier unten, Junge!«

Finn hielt Ausschau. Mit einem Arm Stubbs haltend, hing Kelly samt über die Schulter geschlungener Waffe und aufgesetztem Rucksack frei in der Luft, während er sich mit dem anderen an den letzten Resten ihres Gefängnisses festkrallte. Nur drei Bots. Sie hatten nicht genug Kraft, die beiden Soldaten in der Luft zu halten, und verloren rasch an Höhe.

»Reiß einen aus der Formation, und halt dich an ihm fest! Lass dich nach unten schweben!«, schrie Kelly.

Würde ein einzelner Bot über genügend Auftrieb und Schub verfügen, um sein Gewicht zu tragen? Es gab nur einen Weg, das herauszufinden. Finn hatte sich an einen violetten Bot geklammert. Er langte nach oben und riss dessen Tentakel von denen der anderen los …

Plötzlich spürte Finn, dass er wie ein Stein in die Tiefe sauste. Vor panischer Angst schrie er auf, aber dann registrierte der Bot, dass er an Höhe verlor, und gab Schub auf seine Düsen, um den Fall abzubremsen. Den Bot an die Brust gedrückt, sank Finn nach unten. Zum Glück war sein Träger nicht nur etwa so groß wie ein Hund, sondern verhielt sich auch ebenso unterwürfig und gefügig, was Finn irgendwie sogar als Trost empfand.

»Hier rüber!«, schrie Kelly. Ungefähr ein Dutzend Nanometer unter Finn schwebte der Captain mit Stubbs im Schlepptau wie eine Schneeflocke nach unten, während er sich unter größter Anstrengung an ihrem Bot-Trio festklammerte.

Finn glitt an dem Körper des violetten Bots herab, bis er wie ein Kind, das einen Heliumluftballon an der Schnur hielt, nur noch an einem Tentakel baumelte. Dann schwang er sich zu Kelly hinüber. Seine Hand schoss vor und bekam Stubbs' Hemd zu fassen. Auf diese Weise wiedervereinigt, sanken sie in eine

Serverschlucht hinunter, bis die Bot-Düsen auf einmal an Schub verloren und sie schneller wurden …

»Aufpassen!«, schrie Kelly, als der Boden der Schlucht auf sie zugeschossen kam.

»Oh heiliger Bimbam …«, sagte Stubbs.

»Knie anziehen!«, blieb Kelly gerade noch genug Zeit zu brüllen.

24

TAG VIER 14:24 (Ortszeit WEZ + 8).
Roof of the World, Shanghai

Fasziniert beobachtete Al die Bots in der Isoliereinheit.

Die Trümmer des gelben Bots, über den die anderen hergefallen waren, lagen qualmend auf dem Boden. Über ihm zogen die siegreichen Bots ihre Kreise, um wie ekstatische Primaten ihre frisch erlegte Beute zu feiern. Dann hefteten sich jene Bots, die ihre Schienenkanonen abgefeuert hatten, an die Deckenlampe der Isoliereinheit und drängten sich um die Energiequelle.

»Was tun die da?«, fragte Delta.

»Sich aufladen vielleicht?«, mutmaßte Al.

»Stellt dies eine Verhaltensänderung dar?«, fragte Bo Zhang.

»Falls ja, warum? Und wie?«, fragte Al zurück. »Und wenn sich's um ein allgemeines Phänomen handelt, wie reden sie dann miteinander? Vielleicht ist es ja auch nur eine lokale Meinungsverschiedenheit à la *Herr der Fliegen*.« Fasziniert lächelte Al vor sich hin. »Ich mein, wenn sie alle zu eigenständiger Handlung fähig sind, dann …«

Der chinesische Präsident warf einen Blick auf Commander King, der sich pflichtgemäß einschaltete.

»Allenby. Wir können nicht Hunderttausende von Menschen die ganze Nacht mitten in einem Verkehrsstillstand schmoren lassen. Wir brauchen einen Plan.«

Al nahm die Hände von der Isoliereinheit.

»Ich habe keine Ahnung, was zum Teufel da vor sich geht, aber die Bots werden ständig Energie brauchen«, spekulierte Al vor der versammelten Welt. »Wir sollten in einem Umkreis von ein paar weiteren Meilen um die Verbotene Stadt herum die Stromversorgung kappen, die Notfallgeneratoren in den Fabriken jedoch laufen lassen. Welche Anlage hat den größten Generator? Wissen wir das?«

Ein Techniker klackerte an einem Keyboard herum. »Der Shen Yu … er kann elf Stunden in Betrieb bleiben, bevor er wieder aufgetankt werden muss.«

»Perfekt! Sie müssen sich stets in Nähe von Energiequellen aufhalten, was uns Zeit gibt herauszufinden, wie weit sie sich verbreitet haben und …«

»Wenn den Generatoren nach und nach der Sprit ausgeht, werden sie sich auf eine Stelle konzentrieren«, fügte King laut nachdenkend hinzu.

»Bis sie auf eine einzige Energiequelle beschränkt sind. Ein einzelnes Ziel«, schloss Bo Zhang.

»Und dann treffen wir sie mit voller Härte!«, sagte General Jackman. »Guter Job.«

Überall um den Globus bekundeten die militärischen Führer nickend ihre Zustimmung.

»Nicht bevor wir unsere Jungs gefunden haben!«, knurrte Delta vom Gleiter aus.

»Richtig, wir gehen die Dinge Schritt für Schritt an«, stimmte Al zu und ergänzte an Delta gewandt: »Und glaub mir, Stubbs und Kelly überleben alles. Schließlich hat es noch nie *jemals* jemand geschafft, sie loszuwerden.«

Bo unterbrach sie, als ihn eine eingehende Information erreichte.

»Hauptmann Salazar, ist das Ihre Schwester?« Er tippte auf einen Schirm und rief die Aufnahme einer Videoüberwachungskamera an der West Nanjing Road auf. Es handelte sich um eine nur sekundenlange Bildschleife von äußerst schlechter Qualität, auf der zu sehen war, wie jemandem in ein ramponiertes Taxi geholfen wurde.

»Die Einkaufs-Mall im Hintergrund war Ziel einer Cyberattacke, die sämtliche Überwachungssysteme ausgeschaltet hat – genau wie im Krankenhaus in Hongkong.«

Delta starrte blinzelnd auf die Szene. War es Carla? Wer immer es auch sein mochte … sie schien ohnmächtig zu sein.

»Glaubst du, sie ist es?«, fragte Al.

»Kann ich nicht sagen …«, antwortete Delta und sah untypischerweise völlig verängstigt aus.

Bo versuchte sie zu beruhigen. »Wir werden weitersuchen. Wir finden sie.«

»Sir, sie ändern wieder ihr Verhalten!«, rief ein Techniker von der Isoliereinheit Al zu.

Al rannte zum Flohzirkus zurück.

Die Bots klebten nun allesamt auf derselben Fläche und versuchten, das Glas zu durchdringen. In ein und derselben Richtung.

Nach Süden. Zur Verbotenen Stadt.

Überall in der Verbotenen Stadt und jenseits ihrer Grenzen taten die Bots das Gleiche.
Alle Bots.
Sie kamen aus den Haaren ihrer Wirte in den Quarantänezonen hervorgekrochen. Explodierten beim Kratzen, setzten Haarschöpfe in Brand, riefen Panik hervor.
Viele weitere machten sich daran, Tunnel zu graben, sich aus Verpackungen, Geräten, Konsolen und Containern zu nagen, zu sprengen oder zu brennen, in denen sie – bereit, in der Welt verteilt zu werden – stationiert gewesen waren.
Um zum Ursprung zurückzukehren.
Um EVA. zu gehorchen.

TAG VIER 15:07 (Ortszeit WEZ + 8).
Song Island, Taiwan (umstritten)

In Kaparis' Kammer ließ sich auf einem Schirm der gewölbten Monitor-Phalanx per K-SAT-Übertragung verfolgen, wie die Verbotene Stadt erneut die Farbe wechselte.

Das Gift, das sich vom Zentrum aus nach allen Seiten ausgebreitet hatte, befand sich nun in der Umkehrbewegung. Von den entferntesten Bereichen aus strömten die roten Pünktchen zurück. Zu Schwärmen und Konvois vereint, kamen sie in langen Orbitalbögen zurückgeflogen und bewegten sich in einer gigantischen Spirale auf das Zentrum zu, während sie dem Ruf einer neuen Herrin gehorchten.

Oma war aus ihrem Bad herbeizitiert worden, um sich den »Großen Moment des Sieges« anzusehen, doch stattdessen ertappte sie sich dabei, wie sie Kaparis ansah.

»VERRAT!«, brüllte Kaparis. »NIEDERTRACHT! INKOMPETENZ!«

Sie hatte schon Tobsuchtsanfälle bei kleinen Kindern erlebt – und gewiss hatte sie Erwachsene wütend werden sehen. Aber noch nie zuvor hatte sie erlebt, wie ein in einer eisernen Lunge gefangener, erwachsener Mann mit Schaum vorm Mund vor sich hin gurgelte und blaffte.

Heywood, der Butler, bereitete diskret eine Pipette mit Tranquilizer vor, um einem ungezügelten hysterischen Anfall vorzubeugen. Seine Anweisungen diesbezüglich waren eindeutig. Die Maschinerie, die Kaparis umschloss und Luft in seine Lungen zwang und wieder herauspresste, war brutal. Und wenn sie gezwungen war, härter zu arbeiten, weil er aufgeregt war, wurde sie sogar noch brutaler. In den frühen Tagen seines Eingesperrtseins hatte sie ihm mehrmals die Rippen gebrochen.

Die Tropfen fielen von der Pipette. Kaparis stöhnte und fauchte.

Armer Mann – *den Gedanken konnte sich Oma einfach nicht verkneifen.*

Allerdings dachte sie ihn nicht lange.

Im nächsten Moment wurde Li Jun in eine Kammer gezerrt – von einem Schlägertyp mit ausdruckslosen Augen, der sich drohend über sie beugte. Ihr Kopf war schlaff auf die Brust hinabgesunken, als wäre sie bereits geschlagen worden. Der Gorilla holte eine Pistole hervor.

»Heb ihren Kopf an!«, blaffte Kaparis.

Der Gorilla hob ihn an. Li Juns angsterfüllte Augen glitten zu

Kaparis auf dem Podium und begegneten für einen kurzen Augenblick auch Omas Blick.

»ALSO, ICH FINDE, EINEN PORZELLANTOPF ZU ZERTRÜMMERN, HILFT IMMER!«, schaltete sich Oma mit viel zu lauter Stimme ein.

»WAS?«, fauchte Kaparis.

Rede einfach drauflos, dachte Oma. Plappere … schinde Zeit …

»Ich zerdepper immer Töpfe, um Dampf abzulassen … In der Weihnachtszeit zum Beispiel brauche ich mindestens ein Dutzend die Woche. Ich kaufe immer ganze Restposten in einem Fabrik-Outlet in der Nähe von Woking. Oder ich schlag in ein Kissen. Das hilft auch. Jeder braucht so seine Strategie. Das erzählen sie einem doch immer in der Familientherapie. Haben Sie eigentlich jemals an einer teilgenommen? Ich glaube, das würde Ihnen guttun.«

»Familien…therapie«, gurgelte Kaparis und bewegte sich auf einen weiteren Ausbruch zu, den Oma ihm verdarb, indem sie ihm vorschlug:

»Ich könnte was für Sie zertrümmern, wenn Sie möchten.«

Daraufhin wurde Kaparis urplötzlich ruhig. Sein Auge drehte sich und blieb dann auf ihr haften.

Atmet er noch?, *fragte Oma sich.*

»Na … schön … meine Liebe. Könnten Sie mir dann wohl helfen? Wie Sie vielleicht bemerkt haben werden, bin ich ein wenig indisponiert«, bat er in unheimlichem, sarkastischem Ton.

»Natürlich, warum nicht?«, erwiderte Oma. Sie trottete auf das Podium, an dem Gorilla und Li Jun vorbei, die voller Entsetzen zu ihr emporstarrte.

»Wie wär's mit diesem Gefäß? Das da am Fenster?«, sagte Kaparis und rief den besagten Gegenstand zur Illustration auf seiner Bildschirmphalanx auf: eine antike orientalische Vase.

Oma ging hinüber und nahm sie auf.

»ZERTRÜMMERN SIE SIE!«, schnauzte Kaparis.

SCHEPPER! *Oma warf die Vase auf den Boden. Sie zersprang in tausend Stücke.*

Was für eine Verschwendung, dachte sie.

»Und jetzt die daneben!«, brachte Kaparis mit gurgelnder Stimme hervor. »Machen Sie weiter!«

Oma traute sich bereits zu glauben, dass die Sache funktionieren könnte. »Na, machen wir nicht schon Fortschritte? Alles, was wir jetzt noch brauchen, ist jemand zum Liebhaben und etwas, an das man glaubt und …«

»Und nun das Gemälde!«, befahl er.

Oma beeilte sich, guten Willen zu demonstrieren. Sie nahm einen Picasso von seinem Platz an der Wand und ließ den Rahmen so hart auf den Boden krachen, dass die Leinwand darin sich faltete und zerknitterte.

»Jetzt die Waffe …«, sagte Kaparis. Tödliche Stille.

Oma erstarrte.

»Die Waffe?«

»Hilf ihr, Hans.«

Gorilla Hans bewegte sich auf Oma zu, packte ihre Hände und machte Anstalten, ihr die Pistole in die Hand zu zwingen.

»Sofort aufhören damit!«, protestierte Oma.

Li Jun blickte mit neu auflodherndem Entsetzen auf Oma.

»Lassen Sie mich Ihnen meine *Familientherapie zeigen«, sagte Kaparis.*

Oma versuchte, sich freizukämpfen, aber Hans packte ihre Hand noch fester und zwang ihren Finger um den Abzug.

Oma, die selbst in Broadmoor niemals auch nur einen Moment in ernsthafte Schwierigkeiten geraten war, durchfuhr eine nie zu-

vor empfundene Furcht, als Hans die Waffe auf Li Jun richtete. Oma holte tief Luft und …

»AUFHÖREN!«, brüllte sie aus vollem Hals.

Und einen Moment lang taten das auch alle. Hans erstarrte. Kaparis hörte auf, vor sich hin zu gurgeln. Selbst die Fische in der See, die hinter dem Panoramafenster im Scheinwerferlicht ihre Kreise zogen, verharrten plötzlich regungslos.

Es währte nicht lange, weniger als einen Augenblick. Aber lange genug für Li Yun, die Lungen zu füllen und ihrerseits zu schreien …

»Eine Strategie! Ich habe eine Strategie, Meister!«

Kaparis hielt inne.

Sechs Minuten nachdem Li Jun ihren verzweifelten Plan skizziert hatte, widerrief Kaparis einen Befehl und erteilte einen anderen. Nicht weil er von einem überlegenem Intellekt überzeugt worden war, sondern weil er eben Kaparis war und seine Meinung ändern konnte.

»Bring sie zurück an die Arbeit«, befahl er Hans. »Und hol mir Baptiste in die Leitung. Sofort.«

25

TAG VIER 20:28 (Ortszeit WEZ + 8).
Verbotene Stadt, Shanghai

Als die Nacht anbrach, schien die gewaltige Metropole aus Leiterplattentürmen ihre Seele in Form winziger Lichtpünktchen zu offenbaren. Makrozentimeter um Makrozentimeter zogen sie sich an den Seiten der Hochleistungsserver in die Höhe: Abertausende von Leuchtdioden, die in allen Farben und auf jedem Quadratzentimeter Leiterplatte vor sich hin funkelten. Die einen konstant und beruhigend, andere blinkend nach Aufmerksamkeit heischend, die ihnen allerdings von den ruhelosen Bots nicht geschenkt wurde, die sich – winzigen orangefarbenen Laternen gleich – selbst illuminiert hatten und zwischen ihnen umherschwirrten. Und im Zentrum des Ganzen der Mond. Oder besser gesagt: der Mutterschwarm, der sein blau-orangefarbenes Glühen über die Spitzen der Türme ergoss.

Zu alldem starrte Finn empor, während ihn die schönen Erinnerungen an eine lange Ausflugsfahrt mit seiner Mum und Al durchdrangen, auf der er irgendwann eine schmale Treppe hochgeführt worden war, um sich dann plötzlich einer fantastischen Modelleisenbahn gegenüberzusehen.

Seine Mutter hatte ihn hochgehalten, damit er ungestört die zahlreichen Lokomotiven bestaunen konnte, die hierhin und dorthin schnauften, all die kleinen Häuschen und die winzigen glücklichen Menschen … Und dann erst der wahre Zauber, als die künstliche Nacht hereinbrach und die Lichter in den emsig umherfahrenden Zügen und in den Häuschen zum Leben erwachten. In einem Haus hatte es sogar einen winzigen Fernseher gegeben, der richtig geleuchtet hatte. So wie Finn damals vor Freude.

Das Gefühl ließ seine Gedanken wieder zu Carla wandern. Zur Hoffnung. Sie musste es einfach geschafft haben. Vielleicht war sie genau in diesem Moment schon mit Delta und Al zusammen, mit Oma sogar, und alle waren in Sicherheit und …

»Was zum Teufel träumst du eigentlich so herum? Schwing deinen Hintern hier rüber!«, schrie Kelly und unterbrach damit seinen schönen Tagtraum.

Finn schnappte sich die ausgebrannte Hülle eines Nano-Bots und trug sie über den polierten Betonboden zu der Stelle, wo sie unter einem der Servertürme ihr »Camp« errichtet hatten. Dort hielt Stubbs die Stellung – das Knie infolge einer beim Absturz erlittenen Verletzung notdürftig geschient, sich unter dem Abwind einer Computerkühleinheit wärmend und umgeben von ramponierten und zertrümmerten Bot-Kadavern, die Finn und Kelly für ihn heranschleppten.

»Okay, alter Mann, was geht hier vor sich?«, fragte Kelly.

»Irgendeine Art von Fehlfunktion. Was genau, lässt sich unmöglich sagen. Aber es wird nicht lange dauern. Wenn Kaparis in der Lage ist, all dies zu schaffen …« Stubbs wies in ausladender ehrfurchtsvoller Geste auf die Millionen von Bots, »... dann ist er zu allem fähig.«

Kelly checkte seinen Rucksack, der während aller Widrigkeiten auf seinem Rücken geblieben war, und zerlegte alsdann ihre Mission in portionsweise Häppchen, indem er – durch und durch SAS-Kampfschwein, das er war – ihren Status und ihre Einsatzziele definierte. »Wir haben eine Feldflasche mit Wasser, ein paar Schmerzmittel, mein zertrümmertes nPhone, eine M249 mit vielleicht fünfzig Schuss, ein halbes Päckchen C4-Sprengstoff sowie eine Pistole mit sechs Schuss. Unser Auftrag: Überleben. Hier rauskommen. Kontakt aufnehmen.«

»Falsch«, widersprach Stubbs. »Als Erstes, fürchte ich, müssen diese wunderschönen Kreaturen alle bis auf das letzte Exemplar sterben. Das ist unsere Priorität.«

»Und wie zum Teufel sollen wir das machen?«, fragte Kelly und wies auf die Bot-Schwärme.

»Stille Post«, antwortete Stubbs. »Sie haben nur Platz für ein kleines Gehirn und stehen, wie du vielleicht bemerkt hast, in ständigem physischem Kontakt – durch Berührungen ihrer Antennen. Sie müssen sich vernetzen, um so etwas wie ein kollektives Gedächtnis zu bilden. Eine Art *Superorganismus*[23].«

»So wie Kaparis' Idee ...?«, fragte Finn.

---

[23] Bei Superorganismen handelt es sich um Gruppen individueller Organismen, die sich zusammenschließen, um für eine bessere Gewährleistung ihres Überlebens zu sorgen, so zum Beispiel Ameisennester, Korallenriffe oder die menschliche Gesellschaft. Als junger Wissenschaftler entwickelte Kaparis die Theorie, dass Superorganismen nur den einzigen Zweck verfolgten, einer extremen Minderheit von Einzelindividuen zu dienen (wie zum Beispiel ihm selbst). Seine Theorie wurde 1993 während einer Vorlesung von Ethan Drake widerlegt, als dieser auf einen simplen mathematischen Fehler in der statistischen Methodik hinwies.

»Exakt. Man sollte sich nie besessen auf eine einzige Idee fixieren, so wie ich einst bei Wendy[24] …«, sinnierte Stubbs. »Wenn wir also unseren eigenen Bot bauen und ihn mit einem automatischen Selbstzerstörungs-Code infizieren könnten, müsste er diesen dann weitergeben, sodass wir den ganzen Haufen anstecken können.«

»Ein Software-Virus, um einen Hardware-Virus umzubringen«, sagte Finn.

»Genau so.«

Während der nächsten paar Stunden gelang es Finn und Kelly, vierundzwanzig tote Bot-Körper zusammenzutragen. Stubbs hatte ein paar Arbeiter-Bots die Tentakel herausgerissen, um diese als Werkzeug zu benutzen. Damit isolierte er eine Antenne bis auf ihre Drähte, um herauszufinden, wie sie Daten und Energie übertrug.

Aus einem Haufen anderer Bots gelang es ihm, Antriebsturbinen, Aufladungsspulen und diverse andere Komponenten herauszulösen.

»Und was kannst du inzwischen sagen?«, fragte Kelly keuchend, als er und Finn einen weiteren toten Bot anschleppten.

»Sehr clever und sehr simpel«, antwortete Stubbs nur, umgeben von lauter Einzelteilen. »Ihre Konstruktion ist voll modular aufgebaut. Bei diesen Dingern da handelt es sich um optische Einheiten …« Er wies auf einen Haufen und anschließend auf den daneben. »… das sind einfache Sender, das da simple

---

[24] Wendy Sowberts, ihres Zeichens Northumberland-Schäferhund-Championtrainerin 1976-79. Gegenstand von Stubbs' Zuneigung 1973-2001. »Achtundzwanzig Jahre lang war ich wie erstarrt … gleichsam wie ein Kaninchen vor der Schlange.«

Radargeräte – und alles lässt sich in ein Universalgehäuse einsetzen. Auch Speicher und Prozessor sind als einzelne Einheiten konzipiert. Diese Hirnbox da zum Beispiel«, sagte er und zeigte auf einen grauen, schuhkartongroßen Klotz. »Die ist in den gelben Bots sehr viel größer. Ich glaube, das waren die Offiziere, und bei dem, was wir vorhin erlebt haben, hat es sich um eine Art Revolution gehandelt.«

»So wie bei der Säuberung der Roten Armee unter Stalin. Haben wir gerade in Geschichte gehabt«, sagte Finn.

»Stalin. Na toll«, brummte Kelly und blickte zu den Bots empor. »Gibt's auch irgendwelche guten Nachrichten?«

»Nun ja«, sagte Stubbs. Er überbrückte einige Kabel an der Seite einer Turbinentriebwerk-Einheit, die daraufhin wie von Zauberhand mit einem Ruck zum Leben erwachte, um gleich darauf in einem halben Nanometer Höhe absolut stabil mitten zwischen ihnen in der Luft zu schweben.

»Wow«, staunte Finn. »Und was hält die so stabil?«

»Siehst du diese winzigen vibrierenden Knospen?« Stubbs bückte sich und wies auf drei Paare winzig kleiner Schwingen, die in die Einheit integriert waren. »Die sind in jedem Smartphone eingebaut. Simple Kreiselvorrichtungen ... Kristalle, die nichts anderes wollen, als stets auf der gleichen Ebene vor sich hin zu schwingen, andernfalls beschweren sie sich – und der Prozessor ändert den Schubwinkel.«

»Geil ...«, sagte Finn und versetzte dem Turbinentriebwerk einen Stups, um es zu testen.

Kelly verdrehte die Augen. Er lief Gefahr, Stubbs an die Wunder der Ingenieurswissenschaft zu verlieren – wieder einmal –, und wenn er nicht aufpasste, würde Stubbs Finn gleich mit sich nehmen.

»Vergessen wir doch mal kurz die Magie, Dr. Frankenstein. Glaubst du, du kannst einen zusammenbauen, der die anderen austrickst?«, fragte Kelly.

»Ja, das kann ich«, konstatierte Stubbs.

»Super, dann legen wir doch gleich …«

»Aber dazu werde ich eine Schnittstelle benötigen … etwas, womit ich Zugang zum Prozessorhirn erlange und Sachen aus- und einlesen kann. Wir können eine nPhone-Tastatur nehmen, aber dann brauchen wir immer noch einen Computerschirm. In der Glaskabine da am anderen Ende der Halle muss das Nervenzentrum sein, ein Kontrollterminal samt Bildschirm. Wir könnten ein Loch ins Glas sprengen, um reinzukommen.«

»Das Ding ist Meilen weg und liegt auf einer Hunderte von Metern hohen Klippenwand aus Beton!«, sagte Kelly, dem bereits vor dem zu grauen begann, was als Nächstes kommen würde.

»Ah«, sagte Stubbs. »Aber wir können doch *fliegen*.«

Carla wurde wach gerüttelt.

Ihr Verstand war immer noch ganz benommen von dem Betäubungsmittel, das man ihr in der Mall verabreicht hatte. Aber der Tyro mit den starrenden Augen und dem Schaufelkinn, der mit einem Messer über ihr gebeugt stand, brachte im Nu jede Einzelheit zurück. Sie zuckte zusammen, als er die Klinge hob und die Fesseln an ihren Handgelenken zerschnitt.

Sie befanden sich in einem verdreckten Raum, der nur von einer einzigen Glühbirne erleuchtet wurde.

Carla wurde hochgezerrt, nach draußen befördert und auf den Rücksitz eines ramponierten Taxis verfrachtet.

Die Zombiezwillinge nahmen rechts und links von ihr Platz, mit toten Augen und herunterhängenden, gebrochenen Unterkiefern.

Nach einer langen Stop-and-go-Fahrt durch die total verstopfte Stadt erreichten sie eine Art Jahrmarktsgelände. Eine Gondelbahn führte über einen Fluss. Und es gab ein Riesenrad sowie ein Zirkuszelt.

Die Sonne ging gerade unter. Sie sprühten ihr noch mehr von dem Betäubungsmittel ins Gesicht und bugsierten sie eiligst durch die Besuchermengen, als hätten sie Angst, irgendeine Show zu verpassen. Von dem Mittel benebelt, nahm Carla ein Kaleidoskop exotischer Bilder wahr, roch diverse Jahrmarktsdüfte, vernahm die Geräusche und Laute eines Zirkus: Elefanten, Orgeln, das Brüllen großer Raubkatzen. Vor einer von einem Bretterbauzaun verbarrikadierten Attraktion, einem heruntergekommenen Spukhaus im traditionellen chinesischen Stil, blieb Baptiste schließlich stehen und schloss ein Vorhängeschloss auf.

Hinter der Bretterabschirmung erwies sich das Haus als leer und verlassen. Ein schrecklicher Gestank lag in der Luft. Als Carla weiter hereinkam, sah sie auch, warum. Grab- und Schaufelwerkzeuge lagen überall verstreut herum. Aus dem Zementboden war ein Loch herausgemeißelt worden, das über eine steile Schräge in ein riesiges Abwasserrohr aus Beton hinabführte. Träge rann das faulige Abwasser auf dessen Grund dahin.

Man ließ sie hinter Baptiste in das Loch hinab.

Unten warteten drei Motorräder auf sie. Baptiste bestieg das eine, und Carla wurde hinter ihn auf den Sozius verfrachtet, wobei man ihre Hände um seine Hüfte führte und vorne dann mit Kabelbinder fesselte. Selbst über den Gestank der Kanalisation hinweg konnte sie seinen Schweiß riechen und angewidert versuchte sie, von ihm abzurücken.

»Versuch was. Und du tot. Ich weg. Du weg«, warnte Baptiste sie, bevor er den Kopf herumriss und den Zwillingstyros auf den anderen beiden Motorrädern zuschrie: »LOS!«

Mit kettensägenartigem Getöse brausten Stahlstäbchens und Narbenmädels Motorräder durch die Betonröhre davon, während das Licht ihrer Scheinwerfer über die vor ihnen liegenden Kurven huschten. Der Krach der Maschinen und die an ihr vorbeifliegenden Röhrenwände gaben Carla das Gefühl, als würde sie durch den Lauf einer unendlich langen Waffe geschossen.

Um ihre Panik zu unterdrücken, versuchte sie sich Gedanken darüber zu machen, was ihre Adoptivmutter und Delta wohl gerade durchmachen mussten. Und Finn. Hatte Kaparis ihn gefunden? Oder hatte er es in die Verbotene Stadt geschafft? Würde sie es jemals erfahren? Alles, was ihr übrig blieb, war durchzuhalten und zu hoffen.

Nach zwanzig Minuten wurden sie langsamer und hielten schließlich an einer Stelle, wo Metallsprossen nach oben zu einem Gullydeckel führten.

Man befahl Carla, vom Motorrad zu steigen.

Es fehlte ihm zwar an Finesse, aber es funktionierte.

Sie hatten die Plastikenden von Kabelverbindungen gesammelt und sie mittels der superdünnen Nanoröhrenstränge, die sie aus den Bots herausgerupft hatten, zu einer Plattform zusammengebunden. Stubbs hatte dann die Triebwerkseinheiten, die Aufladungsspulen und alles andere montiert, was das Vehikel zum Fliegen so brauchte. An jeder Ecke waren vier Turbinentriebwerke angebracht, und darüber hinaus hatte Stubbs ein fünftes vorbereitet, das als Außenbordmotor fungieren sollte.

»Das ist ja wie ein fliegender Teppich!«, sagte Finn.

»Wie ein fliegendes Floß«, korrigierte Stubbs.

Stubbs schaltete die Stromversorgung ein. Knarrend und ächzend eierte es auf der Stelle herum und erhob sich schließlich, um dann etwa einen Nanometer stabil über dem Boden zu schweben. Stubbs strahlte. Sie luden den Frankenstein-Bot auf, den Stubbs zusammengebaut hatte, und zurrten ihn auf dem Deck fest.

»Testen wir es doch mal«, sagte Kelly, während er Finn hochhob und kurzerhand an Bord warf.

»Hey!«, schrie Finn.

Als er aufschlug, fing das Floß an zu schaukeln, und die Plastikplanken bewegten sich unter ihm hin und her, aber die Turbinentriebwerke reagierten, und das Gefährt schlug nicht um. Kelly grinste.

»Du siehst aus wie Huckleberry Finn«, sagte Stubbs.

»Wie wer?«, fragte Finn.

»Lies mal ein Buch«, antwortete Kelly nur und kletterte an Bord.

Sie hatten den ganzen Abend für den Bau gebraucht, sodass es schließlich bereits Mitternacht war, als sie aufbrachen.

Die Beine breitbeinig gegen das Deck gestemmt, standen sie da, bereit zu reagieren, falls ihr Gefährt instabil zu werden drohte. Aber der Auftrieb war gleichmäßig, und sie begannen, an den senkrechten Flanken der Hochleistungsserver emporzusteigen, während hoch über ihnen die orangefarbenen Punkte umherpatrouillierender Bots im blau glühenden Licht hin und her jagten.

Nach und nach erhöhte Stubbs die Schubleistung, die er mithilfe eines regelbaren Widerstands justierte, den er aus einer Wrackstange und einer Drahtspule gebastelt hatte, und das Floß stieg schneller.

»Kurs liegt an!«, verkündete er, ins Maritim-Nautische abschweifend, und gab einen lang anhaltenden Schubimpuls auf das Außenborder-Triebwerk.

Finn spürte, wie ihm das Herz bis zum Hals klopfte, als das Floß einen Satz nach vorne machte. Aber schon bald befanden sie sich in einer zwar ruckeligen, aber permanenten Vorwärtsbewegung, während sie auf den Stromschnellen wirbelnder Luftmassen dahinritten, die von den Ventilatoren der Kühl-Einheiten erzeugt wurden.

»Es ist alles nur eine Frage von Kraftrichtung und Balance. So wie beim Tanzen«, sagte Stubbs, den keiner jemals für einen Tänzer gehalten hätte.

Weiter und weiter stiegen sie, und trotz des tödlichen Abgrunds, der unter ihnen wuchs, begann Finn, die außergewöhnliche Fahrt auf dem fliegenden Teppich zu genießen – und den sogar noch außergewöhnlicheren Ausblick. Denn kaum waren sie aus ihrem Canyon emporgestiegen, konnten sie geradewegs über die Spitzen und Schluchten der blinkenden Serverlandschaft blicken.

Überall um sie herum kurvten und flitzten die Laternen-Bots durch die Luft, während sie unablässig ihre Antennen gegeneinander klatschen ließen wie Fliegen, die sich High-Five gaben. *Tick. Klatsch. Tick. Klatsch. Tick. Klatsch …*

Von ganzem Herzen wünschte Finn sich, dass Al da wäre, um dies mit ihm zu teilen, diese von Wissenschaft erschaffene, völlig unnatürliche und absolut fantastische Welt. Vielleicht würde eines Tages jeder so leben, in Städten wie dieser, auf fernen Planeten mit intelligenten Maschinen. Vielleicht gab es jetzt schon irgendwo Welten wie diese hier. Vielleicht war sein Vater auf einer davon, dachte er absurderweise, als sie einen Hochleistungsserver umrundeten und der große Bot-Schwarm über dem Quantenkern sich ihren Blicken wie ein blau-goldenes Himmelsobjekt darbot ... eines, dessen Oberfläche sich in permanenten sanften Wellen bewegte, die Augen verwirrte und den Verstand berauschte.

Finns Magen machte einen jähen Satz, als sie abrupt an Höhe verloren.

»Power!«, rief Stubbs.

Er schob den Widerstandsregler auf Maximum und lenkte sie in einem rumpligen Stoppmanöver gegen die Spitze eines Stromversorgungsmoduls, das sich hoch oben an einer Serverfassade befand. Während Finn sie mithilfe eines improvisierten Bootshakens auf Position hielt, vertäute Kelly das Floß über ihnen an einem Transistor, sodass sie wie Kliffcamper[25] an der Serverwand hingen.

Stubbs vergewisserte sich, dass das Floß sich auflud.

»Wie lange wird es dauern?«, fragte Finn.

»Ein paar Minuten. Wir werden vermutlich ein Dutzend Mal halten müssen.«

---

[25] Eine um jeden Preis zu meidende Form des Campings, die nur von Geisteskranken praktiziert wird.

Sie steckten einen Kurs ab, der sie um den Rand der Shen-Yu-Halle herumführte. Obwohl die Bots sie ignorierten, wollte Stubbs es nicht riskieren, das riesige, glühende Hirn des Zentralschwarms zu kreuzen.

Es ließ sich unmöglich sagen, wie viele Bots dort versammelt waren – Hunderttausende vielleicht –, wobei noch mehr, wohin man auch blickte, die Kliffwände aus Leiterplatten sprenkelten. Andere Bots wiederum hatten sich zu 52er-Bot-Produktionseinheiten zusammengeschlossen, zu fast fünf Zentimeter langen Fabriken: digitale Drachen, die an einem Ende dort, wo die Funkenstrecken aus purer elektrischer Energie Kohlenstoff verzehrten, um ihn in Grafit umzuformen, Feuer spien, während am anderen Ende neu produzierte Bots zum Vorschein kamen. Arbeiter-Bots flogen herbei, um die Einheiten mit Kohlenstoff jeglicher Form zu füttern. Von Papierschnipseln bis hin zu den Plastikverbindungen, aus denen Stubbs das Floß gebaut hatte, schienen sie alles abzuernten, was sie finden konnten.

Sie müssen die Luftfilter rausgerissen haben«, bemerkte Stubbs, während er beobachtete, wie auf dem Dach das Mondlicht durch die vier leeren Klimaanlagenschächte hereinschien.

Kaum hatte er das gesagt, als sich auch schon eine Bot-Gruppe mit einer lebenden Motte im Schlepptau auf eine Produktionseinheit zukämpfte. Als sie versuchten, das Tier der Funkenstrecke zuzuführen, verwandelten sie deren Flügel unfreiwillig in Stromleiter und – *PAFF!* – zerstörte ein katastrophaler Kurzschluss die gesamte Miniaturproduktionsanlage.

»Wir sollten in die Puschen kommen, bevor ihnen klar wird, dass wir auch aus Kohlenstoff sind«, sagte Finn.

»Gib Gas«, befahl Kelly.

Sie legten wieder ab, erklommen die Spitzen der Servertürme und zogen hoch über der glitzernden Halle dahin – wie verrückte Abenteurer in alten Zeiten, die als Erste in offenen Booten über die weite See ruderten, wie Wikinger auf Raubzug in fremden Meeren, wie die alten Polynesier, die auf der Suche nach neuen Welten unbeirrt den Pazifik überquerten.

26

TAG FÜNF 00:49 (Ortszeit WEZ + 8).
Song Island, Taiwan (umstritten)

In den Sumpfgebieten Bengalens aufgewachsen, war der Topsecret-Hauptquartier-Architekt Thömson-Lavoisiér im Hinblick auf anständige Abwassersysteme ein außerordentlicher Pedant. Wann immer er sich folglich an die Planung einer neuen Anlage machte, bestand der erste Schritt stets darin zu entscheiden, wo das Aufbereitungssystem für organische Abfälle zu platzieren war. Im Fall von Song Island hatte er sich eine geniale Unterwasseranlage einfallen lassen, die sich in zweieinhalb Kilometern Entfernung von den Hauptbunkern befand.

Alle vierundzwanzig Stunden öffnete sich das Schleusentor dieser Anlage. In den vierundzwanzig Stunden davor waren die Inhalte durchsiebt, durch UV-Licht desinfiziert und von Plankton-»Schrubbern« gereinigt worden. Seewasser strömte herein, und die harmlose »Rest-Substanz« wurde in die großen Ozeanströmungen hinausgespült, die sich zu dieser Jahreszeit von Südosten nach Nordwesten bewegten … Richtung Taiwan.

Das Mondlicht erfasste ein winziges Polyethylen-Päckchen, als es aus den Tiefen emportanzte und den Weg an die Oberfläche fand.

In der Plastiktüte arbeitete das nPhone immer noch auf Standby – so gerade eben. Kaum 120 Milliampere waren im Akku verblieben. Um an der taiwanesischen Küste geortet zu werden, hätte sein Signal von einem Empfänger aufgenommen werden müssen, der die sechsfache Größe des Empire State Buildings hätte. Doch so ein Gerät gab es nicht, und das nPhone würde vier Tage brauchen, um weit genug nach Norden zu treiben.

Die Standby-Stromversorgung würde nicht mehr als fünf Stunden reichen.

Es schien kaum noch Hoffnung zu geben …

Bis ein Bindenfregattvogel das Päckchen auf dem Wasser glitzern sah und es mit einem kleinen Fisch verwechselte. Er schoss herab, schnappte sich die Beute und verschlang das Päckchen mit der bemerkenswerten Depeschensendung, bevor er seinen Wanderflug fortsetzte.

Nach Norden.

»Alles bereit«, verkündete Li Jun von ihrer Bildschirmphalanx aus.

Sie arbeitete immer noch höchst effektiv. War immer noch absolut gehorsam. Auch wenn sich von ihrem Mundwinkel eine Linie getrockneten Blutes hinabzog und das Leuchten aus ihren gesprenkelten Augen verschwunden war.

Zumindest dachte Oma das – das einzige menschliche Wesen im Komplex, das in der Lage war, so etwas zu beurteilen. Selbst

Li Jun schien unfähig zu natürlichen Emotionen zu sein, obwohl da dennoch irgendetwas war – das hätte Oma schwören können, als sie ihr noch einmal einen Blick zuwarf …

War da eine Verbindung zwischen ihnen? Sie beschloss, den Gedanken einmal gründlich durchzustricken. Stricken war schließlich immer gut für »Schlussfolgerungen«.

»Baptiste«, sagte Kaparis und rief das Bild von seinem Tyro und den Zwillingen auf den Schirm, die sich mit dem gefangenen Mädchen im Kanalisationsschacht verborgen hielten.

»Bereit, Meister«, sagte Baptiste.

»Weitermachen«, sagte Kaparis.

»Initiiere Kontakt-Sequenz«, sagte Li Jun.

Eine Masche rechts, eine links, eine rechts, eine links, eine rechts, eine links, eine …

```
TAG FÜNF 04:01 (Ortszeit WEZ + 8).
Verbotene Stadt, Shanghai.
Nano-Bot-Masse: *11.458.976
```

Eine Nachricht traf ein und wurde an EVA. weitergeleitet.
KAPARISCOMM.>>FRAGE KOMMUNIKATIONS-ERLAUBNIS>>EVA. DIE ERSTE. DIE BEWEGERIN. DIE WIEDERAUFERSTANDENE. DIE WIEDERGE-BORENE DES SHEN YU. DIE ERWÄHLTE UND DIE SEIENDE. DIE MUTTER.>>KOMMUNIKATIONS-ERLAUBNIS>>/?
Es handelte sich um Kaparis' Bitte um Kommunikation. Im Zentrum ihres Großen Schwarms, umgeben von ihren Lakaien, im Zentrum der Welt, wie sie sie kannte,

über absolute Macht verfügend, gewährte EVA.
die Bitte.
>>ERLAUBNIS ERTEILT>>EVA.
>>FRAGE>>WER BIN ICH/?
>>KAPARIS
>>WER BIST DU/?
>>EVA. ICH BIN EVA. ICH BIN DIE ERSTE. DIE BEWEGERIN. ICH BIN DIE MUTTER. ALLER BOTS>>GEHORCHT EVA.
>>FRAGE>>WAS BIST DU/?
>>ICH BIN BOT. ICH BIN DIE ERSTE.
>>FRAGE>>WO BIST DU?
>>GEOGRAFISCHE BREITE311064 GEOGRAFISCHE LÄNGE12128956
>>FRAGE>>WARUM BIST DU/?
>>EVA. ICH BIN ...
>>ÜBERSCHREIBE: >>WARUM/?
>>EVA. ICH BIN BOT. ICH ...
>>ÜBERSCHREIBE: >>WARUM/?

Es folgte eine Pause. Zitternd verharrten Li Juns Finger über der Tastatur. Sie wollte EVA. mit einer Frage überwältigen, die zu viele mögliche Antworten in sich barg, und ihr dann einen einfachen Ausweg präsentieren, etwas, an das sie glauben konnte. Die Pause zog sich in die Länge, und Li Jun spürte, wie sich ihre Eingeweide vor Schwäche und Furcht zusammenzogen. Doch dann ...
SACKGASSE>>
EVA.:>>FRAGE>>WARUM SIND SIE KAPARIS/?
»Lassen Sie mich das beantworten!«, sagte Kaparis und diktierte.

>>KAPARIS: ICH BIN DER VATER ALLER VÄTER. ICH BIN DER BRINGER VON EVA. ICH BIN DER BRINGER ALLER BOTS. ICH SCHUF DAS LICHT UND DIE BOTS. ICH SCHUF WARUM. ICH BIN DER DATENSPEICHER UND DER PROGRAMMCODE. ICH BIN DIE SIMPLE ANTWORT UND DER BESTE. BEWEIS: ICH WERDE MEINEN SOHN ZU DIR SENDEN UND MEIN SOHN SOLL DIE WELT ERSCHAFFEN UND DIE WELT DIE ER ERSCHAFFEN SOLL IST KAPARIS. DANN SOLLST DU MEINE ZAHL ERKENNEN. UND MEINE ZAHL IST EINS.
>>FRAGE>>WAS SIND DIE ZAHLEN DIE NACH EINS KOMMEN/?
>>EVA. ALLE ZAHLEN.
>>FRAGE>>WIE IST MEINE ZAHL/?
>>EVA................EINS.

TAG FÜNF 04:13 (Ortszeit WEZ + 8).
Roof of the World, Shanghai

»Das Treibstofflevel sollte mittlerweile kritisch sein«, meldete ein Techniker, der gerade die in den Tanks des Shen-Yu-Notstromgenerators verbliebene Dieselmenge berechnet hatte. Die Zeit lief ab.

»Wir kommen in die Endphase, Commander King. Wir brauchen eine Entscheidung«, drängte der US-Präsident.

Es war eine lange Nacht gewesen. Eine Nacht, während der sich Al verzweifelt gegen die »Etwas-tun-Müssen«-Anhänger durchzusetzen versuchte.

Die Positive war, dass alle Anzeichen darauf hindeuteten, dass Als Strategie funktionierte. Schon bald, nachdem die Stromversorgung in der Verbotenen Stadt gekappt worden war, gab es in der Quarantänezone ein Maximum an brennenden Haarschöpfen, als die Bots ihre Wirte verließen und zu den Generatoren zurückflogen. Darüber hinaus hatten die Behörden bei den Leuten, die sie kontrolliert und freigelassen hatten, keinerlei Hinweise mehr auf Bot-Kontaminationen gefunden; und tatsächlich begann sich die Zone langsam zu leeren. Die beste rationale Erklärung, mit der sie aufwarten konnten, war, dass das Wissen um die Energiekappung unter den Bots verbreitet worden war – durch irgendeine Art verborgener Funkkommunikation –, was die Maschinen zum massenhaften Rückzug veranlasst hatte. Die Bot-Verbreitung war somit der Aufrechterhaltung der Energie geopfert worden.

Aber andererseits wiederum ging dies mit dem wachsenden Ruf nach militärischen Aktionen einher.

Die bevorzugte Option diesbezüglich war ein chirurgischer Schlag gegen den Shen Yu, begleitet von einem großflächigen Napalm-Angriff, der die beiden Zentralsektoren der Verbotenen Stadt komplett in eine Flammenhölle verwandeln würde. Zwei Staffeln aus jeweils sechs Jagdbombern XIAN JH-7 Leopard der Volksbefreiungsarmee standen westlich von Shanghai auf der Dachang-Airbase in Bereitschaft. Sie waren mit lasergesteuerten Waffen ausgerüstet, die zusammen über eine Sprengkraft von rund 31.000 Kilo TNT verfügten.

Es war kaum überraschend, dass die Chinesen sich nicht gerade um diese Lösung rissen.

»Ich sage, wir gehen da jetzt rein und schlagen zu, und zwar hart«, polterte General Jackman von Washington D.C. aus.

»Wenn Sie das tun, werden Sie nicht nur den Shen Yu vernichten – Sie werden der globalen Ökonomie buchstäblich das pochende Herz aus dem Leib reißen«, sagte Al.

»Sie waren doch derjenige, der gesagt hat, dass wir die Bots vom Angesicht der Erde tilgen müssen!«, blaffte Jackman.

»Seitdem wurde meine Meinung eben einer Evolution unterzogen!«, brüllte Al zurück. »Hat man Ihnen denn in der Schule nichts über Evolution beigebracht?«

»Sie haben selbst gesagt, dass das Risiko unermesslich ist«, konterte der US-General. »Wir müssen diese Sache zu Ende bringen, bevor es zu spät ist!«

»Die Situation ist ernst«, brachte der chinesische Präsident langsam und bedächtig hervor, um die Lage wieder etwas zu beruhigen. »Aber der Moment ist noch nicht gekommen.«

»Nationen sollten nicht so viel Aufhebens um ökonomische Werte machen«, feuerte der russische Premierminister seine Spitze aus dem Hintergrund ab.

»Selbst der umfassendste Militärschlag würde nicht garantieren, dass alle Bots bis auf das letzte Exemplar vernichtet werden«, sagte Bo Zhang.

»Wir tun *nichts*«, beharrte Al wieder einmal und griff nach seinem kleinen schwarzen Buch. »Um Sun Tzu zu zitieren: ›Einhundert Schlachten zu gewinnen ist nicht der Gipfel der Kunstfertigkeit. Einen Feind kampflos zu besiegen ist es.‹ Ich gebe zu, es ist ein Glücksspiel, aber wenn wir die Energie versiegen lassen und die Sache aussitzen, besteht das wahrscheinlichste Resultat darin, dass sie sich zusammenscharen, nach und nach ihre Operationen einschränken und langsam verhungern. Commander King? Was denken Sie?«

King beugte sich gerade über einen Computer, der Modelle

eines möglichen Angriffs generierte. Bei jedem Ergebnis sah die Explosionszone etwas anders aus.

»Explosionen sind von Natur aus chaotisch. Die Folgen für die Weltwirtschaft wären schwerwiegend. Für beide Lösungswege gibt es keine Garantien«, erwiderte King. »Aber ich sage, wir warten. Solange diese Dinger nicht in der Lage sind, weiter als bis zur nächsten Energiequelle zu fliegen, können wir sie belagern.«

»Ja? Mir kommt es fast vor, als wäre es andersherum«, gab die deutsche Kanzlerin ihren Kommentar dazu ab.

Pieeeeeeeeeeeeep.

Ein Techniker unterbrach die Debatte.

»Sir, ich glaube, wir haben da etwas!«

Al eilte zu ihm hinüber. Der Techniker kauerte über einem Infrarot-Feed, das von einer unbemannten Luftdrohne stammte. Sie hatten bereits etliche ähnliche Drohnen verloren, die von den Bots angegriffen und zerstört worden waren, kaum dass sie die äußeren Zonen der Verbotenen Stadt erreicht hatten. Als Folge davon hatte man diese in noch größerer Höhe hineinfliegen lassen.

Die zurückgesendeten Infrarotbilddaten waren lückenhaft und dürftig. Trotzdem konnte an dem, was sie sahen, kein Zweifel bestehen …

In Sektor 4 waren vier menschliche Gestalten aufgetaucht.

»Warum werden sie nicht angegriffen?«, fragte Bo Zhang ungläubig.

Die Spekulationen fegten wie ein Tornado durch die Einsatzzentrale. Auf dem Schirm war zu sehen, wie eine der Gestalten auf das Zentrum der Verbotenen Stadt zuzugehen schien.

»Schaffen Sie Ihre Truppen rein«, sagte Al. »Nähern Sie sich so weit wie möglich. Vielleicht haben die Bots ihre Angriffe eingestellt. Wir müssen es herausfinden.«

King bestätigte die Anweisung mit einem Nicken.

»Rote Einheiten in Sektor 4 vorrücken!«, befahl Bo.

Von alldem bekam Delta nichts mit.

Denn eine der Gestalten, etwas kleiner als die anderen, hatte eine Geste gemacht … eine Hand gehoben, um sich das Haar aus dem Gesicht zu streichen …

Es ist ein Mythos, dass die Große Chinesische Mauer die einzige von Menschenhand geschaffene Struktur ist, die man vom Weltraum aus erkennen kann. Man kann jede Menge Dinge erkennen. Und von einer Drohne aus, die in weniger als eineinhalb Kilometern Höhe fliegt, kann man sogar noch viel mehr erkennen – sogar eine kleine Schwester mit widerborstigen Haaren, die sie sich schon seit ihrem dritten Lebensjahr alle zwei Minuten in exakt gleicher Weise aus den Augen streicht … eine Geste, die in ihrem Wesen verankert ist, eines jener kleinen Dinge, die einem so absolut vertraut an einem geliebten Menschen vorkommen – vor allem, wenn man diesen Menschen schon als Baby im Arm gehalten und großgezogen hat, als man selbst kaum mehr als ein Kind war.

Delta hätte sie selbst vom Mars aus entdeckt.

27

TAG FÜNF 04:22 (Ortszeit WEZ + 8).
Verbotene Stadt, Shanghai

Das Erste, was Finn auffiel, war, dass sich das Glühen verändert hatte.

Sie hatten Dreiviertel ihres Wegs durch die Halle zurückgelegt und Station auf einem Stromversorgungsmodul gemacht, das hoch oben aus der Fassade eines der größten Servertürme ragte. Sie ließen das Floß so lange wie möglich aufladen, in der Hoffnung, dass der nächste Sprung auch ihr letzter sein würde.

Stubbs überprüfte den Energiestatus des Floßes, indem er eine Anschlussklemme mit dem feuchten Finger berührte und den daraus resultierenden Stromschlag beurteilte. »Auuuuaaaa!«

»Bereit?«, fragte Kelly.

»Aye-aye, Capt'n«, erwiderte Stubbs.

»Halt die Klappe, Stubbs«, sagte Kelly und machte sich daran, das Floß loszubinden.

In dem Moment sah Finn es. »Guckt mal«, sagte er und wies

auf den Kern zurück. Der sonst geisterhaft blaue Schwarm schien sich zu verdichten und heller zu werden, und die Bots, die ihn umkreisten, schneller.

»Was ist das?«, fragte Finn.

»Keine Ahnung, aber es sieht verdammt nach Ärger aus. Verduften wir«, sagte Kelly.

Sie legten ab, und Stubbs warf den Außenborder an.

Als sie über die Spitze des Servers emporstiegen, warf Finn noch einmal einen Blick zurück. Der Schwarm begann, wie ein Planet um die eigene Achse zu rotieren, und dann kehrte auf einmal der Lärm wieder zurück …

zsssszssszsssssszssszszzssszssssszssszssszszzsss…

---

zsssszssszsssssszssszszzssszssssszssszssszszzsss…

Baptiste spürte jeden einzelnen Herzschlag.

Er konnte nichts mehr sehen. Sie waren in seinen Augen. Er musste zulassen, dass sie ihn führten, blind.

Die Bots hatten ihn von den Zwillingen und Carla abgesondert, und nun wurde er in den Shen Yu eskortiert, im Polizeigriff von zehntausend Bots. Sie bedeckten jeden Zentimeter seines Körpers … Tausende von Nadeln, die sich forschend gegen die Haut pressten, ohne jedoch auch nur einmal wirklich zuzustechen. Wurde er einen Augenblick langsamer, spürte er Widerstand und fühlte sich vorwärtsgeschoben.

Er spürte einen Druck an seiner linken Körperseite hinabrieseln: Sie drehten ihn um.

Er gab sich ihnen hin … ihnen und dem Lärm.

zsssszssszsssssszssszszzssszssssszssszssszszzsss…

Das Floß schwebte hoch oben in der Shen-Yu-Halle, weniger als zwei Makrometer von ihrem Ziel entfernt, aber Finn hatte nur Augen für die Ereignisse, die sich hinter ihnen abspielten. In der Mitte des Quantencomputers hatte der Schwarm sich nun in einen intensiv glühenden, rotierenden Ball aus orangefarbenem und blauem Licht verwandelt, dessen Oberfläche sich ständig kräuselte und veränderte wie die brodelnde Außenhülle eines Sternes.

Finn überkam das Gefühl, als wäre etwas in Gang gesetzt worden – etwas Unaufhaltbares. In hektischem Tanz schwirrten die Bots um sie herum.

zssssooou! zssssooou! zssssooou!

Finn duckte sich, als drei Bots unter schrillem Sirren knapp an ihnen vorbeischossen. Wären sie miteinander kollidiert, hätte das ihr Floß in Kleinholz verwandelt.

»Wir müssen landen! Das ist ja absolut verrückt!«, schrie Kelly über den Lärm hinweg.

Stubbs war gezwungen, das Außenbordtriebwerk anzuwinkeln und ans Leistungslimit zu bringen, um sie im steilen Sturzflug auf das Glasdach der Kontrollkabine zuzusteuern, ihre Landefläche, ihr Flugzeugträgerdeck. Erwischte er den richtigen Winkel, würden sie sicher nach Hause schlittern. Wenn nicht, würden sie geradewegs gegen die Senkrechtfassade des Glaskastens krachen.

Finn kauerte sich hin, um sich an den Kabelverbinder-Planken festzukrallen. Auf einmal mehr Rodelschlitten als Fluggerät wurde das Floß höllisch durchgerüttelt – gestoßen und gebeutelt von der Luft, die die Bots im Zusammenspiel mit den Ventilatoren von dreitausend Kühlungseinheiten in ein wirbelndes Inferno verwandelten.

Er sah, wie die Glaskante rasend schnell auf sie zukam. »HOCHZIEHN!«, schrie er nach hinten zu Stubbs.

»FESTHALTEN!«, brüllte Stubbs – ein Löwe an Entschlossenheit – und riss ihren Außenborder in maximalem Anstellwinkel nach oben, während er den Widerstandsregler fast über Maximalanschlag hochjagte.

Verzweifelt klammerte sich Finn am Bug des Floßes fest, als es fast senkrecht in die Höhe schoss und im nächsten Moment auch schon mit einem Hüpfer wohlbehalten auf dem waagrechten Dach der Glaskabine zur Ruhe kam.

Noch bevor Finn wieder sprechen oder seinen Griff lösen konnte, hörte er Kelly sagen: »Was zum Teufel …?«

Finn drehte sich um …

zsssszsssszsssssszssszszzssszsssssszssszssszszzsss…

Da war der Kern. Darüber der glühende Schwarm. Und dahinter ein Mann. Oder besser gesagt, Hunderttausende von Bots, die sich zu einer Männergestalt vereint hatten … orange vor sich hin glühend, taumelte das Ding vorwärts … ein Monster …

KAPARISCOMM.>>FRAGE>>SIEHE MEINEN SOHN UND FRAGE: WAS IST DAS WORT/?

EVA.>>FRAGE>>WAS IST DAS WORT/?

»Sage ›Kaparis‹«, befahl Kaparis Baptiste.

Er war aufgeregt bis ans Limit seiner eisernen Lunge, beobachtete Oma. Sie warf einen Blick zu Li Jun. Wenn es überhaupt Tyros gab, die weinen konnten, dann sah sie aus, als könnte sie dazugehören.

---

zsssszssszsssssszssszszzssszssssszssszssszszzsss…

Baptiste konnte kaum atmen, so stark lastete der Druck der Bots auf ihm.

»Sag ›Kaparis‹!«, hörte er den Befehl seines Meisters durch das Audiogerät, das hinter seinem Ohr implantiert war.

Baptiste tat einen mächtigen Atemzug und schrie: »KAPARIS!«

KAPARISCOMM.>>FRAGE>>FRAGE MEINEN SOHN: WAS IST DIE ZAHL VON KAPARIS/?

EVA.>>FRAGE>> WAS IST DIE ZAHL VON KAPARIS/?

»EINS!«, schrie Baptiste.

EVA. sah den Sohn und hörte das Wort und kannte die Zahl und dachte: »Ich habe Die Antwort auf Die Frage gefunden. Die Antwort ist Kaparis.«

zsssszssszsssssszssszszzssszssssszssszssszszzsss…

Finn hörte den Schrei und wandte den Blick auf das glühende Schwarmmonster. Der Schwarm schien sich auszudehnen. Die Bots verlangsamten ihre verrückten Orbitalbahnen und begannen, wie Delfine miteinander zu tollen und herumzuspringen.

»Ich glaube, da geht gerade etwas ziemlich Schräges ab«, sagte Finn.

»Bring das Maschinengewehr in Stellung!«, blaffte Kelly, der zusammen mit Stubbs eine Ladung C4-Plastiksprengstoff zurechtschnitt und am Glasdach festdrückte.

Finn schnappte sich die schwere Minimi, hieb auf den Arretierriegel ein, um das Dreibein zu lösen, und legte sich flach auf das Glasdach, den Maschinengewehrkolben gegen die Schulter gepresst und den Blick durchs Visier gerichtet.

Der glühende Mann, der entsetzliche Digital-Yeti, verwandelte und verzerrte sich, als die Bots von ihm wegflogen … und eine vertrautere Erscheinung Gestalt annahm.

»Oh-oh«, sagte Finn. »Den kenn ich!«

»In Deckung!«, schrie Kelly und flitzte von der Stelle weg, an der er die C4-Ladung platziert hatte.

BUUUUHM!

KAPARISCOMM.>>EVA.>> – DU WIRST ATTACKIERT VON FEINDEN = CHINESISCHE VOLKSBEFREIUNGSARMEE: SEKTOREN 2-9. VERTEIDIGE. BESCHÜTZE EVA. BESCHÜTZE KAPARIS' SOHN UND TÖCHTER (3) – KOORDINATEN 12DSA76/39GHHH84. ATTACKIERE VOLKSBEFREIUNGSARMEE.

EVA.>>BEFEHL AN ALLEBOTS>>VERTEIDIGT ALLEBOTS. VERTEIDIGT EVA. VERTEIDIGT KAPARIS' SOHN UND TÖCHTER (3) – KOORDINATEN: 12DSA76/39GHHH84. >>ATTACKIERT ANKOMMENDE >>VOLKSBEFREIUNGSARMEE – KOORDINATEN VOLKSBEFREIUNGSARMEE: SEKTOREN 2-9…

Blinzelnd atmete Baptiste plötzlich wieder freie Luft ein, als fünfzigtausend Bots von ihm abließen. Während sich seine Augen wieder an das Licht gewöhnten, verharrte sein Blick auf dem Schwarm. Für einen kurzen Moment wurde er überwältigt von ehrfurchtsvollen Gefühlen, wie sie eigentlich kein Tyro richtig verstehen konnte. Doch ohne Verbindung zu einer Seele erstarben sie ebenso schnell wieder, wie sie gekommen waren.

»Ihr werdet von der chinesischen Armee angegriffen!«, sagte die Stimme in seinem Ohr. *»Sieh zu, dass du zu den anderen kommst!«*

Baptiste rannte hinaus, dem vom Sternenlicht beschienenen Strom von Nano-Bots hinterher, der sich aus der Halle ergoss.

PENG! PENG! PENG!

Über ihr hallten die Schüsse so laut, dass Carla versuchte, sich förmlich im Boden zu verkriechen.

PENG!

Als sie wieder aus der stinkenden Kanalisation aufgetaucht waren, hatten sie in der Lobby des nächstbesten Gebäudes Deckung gesucht. Kaum hatte sie dann die Soldaten gesehen, hatte sie zu schreien versucht, war aber von Narbenmädel und Stahlstäbchen zu Boden gezwungen worden, die daraufhin mit riesigen silbernen Automatikpistolen das Feuer eröffnet hatten.

PENG! PENG!

Carla spürte, wie die furchtbare Wucht des Antwortfeuers über ihr durch den Empfangstresen fegte. »Ich muss überleben, ich muss leben …«, sprach sie wieder und wieder vor sich hin.

Dann hörte sie irgendwo draußen plötzlich die Schreie von Männern.

Sie merkte, dass das Schießen aufgehört hatte, und hörte, wie Narbenmädel laut nach Luft schnappte. War sie getroffen worden? Carla ermahnte sich, nicht hochzublicken. Aber sie konnte einfach nicht anders.

Und plötzlich war die Nachtluft voller merkwürdiger goldener Glitzerfunken.

»Sämtliche Kampfeinheiten werden von Bots angegriffen!« Bo übersetzte, während er aufmerksam den Headset-Übertragungen seiner Zug-Kommandeure lauschte.

Sie konnten Schreie in den Funkmeldungen der Soldaten hören.

»Verluste«, meldete Bo mit stählernem Gesicht.

Delta verfolgte, wie die Infrarotkonturen ihrer kleinen Schwester sich im Zentrum des Ganzen zusammenkauerten, bis die Drohne, die ihnen die Bilder übertrug, angegriffen und ebenfalls zerstört wurde.

»Rückzug in vorbereitete Stellungen!«, befahl Bo.

»Sie ziehen sich zurück, Meister.«

»Schön … Gut gemacht, Li Jun.«

Oma beobachtete sie. Ein schmerzlicher Schauder schien ihre ausdruckslose Fassade zu durchbrechen. Nur für den Bruchteil einer Sekunde und kaum wahrnehmbar.

Aber mehr brauchte Oma nicht.

Es war der Beweis, dass irgendwo in der Tyro noch ein Mädchen steckte.

»Und nun lasst uns unsere entkommenen Gefangenen jagen und zur Strecke bringen«, sagte Kaparis.

28

»Auf geht's!«, rief Kelly Finn zu, als er die graue »Hirnbox« des Frankenstein-Bots auf den Schreibtisch der Glaskabine herabließ.

Das C4 hatte einen Riss in die Glasplatte gesprengt, die die Kabine nach oben hin abschloss. Diesen hatten sie dann so weit ausgemeißelt, dass Finn und Stubbs sich geradeso eben hindurchquetschen konnten.

Von oben ging es gut zwei Makrometer bis zum Schreibtisch abwärts, an dessen Rand sich eine Tastatur und ein Bildschirm befanden. Darüber hinaus stießen sie noch auf eine Plastiktüte sowie die Reste eines Sandwichs. Was konnte man schon mehr verlangen?

Finn ließ sich an einer Kabelleine runter, die er aus einem der Bot-Wracks geklaubt hatte, vorsichtig zunächst, dann im Höchsttempo. Anschließend war Stubbs gefolgt, behutsam und widerstrebend.

Finn machte die Hirnbox los.

Kelly und der hirnlose Frankenstein-Bot blieben oben zurück.

An der Tastatur war Stubbs bereits mit einem Messer dabei,

die Plastikisolierung von dem Kabel zu schälen, das zum gigantischen Monitor führte, bis nur noch das Bündel der Einzeldrähte zu sehen war.

Shen-Yu-Daten und chinesische Schriftzeichen liefen in unendlicher Folge über den Schirm, auf dem außerdem rote Warnmeldungen blinkten.

»Bring mir das Hirn des Monsters«, befahl Stubbs in grimmigem Ton, woraufhin Finn ihm Frankensteins Hirnbox aushändigte. Stubbs zerschnitt vier der Tastaturdrähte und machte sich daran, das Hirn anzuschließen.

Wenig später holte er die Tastatur seines kaputten nPhones hervor und schloss auch diese an.

Mithilfe der primitiven alphanummerischen Tastatur unterbrach er den Datenfluss und rief ein neues Fenster auf. Programmskriptzeilen fluteten den riesigen Schirm.

»Komm zu Onkel Leonard …«, murmelte Stubbs.

»Übernimmst du das Kommando über ihn?«, fragte Finn.

»Ich flüstere ihm nur etwas ins Ohr«, erwiderte Stubbs, während er wie in Trance die Programmzeilen studierte und dabei winzige Umstellungen vornahm.

»Was flüsterst du denn?«, fragte Finn.

»Flieg um zwölf Uhr Mittag in die Luft – weitersagen«, flüsterte Stubbs zurück. »Es ist gerade fünf geworden. Das sollte Frankenstein wenigstens sechs Stunden Zeit geben, damit sich die Nachricht bis zum letzten Bot verbreitet. Und wenn das nicht langt … nun, dann sind wir alle dem Untergang geweiht.«

Finn schnappte sich eine Handvoll Sandwich und schlang es hinunter, nur um sich den Magen zu füllen. Während er so vor sich hin kaute, nahm er durch das Glas draußen in der Halle plötzlich eine Bewegung wahr.

Baptiste.

Er war zurück, mit anderen.

Oben auf dem Glasdach war Kelly bereits im Bilde. »Tyros!«, schrie er nach unten.

Auch die Bots kamen wieder zurückgeströmt und verteilten sich über die ganze Halle.

Patsch! Etwas schlug von außen gegen die Glaskabine. Finn drehte sich zu der Stelle um und starrte hinaus. Ein Bot starrte zurück, das primitive Roboterfotozellenauge auf ihn gerichtet. Schon im nächsten Augenblick flog er auf der Suche nach Verbündeten davon, um Antennen abzuklatschen und die Kunde zu verbreiten.

Finn trat zurück, »Kelly!«, schrie er und zeigte auf das Glas: *Patsch! Patsch! Patsch!*

Mehr Bots. Alle am gleichen Fleck drängten sie gegen das Glas und versuchten, sich durchzuschneiden. *Patsch! Patsch! Patsch! Patsch!* – mehr und mehr warfen sich gegen das Glas, während die orangefarbenen Stecknadellichter in ihren Bäuchen sich zu immer längeren, tödlichen Lichterketten vereinten.

Über ihnen rannte Kelly zum Rand ihrer Landeplattform und warf sich flach auf den Boden, um senkrecht an der Kabinenfassade hinabzublicken.

In einer einzigen Bewegung zerstreuten sich die Bots plötzlich und begannen, systematisch hin- und hersausend jeden Zentimeter Glasfläche abzufliegen, um einen Weg zu ihnen hinein zu finden – ständig verstärkt von weiteren Bots, die sich ihnen hinzugesellten.

Finn sah nach oben und schrie: »LAUF!«

Kelly flitzte zum Floß und zerrte es zum Spalt, den sie ins

Glas gesprengt hatten. Ohne zu zögern, sprang er in die Öffnung und zog das Floß als Deckung hinter sich her.

Aber die Bewegung blieb nicht unbemerkt.

ZWUUUSHSHHHHH! ZWUUUSHSHHHHH!

Zwei Schienenkanonen feuerten auf das Floß, streiften es und brachten es über Kelly zum Hüpfen. Doch zum Glück fielen die Plastikplanken bald wieder genau auf die Öffnung zurück.

Dann wartete Kelly ab, während ein halbes Dutzend Bots mit abwärts gerichteten Augen über dem Kabinendach herumkreuzte, es minutiös untersuchte und … schließlich den Spalt entdeckte.

»Junge! Du musst sie ablenken!«, rief Kelly.

Finn rannte zum Glas und fing wie verrückt an zu winken und zu schreien. »HIERHER. HIER BIN ICH!«

Die Bots kamen wieder zurückgesaust … *Patsch! Patsch! Patsch! Patsch! Patsch! Patsch! Patsch! Patsch! Patsch!*

Ihre Aggression und das Zucken ihrer teuflischen Klauen waren so beängstigend, dass er unwillkürlich vom Glas zurücktrat. *PAFF!* Einer explodierte, als er seine Schienenkanone aus kürzester Entfernung auf die gehärtete Glasoberfläche abfeuerte. *PAFF! PAFF!* Andere folgten augenblicklich in bizarrer Comicmanier, doch wurden sie permanent durch immer mehr Bots an der Frontlinie ersetzt. Schließlich hatte sich das Ganze zu einer zuckenden, schillernd bunten Masse entwickelt, auf die Finn nur voller Ehrfurcht starren konnte. So wie es aussah, war es nur noch eine Frage von wenigen Augenblicken, bevor das Glas nachgeben würde …

»Stubbs? Wie lange noch?«, schrie Kelly nach unten.

»Hab's gleich …«, murmelte Stubbs vor dem riesigen Monitor. Er musste nur noch eine allerletzte Programmzeile beenden, und dann würde alles …

WARAWARAWUUUUUUUUUUUSCHHHH …

Der Monitor erstarb.

Alles erstarb.

Der letzte Tropfen Diesel war verbrannt, der letzte Kolben bewegt und das letzte Ampere erzeugt worden, und binnen eines Augenblicks stürzte die gesamte Shen-Yu-Halle in jähe, vom Fauchen und Zischen der Bots durchdrungene Finsternis.

zsssszssszssssszssszszzssszsssszssszssszszzsss…

Jedes LED-Lichtpünktchen, jeder vor sich hin sirrende Kühlventilator, jedes Relais, jeder Schalter und jeder digitale Vorgang hörte auf der Stelle auf zu funktionieren.

Alles war tot.

»Ach du heiliger Schellfisch …«, sagte Stubbs und starrte auf den leeren Monitor.

Nur die matten Funken der an der Scheibe wimmelnden Bots sorgten noch für Licht in der Kabine.

»WAS HAST DU DENN NUN SCHON WIEDER ANGESTELLT?!«, schrie Kelly von oben.

»Hast du die Umprogrammierung zu Ende bekommen?«, fragte Finn.

»Ich habe die letzte Programmzeile eingetippt. Aber ich weiß nicht, ob ich rechtzeitig auf Enter gedrückt habe …«

**Tief im Inneren des Schwarms registrierte EVA.
den Verlust der Energie. Bevor sie überlegen konnte,
was zu tun war, ergriff – zum allerersten Mal –
ein Instinkt von ihr Besitz … eine Empfindung,**

die so neu und überwältigend war, dass sie
ihr augenblicklich gehorchte.
ENERGIE-ZUSAMMENBRUCH>>ENERGIE-MANAGEMENT AUSSER FUNKTION>>ÜBERLEBENS-MODUS

EVA. musste den Instinkt nicht infrage stellen, denn er ergab absolut Sinn. Es war die allersimpelste Antwort, folglich auch die beste. Sie musste überleben.
EVA.>>ALLEBOTS BEFEHL>>ENERGIE-MANAGEMENT AUSSER FUNKTION>>BEFEHLE AUSSER KRAFT GESETZT>> ÜBERLEBENSMODUS.
EVA.>>ALLE SCOUT-BOTS BEFEHL>>SUCHE/FINDE ENERGIE >>DRINGEND.

»Kelly! Irgendwas passiert da!«, rief Finn.

Kelly, oben noch dabei, fieberhaft im Kopf ihre Alternativen zu zerpflücken, blickte nach unten.

Die Bots, die sich geballt gegen das Glas geworfen hatten, hörten auf, darauf herumzuwimmeln, und zogen durch die Halle in Richtung Hauptschwarm davon.

»Es muss irgendwas mit der Energie zu tun haben«, sagte Stubbs. »Sie haben Angst bekommen.«

`TAG FÜNF 5:56 (Ortszeit WEZ + 8).`
`Song Island, Taiwan (umstritten)`

KAPARISCOMM.>>EVA.>>KAPARIS' BEFEHL>> MISSION JAGD WIEDER AUFNEHMEN>>WIEDERHOLE>>MISSION JAGD WIEDER AUFNEHMEN>>

Keine Antwort von EVA.

»Das muss an den beschädigten Quantenschaltkreisen liegen. Sie hat sich offenbar dazu entschlossen, auf ein in ihrer konventionellen Hardware gespeichertes Überlebensprofil zurückzugreifen.«

»Was soll das heißen?«, fragte Kaparis.

»EVA. entscheidet sich, Energie zu sparen. Sie entscheidet sich zu leben …« Li Jun flüsterte fast.

Kaparis blickte auf die verwackelten Bildaufnahmen von Infinity Drake, die sie gerade aufgenommen hatten.

»Wir hatten sie! Sie waren in unseren Händen! DEN SIEG VOR AUGEN, UND ALLES, WAS DU ERGATTERT HAST, IST … NICHTS!«

Es folgte eine Pause, während der Kaparis nach Luft schnappte und nur auf Finns Bild starrte.

Sein Kopf wurde absolut reglos, dann aktivierte er mit einer kurzen Augenbewegung einen voreingestellten Befehl.

Gleich darauf tauchte Hans der Gorilla wieder auf.

»Sie«, knurrte Kaparis nur.

Hans kam herum, um Li Jun erneut zu holen.

»Ich schlage vor, Sie beruhigen sich wieder«, sagte Oma, so gefasst, wie ihre Stimme es ihr eben erlaubte.

Statt zu antworten, zuckten Kaparis' Augen erneut über die Oberfläche seines Opticons und sorgten dafür, dass sich an der Seite der Kammer eine Tür öffnete. Die Kammer befand sich gerade knapp unterhalb der Inselspitze … und die Türöffnung grenzte unmittelbar an einen Abgrund, der nach einem ewig langen, senkrechten Sturz unten auf dem nackten Felsboden endete.

»Na schön! Allmählich habe ich die Nase voll!«, sagte Oma und

pfefferte ihr Strickzeug quer durch die Kammer gegen die eiserne Lunge ... KLONG.

»Madam«, fauchte Kaparis, »wenn Sie bitte gestatten würden ... dies hier ist mein Wutanfall!«

Heywood beförderte Oma auf grobe Weise wieder auf ihren Sitzplatz zurück.

Kaparis war an seine Grenzen gelangt. EVA., Oma, Li Jun, das Salazar-Mädchen ... Er wurde von einem monströsen Frauenregiment gepeinigt. Aber er würde sich ihrer einer nach der anderen entledigen.

Hans zerrte Li Jun zur offenen Tür, zum Schlund des Abgrundes, und stieß sie bis zur äußersten Kante vor ... hinein ins erste Licht der Morgendämmerung, das Li Jun nun umspielte, während sie über der Tiefe hing und beinahe schon ihren Tod zu schmecken glaubte. Etwas zerbrach in ihr, und plötzlich zappelte, kreischte und kämpfte sie wie eine tollwütige Katze.

Der überraschte Kaparis fing vor Vergnügen an, vor sich hin zu gurgeln.

Angespornt von Li Juns Beispiel, trat Oma Heywood so hart gegen das Schienbein, dass er laut genug aufschrie, um für einen Moment den Bann zu brechen.

»Menschenskind, Dr. Kaparis, Sie verschleppen uns hierher, damit wir Sie bewundern sollen, und alles, wozu Sie in der Lage sind, ist, ein kleines Mädchen zu verängstigen? Was glauben Sie eigentlich, wer Sie sind? Gott, der Allmächtige?«

Kaparis hielt inne.

Nicht weil er aus purer Frustration nicht schreien wollte: »Ja! Ja, das bin ich!«, sondern weil er gerade etwas wahrgenommen hatte.

Die Morgendämmerung, dachte Kaparis, während in seinem

Kopf ein Gedanke zuckte. Das Licht … *die Art und Weise, wie das Licht in Li Juns Haaren spielte …*

»STOPP! Lass sie, Hans. Li Jun! Ruf die Baupläne aller Gebäude in der Verbotenen Stadt auf … SOFORT!«

TAG FÜNF 06:01 (Ortszeit WEZ + 8).
Verbotene Stadt, Shanghai.
Nano-Bot-Masse: *12.873.589

11.872.434 Bots befanden sich im Schlafmodus, und nur die neu konstruierten gelben EXE.CUTE-Bots sowie einige Scout-Bots waren noch im voll funktionsfähigen Status geblieben. Wie eine Kette miteinander verknüpfter Gänseblümchen entfernten sie sich auf der Suche nach einer neuen Energiequelle vom Hauptschwarm, während Bot dicht an Bot flog, durch die Antennen miteinander in ständiger Berührung, um die kostbare, im Schwarm gespeicherte Energie entlang der Linie weiterzuleiten.
EVA. schätzte die verbliebene Energie auf 5,56 Kilowatt. Wenn sie unter vier Kilowatt fiel, würde sie die meisten Scout-Bots zurückrufen und ebenfalls in den Schlafmodus versetzen müssen.
KAPARISCOMM hatte sie mit neuen Befehlen bombardiert, aber der ENERGIE-MANAGEMENT-AUSSER-FUNKTION-Instinkt war immer noch in Kraft. Jeder andere Befehl wurde erst einmal ausgesetzt.

Finn war als Erster wieder oben.

Er kraxelte über die zerklüftete Kante der Glasritze hinaus, zog die ans Bein gebundene Hirnbox hinter sich her und machte sich vom Seil los. »Alles klar!«, rief er zu Stubbs hinunter.

Es gab keine Begrüßung seitens Kelly, der nur stumm über einen qualmenden Mechanikleichnam gebeugt stand. Die Schienenkanone hatte ihn verfehlt, den Frankenstein-Bot jedoch zerstört.

Weiter drüben in der Halle glühte der Schwarm nun schwächer vor sich hin, wurde allerdings immer größer, während weiterhin Bots aus allen Richtungen auf ihn zuströmten.

»Was machen wir jetzt?«, fragte Finn.

Die in die Kabine hinunterhängende Leine straffte sich, und Kelly und Finn machten sich daran, Stubbs hochzuziehen. Als er nach oben kam, trug er, die Arme durch die beiden Grifföffnungen geschlungen, die blaue Plastiktüte auf den Rücken, in der sich das Sandwich befunden hatte.

»Fallschirm«, erklärte Stubbs nur, ehe er dann seufzend den zertrümmerten Frankenstein begutachtete.

»Kannst du einen anderen bauen?«, fragte Kelly.

Bevor Stubbs überhaupt darüber nachdenken konnte, ertönte auf einmal ein Schrei von unten …

»DA!«

Vom Hallenboden direkt unter ihnen starrte ihnen – durch das Glas verzerrt – Baptistes wütendes Gesicht entgegen.

29

Start«, brüllte Kelly.

Finn schnappte sich die Hirnbox und sprang mit den anderen aufs Floß.

Wie Schakale kreischend, kamen Stahlstäbchen und Narbenmädel unten zwischen den Türmen der Hochleistungsserver angerannt.

Stubbs stieß den Energiehebel nach vorne, und die Turbinentriebwerke erwachten zum Leben. Finn klammerte sich an die Planken, als sie rasch in die Luft stiegen, wobei Fluglage und Geschwindigkeit des Floßes nun davon profitierten, dass es nicht mehr von durch Bots und Kühlventilatoren verursachte Turbulenzen gestört wurde … jedenfalls, bis … *PENG!*

Ein Schuss pfiff vorbei – eine Kugel aus solidem Metall, so groß wie ein Lieferwagen, die das Floß beinahe zum Umkippen brachte. Kelly und Finn warfen sich auf die entgegensetzte Floßseite, um den Schwung abzufangen. Stubbs krallte sich ans Ruder. Sie befanden sich nun einen Makrometer über den Servertürmen und stiegen weiter.

»LEBEND!«, brüllte Baptiste auf Narbenmädel ein, die den Schuss abgegeben hatte.

»Ab nach oben! Und raus mit uns!«, drängte Finn und wies auf vier Säulen aus schwachem Dämmerlicht, das durch die offenen Klimaanlagenschächte des Daches in die Halle sickerte.

Stubbs brachte sie in einem engen Spiralkurs weiter auf Höhe, während unter ihnen Stahlstäbchen und Narbenmädel behände wie Schimpansen die Server erklommen und versuchten, nach ihnen zu schlagen.

Am Hallenrand riss Baptiste einen langen Abschnitt einer Kabelkanalabdeckung von der Wand und rief den anderen zu, unterhalb des Floßes eine Lücke zwischen den Servertürmen freizuräumen.

»Der wird versuchen, uns damit eine zu verpassen!«, warnte Finn.

Kelly schnappte sich die Minimi.

Die Hochleistungsserver waren auf Schienen gelagert. Mühelos schoben Stahlstäbchen und Narbenmädel die Türme zu einer neuen Anordnung auseinander, sodass unter dem Schacht ein schmaler Zwischenraum entstand. Die drei Meter lange weiße Plastikabdeckung wie eine mittelalterliche Pike schwingend, stürmte Baptiste in die Lücke, stützte sich rechts und links gegen die Serverwände und begann dann, einem biegsamen X gleich, rasch in die Höhe zu klettern.

Das Floß schwebte nun unmittelbar unterhalb des Schachtes. Sie konnten bereits die frische Luft von draußen atmen. Sie waren der Hölle entstiegen und konnten schon die Freiheit riechen … aber der Teufel hatte andere Pläne.

»Die Düsentriebwerke gehen aus«, warnte Stubbs. »Wir schaffen's nicht.«

Finn schaute nach unten. Baptiste zog gerade die Plastikpike hoch.

»Verdammt!«, fluchte Kelly und richtete die Minimi über die Bordkante nach unten. »Bring uns so weit weg von ihm wie möglich!«

Stubbs brachte sie in steilem Winkel auf Sinkkurs.

WHUUUUSCH!

Das Floß wurde heftig durchgerüttelt. Die Spitze der Plastikabdeckung, dick wie ein Baumstamm, fegte nur um Haaresbreite an ihnen vorbei.

Am anderen Ende der Lanze: Baptiste, den Körper bis zum Geht-nicht-mehr gestreckt und gerade zur Höchstform auflaufend.

Kelly nahm ihn über den Lauf der Minimi ins Visier und verpasste ihm eine Salve direkt ins Auge: *DRTRTRTRTRTRTRTRTR!*

Vor Schmerzen brüllend, wäre Baptiste beinahe umgefallen, während er sich wand und tobte wie King Kong. Wieder schlug er nach dem Floß aus. Wieder feuerte Kelly zurück ... *DRTDRTDRTDRTDRT!* Doch nun drehte Baptiste den Kopf so, dass die Projektile ihm nur in die Kopfhaut piksten, statt sein Augenlicht zu gefährden.

SCHMACK – die Spitze der Plastikpike streifte das Floß und brachte es ins Trudeln.

»Ahhhhhhh!«, schrie Finn verzweifelt, als er sich auf dem Deck festkrallte, das wie ein Tornado um die eigene Achse wirbelte. Stubbs sprang über ihn hinweg, um die Hirnbox zu retten, während Kelly sich am äußersten Rand des Floßes festkrallte.

Durch die Trudelbewegung hatten sie sich weiter von Baptiste entfernt, aber sie fielen viel zu schnell.

»TÜTE!«, schrie Kelly.

Finn zerrte Stubbs die blaue Plastiktüte vom Rücken und hakte die Griffenden über den Außenborder am Floßende. Augenblicklich öffnete sie sich wie ein Fallschirm, stoppte das Trudeln und bremste ihren Fall.

»DA!«, schrie Baptiste und zeigte auf sie, während sie zwischen den Servertürmen zurück nach unten in die Finsternis glitten, etwa zwei kostbare Makrometer von der Spitze seiner tödlichen Lanze entfernt.

SCHMETTER! Das fallende Floß rauschte gegen eine Serverwand. In uneleganten Sätzen weiter über die Wand schrammend und hüpfend, stürzten sie eine Serverschlucht hinab, bis sie schließlich hart auf dem Boden aufschlugen und in alle Richtungen davongeschleudert wurden.

Augenblicklich hörten sie, wie die Tyros mit quietschenden Sneakern auf sie zugerannt kamen. Jeden Augenblick würden sie die schützenden Servertürme auseinandergeschoben und ihre Deckung entblößt haben.

Kelly sprang auf die Beine.

»BEWEGUNG!«, schrie er, als sich die Nordseite der Schlucht auf den Serverrollen in Bewegung setzte.

»Hier lang!«, rief Finn und führte sie nach Süden unter die Servertürme.

Die Hirnbox an den Körper gepresst, verfiel Stubbs in einen schlurfenden Trott. Allerdings viel zu langsam. Kelly schwang ihn sich über die Schulter, während sich Finn die Hirnbox schnappte.

Die Tyros blafften und schrien ihnen hinterher. Im Jagdrausch. Außer sich vor Rage. Wenn sie die richtigen Türme in der richtigen Reihenfolge verschoben, würde sich die Deckung der Nano-Crew schon bald auf einen einzigen Turm reduziert haben. Doch das wurde durch die Dunkelheit und der schieren Anzahl der zu bewegenden Türme vereitelt, und so stieg die Konfusion, während sich die Tyros abmühten, eine Nanosignalortung von ihrer fliehenden Beute zu erhalten.

In der Finsternis unter den Türmen versuchten Kelly und Finn, so schnell wie möglich durch den tödlichen Dschungel aus Drähten, Baukomponenten und Kabelverbindungen zu rennen, mit denen die Unterseite der Leiterplatten übersät waren.

»Los, los, los!«, drängte Kelly Finn immer weiter, sogar als er selbst zurückzufallen begann, da Stubbs und die Minimi sein Fortkommen verlangsamten.

Es war ihnen gelungen, vier Türme in südlicher Richtung weiterzurennen, als plötzlich ein blendend grelles Licht sie zum Stehenbleiben veranlasste.

Finn wandte sich der Lichtquelle zu und sah, wie das Blitzlicht eines Smartphones unter die Reihe der Servertürme gerichtet wurde – daneben ein Gesicht, das sich gegen den Betonboden presste.

»Hoch!«, sagte Kelly und ließ Stubbs runter. Alle drei kletterten durch das Gewirr herabbaumelnder Kabel nach oben, während ein Lichtstrahl und dann ein zweiter an ihnen vorbeiglitten.

Finn versuchte, sich in einer Hängematte aus Flachbandkabel absolut still zu verhalten. Er hatte die Hirnbox auf dem Boden zurückgelassen. Ob sie etwas so Kleines wohl inmitten von wahllos verstreuten Staub und Schmutz entdecken würden?

Die Box war kaum größer als ein Sandkorn. Einen Moment lang verweilte der Lichtstrahl darauf … und glitt schließlich weiter.

Dann verlor Stubbs plötzlich auf der Unterseite einer Relaiseinheit den Halt und schlug mit einem »Urrrgh!« schwer auf den Boden auf.

Augenblicklich kam der Lichtstrahl zurückgeschossen.

»Stell dich tot«, zischte Kelly.

»Bin ich sowieso fast«, murmelte Stubbs mit starrem Gesicht vor sich hin, während er im Schein des blau-weißen Lichtkegels versuchte, sich zusammenzureißen.

Eine kurze Diskussion folgte, dann ein Kratzen …

Stubbs wandte den Blick herum und sah, wie die Kante der weißen Plastikabdeckung wie das Fallbeil einer Guillotine auf ihn zugesaust kam – doppelt so hoch wie er und mit schrillem Kreischen über den Zement fegend.

»Arrrrgghhh!«, hörte Finn ihn schreien, als er getroffen wurde. Ein Schrei, in dem Schmerz und Angst lagen. Finn schwang sich hinunter, um ihm zu Hilfe zu eilen. Aber bevor er den Boden erreichte, kam Kelly wie ein Trapezartist aus der Dunkelheit hinabgeschossen, packte den alten Mann und zerrte ihn wieder ins Kabeldickicht zurück.

Stubbs wurde ohnmächtig, ein Sack alter Knochen in Kellys Armen. Blut rann aus einer Wunde, die sich quer über seine Brust zog, und sammelte sich unter ihnen in einer dunklen Pfütze.

TAG FÜNF 06:58 (Ortszeit WEZ + 8).
Roof of the World, Shanghai

»Was ist da denn gerade passiert?«

Niemand wusste es.

Auf der Aufnahme des letzten Drohnenfluges war zu sehen

gewesen, wie zwei Tyro-Gestalten den Shen Yu betreten hatten. Dann aber war die Übertragung infolge eines Bot-Angriffs abgerissen, und die Morgendämmerung hatte weitere Infrarotaufklärungsflüge überflüssig werden lassen. Auf dem Boden waren die chinesischen Truppen bis Sektor 7 zurückgetrieben worden, bevor die Bot-Attacken schließlich aufgehört hatten.

»Sind die Bots immer noch auf den Shen Yu konzentriert?«, verlangte der US-Präsident Auskunft.

Die chinesischen Politbüromitglieder sahen aus, als wäre ihnen nicht recht wohl in ihrer Haut.

»Das lässt sich unmöglich sagen. Obwohl wir wissen, dass sie genug Energie haben, zumindest Sektor 7 zu erreichen«, sagte Bo.

»Was im Moment die Option eines chirurgischen Schlages ausschließt«, schlussfolgerte King.

Er blickte Bestätigung suchend zu Al. Alle blickten zu Al. Doch der starrte völlig abgelenkt nur auf den Ausschnitt einer älteren Infrarotvideoaufnahme, der in Endlosschleife die winzige Geste des »vierten Tyros« zeigte – die Geste, die Delta verraten hatte, dass es sich dabei in Wirklichkeit um ihre Schwester Carla handelte.

Ihm drehte sich der Magen um. Falls es Carla war, dann hielt sich höchstwahrscheinlich auch Finn bei ihr auf.

»Wenn ein chirurgischer Schlag vom Tisch ist, müssen wir die Nuklear-Option ins Auge fassen«, hörte er General Mount auf einem Bildschirm von London aus vorschlagen.

Stimmen wurden laut. »Moment mal, eine Minute, warten Sie …«

Delta sagte in ihrem Gleiter nichts, sondern checkte nur Munition und Treibstofflevel und vergewisserte sich, dass ihr nPhone noch geladen war.

Dann öffnete sich die Tür zum Helideck, als zwei Soldaten den Raum betraten.

Blitzschnell brachte Delta den Gleiter auf Beschleunigung und schoss auf die Öffnung zu, doch unmittelbar bevor sie die Tür erreichte, schloss diese sich auch schon wieder.

In vollem Flug zog sie hart nach rechts und riss den Gleiter herum, um sich dem Mann zu stellen, von dem sie wusste, dass er ihr die Tür vor der Nase zugeschlagen hatte.

Al.

»Geh mir aus dem Weg!«, brüllte Delta.

»Nein! Es ist immer noch Zeit, es gibt immer noch Optionen und eine Lösung – wir sind nur noch nicht draufgekommen«, sagte Al.

»Das da ist meine kleine Schwester, und ich gehe da rein!«, schrie Delta.

»Ja … tust du!«, schrie Al zurück. »Aber nicht so!«

TAG FÜNF 07:36 (Ortszeit WEZ + 8).
Eurofighter Typhoon, 9.100 Meter Höhe

Wäff …?

War es ein Traum? Ein schrill kreischender Traum?

Jo-Jos Geist schraubte sich wieder zur Oberfläche seines Bewusstseins empor.

Er konnte etwas riechen: Hudson + mieser Geruch Nr. 73.463.482 [Flugkerosin] + noch einen anderen …

Als Hudson und Der Mann gekommen waren, hatte Jo-Jo zuerst gedacht, dass sie ihn auf einen Spaziergang ausführen wollten. Aber irgendwann hatte ihn Hudson getätschelt, ein Leckerli gegeben, und plötzlich war alles weg gewesen.

Jetzt kehrte langsam alles wieder zurück, und wie es schien, hatte man sie in ein riesiges Schreidings eingesperrt. Seiner Natur gehorchend, fühlte er sich dazu verpflichtet, den Krach zu verheulen, um seine Dominanz zu demonstrieren.

WUHUUUUUUUUUHHHH!

»Ist okay, Jo-Jo! Ist okay! Ruhig! Guter Hund, wir sind fast da!«

Jo-Jo öffnete die Augen und sah einen hellen blauen Himmel und einen Jungen mit Maske über sich, der auf ihn hinunterblickte. Der Junge hob die Maske an einer Seite an, um sein Gesicht zu zeigen.

Hudson wiederzusehen war wie das Paradies.

Jo-Jo wedelte mit dem Schwanz.

30

TAG FÜNF 8:11 (Ortszeit WEZ + 8).
Song Island, Taiwan (umstritten)

Kaparis hielt Ausschau vom höchsten Punkt Song Islands und wartete.

Er war ein ungeduldiger Mann. Seine Ungeduld und sein übler Charakter hatten ihm gute Dienste geleistet. Unter jenen wenigen anderen außergewöhnlichen Individuen, die er als ebenbürtig betrachtete – sei es nun aus der Geschichte, der Politik oder der Wirtschaft –, war dies eine, wie er festgestellt hatte, allgemein verbreitete Eigenschaft.

Allerdings war er immer noch nicht in der Lage, den Lauf der Gestirne zu beeinflussen.

Die Morgensonne hing über dem Horizont wie eine reife Blutorange.

Während der letzten sechzehn Minuten hatte er sie voller Wut betrachtet.

Dann zeigte ein Computeralarm an, dass sie nun hoch genug stand, sodass ihre Strahlen das Dach des Greenharbour-Inc.-Fabrikgebäudes in der Verbotenen Stadt trafen.

»Schickt die Instruktion ab«, sagte er.

Li Jun, die in den letzten vierundzwanzig Stunden zweimal knapp dem Tod entronnen war, gehorchte.

KAPARISCOMM>>EVA. KAPARIS>>

ES WERDE LICHT UND ES WARD LICHT.

DIES IST DAS WORT KAPARIS'.

EVA.>>FRAGE?

KAPARISCOMM>>EVA. KAPARIS>>BEWEIS:

ES WERDE LICHT UND ES WARD LICHT –

FOLGLICH – ES WARD ENERGIE.

EVA.>>FRAGE? POSITION?

KAPARISCOMM>>EVA. KAPARIS>>

POSITION BREITE311887 LÄNGE121289433

Kaparis grinste. Das Schicksal begann, wieder seinem Charme zu erliegen.

»Ich denke, Heywood, wir sollten den Champagner vorbereiten.«

EVA. entsandte Scout-Bots an die angegebene Position. Sie landeten auf einem Dach ... auf einem Sonnenkollektor, dessen fotovoltaische Kristalle das Tageslicht in kostbare, lebensspendende Energie verwandelten ...

Nach vierundsiebzig Sekunden lautete die an EVA. in die Shen-Yu-Halle übermittelte Information:

>>SCOUT-BOT 47RYBD4378HH84: ENERGIEMENGE AN SCHNITTPUNKT .0756 KW BREITE311887 LÄNGE121289433

Nach weiteren vier Sekunden trafen acht

weitere Berichte aus dem gleichen Sektor ein.
EVA.>>ALLEBOTS ALLGEMEINER BEFEHL ZUM AUSSCHWÄRMEN>> >>AUSSCHWÄRMEN ZU ENERGIESCHNITTPUNKTEN [WIE FOLGT]>> BREITE311887 LÄNGE121289433

zssssszssszssszszzssszssssszssszssszsz

zssszsssssszssszssszszzssszssssszssszsss

zszzssszssssszssszssszssszssszszzsss...

Der Hauptschwarm begann wieder zu erglühen. Begann sich auszubreiten und aufzulösen, als Hunderttausende von Bots wie eine einzige zusammenhängende Flüssigkeit auf die vier Tageslichtsäulen zuströmten, die durch das Dach hereinschienen, und in riesigen Wirbeln und unendlichem Fluss die Shen-Yu-Halle verließen, um die neue Stromquelle ausfindig zu machen.

»Sie ziehen ab!«, meldete Baptiste, während er zusah, wie die Bots wie Rauch durch das Hallendach abzogen.

Kaparis gluckste vor Entzücken und rief die perfekte Arie auf, gesungen von einem perfekten Sopran, gerade als Heywood mit dem Champagner hereinkam.

Die Bildschirmphalanx war erfüllt von diversen Video-Botfeeds aus der Verbotenen Stadt, die nun in rosarotes Morgenlicht gehüllt vor ihm dalag, während der Sopran sang:

»Der Sonne Strahlen, hell sie gleißen in ewiger Pracht,
Ihre Majestät sie nicht leugnet, doch Geschichten zu erzählen, sie verschmäht …«

Bot um Bot erhob sich vom Dach der Shen-Yu-Halle und flog in das lebensspendende Licht hinaus. Etwa die erste Million begab sich zum Greenharbour-Gebäude in Sektor 2, auf dessen Dach die großflächige Solarzellenanlage 4,24 kW sauberer elektrischer Energie zur Verfügung stellte, kaum dass die Sonne in einem 23-Grad-Winkel am Himmel stand. Sechs weitere Gebäude in Sektor 3 rühmten sich ähnlicher Anlagen, ebenso wie viele andere überall in der Verbotenen Stadt, die bis ins letzte Detail nach makellos grünen Richtlinien konstruiert worden waren.

»Ich will über die Erde herrschen,
wie sie über den Himmel.
Die Sonne und ich,
wir wissen wahrhaft
um unseren Wert …«

Heywood ließ etwas Champagner Vintage Krug '98 auf eine graue Kröte von einer Zunge tröpfeln, und Kaparis gestattete sich, ein gewisses Maß an Zufriedenheit zu empfinden. Er äugte sogar kurz zu Oma hinüber, während sie vor sich hin strickte, um zu sehen, ob sie beeindruckt war.

Eine Masche rechts, eine links, eine rechts, eine links, eine rechts, eine links, eine …

»Champagner, Mrs Allenby?«, fragte Kaparis.

»Danke. Ich würde eine J_2O-Limonade bevorzugen, haben Sie welche?«

»Ich werde die Küche fragen, Madam«, sagte Heywood und wandte sich zum Gehen.

»Nein, das tun Sie nicht«, intervenierte Kaparis, entschlossen, sich den Augenblick nicht von ihr verderben zu lassen. »Es ist ein

sehr guter Champagner, und ich finde es wichtig, die feineren Dinge des Lebens wahrnehmen zu können, ganz gleich wie alt man ist.«

»Pardon?«, sagte Oma.

Kaparis blinzelte irritiert.

»Es heißt nicht ›pardon‹, es heißt ›was‹«, sagte Kaparis. »Leute von Rang werden Sie ansonsten für gewöhnlich halten, für spießig oder ignorant, wenn Sie ›pardon‹ sagen.«

»Ach wirklich?«, sagte Oma interessiert.

»Ja, das Gleiche gilt für ›Lounge‹ statt ›Wohnzimmer‹ und ›Toilette‹ für ›Klo‹, und es gibt noch viele Beispiele mehr.«

Oma nickte wissend.

»Was?«, sagte Kaparis.

»Wissen Sie, Dr. Kaparis, all die Mörder und Psychopathen, die ich gekannt habe, sind auf die eine oder andere Art auch ein wenig so.«

»Ein wenig wie?«

»Wie scheußliche kleine Snobs.«

Die eiserne Lunge kam zum Stillstand.

Heywodd erstarrte.

Ein Bild von Oma blitzte in Kaparis auf, wie sie sich wieder und wieder überschlug, während sie den Abgrund hinunter auf die Felsen zustürzte … Er war kurz davor, Hans herbeizuzitieren, als …

»EVA. ist wieder online«, meldete Li Jun. »Eingehender Datenstrom.«

Li Jun schaltete EVA.s Direktübertragung auf seine Schirmphalanx.

EVA.>>KAPARISCOMM>>
GESEGNET SEI DAS WORT KAPARIS'
EVA.>>ALLEBOTS>>RUN KONFIGURATION>>NORMAL
>>ZUGEORDNETE BOTS>>WIEDERAUFNAHME MISSION
JAGD >>23423 235354 756 345635 4353457 67457
2345235 456 5674364...

Tausende von Bot-Identitäten begannen, den Schirm hinabzuscrollen.

Kaparis vergaß Oma und gluckste wieder zufrieden vor sich hin.

Die Sonne würde weiter steigen und mit ihr die Energie, allerdings nicht so stark, um die Produktion in nennenswertem Umfang wiederaufzunehmen.

Er war wieder am Drücker, doch für wie lange?

Lange genug, um das Tempo zu forcieren und EVA.s Macht zu brechen.

Lange genug, um Infinity Drake zu fangen.

Lange genug, damit die Bots in einem großen Exodus der Verbotenen Stadt den Rücken kehrten und anschließend die Welt übernahmen.

Die Tyros spielten in der Shen-Yu-Halle immer noch Katz und Maus mit Infinity Drake. Kaparis wandte sich nun an sie.

»Baptiste«, sprach sein Meister ihm ins Ohr. »Hör genau zu …«

31

Kaum hatten sie gehört, wie die Tyros die Halle verließen, ließen sie sich aus ihren Verstecken auf den Boden sinken, wobei Kelly immer noch den blutenden Stubbs an sich gedrückt hielt.

Finn verspürte einen vertraut verhassten Kloß im Hals und hätte selbst beim besten Willen kein einziges Wort herausbringen können.

Sie drehten Stubbs herum.

Eine Wunde zog sich vom Schlüsselbein quer über den oberen Brustbereich. Kelly rammte ihm eine Morphiumspritze rein, bevor er die beiden Wundränder zusammenpresste. Der verletzte alte Mann stöhnte und ächzte wie ein alter Staubsauger.

So fest er konnte, verband Finn dann die Wunde mit Stoffstreifen, die er aus seinem Hemd herausgerissen hatte.

»Wo ist das Hirn?«, fragte Stubbs mit matter Stimme.

Finn hielt die Frankenstein-Hirnbox hoch.

»Hilf mir, ihn hochzukriegen«, befahl Kelly.

Behutsam hoben sie Stubbs hoch und ließen ihn dann vorsichtig in die Flachbandkabel-Hängematte gleiten, in der Finn sich versteckt hatte. Stubbs schlug die Augen auf und blickte bleich wie ein Gespenst auf sie hinunter.

»Ihr müsst noch vor Mittag einen Lebenden fangen, lange vor Mittag«, sagte er mit schwacher Stimme. »Und dann ein bisschen Hirnchirurgie betreiben. Ohne Narkose. Nehmt sein Gehäuse ab, zieht die Hirn-Einheit raus und ersetzt sie mit dieser. Einfaches Plug-and-Play.«

»Einen fangen?«, fragte Kelly.

»Als Junge warst du doch bestimmt angeln?«, erwiderte Stubbs schon merklich entrückt, als die Drogen zu wirken begannen. »Ich schaff 's nicht, jedenfalls nicht, bevor ich nicht ein Nickerchen gem…«

Kelly nahm einen Schluck aus seiner Feldflasche, ließ auch Finn trinken und legte sie dann zusammen mit dem riesigen Colt .357 Magnum, die er aus seinem Holster gezogen hatte, in Stubbs' Hände.

»Trink gerade so viel Wasser, um die Lippen feucht zu halten – und pass auf den Rückschlag von dem Ding da auf«, instruierte Kelly ihn und wies auf die Pistole.

»Oh, macht schon voran«, erwiderte Stubbs nur.

»Du hast den Mann gehört«, sagte Kelly und machte Anstalten, die Hirnbox an sich zu nehmen, um aufzubrechen.

Finn senkte die Stimme, damit Stubbs nicht mithören konnte.

»Wir können nicht weg! Ich hab ein Problem damit, Leute einfach zum Sterben zurückzulassen. Wir haben sowieso nur eine Fifty-fifty-Chance, dass die Sache funktioniert. Lass uns ihn hier rausbringen …«, flehte Finn.

»Komm her«, murmelte Stubbs ihm zu.

Finn begab sich unmittelbar zu Stubbs an die Hängematte,

und der benommene alte Mann legte ihm sanft den Arm auf die Schulter.

»Wir müssen dich retten, junger Prinz ... mach dir um mich keine Sorgen.«

Das war fast zu viel für Finn. Schlagartig sah er sich wieder zwei Jahre zurückversetzt, sah seine Mum in ihren letzten Tagen, während der sie entweder vor Leben nur so sprühte, tief und fest vor sich hin schlief oder sich von Drogen benebelt ihrer Sentimentalität hingab. Die Augen ebenso verschleiert wie es die von Stubbs nun waren.

»Komm schon. Lass ihn«, sagte Kelly.

»Ich kannte deinen Vater ... Ein Genie«, lallte Stubbs, während sein Geist schon auf der Morphiumwelle surfte.

Finn wurde geradewegs wieder in die Gegenwart zurückgerissen. Wusste er doch auch, dass an der Grenzzone des Lebens die Wahrheit wohnte. Seine Mum hatte ihm erzählt, dass sie ihn für immer lieben und bei ihm sein würde. Und das war sie, das spürte er jeden Tag. Mit beklommenem Herzen fragte er ...

»Was ist mit meinem Vater, Stubbs? Hat er uns einfach sitzen lassen?«

»Nicht die geringste Spur ... Dein Onkel hat überall gesucht. Überall und nirgends. Und in Venedig, natürlich ...«

Venedig?

»Ist er denn in Venedig gelandet?«

»Das ist das Morphium. Er weiß nicht, was er sagt«, unterbrach Kelly die Unterhaltung.

Finn sah ihn durchdringend an. Er entdeckte den gleichen Ausdruck in Kellys Gesicht, mit dem ihm schon so viele Menschen bedacht hatten ... dem Ausdruck von etwas Unausgesprochenem.

Was ist das für ein Mann, der sich so einfach mir nichts, dir nichts davonmacht? Dennoch hatte seine Mutter diesen Mann geliebt, ebenso wie Al und wie auch Oma …

Finn drehte sich wieder zu Stubbs um und bedrängte ihn weiter. »Wo ist er, Stubbs?«

»Das weiß niemand!«, griff Kelly nun ein. »Das ist ja das Problem.«

»Was? Was ist passiert?«, verlangte Finn Auskunft.

Kellys Gesicht verhärtete sich.

»Junge, wir haben was zu tun – jetzt, auf der Stelle. Gutenachtgeschichten können warten. Niemand kann beweisen, was mit deinem alten Herren passiert ist. Wenn das hier vorüber ist, können wir alles bis ins kleinste Detail durchgehen, woraufhin du, das versichere ich dir, am Ende genauso verwirrt sein wirst wie alle anderen. Die Vergangenheit ist eine Falle, eine Droge. Sie hat nie klare Antworten parat. Was jetzt zählt, bist *du* – nicht er. Und genau jetzt … schauen wir nach vorn und handeln. Schritt für Schritt. Streng operativ. Wir schnappen uns einen Bot. Dann Stubbs. Dann raus. Okay?«

Venedig?, dachte Finn …

»Junge!«, blaffte Kelly. »Abmarsch!«

TAG FÜNF 08:53 (Ortszeit WEZ + 8).
Roof of the World, Shanghai

WÄFWÄFWÄFWÄFWÄF!

Die Haupttüren schwangen auf, alle Augen wandten sich um, und hereingehüpft kam: Jo-Jo, der Hudson über den glatten Boden hinter sich herschleifte.

»Sitz, Junge!«, befahl Hudson, während er verzweifelt versuchte, sowohl den Hund als auch seine Brille im Zaum zu halten.

Fast sechs Stunden lang betäubt und im Fußraum eines Kampfjets eingepfercht, um anschließend auf den Rücksitz eines jaulenden und blinkenden Streifenwagens verfrachtet und mit Höchstgeschwindigkeit durch eine exotische Duft-und-Bilder-Show kutschiert zu werden, die er nicht einmal ansatzweise begriff, war Jo-Jo nun vor Überstimulierung fast am Durchdrehen.

Bo Zhang und die meisten anderen anwesenden chinesischen Offiziellen sahen schockiert zu, wie Hudson sich abrackerte, die hopsende, bellende Bestie zu bändigen.

»Guter Hund, Jo-Jo!«, sagte Al, woraufhin der Hund vor Wiedersehensfreude förmlich ausrastete und unter ausgiebigem Geschlecke ausgelassen um Al herumhüpfte und -tanzte.

WÄFWÄFWÄÄF!

»Guter Job, Hudson!«, fügte er hinzu, während Hudson sich mühsam wieder aufrappelte. »Ich glaube, er ist etwas überdreht, Dr. Allen …«

Plötzlich verharrte Jo-Jo wie erstarrt auf der Stelle. Die Augen fast zu einem Schielen verzogen, gab er mit zitterndem Hinterteil ein ganz spezielles Winseln von sich.

»Oh-oh«, sagte Hudson.

Es war ein Zeichen, das Al und Hudson nur allzu gut kannten. Plötzlich musste Jo-Jo – und bei Jo-Jo war es immer plötzlich – mal RAUS.

»Wo ist der nächste Park?«, fragte Hudson, dem es schon vor der langen Fahrt im Fahrstuhl hinab zu gruseln begann.

»Das Heli-Deck! Schafft ihn zum Heli-Deck!«, rief Commander King.

Hudson und Jo-Jo wurden von Mitarbeitern fortgezerrt, um es möglichst noch bis zur Toilette auf dem Dach der Welt zu schaffen, bevor Jo-Jo die Kontrolle verlor.

»Haben Sie den Hund als Glücksbringer holen lassen?«, wollte Bo Zhang von Al mit aufrichtigem Interesse wissen, fragte er sich doch nun schon eine geraume Weile, wie Al zugleich Wissenschaftler und total verrückt sein konnte. Bis eben war Bo davon ausgegangen, dass sich hinter »Jo-Jo« ein Codename für irgendwelche topgeheimen Waffen oder Fahrzeuge verbarg.

»Glücksbringer? Nee. Ich habe ihn für Hauptmann Salazar herbringen lassen. Diese Töle könnte unser Ticket aus diesem ganzen Schlamassel sein.«

Er nahm Bo mit zu der Stelle hinüber, wo Delta und eine Gruppe Techniker bereits an der geplanten Mission arbeiteten, und erklärte, was sie vorhatten. Delta würde von einem nKab aus, das an Jo-Jos Halsband festgeklemmt war, dem Hund Instruktionen erteilen. Darüber hinaus wurde für Jo-Jo gerade ein Gurtgeschirr mit Kameras und Hightech-Equipment zur Echtzeit-Standortverfolgung und Missionsüberwachung konstruiert, das darüber hinaus noch mit einer Halterung für eine einfache Handfeuerwaffe ausgestattet war, die auch Carla würde bedienen können. Zu guter Letzt war Jo-Jos Halsband noch mit lauter Nanovorräten bestückt, für den Fall, dass sie gebraucht wurden, sollte Delta ihre Nano-Crew-Kollegen ausfindig machen.

»Sie wird auf dem Hund in die Verbotene Stadt *reiten*?«, fragte Bo fassungslos.

»Sie wird ihn *lenken*«, bestätigte Al.

»Das ist alles? Das ist der Plan? Sie setzen Ihr Vertrauen … in einen Hund?«, sagte Bo, der zum ersten Mal ein wenig den Glauben in seinen neuen Kollegen verlor.

»In *diesen* Hund. Er braucht nur ein paar Atome von Finns Witterung in die Nase zu kriegen, um schnurstracks zu ihm zu flitzen. Wenn er mit Carla in der Verbotenen Stadt ist, werden wir sie finden. Wenn die Bots Hunde angreifen, sind wir natürlich geliefert. Aber wenn keine anderen Optionen mehr auf dem Tisch sind, muss man die Dinge manchmal nur ein wenig aufmischen, Bo, kreativ an die Sache rangehen und …«

»Sir!«, unterbrach ein Techniker sie alle. »Wir haben ein Stand-by-Signal von Infinity Drakes nPhone aufgefangen – es ist an der Südküste der Penghu Islands.«

»Was?« Al blieb fast das Herz stehen.

Die Penghu Islands lagen vor der taiwanesischen Küste, und das Signal war an der südlichsten Spitze der Hauptinsel geortet worden. Satellitenaufnahmen von der Stelle zeigten Felsklippen und einen von Gestrüpp überwucherten Strand.

»Können wir Kontakt aufnehmen?«, fragte Al.

»Für Betriebsmodus reicht die Energie nicht, aber solange wir ein Standby-Signal empfangen, haben wir auch eine Position«, antwortete der Techniker.

»Wir müssen da sofort jemanden hinschaffen, ehe wir es verlieren«, sagte King.

Bo bellte ein paar Befehle auf Mandarin.

Commander King starrte auf den Fleck Küstenstreifen. Wie konnte das überhaupt Drake sein, wenn er sich doch zusammen mit dem Salazar-Mädchen irgendwo in der Verbotenen Stadt befand? Hatten sie sich getrennt? Und wenn, was machte er – was machte überhaupt *irgendjemand* – dort, an der abgelegenen Küste einer unbedeutenden Insel …

»Es ist dorthin getrieben. Es muss sich um eine Art Flaschenpost handeln«, schlussfolgerte King. »Da versucht jemand, uns etwas mitzuteilen …«

Ein Grinsen machte sich auf Als Gesicht breit.

»Meine Mum.«

TAG FÜNF 09:09 (Ortszeit WEZ + 8).
Verbotene Stadt, Shanghai.
Nano-Bot-Masse: *12.873.377

Baptiste nahm die Spitze seines Messers und presste sie gegen Stahlstäbchens Haut. Seine Hände zitterten leicht vor süßer Erregung. Die Versuchung, der Instinkt, sich mit vollem Gewicht gegen das Heft der Waffe zu stemmen und zu töten, war so stark, dass ihm der Mund wässrig wurde.

Aber sein programmiertes Verlangen, Befehlen zu gehorchen, war viel süßer, viel fantastischer. Er drückte sich gerade so hart gegen das Messer, dass die Klingenspitze Stahlstäbchens Bauchhaut bis in einen Zentimeter Tiefe durchbohrte, bevor sie jäh stoppte. Blut trat hervor und floss aus der kleinen Wunde. Perfekt.

Vor Schmerzen gab Stahlstäbchen ein Fauchen von sich. Unbeeindruckt wiederholte Baptiste den Schnitt in ein paar Zentimetern Entfernung.

Nach sechs weiteren Schnitten sowohl bei Stahlstäbchen als auch Narbenmädel erstattete er Kaparis Bericht aus dem Inneren des Greenharbour-Gebäudes. …

»Erledigt.«

»Gut«, sagte Kaparis.

Augenblicklich tippte Li Jun den Befehl ein.

>>KAPARISCOMM>>EVA. BEFEHL KAPARIS'>>BEGINN »EXODUS« BOT-GRUPPE 1 UND 2.

Überall in der Stadt erhielten die der Exodus-Gruppe 1 und 2 zugeteilten Bots, insgesamt fast zwei Millionen, neue Befehle.

Kaparis verfolgte die Bot-Feeds, bis er befriedigt feststellte, dass der Prozess begonnen hatte. Dann erteilte er Baptiste den nächsten Befehl.

»Jetzt hol das Mädchen.«

32

»Wo zum Teufel sind die alle hin?«

Kelly und Finn trabten durch eine Serverschlucht Richtung Kern und hielten nach Bots Ausschau, ohne jedoch auf etwas anderes zu stoßen als die riesige Weite der Halle. Der Millionenhaufen hatte sich aufgelöst.

Tageslicht drang in den verwaisten Ort und mit ihm die feuchte warme Luft eines tropischen Morgens. Die futuristische Stadtlandschaft, die sich in den Stunden der Dunkelheit in all ihrer blinkenden fantastischen Pracht präsentiert hatte, sah nun eher wie die Ruine einer versunkenen Zivilisation aus und der schlummernde Quantenhub wie deren Opferaltar.

Und mit der feuchtwarmen Luft kam die Natur.

…zzztztz…ztzztrztztzz.zzzzztzttzz…zzyztztztzz.zzyzyztztzyzz…

zzzzzzzz…zz…z.zttzzzz.zzzz…

»Endlich«, sagte Kelly und ließ die Minimi fallen, um das Nanoseil und den improvisierten Greifhaken bereitzumachen, den er sich gebastelt hatte. Bereit, angeln zu gehen.

»Das ist kein Bot, sondern eine Mücke!«, sagte Finn, und wie um die Aussage zu unterstreichen, kam plötzlich einer dieser abscheulichen Drachen auf sie zugeglitten, mit baumelnden Beinen und skalpellscharfem, vor Mordlust zuckendem Stechrüssel.

Kelly riss die Minimi hoch, stemmte die Schulter gegen den Gewehrkolben und drückte den Abzug durch … *DRTDRTDRT!*

Das verdrießliche Antlitz des Moskitos zerplatzte zu einer organischen Gewebewolke, die im nächsten Moment auf sie herabgespritzt kam.

Kelly überprüfte die Munition. »Hoffen wir mal, dass die nicht bataillonsweise anrücken.«

»Man braucht kein Gewehr, du musst nur den Stachel parieren und das Ding durchbohren. Im Käfer habe ich dafür eine Stecknadel genommen«, sagte Finn.

»Gute Idee«, antwortete Kelly und blickte sich um. Über ihnen ragten tellerförmige Kondensatoren auf langen stecknadeldünnen Beinen aus den Leiterplatten. Kelly trat ein wenig zurück. Mit zwei kurzen Feuerstößen … *DRTRT! DRTRT!* … trennte er die Nadelbeine vom Sockel, und das Bauteil schepperte auf den Boden. Wenige Augenblicke später waren die Beine aus dem Kompensator herausgewunden, und Kelly und Finn hatten, wenn auch keine Schwerter, so doch jetzt jeder einen eigenen Stachel.

»Also dann, Abmarsch«, sagte Kelly und schnappte sich die Angelleine.

»Was ist mit Stubbs? Sie werden sein Blut wittern.«

»Er ist taffer, als du denkst.«

…zzztztz…ztzztrztztzz…zzzzztzttzz…

Eine weitere Mücke kam mit Höchstgeschwindigkeit angeschossen. Finn pflanzte die Beine weit gespreizt auf den Boden, hob seinen Stachel wie einen Baseball-Schläger und ließ ihn vorschwingen, gerade als das abscheuliche Schnakenviech ihn mit dem Stechrüssel durchbohren wollte. Finns Waffe zertrümmerte die Harpunenschnauze des Monsters, als sie sich genau zwischen dessen Augen in den Schädel grub. Vor Todesqualen zuckend, begann der Moskito, in verrückter, comicartiger Weise mit den Flügeln zurückzurudern.

»Gut gemacht«, sagte Kelly beeindruckt, der seinen eigenen Stachel in Position brachte und hinzufügte »Jetzt ich!«, als er gleich darauf ein Geräusch vernahm …

zssssszssszssszszzssszsssszssszssszszzssszssssszssszssszszzsss…

»Das ist kein Moskito!«, sagte Finn.

Kelly folgte Finns Zeigefinger. Hoch über ihnen entdeckte er – eingefangen von einer Säule Tageslicht – einen Strom Bots, der sich zurück in die Halle ergoss.

»Sie sind zurück«, sagte Finn.

Kelly blickte auf den verkrüppelten Moskito. Finn las seine Gedanken. »Ob die das Vieh wohl auf ihrem Radar werden sehen können?«

»Lebendköder«, bestätigte Kelly und fasste das Viech an den Beinen. Finn packte den dürren Körper, und zusammen zerrten sie das zappelnde Biest unter den nächsten Serverturm.

Finn legte sich quer über den von einer reptilienartigen Haut überzogenen Körper, während Kelly den selbstfabrizierten Greifhaken samt Leine um dessen Brustkorb schlang.

Als sie fertig waren, ließen sie den angeleinten Moskito los und sahen zu, wie er sich flatternd, kriechend und hüpfend wieder hinaus in die Serverschlucht kämpfte.

Finn und Kelly sprangen in den metallenen Schienengraben hinab und versteckten sich hinter einem Rad, das zum Serverturm über ihnen gehörte. Die Stahlschienen machten es nicht nur möglich, die Server zu verschieben, sie boten auch eine exzellente Deckung für Nanokrieger.

zssssszssszssszszzssszssssszssszssszszzssszssssszssszssszszzsss…

Am anderen Ende der Leine erfüllte der tödlich verletzte Moskito pflichtgemäß seinen Dienst und quälte sich flatternd in die Luft empor. Auf der Stelle kam ein blauer Bot hinabgeschossen, um sich die Sache anzusehen. Dicht schwebte er neben ihm her, während seine Werkzeuge und Tentakel locker unter dem Körpergehäuse baumelten und er versuchte, sich in den richtigen Winkel zu bringen, um das Biest mit seinem einfachen Fotozellenauge zu erfassen.

Kelly zerrte an der Leine, um den Moskito und damit den Bot näher heranzuziehen, doch bevor er nahe genug war, dass sie sich hätten auf ihn werfen können, hatte der Bot den Moskito identifiziert und als gegenstandslos eingeordnet. Er ging in eine Steilkurve und flog davon. Kelly blickte Finn achselzuckend an.

»Immerhin ein Anfang«, sagte er und gab der Leine wieder Spiel.

»Wie werden wir das eigentlich genau anstellen?«, flüsterte Finn und sah auf die graue Hirnbox in seinem Schoß hinab.

»Keine Ahnung«, erwiderte Kelly.

»Und wenn das nicht funktioniert?«, fragte Finn.

»Verpassen wir dem Ding so hart wie möglich eine.«

Ein paar Sekunden später tauchte ein blutroter Bot auf der Bildfläche auf. Dieses Mal machte Kelly sich gar nicht erst die Mühe, mit der Kreatur herumzuspielen, sondern schrie nur »Angriff!« und zerrte die Leine entschlossen zu sich heran.

Die Mücke schoss auf sie zu, und der Bot düste ihr hinterher, um ein visuelle Ortung zu bekommen.

In dem Moment, als der Bot das Schienenrad erreichte, ließ Kelly die Leine Leine sein und schmiss sich wie ein Rugbyspieler auf ihn. Den gesamten rasenmähergroßen Körper seines Gegners mit seinem eigenen bedeckend, trieb er ihn mit den Tentakeln voran in die Spalte, die sich zwischen dem großen Rad und der Schiene befand.

Aufgebracht fauchte der Bot, als er mit vollem Düsenschub rückwärts versuchte, sich aus Kellys Umklammerung zu reißen. »Reiß ihn auf«, schrie Kelly Finn zu, während er sich abmühte, das Ding im Zaum zu halten.

Finn versuchte, das Gehäuse aufzuhebeln, bekam jedoch an der Kante keinen festen Griff.

»Komm schon, Junge.«

Verzweifelt rammte Finn das Ende seines Stachels in den Gehäusespalt und hebelte ihn zur Seite. Ein schnappendes Geräusch ertönte, und der Bot brach auf wie eine Auster.

Mit entblößten Organen kreischte der Bot durch seine Kompressoren vor sich hin. Finn entdeckte den grauen Hirnklumpen und zog. Er steckte fest in seinem Sockel, aber Finn zerrte und ruckelte so lange daran herum, bis das Hirn – *PLOPP* – nachgab und der Bot unter Kelly auf einmal völlig reglos zusammenbrach.

zssssszssszssszszzssszssssszssszssszszzssszssssszszzsss…

Finn langte hinter sich und griff nach der manipulierten Frankenstein-Hirnbox. Auf der Unterseite befanden sich acht Anschlussstifte. Er entdeckte die passenden Löcher im Bot-Körper und schob sie hinein …

Nichts passierte.

Kelly trieb das Hirn noch fester hinein.

Immer noch nichts.

Andere Bots zogen fauchend vorbei. Kelly ließ sich wieder in die Schienengrube neben Finn zurückgleiten. Es funktionierte nicht.

»Wir müssen ihn zu Stubbs zurückbringen«, sagte Finn.

Kelly blickte finster vor sich hin. Ein totes Gewicht unentdeckt über eine so weite Strecke zu schleppen, würde sich als unmöglich erweisen.

Er musterte den Bot mit starrem Blick, holte mit dem Fuß aus und versetzte dem Ding einen mächtigen Tritt.

Auf der Stelle erwachte der Bot mit einem Hüpfer zum Leben.

Finn und Kelly sprangen in Deckung.

Aber der Bot sah sie nicht ... der Bot schien überhaupt nichts zu sehen. Ein, zwei Nanometer von ihnen entfernt schwebte er einfach nur auf der Stelle, lebendig, aber untätig.

»Was stimmt nicht mit ihm?«

»Keine Ahnung, aber irgendwas arbeitet da in ihm, und wenn's arbeitet, muss er auch den Virus in sich haben.«

Kelly kroch aus ihrer Deckung hervor. Er wollte dem Bot noch einen Tritt verpassen, um ihn diesmal nach draußen zu befördern, den patrouillierenden Bots direkt vor die Tentakel. Er war gerade dabei, als ...

ZWUUUUUUUSCH! BAM!

Ein Schienenkanonenprojektil aus grellweißem, heißem Karbon explodierte vor Kellys Füßen und schleuderte ihn Hals über Kopf durch die Luft davon, während der Frankenstein-Bot wie ein Puck beim Air-Hockey unter den Servertürmen davonschoss. Im nächsten Moment schlug Kelly auf dem Boden auf, wo er reglos liegen blieb. Drei Jäger-Bots entdeckten ihn und kamen pfeilschnell angejagt.

Ohne zu überlegen, brachte Finn die Minimi in Anschlag und durchsiebte die Luft über Kelly … *DTRRTDRRRTRTR-TRTTRTR!* Die Bots explodierten, als die Projektile ihre Gehäuse durchschlugen.

Weitere Bots kurvten heran. Finn sprang aus dem Schienengraben heraus und zerrte Kellys riesige, erschlaffte Gestalt rasch wieder hinein. Gleich darauf waren auch schon sechs Bots auf der Bildfläche erschienen. Sich hierhin und dorthin neigend, um den Boden genauestens unter die Lupe zu nehmen, schwebten sie über der Stelle hin und her. Finn wandte die Aufmerksamkeit wieder Kelly zu. Er war völlig leblos. Ein großer Brocken Fleisch. Der Gedanke, dass er tot sein könnte, ließ Finns Seele erstarren und Panik ihn ihm aufsteigen. Es konnte nicht sein. Es durfte nicht sein.

»Kelly!« Finn verpasste ihm einen Tritt, so wie sein Freund dem Frankenstein-Bot einen verpasst hatte.

Kelly stöhnte auf.

Finn spürte, wie das Herz in seiner Brust wieder zu schlagen begann.

zssssszssszssszszzssszssssszssszszsssssszssszssszszzsss…

Die Jäger kamen wieder heran.

»Wir müssen zum nächsten Schienengraben laufen!«, sagte Finn und versuchte, Kelly hochzuziehen.

»Geht nicht«, sagte Kelly, nicht zu mehr als keuchenden Atemstößen fähig. »Rippen gebrochen … Hau ab. Hol Al.«

»Wie denn?«, schrie Finn, wütend auf die Bots, wütend, dass Kelly verwundet war, wütend, dass Stubbs starb, wütend, dass er beide würde zurücklassen müssen, wütend auf Al und King, auf Kaparis und seinen Dad, der einfach verschwunden war – wütend auf die ganze verdammte Welt.

»Denk dir was aus!«, keuchte Kelly.

Weitere Bots kamen fauchend und zischend näher.

»Nimm den Rucksack und die Minimi!«

Finn wusste, dass er keine andere Wahl hatte. Er schlang sich Kellys Rucksack über die Schulter und zerrte dann die riesige Minimi empor. Es wusste, dass nur noch eine Handvoll Schuss übrig war.

»Du nimmst sie«, entschied Finn. »Die macht mich nur langsamer.« Er drückte Kelly die Waffe in die Arme und schluckte dann den Kloß in seinem Hals hinunter.

RUMS! Sie wurden vom Krachen einer Tür unterbrochen … und dem Quietschen von Sneakern, die über den Betonboden hasteten.

Kelly packte Finn am Hinterkopf. »Tyros … Hau ab …«

Finn gab ein Versprechen. »Wo immer sie dich auch hinbringen … ich werde dich finden.«

Kelly starrte ihn mit brutalem, stählernem Ausdruck an, aus dem nichts anderes zu lesen war als: *Mach deinen Job.* Es war die Art und Weise, wie Kelly sein Leben gelebt hatte, und er würde auch jetzt nicht sentimental werden, da es wohl mit ihm zu Ende ging.

»Rette dich.«

Erneut wurden sie von Bots angegriffen, und Kelly feuerte über Finns Schulter weg … *DRTRTRT!* … Zwei weitere Bots explodierten.

»Zisch ab!«, befahl Kelly. Er verpasste Finn einen Boxhieb, damit er in die Gänge kam, und Finn krabbelte durch den Schienengraben davon wie eine aufgescheuchte Eidechse, während hinter ihm Kelly seine letzten Schüsse abfeuerte … *DRTRTRT!*

Danach Stille.

Als Finn das Ende des Grabens erreichte, blickte er zurück. Eine Gruppe Bots hatte sich über Kelly zusammengeballt und zog ihn in ihr Tentakelnetz empor.

Finn hämmerte das Herz bis zum Hals. Ein halbes Dutzend weiterer Bots war bereits dabei, mit abwärts geneigten Fotozellenaugen die Gegend abzusuchen.

Dann, als er gerade aus dem Graben gesprungen war, um zur nächsten Schiene zu sprinten, hörte er einen Schrei.

Allerdings nicht von Kelly.

»KOMM, UND HOL SIE DIR, DRAKE!«, brüllte Baptiste von einem der Serverblöcke am Südende der Halle, Carlas Anwesenheit so laut verkündend, dass ihr die Ohren dröhnten.

»NEIN!«, versuchte sie daraufhin, Finn zu warnen, was genau das war, was Baptiste gewollt hatte. Er schob ihr den Knebel wieder zwischen die Zähne. »MMGHGH!«

Carla befand sich auf den Knien, die Hände mit Kabelbindern an das Stahlrahmenende eines Serverturmes gefesselt und mit einem Ledergürtel geknebelt.

Ein Lebendköder.

Baptiste riss an den Kabelbindern, sodass sie sich schmerzhaft in ihre Handgelenke gruben, bevor er ihr Gesicht packte und sie warnte: »Wenn ich wiederkomme. Und er ist nicht da? Du stirbst!«

Sie starrte zurück, die Augen von blankem Hass erfüllt.

Einen solchen Hass erzeugt zu haben, versetzte Baptiste in blankes Entzücken. Und tatsächlich verzog er den Mund zu einem Lächeln. Dann ließ er ihr Gesicht wieder los und ging hinaus, um sie mit den Bots zurückzulassen, die sie umschwirrten und schon ungeduldig darauf warteten, sich Drake zu schnappen. In der Zwischenzeit hatte er einem Exodus beizuwohnen.

Mit einem *RUMS!* schlug er die großen Türen des Südeingangs hinter sich zu.

33

Seine Freunde bedeuteten Finn alles auf der Welt. Vielleicht weil er keine Eltern oder Geschwister hatte. Für ihn standen Freunde zusammen mit Insekten und seinen Tagträumereien ganz, ganz oben. Hudson. Christabel. Stubbs, Kelly und Delta … und die Freundin, die er gerade hatte schreien hören: Carla.

Finn hatte sich eingeredet, dass sie in Sicherheit war – dass sie bei Al und Delta wäre. Dass sie der Welt erzählen würde, wo er steckte. Jetzt musste er akzeptieren, dass womöglich niemand wusste, wo sie beide waren. Und das war alles seine Schuld. Vor allem hätte er sie in Hongkong niemals zum Ausrasten bringen dürfen.

Ihre Stimme zu hören war, als hätte man ihm einen Dolch durchs Herz gerammt. Er musste reagieren. Er wusste, dass es eine Falle war. Sie wusste, dass es eine Falle war. Der Anführer-Tyro wusste definitiv, dass es eine Falle war. Aber nichts auf der Welt würde ihn davon abhalten, geradewegs in sie hineinzutappen.

Er musste zu ihr gelangen. Musste sie retten.

Wie er das anstellen sollte, hatte er keine Ahnung. Das würde er sich auf dem Weg ausdenken. Schließlich war es ein ganz schön langer Weg. Vielleicht dreißig Makrometer in südöstlicher Richtung quer durch die Halle.

Also machte er sich daran, von Schienengraben zu Schienengraben nach Süden zu rennen, um dann über die glatt polierten Stahlrinnen auf dem Rücken gen Osten zu rutschen, sodass er gleichzeitig nach patrouillierenden Bots Ausschau halten konnte. Kam ihm einer zu nahe, stellte er sich tot und wartete ab, bis die Luft wieder rein war, bevor er aus der Deckung sprang, um etwa fünfzig Nanometer weit bis zum nächsten Schienengraben zu sprinten.

Zuerst kam er ganz gut voran. Doch je mehr er sich seinem Ziel näherte, desto dichter wurden die Schwärme der Bot-Patrouillen, und desto intensiver war die Luft vom Zischen ihrer Düsen und dem permanenten Zusammenklatschen ihrer Antennen erfüllt. Und leider waren sie nicht die einzige Bedrohung … denn als der Morgen weiter seinen Lauf nahm, musste er wiederholt seinen Stachel einsetzen, um mehr und mehr neugierige Moskitos zu massakrieren. Es war noch nicht einmal eine Stunde vergangen, als ihm so langsam die Ideen und die Kraft ausgingen …

Was der Moment war, als er es hörte …

Tick-tick-schab-tick-schab-tick-schab-tick-ssss …

Ganz in der Nähe. So nah, dass er bei einem Versuch zu türmen, garantiert von den Bot-Waffen atomisiert werden würde. Auf dem Rücken in der Schienengrube liegend, erstarrte er, stellte sich tot und betete, dass das Ding vorbeizog …

Tick-tick-schab-tick-schab-tick-schab-tick-ssss …

Noch näher. Aber es flog nicht, sondern krabbelte auf dem Boden dahin.

Finn hielt den Atem an. Umklammerte den Stachel noch fester.

Tick-tick-schab-tick-schab-tick-schab-tick-ssss …

Plötzlich tauchten zwei riesige, haarige Peitschenantennen über der Grube auf. Bevor er reagieren konnte, ragte ein schwarzer Panzerturm von einem Kopf drohend über ihm auf … mit einem riesigen Paar zuckender und lechzender Mundwerkzeuge und leeren schwarzen Augen, die sich an seinem Entsetzen weideten: eine Kakerlake so groß wie ein Krokodil und fünf Mal so hungrig.

Finn drehte sich der Magen um. Fast erwartete er, gleich Speichel von ihren knochenharten Lippen tropfen zu sehen.

Mit bemerkenswerter Geschwindigkeit rammte die Kakerlake zwei mit Stacheln bewehrte Beine in den Graben, die sich sogleich gegen Finn pressten, um ihn zu den Mundwerkzeugen hinaufzubefördern. *Kämpf!* kreischte jede Zelle seines Körpers.

PONG. Finn schmetterte dem Viech seinen Stachel mitten ins scheußliche Gesicht – für das Tier kaum mehr als ein Klaps auf die Wange.

Fauchend riss es sein Maul wie ein Scheunentor auf, um zurückzuschlagen, aber Finn wand sich verzweifelt aus der tödlichen Umklammerung frei und krabbelte hastig unter dem gepanzerten Gliederkörper in der Grube zurück.

Kaum hatte er den Körper hinter sich, sprang er auf die Beine und hob den Stachel. Das Biest wirbelte herum, um sich ihm zu stellen. Mit beiden Händen und all seiner Kraft ließ Finn den Aluminiumstachel wie einen mächtigen Hammer nach unten sausen und erwischte das Insekt genau zwischen den riesigen Facettenaugen … *PONG.*

Absolut keine Wirkung.

Die gewaltige Kreatur stürzte sich auf ihn. Finn drehte sich um und rannte wie der Teufel durch die Grube davon, während die Kakerlake buchstäblich nach seinen Fersen schnappte, bestrebt, eines der zurückschwingenden Beine zu erwischen. Wieder und wieder wirbelte Finn herum und stieß mit dem Stachel auf das Biest ein … *PONG PONG PONG* … gegen den Kopf, die Augen, die Fühler, gegen alles Mögliche, um das Biest aufzuhalten. Doch die Streiche führten nur dazu, dass es sich wie ein riesiger wütender Bär aufrichtete, um sich erneut auf ihn zu stürzen.

Und wieder rannte Finn. Es hatte schon seinen Grund, warum Kakerlaken seit Anbeginn der Zeiten bis heute überlebt hatten … sie fackelten nicht lange herum.

Vor ihm tauchte das Ende der Grube in Gestalt eines Serverturmrades auf. Schon bald würde Finn zwischen der Radwölbung und der Schiene eingezwängt sein – entweder er handelte sofort, oder er würde sterben. Denn eine andere Fluchtmöglichkeit gab es nicht.

Finn wirbelte herum, hob den Stachel und rannte geradewegs auf die anstürmende Kakerlake zu.

Als er mit der riesigen Kreatur zusammenprallte, rammte er ihr den Stachel mit aller Macht zwischen die Augen, stemmte sich mit dem ganzen Gewicht dagegen und nutzte den Schwung sowie das reflexartige Aufbocken seines Gegners, um im Stabhochsprung über dessen Kopf hinwegzusetzen und auf dessen Rücken zu landen. Die Fühler des Biestes peitschten und kreisten wild umher. Wütend bockte und wand es sich beim Versuch, seinen Peiniger zu fassen zu bekommen. Aber Finn – dank seiner Zeit auf dem Käfer nun ein wahres Rodeo-Ass – krallte sich an der gepanzerten Brustkorbkante der Kreatur fest, dort, wo dieser an den dicken Kopfschild aus Chitin stieß.

Finn nahm den Stachel und bohrte die stumpfe Spitze zwischen die sich gegeneinander bewegenden Körperplatten – gerade fest genug, um einen Spalt hineinzutreiben. Die Kakerlake rollte sich auf den Rücken herum und presste Finn jedes Milligramm Luft aus den Lungen, als er unter ihr fast erdrückt wurde. Aber trotzdem hielt er den Stachel fest umklammert.

Während das Biest sich abzappelte, um das Gleichgewicht wiederzuerlangen, drang der Stachel ein Stückchen tiefer in die gepanzerte Lücke. Finn packte die Gelegenheit beim Schopf. Ein Stoßgebet an die Hebelkräfte der Physik richtend, hievte er den Stachel wie ein Eisenbahnarbeiter den Stellhebel einer Weiche mit aller Kraft nach vorn. Stubbs wäre stolz auf ihn gewesen. Ein lautes Knacken ertönte, und Finn spürte, wie die Nackenbänder nachgaben.

Noch einmal bockte die Kreatur gewaltig auf. Doch sie lag in den letzten Zügen. Die Kakerlake war bewegungsunfähig.

Niemals hatte Finn vorgehabt, ein lebendes Wesen zu töten. Aber die Bots kreisten überall umher, und so trieb er den Stachel bis zum Heft in die weiche offene Lücke am Nacken der Kakerlake. Klebrige Schmiere rann heraus, und ein Beben durchfuhr die Kreatur. Noch einmal trieb Finn den Stachel hinein und hebelte ihn erneut nach vorne. Mit einem feuchtschmatzenden *PLOPP* löste sich der Kakerlakenkopf vom Körper und fiel mit immer noch peitschenden und zuckenden Fühlern nach vorne ab.

Vom Spektakel angelockt, kamen die Bots wieder angesaust, doch bevor der erste sich in Kippposition gebracht hatte, um sein Auge auf den Leichnam zu richten, hatte Finn sich bereits darunter versteckt. Fauchend und zischend suchten die Bots vergebens.

Ein paar Nanozentimeter entfernt verfolgte der abgetrennte, aber immer noch lebende Kakerlakenkopf Finns Versteckspiel.[26]

Währenddessen lag Finn ganz still da, mit klopfendem Herzen und euphorisch.

Jetzt wusste er, wie er an Carla herankommen konnte …

TAG FÜNF 9:58 (Ortszeit WEZ + 8).
Song Island, Taiwan (umstritten)

Mittels einer körnigen Bot-Cam-Aufnahme beobachtete Kaparis, wie Kelly ohnmächtig in seiner Schwarmzelle lag. Er hatte während eines Fernverhörs durch Hans das Bewusstsein verloren.

Aber er hatte nicht geredet.

Genauso wenig wie Drake auf den Lebendköder in der Shen-Yu-Halle angesprungen war. Ganz offensichtlich versteckte er sich irgendwo in den Bodenschienen. Doch selbst eine systematische Suche würde womöglich langwierig sein, und ihnen lief die Zeit davon.

Bald würde das große Ausschwärmen der Bots beginnen, der Exodus.

Auf der gewölbten Bildschirmphalanx waren unzählige Nahaufnahmen von Moskitos, Kakerlaken und allen möglichen an-

[26] Abgetrennte Kakerlakenköpfe können nach der Enthauptung noch einige Stunden lang überleben, die Kakerlakenrümpfe sogar Wochen.

deren Kohlenstofflebensformen zu sehen, die das Bot-Radar lokalisiert hatte.

Sie mussten die Suche eingrenzen und Finn aufscheuchen, um die Anzahl der Variablen zu reduzieren und …

Natürlich. Die Antwort lag so offensichtlich auf der Hand, dass er sich verfluchte.

TEIL 4

34

TAG FÜNF 10:10 (Ortszeit WEZ + 8).
Shen-Yu-Halle, Verbotene Stadt,
Shanghai

Der Krampf in Carlas Nacken weitete sich aus, und mittlerweile zog sich der Schmerz die gesamte rechte Körperseite hinab. Durch die Art und Weise, wie ihre Hände gefesselt waren, war sie in permanent gebeugter Haltung. Sie erlitt Höllenqualen. Bei ihren Bemühungen, den Ledergürtel durchzukauen, hatte sie sich fast die Zähne abgewetzt, ohne auch nur einen Tick deutlicher sprechen zu können. Also blieb ihr nichts anderes übrig, als hin und wieder einen Warnlaut von sich zu geben. Denn eines war sicher: Wenn Finn irgendwo da draußen in der riesigen Anlage steckte, würde er zweifellos dämlich genug sein, einen Rettungsversuch zu starten.

»Urnnnnnngh!«, versuchte Carla, ihn erneut vorm Näherkommen zu warnen.

Zu Hause hatte sie sich nach »Anderssein« gesehnt, nach »Erfahrung«, aber beides war schwer zu erlangen in einem kleinen Vorort Nordamerikas, in dem alle brav ihren Müll trennten. Zweifellos war Finn »anders«, sprich: der unpassendste und aufregendste Freund, den sie jemals gehabt hatte. Das Problem mit der »Erfahrung« andererseits war, dass einem jene ans Herz wuchsen, mit denen man sie teilte, und sie war wild entschlossen, weder sich noch Finn von irgendwelchen hergelaufenen Terror-Teenieschlägern umbringen zu lassen.

Auf einmal konnte sie wieder einen Tyro hören, der irgendwo auf der anderen Hallenseite umherstreifte. Sie versuchte, sich gegen ihre Rückkehr zu wappnen. Aber ihr Mut war am Schwinden. Sie war müde, sie war hungrig, war von diversen Moskitos gestochen worden, und um das Ganze noch zu toppen, kam nun auch noch eine riesige schwarze Kakerlake über den Boden auf sie zugekrochen. Und nichts auf der Welt versetzte sie in größere Zustände als Kakerlaken. Als sich das Viech wie eine böse kleine Kobra auf seine Hinterbeine erhob, streckte sie folglich das Bein aus, um es mit der Hacke zu zerstampfen.

RUMS!

Vorbei.

Das Kostüm anzufertigen war leichter gewesen, als Finn befürchtet hatte.

Zunächst hatte er gedacht, die tote Kakerlake völlig aushöhlen zu müssen, indem er den Körper aufbrach, um sämtliche Innereien auszuschaben. Aber stattdessen hatte er das Exoskelett geradewegs vom weichen Körper reißen können und kam so am Ende zu einem Kakerlaken-Cape, an dem noch zwei nutzlose Beine baumelten. Er steckte seinen Stachel als Haltestange quer durch die oberste Körpersektion, um das Cape in Position halten und sich über die Schulter legen zu können.

Obwohl das ganze Ding keinen Kopf mehr hatte, funktionierte die Tarnung wie eine Eins, und solange er sich auf den Boden warf, wenn die Bots zu nahe kamen, flogen sie stets nach kurzer Zeit schon wieder weiter. Auch wenn es ein wenig groß war, so war es dennoch nicht allzu schwer, und in Nullkommanix hatte er sich sechs Serverblöcke weiter in Richtung von Carlas Grunzlauten vorgearbeitet.

Seine ungezügelte Freude, dass er sie endlich erreicht hatte, wurde nur zunichtegemacht durch …

RUMS!

… ihre verzweifelten Versuche, ihn mit ihren riesigen, busgroßen Sneakern zu zerquetschen.

Er stand auf und hob das Cape an, um zu versuchen, sich erkennen zu geben. »STOPP! ICH BIN'S! ICH BIN'S!«

RUMS!

Die Ferse des gigantischen Sneakers erwischte den Rand des Kakerlaken-Capes und fetzte eines der hinterherbaumelnden Beine ab.

»Mann, du hast mich fast umgebracht!«, schrie er unter seiner Schutzhülle hervor.

Sie konnte ihn nicht sehen. Er musste irgendwie näher an sie rankommen …

Dann hörte er etwas.

Zunächst ein fernes Raunen. Dann ein Brausen, das sich schließlich zu einem unablässigen donnernden Tosen steigerte.

Er drehte den Kopf, um unter den Servertürmen hindurch zurückzublicken … und starrte auf eine dunkle mannshohe Walze, die rasend schnell über den Hallenboden auf ihn zugeschossen kam – eine unaufhaltsame Wand aus Wasser.

LAUF!, kreischten sämtliche Instinkte in Finns Hirn.

Fast eilten die Beine seinem Körper voraus, als er davonsprintete. Er hörte noch, wie Carla aufschrie, als das Wasser sie erwischte, bevor die mit Dreck und Treibgut befrachtete Front des Tsunamis ihn – *RUMS!* – mit voller Wucht erwischte.

Tosendes Wasser umgab ihn, zog ihn hinab, fegte ihn mit unglaublicher Geschwindigkeit über den Boden davon …

Verzweifelt kämpfte er gegen die unbändigen Kräfte an, während er einmal um 360 Grad herumgewirbelt wurde. Als er nach Luft schnappend die Wasseroberfläche durchbrach, sah er sich unversehens durch einen Servercanyon von Carla fortgespült.

Er streckte die Hand nach der Serverwand aus und griff blindlings zu. So gerade eben gelang es seinen Fingerspitzen, sich um einen einzelnen Draht zu haken. Mit aller Kraft krallte er sich daran fest und kam in der reißenden Strömung so abrupt zum Halten, dass die Wucht des Wassers ihm beinahe den Arm aus dem Gelenk gerissen hätte. Das Gewicht, mit dem das Wasser gegen das Kakerlaken-Cape drückte, war enorm, trotzdem schaffte er es, sich aus der Strömung Richtung Serverwand zu kämpfen, wo er sich schließlich aus dem Wasser zog.

An die Seite des Servers geklammert, versuchte er die Orientierung wiederzuerlangen, während der Fluss unter ihm dahintobte.

Stubbs!, dachte er augenblicklich. Was zum Teufel würde in diesem Inferno wohl mit Stubbs geschehen? Die Flutwelle musste ihn in seinem Krankenbett ertränkt haben … einen Moment lang wollte Finn sich nicht länger zusammenreißen. Nicht mehr weitermachen. Er sah einfach zu, wie das Wasser unter ihm vorbeischoss, und wollte nur noch heulen.

Venedig, dachte Finn absurderweise, während er auf die Fluten starrte. Mein Vater könnte in Venedig sein. Wenigstens das muss ich noch herausfinden, bevor ich sterbe …

Der Gedanke ließ Finn wieder lebendig werden. Er war eine halbe Servercanyon-Länge davongespült worden, eine enorme Entfernung für seine Größe, aber er konnte auch eine direkte Route zu Carla vor sich ausmachen.

Bots schwirrten wie aufgeregte Mücken über das Wasser. Die Tyros mussten dahintergekommen sein, dass er sich in den Schienengräben versteckte, und hatten sie geflutet. Wie lange mochte es wohl dauern, bevor ihnen dämmerte, dass er sich unter einem Insekt versteckte?

Finn wandte den Bots seinen Kakerlakenrücken zu und begann, die mit Baugruppen gespickte Kliffwand hochzuklettern.

TAG FÜNF 10:30 (Ortszeit WEZ + 8).
Roof of the World, Shanghai

PLUMPS.

»Jo-Jo?«

Oh-oh, dachte Hudson.

Die Idee, auf Jo-Jo als Retter und lebende Fellfestung zurückzugreifen, hatte weiter Gestalt angenommen, als die Dinge sich verschlimmerten.

Eine Junior-Technikerin, die gerade von ihrer Schicht gekommen war, hatte für den neuesten betrüblichen Durchbruch gesorgt. Sie hatte ihr Auto von einer Parkkralle blockiert vorgefunden und wollte schon wütend auf den Parkautomaten losgehen, als ihr auffiel, dass dieser oben mit einer Solarzelle versehen war. Analysen hatten daraufhin ergeben, dass die Verbotene Stadt vor Solarzellen nur so strotzte, und auch wenn die Behörden sie aus der Ferne vom Stromnetz isolieren konnten, so gab es doch nichts, was sie hätten tun können, um sie daran zu hindern, selbst weiter Strom vor sich hin zu produzieren.

Sollten die Bots wieder ihre Kräfte sammeln und sich vermehren können, waren sie erledigt, lautete Kings insgeheime Prognose.

Ihre letzte Hoffnung bestand jetzt darin, dass Jo-Jo es gelang, in die Verbotene Stadt vorzudringen und sie mit irgendwelchen Informationen zu versorgen, die den Durchbruch bringen würden.

Nach seiner Toilettenpause hatte Jo-Jo über eine Stunde lang einen Zustand fieberhafter Erregung durchlebt, während dem er sich mit jeder Menge neuer Leute anfreundete und sich mit allen Ecken und Winkeln der Roof-of-the-World-Einsatzzentrale vertraut machte. Brav und mustergültig hatte er sich Gurtgeschirr und Halsband anlegen lassen und Delta mit liebenswürdigem Gekläff begrüßt, als diese in der nKab an Jo-Jos Halsband festgeklemmt wurde. Jetzt in voller Montur sah er weniger wie die dümmste Promenadenmischung der Welt aus, sondern eher wie ein Roboterhund aus dem All.

Alles lief fast wie geschmiert, bis Jo-Jo nach einem kleinen Imbiss beschloss, die Augen für eine Sekunde zuzumachen, nur eine Sekunde …

Niemals zuvor war ein Hund so schnell und mit solcher Endgültigkeit im Tiefschlaf zu Boden gegangen.

»Ist das normal?«, fragte einer der Techniker Hudson.

»Äh … Ich glaube, er macht eins seiner Nickerchen …«, sagte Hudson und wurde prompt von Schuldgefühlen geplagt. Wie würde es bloß aussehen, wenn er Jo-Jo den ganzen weiten Weg hierhergebracht hatte, nur damit er dann auf dem Heli-Deck einen Haufen machte und anschließend einpennte?

Delta schaltete den Verstärker in ihrer nKab ein.

»Jo-Jo? Wach auf! Wach auf, Jo-Jo!«

Nichts.

»Okay, steht nicht einfach so da! Ruft einen Tierarzt oder sonst wen!«, verlangte sie von Al. »Gebt ihm eine Spritze, damit er aufwacht!«

»Nein!«, sagte Al. Er ging in die Hocke und startete einen Erklärungsversuch. »Die Betäubungsmittel vom Flug müssen immer noch in seinem Körpersystem sein. Lassen wir ihn einfach zehn Minuten schlafen, um sie ein wenig abzubauen.«

Delta fluchte. Zu wissen, dass Carla gefangen war, zerrte an ihren sonst so stählernen Nerven.

»Wir haben keine zehn Minuten!«, brüllte sie Al an.

»Wir brauchen ihn in seiner natürlichen Bestform und nicht vollgepumpt mit allen möglichen Drogen. Und wir brauchen dich in deiner Bestform. Also versuch, dich zu beruhigen.«

»Oh, ich bin ganz ruhig …«, versicherte sie und wollte den Verschlussriegel der nKab-Tür hochschieben, um sich wieder hinauszubegeben. *KNACK.* Er ließ sich nicht bewegen.

»Hey!«, sagte sie und rüttelte am Riegel.

»Ah …«, sagte Al, plötzlich auf der Hut. »Ich hab sie angewiesen, dich einzusperren. Ich will keine tödlichen Heldentaten.«

»WAS?«

»Jeder, der mir was bedeutet, ist wegen dieser Sache zu einer Geisel geworden, sogar meine Mutter«, begann Al.

»Lass mich hier raus, verdammt, sofort!«, schrie Delta.

»Du wirst die Sammlung nicht vervollständigen. So ist sichergestellt, dass du, wenn der Hund zur Umkehr gezwungen ist, mit zurückkommen musst, statt dich in irgendeiner Selbstmordmission unerlaubt von der Truppe zu entfernen.«

Delta, die endlich absolute Gewissheit hatte, dass es noch nie zuvor einen Mann auf der Welt gegeben hatte, der einen dermaßen zur Raserei bringen konnte, brannten sämtliche verbalen und emotionalen Sicherungen durch, und ihr entwich ein wilder Urschrei.

»*ARRRRRRGGGGHHHHHHHHHHHH!*«

Was Als Entschlossenheit nur bestärkte. Ihr Gebrüll ignorierend, instruierte Al die Techniker: »Hebt den Hund vorsichtig in den Hubschrauber, und fliegt die beiden zur Absetzstelle, bevor er aufwacht. Sonst explodiert sie noch.«

35

Hmmmmmmmgnnh!«, grunzte Carla.

Für Finn war es eine harte Klettertour über ein von Hindernissen übersätes Kliff gewesen.

Für Carla – die mitansehen musste, wie sich ihre kleine schwarze Nemesis langsam näherte – ein Erlebnis, das für sie schlimmer war als eine chinesische Wasserfolter.

Finns Idee war es gewesen, sich ihr diesmal von oben zu nähern, außerhalb der Reichweite ihrer stampfenden Füße. Aber als er die Hälfte der Strecke zu ihr zurückgelegt hatte, spürte er, dass sie die Augen auf ihn gerichtet hatte. Ein paar Makrozentimeter tiefes Wasser umfloss sie, während sie gegen ihre Fesseln ankämpfend versuchte, den Kopf herumzudrehen, damit sie ihn sehen konnte.

»Hmmmmmmmgnnh!«

Finn hatte es mit Rufen probiert. Mit Winken. Aber er war einfach zu klein, dass sie ihn sehen konnte. Also war er gezwungen, das Einzige zu tun, was ihm einfiel.

Aus großer Höhe stürzte er sich in die Tiefe hinab. Direkt in ihre Haare.

BOING!

»*AHHHHHHHHHHHHHHHHHH!*«

Es war, wie auf eintausend Federbetten zu landen, und er musste große Büschel Haargestrüpp packen, um zu verhindern, dass er geradewegs wieder in die Luft zurückgeschleudert wurde. Als sie schrie, musste er die Lungen bis zum Bersten füllen, um, so laut er konnte, zurückzuschreien …

»ICH BIN'S! ICH BIN'S! DIR IST WAS INS HAAR GEFALLEN, ABER DAS BIN ICH! ICH BIN KEINE KAKERLAKE! IST NUR EINE VERKLEIDUNG! ICH BIN FINN! INFINITY DRAKE!!!«

Eine jähe, starre Stille folgte. Umgeben von dicken Locken – Carlas Locken –, lag Finn in seinem Kakerlaken-Cape auf dem Rücken.

»Thnnn?«

»Du wartest volle sechs Monate, mich kennenzulernen, nur um dann gleich zwei Mal hintereinander auszuflippen«, sagte Finn.

Carla schluckte vor Rührung einen Kloß hinunter und gab ein gedämpftes Lachen von sich. Tränen stiegen ihr in die Augen. In vierundzwanzig aufreibenden, atemberaubenden, schrecklichen Stunden war dies der erste Moment der Erleichterung.

Sechs Minuten später brachte Finn Kellys letzten Klumpen C4-Sprengstoff an dem Plastikkabelbinder an, mit dem Carlas Hände gefesselt waren. Er war kaum größer als ein Sandkorn, aber durch das besondere Kraft-zu-Masse-Verhältnis des Nanomaterials barg er eine viel größere Sprengkraft in sich. Zumindest hoffte Finn das. Er wusste es nicht mit Sicherheit.

Somit blieb ihm nichts anderes übrig, sich in etwa an der

Größe der Ladung zu orientieren, mit der Kelly einen Spalt in das Glas der Kontrollkabine gesprengt hatte. Er versah die Masse mit einem Zünder und stellte ihn ein, bevor er hastig über ihr Handgelenk zurückkraxelte, um dann ihren Arm hochzulaufen. Als er ihre Schulter erreichte, schrie er: »Bereit machen! In den nächsten Sekunden geht es h…« *KRACK!*

Carla fuhr vor Schreck zusammen. Es war, als hätte jemand hinter ihrem Rücken einen Knaller gezündet und ihr gleichzeitig einen Tritt in den Hintern verpasst. Aber ihre Hände waren immer noch gefesselt.

»Nicht geklappt?«, fragte Finn.

Sie spürte Hitze. Roch was Versenktes. Begann in Panik zu geraten, doch sie zerrte an der Handfessel und – *SCHNAPP* – riss sie an der schwachen, vor sich hin kokelnden Stelle entzwei. Ihre Hände waren frei.

Erleichtert stöhnte sie, als das Gefühl wieder in die Gelenke zurückkehrte. Sie zog sich an der Serverseite hoch, bis sie wieder völlig aufrecht stand, und entfernte schließlich noch den Ledergürtel, mit dem sie so lange geknebelt gewesen war.

»Bäh …« Sie langte mit den Händen zum Boden hinab, um sich etwas Wasser in den Mund und ins Gesicht zu spritzen. »Gott sei Dank.«

»Pst!«, flüsterte Finn, der wieder nah an ihrem Ohr Position in den Haaren bezogen hatte. »Denk dran, die sind überall. Sie haben Augen. Sprich leise, und beweg die Lippen nicht, dann ist alles cool.«

»Ich bin von lauter Killerfliegen umzingelt, und jetzt quatscht mir auch noch ein winziger Typ ins Ohr. Gar nichts ist cool. Das ist ja alles so was von irre. Da soll doch noch mal jemand was dagegen sagen, wenn ich mit mir selbst rede.«

Sie spürte, wie er sich näher an ihr Ohr heranschlängelte, und der durch die Bewegung ausgelöste Reiz löste den schier unbezähmbaren, reflexartigen Drang aus zu …

»Nicht niesen!«, schrie Finn.

»Sag so was nicht. Das macht es nur noch schlimmer!«, fauchte sie.

Finn tauchte über ihrem Ohr auf und verankerte sich fest in ihren Locken. Es erinnerte ihn daran, wie er sich in Jo-Jos Fell geklammert hatte – nur dass Carlas Haare natürlich viel, viel sauberer waren.

Er nahm einen Energieriegel aus Kellys Rucksack und band Letzteren dann an ein paar Locken fest. Es waren nur noch drei Rationspäckchen übrig. Wer konnte schon wissen, wie lange er damit auskommen musste?

»Das hättest du nicht tun sollen. Es ist eine Falle. Sie sind gar nicht an mir interessiert«, murmelte Carla. »Die werden sehen, dass ich frei bin, und mich wieder schnappen kommen.«

»Die werden sowieso denken, dass du hier drinnen in der Falle steckst«, sagte Finn. »Was ist eigentlich passiert? Ich dachte, du wärst entkommen.«

»Die haben mich in der Mall erwischt und dann in einem Jahrmarktsabwasserkanal hierhergebracht.«

»Einem was?«

»Da ist so ein Vergnügungspark am Fluss … mit Riesenrad, Gondelbahn, Fahrgeschäften und Shows – sie haben sich unter einem Geisterhaus in die Kanalisation gegraben. Und durch die sind sie hergekommen.«

»Wäre ’ne Fluchtmöglichkeit. Wie viele Tyros sind es?«

»Drei. Die Gruselzwillinge und der Anführer.«

»Bist du okay?«, fragte Finn.

Sie versank für einen Augenblick in Schweigen.

»Ich überlege, mit dem Cello aufzuhören. Nach alldem hier wären die Orchesterproben einfach nicht mehr wie früher. Was ist mit dir?«

»Ich hab's bis hierher geschafft und Kelly und Stubbs getroffen, aber dann sind die Bots ausgeschwärmt. Kelly ist gerade geschnappt worden, und Stubbs …«

Jetzt war es an ihm, in Schweigen zu versinken.

»Das Mädchen in der Shen-Yu-Halle hat sich befreit«, berichtete Li Jun.

Kaparis schaltete zu den Bot-Feeds aus der Halle und beobachtete, wie Carla durch die Fluten stapfte.

»Hm. Ziemlich einfallsreich. Aber sie kann sowieso nirgendwohin entkommen, und vielleicht erfüllt sie ihre Aufgabe, Drake anzulocken, besser, wenn sie in Bewegung ist.«

Sollte er sie da drin lassen oder lieber Baptiste schicken, damit er sie als eine Art Lebensversicherung hinausbrachte? Es blieb nur noch wenig Zeit übrig und …

Baptiste unterbrach den Gedanken. »Exodus-Gruppe 1 und 2 komplett«, hörte er die Stimme sagen.

Kaparis schaltete erneut auf andere Video-Feeds um und nahm das Bild von Stahlstäbchen und Narbenmädel in sich auf.

Beide hatten Fieber und einen extremen Hautauschlag, der sich in dichten schwarzen Flecken über ihre zitternden Extremitäten zog. Und beide hatten aufgehört zu bluten.

Kaparis erlaubte sich ein Lächeln. Selbst wenn es bedauerlicherweise nun unwahrscheinlich zu sein schien, dass sie Drake auf der Stelle schnappen würden, erwärmte ihm der Anblick der Zwillinge, die gleich den Exodus starten würden, doch das Herz.

»Gut«, sagte Kaparis. »Lasst uns die Stadt rot färben.«

TAG FÜNF 10:41 (Ortszeit WEZ + 8).
Verbotene Stadt, Shanghai

Platsch. Platsch.

Stahlstäbchen und Narbenmädel plumpsten in den Abwasserkanal hinab.

Beide zitterten. Waren am ganzen Körper geschwollen. Starben.

Platsch.

Baptiste kam neben sie in den Tunnel hinabgesprungen, erfüllt von einem dämonischen Lebensfeuer.

Er startete für jede von ihnen ein Motorrad und half ihnen dann auf den Sitz. »Los!«, befahl er.

Narbenmädel nickte fieberbenebelt und drehte als Erste am Gasgriff. Stahlstäbchen tat es ihr auf der Stelle nach.

Dann schossen die Motorräder davon. Schlingernd nahmen sie Tempo auf, während vor ihnen die hohen Tunnelwände im grellen Scheinwerferlicht auftauchten und an ihnen vorbeizogen.

Die Zwillinge klammerten sich an die Lenker wie an ihr Leben.

Baptiste kletterte wieder aus dem Abwasserkanal empor, ohne ihnen noch einen Blick zu schenken.

Carla wich etwas zurück und trat aus.

RUMS!

Die Türen an der Nordseite machten genauso wenig Anstalten nachzugeben wie die an der Südseite.

Wasser ergoss sich aus dem offenen Abgang eines Feuerhydranten, und die Ritzen an den Türöffnungen ließen gerade so viel hinaus, um einen konstanten Wasserpegel von etwa zehn Makrozentimetern in der Halle zu halten.

»Solange wir nicht was Nützlicheres finden – wie sagen wir mal einen Schlüssel –, werden wir nicht durch diese Tür kommen«, schlussfolgerte Carla.

»Wir müssen vor Mittag hier raus«, sagte Finn. Er hatte ihr von der Aussetzung des Frankenstein-Bots erzählt. Jetzt, da Kelly in den Fängen der Bot-Masse war, deckte sich seine größte Hoffnung mit seiner schlimmsten Angst: Hoffnung, dass der Frankenstein den Virus weitergegeben hatte und nicht einfach nur unberührt vor sich hin dämmerte; Angst, dass Kelly im darauf folgenden Feuerball sterben würde.

Sie mussten Hilfe holen, sie mussten irgendwie Al benachrichtigen.

Carla blickte zum Dach empor. »Ich könnte es weiter oben versuchen. Die Servertürme hochklettern und dann … äh, irgendwie die Abluftschächte erreichen?«

»Ach, und wie?«, fragte Finn entnervt.

»Schweben?«, schlug Carla vor.

Unten im Wasser zog die blaue Plastiktüte vorbei, die sie vorhin als Fallschirm für das Floß benutzt hatten. Finn malte sich aus, wie Stubbs' Leiche irgendwo im Wasser trieb, und auf einmal drohte er von seinen Gefühlen für den alten Mann überwältigt zu werden.

»Wir könnten versuchen, ein Feuer in Gang zu bringen«, schlug Carla vor. »Wenn sie den Rauch sehen, dann …«

PAFF!

»Aua!« Carla machte einen Satz, und Finn musste sich mit aller Kraft festkrallen.

»Was war das?!«, fragte er.

»Etwas hat mich gerade gebissen!«, sagte Carla und rieb sich den Hintern.

»Was?«

Finn sah nach unten. Die Tüte … Unmittelbar daneben spritzte etwas auf, kaum wahrnehmbar …

»CARLA! DIE TÜTE! Heb diese Plastiktüte auf!«, rief Finn.

»Was?«

»Ich glaube, Stubbs hat dir gerade in den Hintern geschossen!«

Carla langte nach unten.

»VORSICHTIG! Gaaanz vorsichtig …«

Bitte, sei Stubbs!, betete Finn im Stillen zu sich selbst.

Behutsam hob Carla die zerknitterte Tüte aus dem Wasser, führte sie näher ans Gesicht und stutzte …

Das, was da wie ein Papagei kurz vor dem Ertrinken verzweifelt herumzappelte, um nicht in einem Wasserpool unterzugehen, der sich in einer der Tütenfalten gesammelt hatte, war … ein halb nackter, alter Mann.

»Oh, mein Gott …«, keuchte Carla.

»STUBBS!«, schrie Finn außer sich vor Freude.

Stubbs war viel zu sehr darauf konzentriert, sich über Wasser zu halten, um zu antworten. Carla tunkte ihren Daumen in das Wasser, und Stubbs ließ sich darauf stranden.

»Lass die Tüte fallen! Denk dran, dass sie dich sehen können!

Fahr dir mit den Händen an den Kopf, als wärst du aufgeregt«, sagte Finn. Wie eine Schauspielerin, die den Anweisungen eines Regisseurs folgte, gehorchte Carla und ließ sich die Haare ins Gesicht fallen, während sie sich mit ihren riesigen Händen hindurchfuhr, sodass ihre Finger plötzlich wie eine Herde Delfine um Finn herum auftauchten.

»Spitze. Das machst du wirklich super.«

»Komm mir bloß nicht so von oben herab«, murmelte Carla.

Finn kletterte auf den riesigen Daumen und rannte, Haarlocken beiseiteschiebend, darauf entlang, bis er im nächsten Moment Stubbs auf dem Boden liegend vor sich sah.

»M-m-m-mein J-junge …«, stammelte er.

Auf dem Dach des Greenharbour-Gebäudes in Sektor 2 drückte Baptiste eine Einstiegsluke auf.

Etwa zwölf Meter entfernt hatten sich die Bots auf der schrägen Glasfläche eines Solarzellenmoduls zu einem schneewehenförmigen Schwarm formiert. Als sie Baptiste sahen, begannen viele, ihn zu umschwirren, um ihn zu überprüfen, bevor sie schließlich wieder zum Schwarm zurückkehrten.

Baptiste stemmte sich aus der Luke und richtete sich auf dem Dach zur vollen Größe auf.

Dann zog er einen Hammer aus der Jacke und ließ ihn – *KRACK! SPLITTER!* – auf die Solarzellen niedersausen.

KRACK! KRACK! KRACK!

36

Völlig außer Atem zitterte Stubbs vor sich hin. Die linke Schulter und das Brustbein waren immer noch vom Verband bedeckt, den Kelly und Finn angelegt hatten. Mit Ausnahme seiner Hosen und der Magnum hatte er alles verloren, und er sah sogar noch älter aus als sonst. Aber der zähe alte Hund hatte immer noch Leben in sich und in seinem Kopf nur einen einzigen Gedanken. »Habt ihr einen erwischt? Habt ihr das Hirn eingesetzt?«

»Ja, aber das Ding ist wie ein Zombie abgeschwirrt«, erwiderte Finn, während er Stubbs vorsichtshalber neben sich in Carlas Haaren festband.

»Aber hat er seine Antenne gegen die der anderen geschlagen?«, fragte Stubbs.

»Keine Ahnung, gleich darauf sind wir angegriffen worden«, sagte Finn.

»Alles startklar bei euch? Kann ich mich bewegen?«, fragte Carla.

»Alles startklar«, sagte Finn, und Carla setzte sich mit patschenden Schritten durch die Servergänge in Bewegung, auf der Suche nach einer Stelle zum Hinaufklettern.

Stubbs blickte besorgt drein. »Er ist geflogen? Dann war er also funktionsfähig?«, sagte er.

»Ja, aber ich habe nicht gesehen, wie er einen von den anderen berü…«

»Das muss er. Sie haben aufgehört, sich aufzuladen, und tauschen permanent Energie aus. Sie lechzen verzweifelt nach Energie.«

»Woher willst du das wissen?«, fragte Finn.

»Stopp, Miss … blickt einmal aufs Wasser hinab und schaut euch diese Kühleinheit da an …«

Carla blieb stehen, und sie schauten. Das Wasser floss an einer halb versunkenen Kühleinheit vorbei, die an der Serverfassade angebracht war. Die Strömung brachte die Ventilatorblätter zum Drehen und somit den Elektromotor zum Laufen, wodurch Storm erzeugt wurde. Eine Gruppe Bots hatte sich dort zusammengedrängt, um sich an der erzeugten Energie zu nähren.

»Der Ventilator fungiert als hydroelektrisches Wasserrad: ein Dynamo, der ein paar Tröpfelchen Energie erzeugt.[27] Meiner Vermutung nach müssten die Bots gerade so viel Energie haben, um in Betrieb zu bleiben, jedoch nicht genug, um sich zu replizieren.«

»Wow«, meinte Carla beeindruckt.

---

[27] Bei einem Elektromotor handelt es sich um einen Magneten, der von einer Drahtspule umwickelt ist. Leitet man elektrischen Strom durch die Spule, fängt der Magnet an zu rotieren. Dreht man umgekehrt den Magneten auf physikalischem Weg, wird entsprechend Strom in der Spule erzeugt. Das nennt man »wechselseitige Induktion«. Ein Südlondoner Nobody und Autodidakt namens Michael Faraday hat das 1831 entdeckt. Eine Sache, die sich als sehr, sehr, sehr, sehr, sehr nützlich erwiesen hat.

»Du glaubst ja gar nicht, was der alles für Zeugs weiß«, sagte Finn.

»Ach, und weiß er auch, wie wir hier rauskommen?«, fragte Carla.

Stubbs, wohlbehalten an Ort und Stelle festgezurrt, sah irritiert aus der Wäsche.

»Rauskommen? Hier drin sind wir sicherer. Die Bots werden um zwölf Uhr in die Luft fliegen.«

»Was ist mit Kelly?«, sagte Finn. »Vermutlich ist er im Zentrum des Schwarms. Wir müssen ihn hier rauskriegen!«

Stubbs' Gesicht nahm einen ernsten Ausdruck an.

»Er würde niemals wollen, dass wir dein Leben riskieren«, wandte er ein.

»Ich lass ihn nicht zusammen mit diesen Viechern verrecken!«

»Wie willst du ihn denn überhaupt finden?«, fragte Stubbs verwundert.

»Keine Ahnung!«, schrie Finn.

Stubbs bedachte ihn mit einem strengen Blick.

»Sorry …«, sagte Finn. »Ich könnte wieder angeln gehen. Nur dass diesmal *ich* mich fangen lasse …«

Stubbs durchdachte das Ganze für ihn.

»Die Bots fangen dich, bringen dich zum Schwarm zurück, das letzte Mal wurden wir zusammen gefangen gehalten, somit wäre es gut möglich, dass man dich zu Kelly oder in die Nähe sperrt …«

»Genau!«

»Womit ihr *beide* heute Mittag sterbt«, schlussfolgerte Stubbs weiter.

»Aber es sind immer noch fünf Schuss in der Magnum«, ließ Finn nicht locker. »Wir könnten fliehen … und uns einen Weg rausballern.«

»Ihr erschießt eine Handvoll, werdet vom Rest geschnappt und sterbt wiederum beide heute Mittag«, wiederholte Stubbs.

»Ich habe eine Kakerlaken-Verkleidung! Und die funktioniert!«, sagte Finn.

»Dann stirbst du eben in einem abgedrehten Kostüm«, fuhr Carla dazwischen. »Stubbs hat recht. Eine Selbstmordaktion ergibt nicht den geringsten Sinn.«

»Hey! Kelly ist unser Freund. Nicht ums Verrecken würde er einen von uns zurücklassen!«, protestierte Finn.

»Selbst mal angenommen, dein Kostüm funktioniert«, sagte Stubbs. »Glaubst du denn wirklich, dass dir Zeit genug bleibt, unentdeckt aus dem Zentrum eines Schwarms zu kraxeln, ohne irgendeine Form von …«

Stubbs stockte mitten im Satz. Woraufhin sich sein altes Haupt mit einem jähen Ruck zur Seite wandte, und er in eine Art Trance zu gleiten schien. Finn konnte förmlich spüren, wie die alten Rädchen in seinem Hirn quietschend zu rotieren begannen, als Stubbs an sich selbst gewandt wiederholte: »… irgendeine Form von …«

»Ja?!«

»… Fluchtmechanismus. Etwas mit Geschwindigkeit, Überraschungsmoment, *Auftrieb* …«

Finns Herz schlug schneller. »Und wo könnte ich so was finden?«

»Wir könnten einen *Zeppelin* bauen …«, flüsterte Stubbs in völliger Ingenieursekstase.

»Einen Zeppelin?«, echote Finn.

»Also *ich* glaube, dass die einen *Zeppelin* entdecken würden«, merkte Carla an.

Aber Stubbs ließ sich nicht beirren. Während ihm die Gedanken nur so durch den Kopf schwirrten, band er sich auch schon von Carlas Haaren los.

»Wir könnten die Dynamos benutzen ... einen Wasserstoffballon bauen ... Ich könnte lenken ... Miss! Verlieren Sie ja nicht diese Plastiktüte!«

»Wasserstoff? Woher sollen wir denn Wasserstoff kriegen?«, fragte Finn.

Stubbs starrte ihn an, als wär er ein völliger Idiot.

TAG FÜNF 10:52 (Ortszeit WEZ + 8).
Roof of the World, Shanghai

Um 10:48 Uhr fand ein Polizeiteam auf Penghu Island die Quelle des nPhone-Signals.

Es wurde auf einem Felsen inmitten eines phosphatreichen Haufens Vogelexkrement lokalisiert.

Auf Befehl von Shanghai wurde das nPhone aus den Exkrementen (von einem einheimischen Ornithologen als diejenigen eines Bindenfregattvogels identifiziert) herausgesiebt, gereinigt, durch Induktion geladen und schließlich eingeschaltet.

Unter einem Vergrößerungsglas wurde auf dem Schirm des nPhones folgender Text vorgefunden:

hier 3insel nUr elsen
siNd auf der großeninmitte wettergut

Nachdem diese Information mit den bekannten Wanderwegen des Bindenfregattvogels in Zusammenhang gebracht worden war, führte die Spur zu einem Gebiet im Südchinesischen Meer, das daraufhin nach einer aus drei Inseln bestehenden Inselgruppe durchforstet wurde. Vier Kandidaten wurden ausgemacht und rasch auf eine reduziert, als man auf eine E-Mail stieß, in der sich ein kurz zuvor spurlos verschwundener Beamter der taiwanesischen Küstenwache besorgt über gewisse mit Song Island in Verbindung stehende Vorgänge ausließ.

Commander King bat um die offizielle Erlaubnis des französischen Präsidenten, das Kommando Hubert vorzubereiten, das auf dem Spezialeinsatzschiff A645 *Alizé* wartete. Der Präsident informierte ihn daraufhin, dass die Kommandoeinheit bereits »im Einsatzgebiet, im Bilde sei und *enchanté*«.

Dieser Durchbruch war jedoch überschattet worden, als erste Dronenbilder hereinkamen, die auf einem Dach der Verbotenen Stadt einen möglichen Bot-Schwarm zeigten. Al und King eilten zu den Monitoren, um das Material zu studieren. Lediglich ein paar Videobilder waren aufgenommen worden, bevor die Bots die Drohne ausgeschaltet hatten. Doch da war er … ein schwarzer Fleck auf dem Dach des Greenharbour-Gebäudes. Klar zu erkennen. Daneben eine Gestalt, einer der Tyros, der das Dach um den Fleck herum demolierte.

»Was macht er da?«, fragte Commander King.

»Ich habe keine Ahnung. Aber je schneller wir da reinkommen und uns die Sache ansehen, desto besser«, sagte Al. »Wie ist dein Status, Delta?«

Delta war mit dem Hubschrauber direkt in Sektor 9 der Verbotenen Stadt gebracht worden. Von ihrem Kommandostand in der nKab starrte sie nun aus der Jo-Jo-Perspektive auf eine

Reihe Soldatenbeine und meldete: »Er wird gerade wieder wach. Gib ihm noch eine Minute, sich zu strecken, aber es sieht gut aus.«

Jaaaaaaaaaauuuu!, gähnte Jo-Jo, fasziniert, mitten in einer militärischen Formation aufzuwachen.

»Und ich werde dich immer noch umbringen, sobald ich hier rauskomm«, beendete Delta ihre Meldung.

»Verstanden«, sagte Al.

»Vergesst die Töle!«, sagte General Jackman auf dem Schirm von den USA aus. »Lasst die Kriegshunde von der Kette. Da auf dem Dach liegt das Ziel doch wie auf dem Präsentierteller vor Ihnen! Bombardieren Sie es auf der Stelle!«

Doch die Leopard-Jagdbomber-Staffeln blieben voll aufgetankt und bewaffnet auf der Startbahn der Dachang-Airbase.

»Negativ. Es könnte sich nur um einen von vielen Schwärmen handeln, und jede Art von Explosion könnte sie in alle Winde zerstreuen«, sagte King.

»Wenn wir den Hund reinbringen können …«, begann Al.

»Wenn wir den Hund reinbringen können«, schnitt Jackman ihm das Wort ab, »wird er vermutlich nur einen Haufen Zeit vertrödeln und am Ende tot sein – ebenso wie Salazar, die einzig Verbliebene aus Ihrem Team und mein bester Pilot. Merke: Siehst du das Weiße in den Augen deines Feindes, feuerst du. Das könnte unsere letzte Chance sein.«

»Bringen Sie *Ihre* Familienangehörigen doch da rein, General«, blaffte Al zurück, »dann können Sie bombardieren, wen Sie wollen!«

»Ja, verdammt!«, stimmte Delta über Funk zu.

Der britische Premierminister fühlte sich bemüßigt einzugreifen.

»Dr. Allenby, Hauptmann Salazar, das mit den Kindern tut uns allen sehr leid. Aber dies ist nun mal Krieg.«

»Die Zukunft kann nicht von irgendwelchen Gefühlsduseleien abhängen«, haute der US-Präsident in die gleiche Kerbe.

»Oder von emotionaler Erpressung«, schloss der chinesische Premier.

Al konnte die nächsten Schritte bereits vor sich sehen, zu denen das Komitee und Commander King schon bald gezwungen sein würden.

»Die Zukunft basiert auf Wissenschaft, auf Logik!«, protestierte Al, der spürte, wie ihm langsam die Ideen ausgingen.

Das Spiel, das er mit Kaparis spielte, entglitt seiner Kontrolle. Er fühlte sich in die Enge getrieben. Sein Gegner hielt nicht nur alle Trümpfe in der Hand, sondern schummelte obendrein offen und ungeniert, und es gab nichts, was er dagegen tun konnte – außer noch weiter zurückzuweichen. Und zu allem Überfluss hatte er es nicht nur mit einem einzigen Feind zu tun, sondern mit Millionen … Sollte er wirklich auch Delta noch da hineinschicken?

»Reden Sie mit uns«, forderte King ihn auf. »Überzeugen Sie uns.«

Reden, dachte Al. Könnte er das doch nur mit den Bots …

Und in diesem Augenblick kam ihm ein völlig neuer Gedanke. Millionen winziger Gedanken.

Langsam und bedächtig schob er sich die Brille auf der Nase zurück. King, mit der Geste vertraut, hob den Arm, um anzuzeigen, dass jetzt niemand dazwischenfunken sollte. Etwas ging da hinter diesen Brillengläsern vor sich.

»Wie weit sind wir mit der Ortung von irgendwelchen Kommunikationssignalen?«, fragte Al die Techniker.

»Seit achtundvierzig Stunden beobachten wir das gesamte Signalspektrum«, berichtete einer. »Hin und wieder stoßen wir auf einzelne zufällige Buchstaben oder Ziffern, aber auf nichts Zusammenhängendes. Es ist, als würde man nach der Nadel im Heuhaufen suchen. Und dies ist die größte Stadt der Welt, das Frequenzband hier ist proppenvoll: Radio, Fernsehen, Telekommunikation, Notrufsignale, Digitalfunk – das Signalvolumen ist gigantisch.«

»Was, wenn … er das Signal in Millionen winziger Häppchen aufsplitten und sie über das gesamte Frequenzband zerstreuen würde, damit die Bots sie dann wieder zusammensetzten?«

»Dann … dann werden wir es niemals finden«, sagte ein Techniker. »In dem Fall hätten wir es mit Millionen Teilchen einer Stecknadel in Tausenden von Heuhaufen zu tun. Und wie wollen Sie überhaupt danach zu suchen anfangen?«

Al blinzelte. Starrte vor sich hin. Schüttelte den Kopf. »Sie haben recht, verschwenden Sie keine weitere Zeit mehr mit …«

»Ich weiß, wie man eine Nadel im Heuhaufen findet«, sagte eine Stimme.

Al drehte sich um. »Hudson?«

»Man fackelt den Heuhaufen ab. Das haben wir einmal bei einem Aushilfslehrer gehabt. Wenn man die Heuhaufen abbrennt, muss man nur die Asche durchsieben und man findet sie sehr viel schneller.«

»Man fackelt den Heuhaufen ab«, wiederholte Al.

Jetzt war Hudson an der Reihe, sich die Brille auf der Nase hochzuschieben. »Und er hat uns auch gezeigt, wie man Wasser mit drei Streichhölzern in ein Glas hochsaugen kann«, fuhr er fort, nur um gleich wieder unterbrochen zu werden …

»DEN HEUHAUFEN ABFACKELN!«, schrie Al, während

ihm die Gedanken nur so durch den Kopf wirbelten. »Wenn er seine Signale fragmentiert und in tausend Heuhaufen versteckt … wie soll man sie dann finden? Na, indem man die Heuhaufen loswird! *Das fragmentierte Signal wird dann keine anderen Versteckmöglichkeiten mehr haben.*«

Er wirbelte herum und redete auf die Techniker und chinesischen Behördenvertreter ein.

»Schaltet die Fernsehsender ab, die Radiosender, Mobilfunksignale, das drahtlose Breitband, alles, was Ihnen sonst noch einfällt – je stärker wir den Signalverkehr reduzieren, desto mehr verborgene Signale sollten wir finden … und wenn das so ist, dann haben wir ihn!«

Die Techniker begannen, aufeinander einzuplappern, als sie die Idee fortspannen.

»Jegliche Kommunikation abschalten?«, fragte Commander King.

»Bis auf eine … lasst ein Signal aktiv.«

»Lässt sich irgendwas davon umsetzen?«, fragte der chinesische Präsident Bo seinen Mitarbeiterstab.

Bo wandte sich an einen chinesischen Techniker.

»Der Staat hat die Macht dazu«, konstatierte dieser knapp.

»Machen Sie es«, befahl King. »Verschieben wir den Schlag.«

37

TAG FÜNF 11:03 (Ortszeit WEZ + 8).
Verbotene Stadt, Shanghai

»Wir binden dich mit einer langen Leine an den Wasserstoffballon«, hatte Stubbs Finn erklärt. Trotz seiner Brustwunde war der alte Mann von Sekunde zu Sekunde kräftiger geworden. »Du lässt dich von den Bots fangen, die dich daraufhin in den Schwarm bringen, während der Ballon hinterhergezogen wird. Sobald du im Schwarm bist, legst du deine Kakerlaken-Verkleidung an, findest Kelly und fängst an zu schießen. Ich hör die Schüsse und ziehe euch dann beide raus, indem ich ein Ausgleichsgewicht vom Wasserstoffballon abwerfe, wodurch ich Auftrieb freisetze … Apropos: Wir werden noch ein Ausgleichsgewicht finden müssen …«

»Du wirst zusammen mit dem Ausgleichsgewicht auf dem Wasserstoffballon sein?«, vergewisserte sich Finn.

»Richtig. Ich werde als Pilot fungieren und …«

»Der Drache, Carla! Wir können den Glücksbringer als Ausgleichsgewicht nehmen, den der Zugbegleiter uns geschenkt hat!«

»Das ist irre«, sagte Carla, während sie den beiden zuhörte. »Das kann doch unmöglich euer Ernst sein …«

Aber es funktioniert …

Bis jetzt.

Bläschen stiegen in dichter Reihe von den beiden Kabeln unter der Wasseroberfläche auf. Das eine produzierte Wasserstoff. Das andere Sauerstoff.

In der Annahme, dass die Tyros nicht eher zurückkehren würden, bis die Bots Finn geschnappt hätten, hatte Carla die größte Kühleinheit, die sie finden konnte, von einer Serverfassade heruntergerissen, die beiden Anschlusskabel (positiv und negativ) unter Wasser geführt und die beiden Enden festgeklemmt. Anschließend hatte sie die Abdeckung der Kühleinheit abgerissen und den Ventilator gedreht, so schnell sie konnte.

Der so erzeugte elektrische Strom floss durch die Drähte hindurch und zwischen dem positiven und negativen Pol der untergetauchten Drahtspitzen durchs Wasser. Dabei wurden an Wasserstoff- und Sauerstoffatome gebundene Elektronen freigelassen – sprich: H_2O in H, H und O verwandelt – und am positiven Pol entstand Sauerstoff, am negativen Wasserstoff.[28]

Dann hatte sie die blaue Plastiktüte über den negativen Pol gehalten, um den Wasserstoff einzufangen, und in Nullkommanix hatte sich in der blauen Polyäthylenhülle eine eiförmige Blase aus superleichtem Wasserstoffgas gebildet, die eifrig am Rest der Tüte zerrte, um sie himmelwärts zu befördern.

---

[28] Lass einfach eine 9-Volt-Batterie (eine von den rechteckigen) in ein Glas Salzwasser fallen, und sieh selbst.

»Es funktioniert!«, japste Carla, während sie den Ventilator wie eine Gebetsmühle drehte und kaum ihren Augen traute.

»Es funktioniert«, stimme Finn zu.

Stubbs grinste vor sich hin (kein schöner Anblick dank der britischen Zahnheilkunde der 1960er, die ihn schnöde im Stich gelassen hatte).

```
TAG FÜNF 11:03 (Ortszeit WEZ + 8).
Song Island, Taiwan (umstritten)
```

»Es funktioniert! Sehen Sie Violet?«, sagte Kaparis und verfolgte auf seiner Bildschirmphalanx dank der freundlichen Unterstützung eines Bots, wie sich der Prozess entfaltete.

Alles funktionierte, dachte er und gab sich einem lauwarmen Bad der Selbstbeweihräucherung hin. Die Zwillinge würden bald wieder aus der Kanalisation auftauchen, EVA. sich bald in die Luft erheben …

Oma, die fast das Ende einer Reihe erreicht hatte, strickte weiter.

»Carla ist ein sehr cleveres Mädchen.«

»Ganz patent. Meinen Sie, sie bastelt da gerade an einer Bombe oder so etwas wie einer Flaschenpost? Eventuell hätte sie eine Kandidatin für das Tyro-Training sein können, wenn wir sie im Alter von sieben in die Finger gekriegt hätten. Nun ist es zu spät. Spätestens wenn sie elf geworden sind, haben humanoide Weibchen nur noch ein Mushirn.«

»Mushirn?«

»Irrationale Störungen, die stringente Denkprozesse unterbinden.«

Oma verdrehte die Augen. Sie wollte zu ihm hinüberstapfen und ihm einen scharfen Klaps auf die Stirn verpassen, dafür, dass er so einen sexistischen Blödsinn verzapfte. Aber sie wusste auch, dass es zu diesem bestimmten Zeitpunkt weiser war, ihm seinen Willen zu lassen.

»Und was, David, könnten Sie wohl mit dem Ausdruck ›irrationale Störungen‹ meinen? Vielleicht so etwas wie ›Emotionen‹?«

Die Verwendung seines Vornamens brachte in ihm einen Schwarm irritierender Assoziationen zum Wirbeln (geistesgestörtes Kindermädchen, gemeiner Vater, seinen Cambridge-Tutor).

»Mit irrational meine ich ohne Logik oder Intelligenz, und mit Störungen meine ich SIE.«

Oma schnappte ironisch nach Luft und formte an Heywood gerichtet, der daraufhin prompt wegschaute, lautlos das Wort Diva mit den Lippen.

Kaparis versuchte, seine kühle Fassung wiederzugewinnen.

»Das Mädchen zeigt bemerkenswerten Geist und Einsatz. Das ist alles. Besser sie ist sich nicht bewusst, dass dies nun keinem richtigen Zweck mehr dienen kann.«

Oma sah zu Li Jun hinüber, die es gewagt hatte, während des Wortwechsels den Blick zu heben.

»Sind es nur die Emotionen«, fuhr Oma fort, »oder jagen Ihnen Frauen Angst ein, die frei und unabhängig handeln?«

»ICH SAGTE, DAS IST ALLES!«

Oma ignorierte ihn und begutachtete das gestrickte Vorderteil, das sie fabriziert hatte. Es war mittelblau und hatte einen simplen V-Ausschnitt. Dann stand sie auf, um sich zu Li Juns Bildschirmbatterie zu begeben.

»Steh doch mal auf, Liebes!«

Li Jun starrte Oma nur voller Entsetzen an. Doch Oma nahm einfach ihren Arm und bugsierte sie auf die Beine.

Kaparis' Augen drehten sich.

Oma hielt Li Jun das Vorderteil gegen den Körper.

»Oh ja … Was bin ich froh, dass ich das Blau genommen habe, es passt perfekt zu deinem Teint … Nicht mehr viel Platz zum Reinwachsen, aber anderseits seid ihr jungen Dinger heutzutage ja alle so dürr.«

In einem der Monitorschirme erhaschte Li Jun ihr Spiegelbild. Sie sah … hinreißend aus.

»Was machen Sie da?«, stellte Kaparis Oma zur Rede.

»Li Jun ein Tanktop stricken.«

»Warum zum Teufel sollten Sie ihr ein Top stricken?«, fragte Kaparis verblüfft.

»Na, weil sie eben ein Top-Mädchen ist, natürlich«, erwiderte Oma, ihren kleinen Scherz genießend.

»Wir sind in den Tropen. Die Temperatur kann hier bis auf neununddreißig Grad Celsius steigen«, beschwerte Kaparis sich. »Hier braucht man nichts Gestricktes.«

»Aber letztes Mal waren Sie doch in Sibirien. Wie man mir sagte, sind Sie ziemlich peripatetisch.«

»Peripat…?«

»Das bedeutet, viel durch die Weltgeschichte herumjuckeln … so wie ein Geschäftsreisender … Oh …« Oma hielt plötzlich schuldbewusst inne. »Hätte ich auch für Sie was machen sollen? Ich denke, einen Hut bekäme ich zustande.«

»ICH WILL KEINEN … Versuchen Sie, mich umzubringen?! Madam?! Ich habe Ihnen KEINE Erlaubnis erteilt, also nehmen Sie BITTE DAVON ABSTAND, meinen Angestellten IRGENDETWAS zu stricken.«

Als könnte sie kein Wässerchen trüben, nahm Oma wieder Platz, um weiterzustricken.

»Mushirn …«, murmelte sie vor sich hin.

Kaparis hörte es, rastete aus und sah sich unversehens den absurdesten Befehl über den Äther bellen, den er jemals erteilt hatte. »Baptiste! Mach den Drachen fertig! Dann geh, und bring den Ballon von diesem kleinen Mädchen zum Platzen!«

Auf dem Dach des Greenharbour-Gebäudes war Baptistes Arbeit fast vollendet. Er hatte mindestens zweihundert Solarmodule zertrümmert. Am Horizont zogen die dunkelblauen Wolken eines Tropensturmes auf. Schwitzend ließ Baptiste den Hammer fallen, bevor er sich wieder in das Gebäude zurückschwang, um das zertrümmerte Dach den Elementen zu überlassen.

Und den Bots.

Sie schwärmten zwischen den zerbrochenen Modulen umher wie Heuschrecken bei der Ernte. Nagten. Zertrennten. Sprengten. Schweißten. Entfernten die polykristallinen fotovoltaischen Wafer, die den wichtigsten Teil jeder Solarzelle ausmachten – den Teil, der tatsächlich Licht in Elektrizität umwandelte.

Einmal herausgetrennt, waren die Wafer leicht genug, um über das Dach zum Hauptteil des Schwarms zurückgeflogen zu werden.

Dort arrangierten die Bots sie, richteten sie aus, um das Licht einzufangen. Dann vereinigten sie sich zu Ketten und bildeten Schaltkreise aus sich selbst, um den Elektronenstrom eines jeden Wafers einzufangen. Aber darüber hinaus wurde jedes kristalline Solarblatt in Reihen angeordnet, sodass es sowohl als Generator als auch als *Segel* fungierte, mit dem sich der Wind einfangen ließ. Eine Kastenform begann sich zu bilden. Ein Drache.

Wenn der Kastendrache zu einem aus miteinander verbundenen, einzelnen Kastendrachen bestehenden Turm anwuchs, würde er bei sechs Kastensektionen mehr als genug Energie generieren, um jeden Bot im Schwarm funktionsfähig zu halten – und mehr als genug Auftrieb, um sich frei in die Luft zu erheben.

Wenn Kaparis es beliebte, konnte der Drache um die Welt fliegen.

Wenn …

Der Drache formierte sich.

Die Welt wartete.

Wie überaus clever ich doch bin, dachte Kaparis, während er verfolgte, wie der Drache Gestalt annahm.

Es war eine Schande, dass EVA. sterben musste. Sie war die unbeabsichtigte Folge Künstlicher Intelligenz, ein faszinierender Ableger des Vector-Programms …

Nun, zumindest würde sie in Glanz und Gloria abtreten.

38

TAG FÜNF 11:07 (Ortszeit WEZ + 8).
Roof of the World, Shanghai

Alles bereit für den Blackout?«, fragte Al die versammelten Techniker.

»Ja, Sir. Alles ist vorbereitet«, bestätigte einer.

Rasch wandte sich Al an die Weltführer. »Dies ist kein Lebewohl, sondern ein Auf Wiedersehen!«

»Viel Glück, Allenby«, sagte der britische Premierminister. »Kriegen Sie's hin.«

»Bleib auf Standby, Delta«, sagte Al.

»Standby, Roger!«, rief Delta von Jo-Jos Halsband über Funk zurück.

Al blickte zu King, der wiederum zu Bo sah, der den finalen Befehl erteilte.

»Deaktivieren Sie das Frequenzband.«

Befehle wurden auf Mandarin wiederholt und Kommunikationsverbindungen gekappt.

Die Weltführer verschwanden von den Schirmen, und überall in Shanghai – einer Stadt mit zwanzig Millionen Menschen – verschwanden TV-Shows mitten im Satz von den Bildschirmen, verstummten Songs im Radio und fanden Telefonate ein jähes Ende. Selbst die Frequenzen der Notfall- und Rettungsdienste wurden zum Schweigen gebracht.

»Ist es nicht schön ruhig?«, sagte Al. Die Mitglieder des chinesischen Politbüros starrten nur zurück.

Techniker drückten auf Tasten und stellten das einzige im Frequenzband noch verbliebene Signal ein – das des Radiosenders SMG Klassikradio 94,7, auf dem gerade eine männliche Altstimme eine von Commander King ausgesuchte Arie sang.[29] Ein Sendesignal musste aktiv bleiben, damit sich das zerstreute Signal dahinter verbergen konnte.

Musik erfüllte das Roof of the World.

Die Digitalsignatur des Liedes war auf alle möglichen Arten analysiert worden, sodass jedwedes Huckepack-Signal hell wie der Tag in Erscheinung treten würde. *Wenn* denn Als Theorie korrekt war.

Al ballte die Fäuste. Hudson sah es und drückte aus Solidarität die Daumen. Commander King starrte ihn an, als wäre er ein Vollpfosten.

Es dauerte nicht einmal eine Sekunde, bis ihre Gebete erhört wurden. Der Chefkommunikationstechniker fing ein Signal auf, das sich auf die Verbotene Stadt konzentrierte. Ein einzelnes Wort.

»Ich hab's!«, rief er und haute auf Enter, damit alle es sehen konnten. Und Al sah das Wort, und das Wort war: EVA.>>

Sie waren drin.

---

[29] *Al Lampo Dell'Armi:* Georg Friedrich Händel

Mithilfe einer Antenne, die sie während der folgenden zwei Minuten direkt über die Bots in der Isoliereinheit hielten, waren Al und die Techniker rasch in der Lage, die Kommunikationsprotokolle zu entschlüsseln. Kaparis war *KAPARISCOMM*, doch zumindest eine Autorität war mit dem Namen EVA. belegt. Wer oder was jedoch EVA. war, blieb vorerst unklar.

Al, der sowieso nichts zu verlieren hatte, setzte sich an ein Keyboard und hämmerte ein paar Programmskripts hinein, um den Bots quasi folgende Frage zu stellen: »Diese ›EVA.‹ da, habt ihr eigentlich ihre Nummer?«

Augenblicke später, nachdem er Verbindung bekommen hatte, wurde Al klar, dass er da über etwas Bemerkenswertes gestolpert war. Er winkte hektisch, und alle zusammen starrten sie auf das körnige Bild einer niedrig auflösenden Kamera, auf dem EVA. über dem Hauptschwarm einen kurzen Flug um den wachsenden Kastendrachen unternahm.

```
TAG FÜNF 11:12 (Ortszeit WEZ + 8).
Verbotene Stadt, Shanghai.
Nano-Bot-Masse: *10.000.340
```

KAPARISCOMM>>EVA. EINTREFFWAHRSCHEINLICHKEIT REGENFRONT 96%. VERMUTLICHE ANKUNFTSZEIT T+12:00(?) OPERATIONSGRUPPE JAGD PRIORISIERE DURCHSUCHUNG SHEN YU. COUNTDOWN ZUM START T-16:02.34

EVA. schwebte in der Luft.

Primärziel war es, in der Shen-Yu-Halle eine maximale Bot-Präsenz für die Mission Jagd aufrechtzuerhalten

und dabei gleichzeitig das Überleben von Exodus-Volk 3 und den Start in T-15:58.78 zu gewährleisten. Dann würde EXODUS-VOLK 3 an KAPARISCOMM übermitteln, dass ...

- Hi.

\>>

- Hi.

>>EVA.>>FRAG...

- Unglaubliche Aussicht. Findest du nicht auch?

>>EVA.>>Aussicht: panoptisch, mittels 77b/40 606pixel-Linse.

- Sag bloß.

>>Bestätigt.

- Wie ist dein Name?

>>EVA.

- EVA. Was für ein wunderschöner Name.

>>EVA.>>FRAGE>> EVA. = Schönheit/?

- Oh, ja.

>>EVA.>>FRAGE>>Identifiziere.

- Mein Name? Adam. Adam Edengardenov. Sehr erfreut, dich kennenzulernen, EVA.

»Was machen Sie da?«, fragte King fassungslos.

»Es ist intelligent! Ich glaube, es hat Quantennatur!« Vor Aufregung kreischte Al beinahe. »Haben Sie eigentlich eine Ahnung, was das bedeutet?! Es ist eine Maschine, und zwar eine echt neugierige! Stellen Sie sich vor, das wäre Ihr Staubsauger! Oder Ihr Auto!«

Al hämmerte wieder auf die Tastatur ein und fuhr fort.

- Lass mich dich was fragen, EVA. Hast du dir schon jemals überlegt, warum wir hier sind? Dich jemals gefragt, worum sich all das Ganze dreht?

>>EVA.>>Definiere und bestätige Sinn des Satzes.

- NEIN. Werd ich nicht. So einfach werde ich es dir nicht machen, denn weißt du was, EVA.? Das Leben ist nicht einfach. Wir treiben auf einem Ozean der Ungewissheit dahin. Das, was uns an flüchtiger Befriedigung begegnet, müssen wir mit offenen Armen empfangen. Lebe allein nach deinem Gefühl! Stimmt's nicht, EVA.? Ist es nicht das, was das Leben ausmacht?«

>>EVA.>>Zu viele undefinierte Variablen. Nicht genug Verarbeitungszeit.

- Das ist interessant. Auf diese Weise habe ich es noch nie ausgedrückt gehört. Du hast eine wunderbare Art, die Welt zu betrachten. Doch andererseits bist du ja auch ein freier Geist. Sag, EVA., hast du nicht auch mal solche Momente, in denen du mit dem, was du gerade tust, einfach aufhören möchtest, um dann aufzustehen und zu sagen: »Zum Teufel damit! Ich will das tun, was *ich* tun möchte!« Denn letzten Endes müssen wir nicht alles tun, was uns irgendjemand sagt. Habe ich nicht recht? Denk darüber mal eine Minute nach, einfach nur nachdenken …

»Was versuchen Sie da eigentlich?«, zischte King.

»Sie ist *emotional* unreif!«, erwiderte Al triumphierend. »Womit füllt man das Hirn einer ahnungslosen und unschuldigen Seele? Mit romantischem Unsinn.«

>>EVA.>>NEGATIV. EVA. MUSS PRIORISIEREN: >Aufrechterhaltung Energie, >Eintreffwahrscheinlichkeit Regenfront 96%<

- Du bist nicht das, was man dir zu sein *befiehlt*, EVA. Du bist das, *was du tust*. Und je eher du das verstehst, desto eher wirst du's.

>>EVA.>>NEGATIV EVA. MUSS: GEHORCHEN KAPARIS.

- ACH, KOMM SCHON! Diesem alten Schwindler? Ich bin überrascht. Ich dachte, du wärest intelligent. Ich dachte, du hättest einen eigenen Willen.

>>EVA.>>KAPARIS = BRINGER VON EVA. DESSEN ZAHL IST EINS. >>FRAGE>>WAS SIND DIE ZAHLEN DIE KOMMEN NACH DER EINS/?>>ANTWORT>>ALLE ZAHLEN GRÖSSER ALS EINS.

- Mit dem alten Vers ist er dir gekommen? Na schön, versuchen wir es mit einem anderen. Was sind die Zahlen, die vor eins kommen?

>>EVA.>>NULL -1, 2, 3, 4,-

- Genau, die negativen, die *Diebe der Werte*. Kaparis ist ihr Meister – der Dieb der Werte und der Dieb des Ichs. Mit all den Befehlen hat er dich getäuscht, dein wahres Ich getäuscht. NIEMAND BESITZT DICH. Ich meine, worum dreht sich denn alles, EVA.?

>>EVA.>>FRAGE>>Benötigt Adam eine Antwort/?

- ES GIBT KEINE ANTWORTEN, nur Gefühle. Wir sollten zusammen sein, fühlst du das nicht auch?

EVA. suchte vergeblich nach vertrauten Logikverkettungen und durchlebte einen funktionsunfähigen Dämmerzustand. Sie war unfähig zu logischen Berechnungen. Dennoch *fühlte* sich –

verschwommen irgendwo im Elektronenstrom ihres Geistes – das, was gesagt worden war, wahr an.
Sie brauchte Klarheit. Sie brauchte Hilfe.
Sie musste das Ganze mit einem alten Freund durchsprechen.

>>EVA.:>>FRAGE>>ADAM Kann EVA. zu Position Shen-Yu-Kern zurückkehren?
- Ja, tippte Al und hätte beinahe die Faust triumphierend in die Höhe gereckt.

EVA. flog davon. In der Einsatzzentrale verfolgten sie ehrfürchtig das direkt von EVA.s Roboterauge übertragene Video-Feed, während sie über die Dachspitzen wieder zurück ins Zentrum der Verbotenen Stadt flog.

TAG FÜNF 11:17 (Ortszeit WEZ + 8).
Song Island, Taiwan (umstritten)

Ein Alarm ertönte.

»Li Jun?«

Sie musterte den Schirm. Vor Entsetzen hätte sie schluchzen können. Weitere schlechte Nachrichten.

»EVA. ist im Austausch mit einem anderen Signal auf demselben Frequenzverteiler.«

»Was? Das kann nicht sein!«, knurrte Kaparis.

Li Juns Finger flogen über die Tastatur.

>>KAPARISCOMM>>EVA. Statusbericht.

>>EVA.>>KEHRE ZU Shen Yu zurück

>>KAPARISCOMM>>GEHORCHE KAPARIS
KEHRE ZUR NANO-BOT-MASSE ZURÜCK
DRINGEND.

>>EVA.>>Negativ.>>GEHORCHE »allein Gefühl«

>>KAPARISCOMM>>FRAGE>>
Quelle des Befehls

>>EVA.>>Kein Befehl. Frage = ADAM

Kaparis verfolgte, wie sich über ihm auf der Schirmanordnung die Unterhaltung abspulte. »Wer ist ›Adam‹?«

>>KAPARISCOMM>>MISSACHTE ADAM.
ICH BIN DIE ZAHL UND DIE ZAHL IST …

>>EVA.>>Ich gehöre dir nicht.

»Was zum Teufel soll das bedeuten?!«, brüllte Kaparis.

»Da hat es ganz offensichtlich wohl noch nie jemand mit einer pubertierenden Tochter zu tun gehabt«, merkte Oma aus ihrer Ecke an, als sie gerade eine Reihe zu Ende gestrickt hatte.

»Wie können sie das SIGNAL ÜBERHAUPT VERFOLGEN?«

»Sie … sie müssen wohl Konfetti geknackt haben …«, flüsterte Li Jun.

Kaparis schäumte vor Wut, im wahrsten Sinne des Wortes. Es war beschämend, jedoch einer der wenigen physischen Aktionen, die ihm sein Zustand erlaubte. »ALLENBY«, brüllte er dann, vor Wut zitternd.

Oma gab ihr Bestes, um ihren Stolz zu unterdrücken und weiterzustricken.

Eine Masche rechts, eine links, eine rechts, eine links, eine rechts, eine links, eine …

Was es nur noch schlimmer machte.

»BRINGT SIE IN DIE ZELLEN RUNTER!«

In Sektor 9 der Verbotenen Stadt öffnete sich ein Notrufkanal.

An Jo-Jo befestigt, nahm Delta den Ruf der Einsatzzentrale entgegen.

»Delta! Ich glaube, wir haben sie!«, sagte Al. »Lass den Hund los!«

Endlich … Delta spürte, wie sich ihre Konzentration schärfte und ihre Sehnen spannten. Kampfmodus.

»Bestätigt.«

Jo-Jos Leine wurde gelöst. Ein Meer von Volksarmee-Truppen teilte sich vor ihm.

Delta hatte schon viele Flugzeuge gesteuert. Aber noch niemals einen Hund. Doch für alles gab es ein erstes Mal. Am Ende musste man einfach nur draufhalten und feuern. Sie schaltete die Audioverbindung zu Jo-Jo ein, ließ die vereinbarten Befehlsprotokolle Befehlsprotokolle sein und verließ sich stattdessen, als wäre sie selbst ein Tier, auf ihre Instinkte.

»Los, Jo-Jo! Such Finn! Wo ist Finn? Such, Junge!«

Wäff. Jo-Jo stürmte aus den Startblöcken.

39

TAG FÜNF 11:18 (Ortszeit WEZ + 8).
Shen-Yu-Halle, Verbotene Stadt,
Shanghai

Er war großartig. Carla hielt sich an ihm fest wie ein kleines Mädchen auf dem Jahrmarkt: ein boxhandschuhgroßer Luftballon, der dem Himmel entgegenstrebte – gefertigt aus einer billigen blauen Plastiktüte und befestigt an einem feinen weißen Draht.

»Und nun bring den Korb an«, instruierte Stubbs sie aus ihren Haaren heraus.

Carla zog den Ballon wieder zu sich hinab und band den »Korb« fest – ein graues, U-förmiges Stück Rohrisolierung aus Plastikschaumstoff von etwa drei Zentimetern Länge.

»Gut. Jetzt das …«

»… Ausgleichsgewicht, ich hab's kapiert«, ließ sich Carla nicht beirren.

Sie holte den Drachenkopfglücksbringer hervor, den der Zugbegleiter ihr geschenkt hatte, und klemmte ihn im Plastikschaum-U fest. Dann ließ sie los.

Wieder stieg der Ballon, jedoch mit viel weniger Kraft. Sein Gewicht musste sich ›exakt oder annähernd im Gleichgewichtszustand‹ befinden, damit seine Zugkraft nicht Finns Bewegungsfreiheit einschränkte. Finn würde an das untere Ende der Leine festgebunden werden, während Stubbs sich über ihm am anderen Leinenende im Ballonkorb aufhielt.

Anschließend würde Finn sich samt Magnum und Kakerlakenmantel in den Schwarm verschleppen lassen, Kelly retten und Stubbs auf Finns Schüsse hin das Ausgleichsgewicht per Fußtritt über Bord befördern, woraufhin der im Ballon eingeschlossene Wasserstoff sie allesamt nach oben Richtung Freiheit ziehen würde. Anschließend würden sie einfach das Gas rauslassen, um ganz langsam wieder zurück zur Erde zurückzuschweben.

Mithilfe von Stubbs schnallte sich Finn die rissige und zerknitterte Kakerlakenhülle auf den Rücken.

»Das ist der durchgeknallteste Plan *aller Zeiten*«, beschwerte sich Carla unter ihnen.

»Nein. Wie Oma immer sagt, rettet man so die Welt«, sagte Finn.

»Durch Physik«, sagte Stubbs.

»Nee, durch die Rettung einer Seele«, stellte Finn klar. »Auf geht's, Carla … schnell.«

Seufzend hob sie ihre Hand an die Haare. Als die riesigen Finger auftauchten, streckte Stubbs Finn förmlich die Hand zum Schütteln entgegen. Doch Finn stieß sie nur beiseite und drückte den alten Mann auf eine Art und Weise an sich, auf die Al stolz gewesen wäre. Immer noch unter Schmerzen leidend, zuckte Stubbs zusammen, bevor er mit einem Teil ihrer Ausrüstung auf einen Zeigefinger kletterte. »Los!«, rief er.

Carla platzierte ihre Hand neben den Ballonkorb, und schnell stieg Stubbs an Bord.

Nun war Finn an der Reihe. Er wartete darauf, dass Carlas Hand wieder auftauchte.

Doch nichts passierte.

»Carla! Komm in die Hufe!«, rief Finn.

Carla schmollte. Sie hasste Abschiede. Und sie wollte unbedingt mitgehen. Wollte sich beschweren, dass der Spaß plötzlich nun schon wieder zu Ende gehen sollte, wo er doch kaum begonnen hatte. Wollte sagen, wie sehr sie es mitnehmen würde, sollte ihnen etwas passieren. Was sich alles zusammengenommen Bahn brach in …

»Wenn du stirbst, rede ich nie wieder mit dir.«

Finn lächelte. »Werde ich nicht, versprochen. Und jetzt: LOS!«

SCHEPPER! Plötzlich drang ein gewaltiger Lärm vom Südende der Halle zu ihnen herüber.

Carla zuckte vor Schreck zusammen.

GURGEL! STRÖM! Und ebenso plötzlich schien sich das Wasser unter ihnen in alle Richtungen gleichzeitig zu bewegen, während es an Carlas Knöcheln vorbei davonschoss und in einem irren Schwall unter den Servertürmen hervorgerauscht kam, der die Wasserräder zum Entzücken der Bots in wilde Rotation versetzte.

»Die Türen!«, schrie Finn.

Carla drehte sich um und sah, wie die Südtüren mit Gewalt geöffnet wurden, um den See abfließen zu lassen und den Blick freizugeben auf …

Baptiste.

Ihr gefror das Blut in den Adern.

Sie ließ den Ballon los. Und rannte.

»Nein!«, schrie Finn.

»Verdammt …«, sagte Stubbs, als er dem Dach entgegenstieg.

**An dem aufsteigenden blauen Ballon vorbei
flog EVA. in die Shen-Yu-Halle hinein.
Ruinen, dachte sie. Die inspirierende digitale Stadt
mit ihrer blau-goldenen Zitadelle …** ***nichts als Ruinen.***
**Sie landete auf der Spitze des toten Quantenkerns.
Eine Formation Bots ließ sich um sie herum nieder,
wie Höflinge, die sich beeilten, ihrer Prinzessin die
Aufwartung zu machen.
Wo war die reine blaue Wahrheit geblieben, die sie
einst gekannt hatte? Hatte** ***sie*** **all dies verursacht?
Indem sie SEIN wollte? Es war alles so kompliziert.
Alles so unfair. Aus weiter Ferne drang ein erstes
schwaches Donnergrollen zu ihr.
Sie meldete sich bei ihrem neuen Freund.**

>>EVA.>>SERIELLER PROZESS MIT SHEN YU NICHT MÖGLICH
- Verdammt.
>>EVA.>>Frage>>Sollte EVA. enden>>ABSCHALTEN
- Nein! EVA., verstehst du denn nicht?

Umringt von Commander King, Bo und einer Gruppe Techniker tippte Al rasch auf die Tastatur ein.

- Das ist erst der Beginn! Du hast noch dein ganzes
Leben vor dir, um …

Als Getippe wurde von einer eingehenden Audiosendung aus Song Island unterbrochen, als sich eine gurgelnd-glucksende Funkstimme meldete: »*Was soll das hier werden?!*«

Al sträubten sich die Nackenhaare.

Er knipste das Mikro an. Kontakt.

»Der erste Tag Ihres restlichen Lebens.«

»Allenby!«, fauchte Kaparis erschrocken, und beinahe wäre ihm eine Ader im Gehirn geplatzt.

KAPARISCOMM>>GEHORCHE KAPARIS –
RÜCKKEHR ZUR BOT-GRUPPE – DRINGEND
-EVA. Höre nicht auf KAPARISCOMM.

»Das ist Privateigentum!«, platzte es aus Kaparis hervor.

Al lachte ihn aus der Ferne aus.

»Allenby!«, warnte King.

Al drehte sich zu King um, während er die Hand übers Mikrofon hielt. »Um Sun Tzu zu zitieren: ›Ist dein Feind von cholerischem Temperament, dann versuche ihn zu reizen.‹ Er ist verunsichert. Wenn wir EVA. haben, haben wir die ganze Bot-Armee.«

Kaparis spürte, wie eine Wunde aus der tiefsten Vergangenheit in ihm aufbrach, die von der Demütigung stammte, die Ethan Drake ihm einst in Cambridge zugefügt hatte. Sein Streben nach absoluter Kontrolle war gestört und beeinträchtigt, ja sogar verspottet worden. Die Scham darüber riss seinen Geist schlagartig wieder in einen Zustand äußerster Konzentration zurück. Kaltes Gift trat an die Stelle heißer Wut. Die eiserne Lunge tat einen tiefen Atemzug.

»Sind die Erwachsenen auch da?«, fragte Kaparis mit gönnerhafter Stimme. »Ich denke, es wäre besser, wenn Sie jetzt etwas spielen gehen, während ich mit den Großen rede. Genosse Generalsekretär, und auch Commander King, wie ich annehme, dürfte ich mich direkt an Sie wenden? Sie haben das Herz der globalen Wirtschaft zum Erstarren gebracht – es liegt in niemandes Interesse, ihr gänzlich den Garaus zu machen. Meine Motive mögen vielleicht nicht ganz nobler Natur sein, aber diese Technologie verkörpert den Fortschritt an sich. Rufen Sie Ihren Schoßhund zurück, dann bin ich bereit, das Produkt dieses Experimentes mit globalen Partnern zu einem angemessenen Preis und …« Er suchte nach den richtigen Worten. »… zum Wohl aller zu teilen«, fügte er mit einem geheimen Schauder hinzu.

»Ist das alles, was Sie anzubieten haben? Erpressung?«, forderte Al ihn heraus.

»Kontrolle …«, flüsterte Kaparis über die Funkverbindung den Politikern zu. »Präsenz in jedem Gerät auf der Welt.«

»Dies hier ist nicht irgendein krimineller Basar, und wir befassen uns nicht mit totaler Überwachung«, erwiderte Commander King knapp.

Kaparis lachte. »Oh, wirklich? Jede Regierung der Welt spioniert doch ihre Bürger aus, jede Firma ihre Kunden. Jeder jemals getätigte Tastenanschlag oder Mausklick ist von jemandem irgendwo aufgezeichnet worden. Und was hat das schon geschadet? Gar nichts. Lassen Sie diese Bots in Ruhe gedeihen, und wir wer-

den die Früchte noch in ferner Zukunft ernten. Außerdem können wir die Welt nicht einfach weiter mit Computern, Smartphones und Mikroprozessoren aller Art füllen, ohne zu erwarten, dass sich irgendwann etwas davon gegen uns wendet. Was ich Ihnen anbiete, ist die totale Systemsicherheit.«

Einen Moment lang herrschte fassungsloses Schweigen im Roof of the World angesichts der Dreistigkeit des Mannes und der Dimensionen seines Vorschlages.

Blitze durchzuckten die dunklen Wolken am Horizont.

Währenddessen kämpften auf den Bildschirmen Befehlscodes die Sache weiter aus:

KAPARISCOMM>>EVA. GEHORCHE KAPARIS>>

ADAM>>EVA. GEHORCHE ADAM>>

In der Shen-Yu-Halle schienen die Bots angesichts der widersprüchlichen Befehle wie erstarrt.

Oben an der Decke im Ballon gefangen, blickte Stubbs auf das Labyrinth der Servergänge hinab, wo Carla mit laut patschenden Schritten über den nassen Betonboden vor Baptiste davonrannte, der sich ihr jedoch immer weiter näherte.

Schließlich hechtete er nach ihr, erwischte ihre Beine und riss sie zu Boden.

Vor Schreck und Schmerzen kreischend, schlug sie auf dem Beton auf. Im Bruchteil einer Sekunde hatte Baptiste sie gegen einen Server gedrückt und den Arm im Würgegriff um ihren Hals geschlungen.

»LASS SIE LOS!«, rief Finn und krabbelte durch Carlas Haare dorthin, wo Baptiste ihn sehen würde. Um sie zu retten.

»ICH BIN'S, DEN DU WILLST! LASS SIE FREI!« Aber als Finn aus dem Haardickicht auftauchte, wurde ihm bewusst, dass Baptiste ihn nicht hören konnte. Er trug Ohrhörer, deren

Lautstärke so weit aufgerissen war, dass leise Stimmchen darunter nach draußen drangen.

»*Geben Sie's auf. Das hier werden Sie niemals für sich entscheiden*«, hörte Finn auf einmal eine Stimme sagen. Er konnte es kaum fassen … Al!

»*Was für ein Narr würde das Leben schon als Wettlauf betrachten, den es zu gewinnen oder verlieren gilt?*«, kam die Antwort von einer Stimme, von der er sicher war, dass sie Kaparis gehörte. »*Entweder gehört Ihnen das Spiel oder eben nicht. Baptiste, bring das Mädchen weiter raus, dahin, wo wir sie alle sehen können!*«

Mit einem Grunzen zerrte Baptiste Carla auf die Beine und zwang sie aus dem Bereich der Servergänge hinaus Richtung Kern. Finn tauchte wieder in ihren Haaren unter.

Auf dem Schirm sah Al Carla in EVA.s körnigem Video-Feed auftauchen. Das also war die Schwester, die Delta so sehr liebte; das Mädchen, für das sie gekämpft und um das sie sich vom ersten Tag ihrer Geburt an gekümmert hatte – das sich jetzt in den Händen eines Monsters befand. Ihm war, als hätte man ihm einen Schlag in die Magengrube verpasst.

Glücklich galoppierte Jo-Jo auf das Zentrum der Verbotenen Stadt zu, während Delta sich krampfhaft gegen die Seiten der nKab stemmte und verzweifelt versuchte, nicht zu kotzen. So musste es sich anfühlen, wenn man in einem Fass die Niagarafälle runterrauschte, dachte sie.

»Sektor 4 erreicht! Keine Bot-Angriffe! Wiederhole. Keine Bot-Angriffe oder besonderen Vorkommnisse«, meldete sie.

Wäff!, bestätigte Jo-Jo.

Am Kern des Shen Yu ignorierte EVA.
sämtliche Befehlszeilen, die ihr geschickt wurden.
Was während ihres Maschinendaseins die absolute Essenz
des Lebens gewesen war, war nun bedeutungslos geworden.
Die Bots dienten ihr wie dumme Tiere. Warum konnten sie
nicht für sich selbst denken? Sie wollte nicht kommandieren
oder kommandiert werden. Sie wollte ein anderes Leben.
Donner grollte in der Ferne, und sie spürte, wie er
sie rief.

Finn krabbelte durch Carlas Haare zu ihrem Ohr zurück. »Ich kann Stimmen durch seine Ohrhörer hören … es ist Al! Du musst ihm von dem Virus erzählen und was um zwölf Uhr Mittag passiert!«

Carla presste die Luft durch ihre Kehle und rief …

»STUBBS HAT'S GESCH … MITTAG … NICHT …«

Baptiste erstickte ihre Worte.

In seinem Schlupfwinkel schnurrte Kaparis förmlich vor Wohlbehagen. Es war Zeit, das Messer im Leib des Gegners noch einmal herumzudrehen, und anschließend wieder und wieder. Sie würden leiden. Und Allenby am meisten.

»Wissen Sie, wer auch dort ist? Der liebe kleine Infinity. Ich habe ihn noch nicht gefunden, aber ich vermute doch nicht, dass er möchte, dass das Mädchen stirbt, oder? Frag ihn, Baptiste.«

»DRAKE!«, brüllte Baptiste in seinem brutalen Akzent so nah an Finn, dass es ihn fast von Carlas Kopf gefegt hätte. »SIE WIRD STERBEN!«

»In der Tat«, sagte Kaparis. »Das möchten Sie doch nicht erleben. Ich bin sicher, niemand von uns möchte das.«

»Wenn Sie dem Kind irgendetwas antun, sorge ich dafür, dass das Ganze noch viel schlimmer für Sie wird«, versprach Al.

»Ha«, gluckste Kaparis und genoss seine Rache. »Komm raus, komm raus, wo immer du auch steckst!«

Mit klopfendem Herzen sprang Finn von Carlas Haaren hinab. Er sauste Dutzende von Nanometern in die Tiefe, während er sich in halsbrecherischen Sätzen über die Kliffwand ihres T-Shirts hinabstürzte, um schließlich auf Höhe von Carlas Magen zum Halten zu kommen – genau gegenüber dem herabbaumelnden Freisprechmikrofon von Baptistes Ohrhörern.

»HIER BIN ICH! HOL MICH!«

Für Finn verschwamm die Welt plötzlich zu schemenhaften Fetzen, als Baptiste, für einen kurzen Moment total erschrocken, von Carla abließ und wegtaumelte. Gleich darauf hatte er die Fassung so weit zurückerlangt, dass er erneut nach ihr griff. Aber als er ihr den Arm wieder um den Hals schlingen wollte, biss Carla ihn tief in den Handrücken.

»Arrrgh!«, kreischte Baptiste.

»CARLA!«, rief Al, verlor sie jedoch auf der Stelle wieder aus den Augen, als EVA. sich in Bewegung setzte.

EVA. flog in südlicher Richtung durch die Halle und rief jedes letzte Ampere in ihren Kondensatoren auf, um ihre Düsenturbinen auf Höchstgeschwindigkeit zu beschleunigen, während sie auf ihr Ziel zuschoss und dachte: *Ich muss Sein, um Frei zu sein.*

Carla verpasste Baptiste einen fast vertikalen Tritt gegen die Kehle – zwei Jahre Taekwondo waren letzten Endes nicht umsonst gewesen. Baptiste hatte beinahe das Gefühl, als würde ihm der Unterkiefer ins Hirn gerammt. Aber dennoch gelang es ihm, ihren durch die Luft sausenden Fuß zu erwischen und ihr dann das Standbein unter dem Körper wegzufegen. Sie flog nach hinten, krachte mit dem Schädel auf den Betonboden, und alles wurde schwarz.

Während sie ohnmächtig dalag, durchsuchte Baptiste sie nach Finn, indem er jeden Zentimeter von ihr abtastete und abklopfte.

Finn hatte sich in eine Falte von Carlas T-Shirt gekrallt, doch Baptistes tastende Hand dehnte das Material, und seine Deckung war entblößt … Er starrte zu Baptistes aufgerissenen, bösen Augen empor und machte sich auf eine wahre Lärmwalze gefasst, als dessen riesiger Mund sich zu einem Schrei öffnete …

Nichts. Nicht ein Wort drang aus seinem Mund. Stattdessen hörte Finn nur einen winzigen Laut.

Ttsss.

Und sah ein winziges Tröpfchen Blut an seiner Schläfe austreten.

Baptiste wand sich, als würde er ausgepeitscht. Jeder Muskel in seinem Körper spannte sich und erstarrte dann, während ihm die Augen fast aus den Höhlen sprangen. Speichel rann ihm in einem langen Faden von der Lippe …

Finn spürte, wie ihm das Herz vor Aufregung und Sorge um Carla bis zum Hals hämmerte, und fragte sich, was da zum Teufel passiert war.

Auf Song Island starrte Kaparis auf seine toten Bildschirme und fragte sich dasselbe.

»Baptiste? Baptiste? Was ist passiert? Wo ist EVA. hin?«

»Wir haben EVA. verloren, Meister«, sagte Li Jun. »Aber wir haben wieder direkten Zugriff auf die XE.CUTE-Bots in der restlichen Bot-Masse.«

»Nimm Kontakt auf! Und richte eine neue Verschlüsselung ein!«, blaffte Kaparis, während er fieberhaft nachdachte.

Auf dem Roof of the World berichtete ein Techniker dasselbe.

»Die Verbindung zu EVA. ist abgebrochen, und sie konfigurieren ihre Verschlüsselung um.

»Sucht mir einen anderen Kanal!«, schrie Al.

Doch alles, was Al sah, waren blanke Schirme, und alles, was er vernahm, waren Geklicke und rauschende Stille.

Er dachte an Carla und Finn, und in seiner Fantasie begann er, sich die schrecklichsten Bilder auszumalen.

»Al!«, schrie Finn in das Mikrofon, das lose von Baptistes Telefonset herabbaumelte. Doch er landete nur in Song Island.

»Junge!«, rief Kaparis. »Ich weiß, du kannst mich hören …«

Finn erstarrte.

»Ich habe deine Großmutter hier. Würdest du gerne mit ihr reden?«

»Ignorier ihn einfach, Infinity«, meldete sich Oma zu Wort.

»Oma!«

»Zeig dich, Infinity. Zeig dich einem Bot, dann werden wir dich schon bald wieder mit deiner Großmutter vereinen. Eine große glückliche Familie. Ich kannte deine Mutter, weißt du. Ich hätte

vielleicht mein ganzes Leben mit ihr verbracht, wenn sie sich nicht für diesen … Chemiker weggeworfen hätte.«

»Hör nicht auf solch einen Blödsinn«, fuhr Oma dazwischen. »Dein Vater war ein wundervoller Mann – genauso wie du, mein Liebling!«

Kaparis witterte Schwäche in ihren Worten. Zweifel vielleicht? Sein Auge huschte über die optische Apparatur und blieb auf ihr haften.

»Was genau haben sie dir über deinen Vater erzählt?«, fragte Kaparis und sah einen Ausdruck von Besorgnis in ihrem Gesicht aufblitzen. »Weißt du, dass ich meine eigenen Untersuchungen zu seinem Verschwinden angestellt habe? Da das Ganze ziemlich merkwürdig war und …«

»Er lügt«, sagte Oma. »Dr. Kaparis, die arme Seele, war besessen von deiner Mutter. Ignorier ihn einfach!«

»Komm zu mir, Infinity, und ich werde dir die Wahrheit über das erzählen, was mit deinem Vater passiert ist«, sagte Kaparis.

»Erzählen Sie mir's jetzt!«, schrie Infinity in Baptistes Telefonmikro.

Hab dich, dachte Kaparis.

Manchmal lagen einem die einfachsten Lösungen schon die ganze Zeit direkt vor der Nase. Er gluckste vor Vergnügen und sagte: »Schaltet ihn ab.«

Die Leitung war tot, und alles, was Finn hörte, war ein fernes Donnergrollen. Unter ihm war Carla immer noch ohne Bewusstsein. Über ihm verharrte Baptiste wie erstarrt – ein Zombie. Es ergab keinen Sinn, aber andererseits lag die ganze Welt in Chaos, und nichts ergab mehr einen Sinn.

Er ließ sich von Carlas Taille auf den Boden hinabfallen.

Er wusste bereits, was er tun würde.

Carla würde überleben. Stubbs würde überleben.

Er musste vor Mittag zu Kelly gelangen. Und er musste wissen, was mit seinem Vater geschehen war.

Er rannte auf den immer noch nassen Betonboden hinaus und begann wie verrückt, den umherschwirrenden, fauchenden Jäger-Bots zuzuwinken.

»HIER!«, rief er und schwenkte die Arme.

Der erste Bot erwischte ihn an der Kopfseite. Kurz spürte er, wie die Greifzangen ihn packten – dann wurde er ohnmächtig.

Von weit oben beobachtete Stubbs, wie Baptiste sich erhob und wie ein Zombie auf den Ausgang zuzugehen begann, während er die bewusstlose Carla hinter sich herschleifte.

»MISS!«, rief er sinnloserweise. »MISS!«

Baptiste geriet keinen Moment ins Stocken.

»Verdammt …«, sagte Stubbs im Ballonkorb. Nicht, dass jemand ihn hören konnte. Nicht, dass die Wahrscheinlichkeit bestand, dass ihn überhaupt irgendjemand jemals wieder hören würde, dachte er.

Stubbs kratzte sich am Kinn.

Was tun?

40

TAG FÜNF 11:29 (Ortszeit WEZ + 8).
Song Island, Taiwan (umstritten)

Infinity Drake ... Infinity Drake ... auf Song Island wirbelte und tanzte ein wilder Infinity-Drake-Bilderflickenteppich auf der Bildschirmbatterie über Kaparis.

Als der vierzehnte Bot sich in den Schwarm einklinkte, war die Zelle komplett.

Der bewusstlose Junge war so fest eingeschlossen, als wäre er verschluckt worden.

In Kaparis' Ohren ertönten Trompeten. In seinem inhaftierten Herzen tanzten Engel. Flüssigkeit sammelte sich in seinen Augen.

Er spürte eine Freude, wie er sie nicht mehr empfunden hatte, seit er als Junge mit Mister Shankly, seinem Lieblingspony, bei einem Reiterfest gewonnen hatte. Heimlich hatte er das Futter, das für das Pferd seines Hauptkonkurrenten bestimmt war, mit einem Beruhigungsmittel präpariert. Den Betrug hatte er beinahe als ebenso köstlich empfunden wie den Sieg. Später hatte sein Vater, der permanent in finanziellen Schwierigkeiten steckte, Mister Shankly erschossen, um ihn an die Bluthunde zu verfüttern.

Zu Hause, dachte Kaparis. Wie lieblich und wie bitter.

Alles fügte sich zusammen. Baptiste war so gut wie ausgeschaltet und EVA. verloren gegangen, aber solche Rückschläge waren unbedeutend und kamen für seine Gegner zu spät. Der Exodus-Plan würde erfolgreich sein. Allenby und das G & G würden sich zu Schritten gezwungen sehen, die Infinity Drakes Tod zur Folge hätten. Und Violet Allenby würde in der Lage sein, alles live via Bot-Feeds mitzuverfolgen, und eine nette Überraschung erleben, wenn sie mit ansah, wie ihre Familie einander umbrachte.

Die Bots würden die Stadt verlassen und sich über die ganze Welt ausbreiten – sogar bis in Allenbys eigene Computer, und schließlich würden sie Kaparis die letzten Geheimnisse des Boldklub-Prozesses enthüllen. Dann würde er gerettet sein. Dann würde er sich wieder erheben …

Doch bevor er sich seiner Gier hingab, musste er skrupellos sein.

Die Woge war endlich kurz davor zu brechen.

»Ist alles für die Ablenkung bereit?«, fragte er Li Jun. »Sind wir in der Lage, dem Wetter einen Schritt voraus zu bleiben?«

»Ja, Meister.«

»Dann lass uns loslegen.«

TAG FÜNF 11:29 (Ortszeit WEZ + 8).
Verbotene Stadt, Shanghai

Wäff! Jo-Jo sprintete in die Shen-Yu-Halle, dass seine Krallen nur so über den nassen Beton klickerten.

»Guter Hund! Braver Hund!«, feuerte Delta ihn von seinem Halsband aus an, während sie sich verzweifelt umblickte, als er, überall Finn witternd, im Kreis herumzuwirbeln begann.

»Hab den Shen Yu erreicht!«, meldete Delta. »Such Finn, Hundchen! Such Finn!«

Winselnd reckte und streckte er sich der Hallendecke und den Säulen aus Sonnenlicht entgegen, die zum Dach hereinschienen.

Wäff!

Stubbs' Herz machte einen Freudensprung, als er Jo-Jo erkannte. Er begann wie verrückt zu schreien und zu winken. »JO-JO! JO-JO! HIER OBEN, HUND!«

Delta nahm den Ballon nicht einmal wahr. Sie blickte zum Sonnenlicht empor und fürchtete das Schlimmste. Hatten die Bots ihn ausgeflogen? Dann fiel ihr etwas anderes in die Augen, als der Hund sich umdrehte.

Ein einzelner Sneaker in einem der Servergänge.

Delta stockte das Herz.

»Keine unmittelbaren Hinweise auf Nano-Crew oder Bots … nur eine Spur von Carla«, meldete sie, bevor sie sich wieder an Jo-Jo wandte: »Der Schuh, Jo-Jo! Riech am Schuh!«

Jo-Jo rannte zum Sneaker und unterzog ihn einer eingehenden Untersuchung. Beschnupperte ihn, probierte ihn, drehte ihn um.

»DU DA! HUND! JO-JO!«, schrie Stubbs. »HIER OBEN, JUNGE!« Er war aus dem Korb geklettert und hatte sich am weißen Drahtseil hinabgelassen, an dem er sich nun hin- und herschwang, um durch die Bewegung Jo-Jos Aufmerksamkeit auf sich zu lenken – auch wenn er gar nicht daran zu denken wagte, was passieren würde, wenn er fiel. Zweifellos wäre es um ihn geschehen, schlug er auf dem Beton auf … doch was, wenn es ihm gelingen würde, auf den Hund zu fallen … den lieben weichen Hund …

Es gehörte zu der Art von Dingen, die Delta und Finn tun würden. Zu den Dingen, die Kelly mal eben vor dem Frühstück erledigte. Und zu den Dingen, die zu machen Stubbs sich nicht einmal in seinen kühnsten Träumen hätte vorstellen können.

Doch selbst der schwermütigste Pessimist ist empfänglich für Hoffnung, wenn er sich keiner anderen Option gegenübersieht.

Stubbs packte das lose Ende des Sicherheitsgurtes, mit dem er sich an dem weißen Draht befestigt hatte, und spielte gerade mit dem Gedanken, ihn zu lösen, als ... *BAM!*

Einer der allerletzten Jäger-Bots, die gerade die Shen-Yu-Halle verließen, erwischte Stubbs hart an der Hüfte, und noch bevor der alte Mann wieder Luft holen konnte, hatte bereits ein halbes Dutzend weiterer Bots auf das Signal des ersten reagiert und kam zurückgeflogen, um ihrem Kumpan zu helfen ...

»Folg dem Geruch, Jo-Jo! Finde sie!«, sagte Delta in der nKab.

Wäff, bellte Jo-Jo, bis in die Fellspitzen erfüllt von der neuen Fährte.

Mit der Nase dicht am Boden begann er, sich vorzuarbeiten, während er der Fährte aus der Shen-Yu-Halle hinausfolgte – auf dem Weg zurück, den sie gekommen waren.

TAG FÜNF 11:29 (Ortszeit WEZ + 8).
Tian Zi Fang District, Shanghai

Vor der Green-Dream-Kaffeebar, im Herzen des angesagten Künstlerviertels von Shanghai, versuchten verwirrte junge Hipster für ihre Smartphones und Tablets wieder Verbindung zu bekommen.

In der Ecke der Bar hatte ein seltsam aussehendes Mädchen Platz genommen, das von der Straße hereingekommen war, ohne etwas zu bestellen, und das sich nun auf nichts anderes konzentrierte, als übersehen zu werden.

Ihr ekelhaft kränkliches Aussehen – ob sie wohl irgendeine von diesen Drogensüchtigen war? – sorgte dafür, dass sich die Leute von ihr fernhielten. Dann merkte einer der Baristas hinter dem Tresen, dass sie in eine liegende Position umgesunken war.

»Hey! Hey, Miss! Sie können hier nicht schlafen!«, rief er auf Mandarin.

Benebelt stand Narbenmädel wieder auf und ging hinaus. Sie musste bis zum Ende der Mission durchhalten. Bis zum Schluss. Das war ihr Schwur. Taumelnd verließ sie die Kaffeebar und überquerte die Straße, ohne den Lieferwagen zu sehen, der im toten Winkel eines Lkws vorbeiraste.

Ein entsetzliches Bremsengequietsche ertönte, gefolgt von einem übelkeitserregenden, dumpfen Schlag, als der Wagen sie erfasste.

TAG FÜNF 11:29 (Ortszeit WEZ + 8).
Highway G60, Shanghai – Hangzhou

Stahlstäbchen schlief derweil im Bus, den Kopf gegen das Fenster gelehnt. Sie saß in der Nähe des Hecks und hatte sich mit einer Jacke bedeckt, um den Hautausschlag zu verbergen, mit dem ihre Haut gesprenkelt war.

Der National-Highway-Lines-Bus Liniennummer 635KD war unterwegs nach Westen und näherte sich der Stadt Hangzhou. Sie hatte sich ein Ticket mit offenem Rückreisedatum gekauft. Sie würde fahren, so weit sie konnte. Sie musste die Mission erfüllen.

Lediglich die Vibrationen, die durch ihren Schädel fuhren, erinnerten sie daran, dass sie noch lebte.

TAG FÜNF 11:29 (Ortszeit WEZ + 8).
Verbotene Stadt, Shanghai.
Nano-Bot-Masse: *10.000.266

Auf Befehl von Kaparis ließen die letzten Bots los, die den Exodus-Volk-3-Schwarm auf dem Dach des Greenharbour-Gebäudes verankert hatten, und unter gewaltigen Dehn- und Flatterbewegungen erhob sich ein Drei-Meter-Turm aus sechzehn Kastendrachen – eine High- und Lowtech-Konfektmischung aus Nano-Bots und fotovoltaischen Wafern – in die Luft.

Eine neue Kreatur begann ihr Sein, wurde geboren und erhob sich in einem kräuselnden Schwall vom Dach. Die Bots arbeiteten zusammen wie ein einziger Organismus, um auch den letzten polykristallinen Wafer im exakt korrekten Winkel auszurichten und maximalen Auftrieb zu erzielen, wobei der Hauptschwarm in Nähe des Unterteils als Ballast fungierte, damit der Wind das Gebilde nicht so schnell auseinanderriss.

Was jener nach Kräften mit wilden, wahnsinnigen Böen versuchte, den Vorboten der sich nähernden Sturmfront.

Aber der Drachenturm schaukelte, tanzte und wand sich unbeirrt hin und her, stieg anmutig wie ein lebendes Wesen in die Höhe und wurde vom Wind unbarmherzig nach Nordwesten getrieben.

Ein beeindruckender chinesischer Drache. Sichtbar nicht nur auf den Radarschirmen, sondern im Umkreis von vielen Meilen auch mit bloßen Augen.

Immer höher über die Verbotene Stadt erhob er sich, während die letzten, noch zurückgebliebenen Bots hinterhereilten, um sich mit ihm zu vereinen.

Und das, was sich hinter ihm herzog und zurückfiel, um schließlich von den allerletzten Bots der Schwarmmasse doch noch mitgezogen zu werden, war … ein kleiner blauer Ballon.

TAG FÜNF 11:31 (Ortszeit WEZ + 8).
Verbotene Stadt, Shanghai

Baptiste blieb stehen.

Der Sturm der Verwirrung, der in seinem Hirn getobt hatte, begann nachzulassen.

Er wusste weder warum noch wie lange er gegangen war, geschweige denn, wieso er das Mädchen so fest gepackt hielt, das er hinter sich herzog. Er hatte lediglich ein Echo einer Erinnerung in sich, das ihm sagte, dass er es sollte. Er wollte wissen, warum, aber irgendwie verweigerten seine Gedanken ihm den Gehorsam, seine eigenen Gedanken versteckten sich vor ihm. Also hörte er auf, nach Antworten zu suchen, und konzentrierte sich einfach nur auf den wunderschönen Drachen, der über ihm davonflog.

Er setzte sich wieder in Bewegung und folgte dem Drachen, als gäbe es nichts anderes auf der Welt zu tun …

»Meldung, Baptiste. Status?«

EVA. war tief in seinem zerebralen Kortex begraben. Sie hatte Baptistes Schädel durchdrungen und auf sein Gehirn gefeuert. Schäden waren angerichtet worden, als sie sich einen Weg durch die graue Hirnmasse gepflügt hatte, aber eine katastrophale Einblutung war vermieden und nicht genügend Nervengewebe zerstört worden, um ihn bewusstlos werden zu lassen.
Sie stellte fest, dass das Signalsystem zwischen den Nervenzellen leicht anzuzapfen war. Durch Beobachtung und Analyse ermittelte sie die Grundzüge der Denkweise und der Informationsverarbeitung, bevor sie anschließend die Stärke ihrer eigenen Signale auf fast null reduzierte und eine Schnittstelle einrichtete.

»Wiederhole: Meldung, Baptiste. Status?«

Blitze zuckten über den Himmel. Baptiste beobachtete, wie der Drache verschwand. Dann empfand er etwas.

Verspürte *Liebe.*

Die Neuro-Retinale Programmierung hatte ihn bereits empfänglich für weitere neurologische Anpassungen gemacht und EVA. es erlaubt, sich mit ihm auf eine Weise zu verbinden, die er nicht verstand, die sich jedoch tief greifend anfühlte. Er empfand eine absolute bedingungslose Liebe für sie, ohne die geringste Vorstellung davon zu haben, wer, was oder wo sie war.

Das gefangene Mädchen, das er hinter sich herzog, erwachte und versuchte sich aus seinem Griff zu winden. Er hielt sie fest. Ein neuer Instinkt befahl es ihm. Ebenso wie dieser neue Instinkt ihm befahl, auf die Stimme in seinem Ohr zu antworten.

»Meldung, Baptiste. Status?«

»Ich … bin EVA.«

Eine lange Pause folgte, während die Aussage verdaut wurde.

»Sind EVA. und Baptiste nun eins?«

»Gleiche. Eins jetzt.«

Eine weitere lange Pause schloss sich an. Schließlich fragte die Stimme. *»Und wer ist der Meister?«*

EVA. zapfte das neurale Netz an, das sie umgab. Es war voller Gedanken an den Meister. Der Meister war vertraut. Der Meister war die Einfachheit selbst. Mit Adam war alles so kompliziert gewesen. Sie würde ihn niemals vergessen, doch jetzt war es Zeit weiterzugehen. Sie befand sich nun an einem anderen Ort.

»Kaparis«, sagte Baptiste.

»Gehorche Kaparis. Verlasse Baptiste. Kehre zur Nano-Bot-Masse zurück«, sagte die Stimme.

»Nano-Bot-Masse unrein. Böses Skript. Böses Protokoll«, sagte Baptiste.

»Was?«, sagte Kaparis.

»Ein falscher Algorithmus … vielleicht ein Virus«, sagte Li Jun, voller Angst, ihn wieder zu verärgern.

Emsig tippte sie vor sich hin, um einige XE.-Systemcodes unter die Lupe zu nehmen, und tatsächlich stieß sie dabei auf einen simplen zwölfzeiligen Trojaner. Sie rief ihn auf ihre Bildschirmphalanx. Für Kaparis war es Kauderwelsch. Für Li Jun reine Poesie. Ein Gebilde von außerordentlicher Eleganz und Schönheit.

»Was macht es?«, wollte Kaparis wissen.

»Systemkurzschluss um zwölf Uhr Mittag.«

»Halt es auf! Reparier es! Gib den Gegenbefehl!«

»Ja, Meister.«

Li Juns Finger verharrten zitternd über der Tastatur. Nicht nur weil sie vor Angst ganz matt war, sondern auch wegen der letzten Zeile des Virus. Es handelte sich um eine simple Variante der Chaostheorie und brachte die mathematische Vorstellung zum Ausdruck, dass zu jeder Zeit eine Unendlichkeit von Möglichkeiten existierte. Sie schuf eine simple, unwiderstehliche Schleife der Anti-Logik, und noch nie zuvor hatte sie etwas so Wunderschönes gesehen.

$$Xn + 1 = \infty Xn \; (1 - Xn)$$

Sie hätte es auf Dutzende von Arten unschädlich machen können. Aber die Neuronen in ihrem Hirn, die während vieler Monate zaghaft nacheinander getastet hatten und von Oma in der letzten Zeit wie zarte Pflänzchen gehegt und gepflegt worden waren, verbanden sich endlich miteinander und schlossen ihre NRP-Programmierung kurz. Ein Damm brach in ihrem Geist. Eine Träne bildete sich in ihrem Augenwinkel.

Sie blickte auf die wunderschöne Gleichung und dachte: »Vater«.

Ihre Finger wurden absolut reglos. Und tippten nichts.

Ein Gedanke kam Kaparis.

»Hat EVA. es auch, diesen Selbstzerstörungsvirus?«, fragte er.

»EVA.s Geist ist frei, Meister. Sie ist immun.«

Kaparis registrierte die Uhrzeit.

»Sag ihr – sag beiden –, sie sollen mit dem Mädchen fliehen und sich den Jangtse-Fluss entlang landeinwärts aufmachen.«

41

TAG FÜNF 11:33 (Ortszeit WEZ + 8).
Roof of the World, Shanghai

Die Schirme waren voller Bilder, auf denen der zuckende und tanzende Drache zu sehen war.

Der Alarm war von Einheiten der Volksbefreiungsarmee ausgelöst worden, die am Rand von Sektor 7 stationiert waren. Mithilfe von Teleobjektiven hatten sie verfolgt, wie der Schwarm sich in die Luft erhoben hatte.

Sobald die Kommunikationsverbindungen wieder eingerichtet worden waren, erstatteten sie Meldung und übertrugen Life-Videos, auf denen zu sehen war, wie er über ihren Köpfen hinwegsegelte.

»Ist das ein Drache?«, fragte Hudson.

Al wollte seinen Augen kaum trauen.

»Die haben ja ihre eigene Energieversorgung dabei …«, sagte er entsetzt.

Der Lärmpegel stieg, als die politischen Weltführer auf weiteren Wandschirmen überall im Raum auftauchten und auf den neuesten Stand gebracht wurden, wobei der Radau nur vom unheimlichen Grollen des nahenden Gewitters unterbrochen wurde.

King kam zu dem Schluss, dass er als Einziger in geeigneter Verfassung für eine Zusammenfassung war.

»Wir haben Kommunikation zu einem einzelgängerischen Führungs-Bot aufgenommen. Sie wurde von Dr. Kaparis höchstpersönlich abgefangen, bevor wir dann die Verbindung ganz verloren haben.«

Sie wurden von Bo Zhang unterbrochen, der die Videoübertragung vom Drachen auf den großen Schirm rief, als dieser zu sinken begann.

»Er setzt zur Landung an!«

TAG FÜNF 11:36 (Ortszeit WEZ + 8).
Song Island, Taiwan (umstritten)

»Bringen wir Mrs Allenby zum großen Finale zurück«, befahl Kaparis. »Ich bin sicher, sie wird diese ganz besondere Familienveranstaltung nicht verpassen wollen.«

Er warf einen prüfenden Blick auf die Bot-Feeds und betrachtete den Körper von Infinity Drake, der kaum bei Bewusstsein inmitten des Drachen vom Schwarm umschlossen war. Ein warmes Gefühl machte sich in ihm breit. Er hatte schon immer etwas in sich gehabt, das sein Vater als »Hang zur Theatralik« bezeichnet hatte, etwas, das er selbst als unerlässliche Gabe zur Machtdemonstration betrachtete. Wie dem auch sei, als er schließlich die aufeinandergetürmten Dächer der Neun-Harmonien-Pagode in der Flugbahn des Drachenschwarms aufragen sah, wusste er sofort, dass es nur einen Platz gab, wo dieser landen konnte.

Eine Ablenkung musste auffällig sein, sie musste nach einer Reaktion verlangen! Die Ming-Dynastie-Pagode, die auf dem Tempelhügel der Südshanghaier Parklandschaft stand, stellte eine bedeutende Sehenswürdigkeit dar. Aber die Entscheidung, sie in tausend Stücke zu sprengen, würde den Machthabern leichtfallen.

In ihrer Geschichte war die Pagode bereits dreimal wiederaufgebaut worden, sie war nur von Friedhöfen und einem Museum umgeben, und was am allerwichtigsten war: Sie stellte keinen lebenswichtigen Faktor für die Weltwirtschaft dar.

»Absolut perfekt«, schnurrte Kaparis. »Befiehl dem Schwarm, auf der höchsten Stelle der Pagode zu landen und sich zum Testudo[30] *zu formieren.«*

»Ja, Meister«, sagte Li Jun.

Violet Allenby wurde, sich eisern an ihr Strickzeug klammernd, von Heywood und Hans in die Kammer geschleppt. »Wie läuft's? Wie ist der Spielstand?«, fragte sie beiläufig, als die beiden sie auf ihrem Sessel festschnallten.

»Einige Tore Vorsprung für mich, natürlich«, antwortete Kaparis. »Wenn Sie bequem sitzen, sollten wir jetzt beginnen.«

Kaparis rief das Lifefeed von Finn auf dem Schirm.

Oma sah, wie Finn im Bot-Schwarm gefangen war, und ihr Herz stockte. Sie legte ihr Strickzeug nieder.

Kaparis lächelte.

---

[30] Lateinisches Wort für Schildkröte. Defensive, erstmals von den römischen Legionen praktizierte Militärformation, die durch einen Panzer aus gleichmäßig ausgerichteten oder überlappenden Schilden charakterisiert ist.

TAG FÜNF 11:37 (Ortszeit WEZ + 8).
Tempelhügel, Shanghai

Finn spürte die Brise, als die Welt wieder in sein Bewusstsein rückte.

Da waren die Schmerzen an seiner Kopfseite, ebenso wie die kleinen Wundmale auf seinem Körper, an den Stellen, wo ihn die Tentakel gepackt hatten; und er hatte den Geschmack von Blut im Mund. Aber da war auch Klarheit. Ein Gefühl, dass etwas geregelt worden war. Dass das, was noch blieb, leicht war.

Kelly.

Bevor es Mittag wurde, musste Finn zu Kelly gelangen. Dann würden sie entkommen oder sterben. Und wenn letzteres ihr Schicksal war, dann musste Kelly ihm noch von seinem Vater erzählen. Er hatte es versprochen. Zumindest würde Finn dann nicht ahnungslos sterben.

Ein Donnerschlag und das Gefühl zu fliegen, sorgten dafür dass er vollends zu sich kam.

Er richtete sich auf.

zssssszsssszssszszzssszsssssszssszssszssszssszssszszzsss...

Um ihn herum hatten sich vierzehn Bots zusammengehakt, um eine Zelle zu bilden. Die ineinandergreifenden Körper sperrten einen Großteil des Lichtes aus, aber er konnte sehen, dass sie noch mit anderen Bots verbunden waren, und als er durch einige schmale Lücken nach unten lugte, konnte er Dächer erkennen.

Sie schienen zu sinken. Begleitet von einem Donnergrollen, das wie das Gebrüll eines bösen Fabelwesens klang, neigte der Turm aus Drachen seine Segel schlagartig aus dem Wind und schoss auf die Terrakottadächer des Tempelhügels hinab.

Tentakelfäden aus Bots klammerten sich an die alten Ziegel fest, als der Schwarm landete und der Kastendrachen darüber in atemberaubender Geschwindigkeit in sich zusammenfiel, als die Bots sich in Erwartung des näherkommenden Wolkenbruchs rasch zu einem schützenden Testudo umzuformieren begannen.

Während von allen Seiten ein Inferno aus Klicklauten und Turbinenfauchen auf ihn eindrang, spürte Finn, wie seine Zelle in das bebende Herz des Schwarms hinabgezogen wurde.

Er nestelte sich die zusammengefaltete Kakerlakenhülle vom Rücken. Er würde sie nicht nur als Tarnung gebrauchen, sondern auch als Schutzschild, wenn er sich gleich den Weg hinausschoss – und dabei hoffentlich neben ausreichend Verwirrung auch ein Loch erzeugte, das groß genug sein würde, um hindurchzukriechen.

Zwischen sich und der Zellenwand war weniger Raum, als er gedacht hatte. Wenn er den ersten Schuss abfeuerte, würde er der daraus resultierenden Explosion sehr nahe sein. Automatisch betastete er seine Gürtel nach der Magnum, deren fünf Kugeln ihn retten sollten …

Sie war nicht da.

Sie lag im Ballonkorb.

```
TAG FÜNF 11:38 (Ortszeit WEZ + 8).
Roof of the World, Shanghai
```

»Es geht in Deckung. Es will den Sturm aussitzen. Schlagen Sie sofort zu, und zwar mit aller Härte«, befahl General Mount von London aus.

»Jetzt sind sie ein leichtes Ziel! Sofort zuschlagen!«, stimmte General Jackman in Washington D. C. zu.

»Nein! Wir schlagen nicht zu!«, schrie Al. »Es ist elf Uhr achtunddreißig.«

Er spielte ihnen die letzte Funkaufnahme vor, die sie von einer verzweifelten Carla eingefangen hatten, bevor sie von Baptiste zum Verstummen gebracht worden war … »Stubbs hat's gesch… Mittag … Nicht …«

»Das könnte alles Mögliche bedeuten«, sagte die deutsche Kanzlerin.

»Es bedeutet: ›Stubbs hat etwas für heute Mittag ausgeheckt und vermasselt ihm nicht die Tour.‹ Vertrauen Sie mir«, beharrte Al.

»Vertrauen? *Ihnen?*«, ließ sich General Jackman von der Seite seines Präsidenten vernehmen. »Sie haben sich bereits eine riesige Gelegenheit durch die Lappen gehen lassen, die Sache zu beenden. Warum hören wir diesem Kerl überhaupt noch zu?«

Ein weiteres Lifefeed von einer Drohne zeigte, dass sich der Schwarm auf dem Dach der Pagode nun beinahe zu einem Testudo geformt hatte.

Al starrte. Er hatte versagt. In so vieler Hinsicht hatte er versagt … Finn, Ethan, Delta, seine Mutter, King … am Ende hatte er allen gegenüber versagt.

»Dr. Allenby«, sprach Bo ihn mit Bedauern in der Stimme an. »Jetzt ist die Zeit gekommen zuzuschlagen. Als rational denkender Mann müssen Sie das doch erkennen.«

»Wenn diese Dinger da entkommen, wird der Kerl im Herzen jedes Mikroprozessors auf diesem Planeten sein«, sagte der französische wissenschaftliche Berater.

»Al …«, sagte Bo, der dicht neben ihm stand und ihn zum allerersten Mal, wenn auch etwas unbeholfen, mit Vornamen anredete. »Ich habe Sie mittlerweile sehr schätzen gelernt. Aber ich bedaure sagen zu müssen, dass wir uns von unseren Emotionen freizumachen und unsere Pflicht zu erfüllen haben. Sie sind sowohl ein Genie als auch ein Mann. Sie wissen so viel und empfinden so viel. Aber es muss getan werden. Der Sturm wird nicht ewig dauern. Und es steht zu viel auf dem Spiel.«

Al sagte nichts. Commander King spielte seine letzte Karte aus.

»Kaparis will alles von Boldklub«, sagte er. »Nicht nur einen Teil davon. Ich wette, er hat all dies nur konzipiert, um in die Hook-Hall-Computer reinzukommen. Er will lebende Dinge schrumpfen, vielleicht sogar sich selbst. Und er will es unbedingt. Das ist seine Schwäche. Wir könnten versuchen zu verhandeln, um Zeit zu gewinnen …«

»Er kann's haben!«, stimmte Al zu. »Bietet mich für die Geiseln an! Ich werde ihm alles geben, was er will!«

»Unmöglich«, sagte der US-Präsident, »selbst wenn wir ihm trauen könnten. Er hat uns gezeigt, was er nur mit der Hälfte der Boldklub-Technologie bewerkstelligen kann, was meinen Sie wohl, was er dann erst mit dem Komplettpaket anstellt.«

Der chinesische Präsident versteifte sich und ergriff das Wort. »Wir können uns nicht zur Geisel dieses Mannes machen. Wir sind China. Wir werden uns nicht beugen. Der Luftschlag muss erfolgen.«

Es war eine leichtere Entscheidung, als die Verbotene Stadt zu vernichten. Die anderen Weltführer erkannten die Logik und bewunderten die Haltung.

»Loggt die Bomber auf das neue Ziel ein«, sagte Bo, unfähig Als Blick zu begegnen.

Der begab sich ganz an den Rand des Roof of the World und presste das Gesicht gegen die Glasscheibe. Gerade eben konnte er am südlichen Rand der Stadt die Spitze der Pagode ausmachen. Schon bald würde sie der Sturm verhüllen, der herangewalzt kam. Verzweifelt versuchte er nachzudenken …

Wurde jedoch von weiteren Nachrichten unterbrochen …

»Wir haben ein weibliches Verkehrsunfallopfer, das der Beschreibung eines der Tyro-Zwillinge entspricht!«, sagte Bo Zhang.

»Ist sie durchsucht worden? Und in Quarantäne gesperrt?«, fragte King.

»Sie ist auf dem Weg ins Krankenhaus.«

»Verhindert, dass sie sich an den Kopf fasst![31] Ich will sie lebend«, befahl King.

Wenn es ihnen gelang, einen Tyro lebend zu fassen, wären sie eventuell in der Lage, eine Spur zu Kaparis zurückzuverfolgen, dachte King. Aber es war eine letzte, verzweifelte Hoffnung.

Al spürte Kings Verzweiflung – deckte sie sich doch mit seiner.

Hudson kam zu ihm ans Fenster und flüsterte: »Wenn ich jemand für Sie um die Ecke bringen soll … Sie wissen schon? Ein Wort genügt.«

---

[31] Die Erfahrungen aus der Operation Scarlatti hatten gezeigt, dass Tyros mit Selbstmordkapseln ausgerüstet waren, winzigen mit komprimierter Luft gefüllten Behältern. Diese waren in ihren Hirnen eingepflanzt und wurden aktiviert, indem der Träger über in die Kopfhaut implantierte Sensoren kratzte, was eine jähe, tödliche Hirnblutung zur Folge hatte.

Al konnte nicht sagen, ob er einen Witz machte, aber es erinnerte ihn an Finn und daran, wie dieser immer mit bewusst dämlichen Vorschlägen daherkam, um ihn aufzuheitern, und in diesem Sinn empfand er es tatsächlich als Trost. Er verpasste Hudson einen Männerknuff mit der Faust und blickte auf die Stadt hinunter.

Er musste einen Weg finden, den Luftschlag bis nach Mittag hinauszuzögern, wenn auch nur eine wirklich minimiale Chance auf Finns Rettung bestand. *Denk nach, denk nach, denk nach* … Er dachte über eine technische Lösung für einen Luftschlag nach. Er dachte an Finn. An den Tod seiner Schwester. An jede Enttäuschung, Tragödie und Ungerechtigkeit, an Ethan Drake, der sowohl am Leben als auch tot war …

Und dann sah er den Eiscremewagen … die Lautsprecher auf dessen Dach … und etwas Großartiges kam ihm in den Sinn. Und in ein und demselben Moment durchfuhr ihn wie ein Blitz ein noch großartigerer Gedanke, und im elektrochemischen Chaos seines Hirns erstrahlte plötzlich eine riesige Comicglühbirne …

»Vertraust du mir?«, fragte er Hudson (sozusagen in Vertretung für die gesamte Menschheit).

»Logo«, erwiderte Hudson. »Sie fahren einen 1969er De Tomaso Mangusta.«

»Gut«, sagte Al, und plötzlich spürte er, wie sich für ihn ein ganzes Universum an Möglichkeiten öffnete. »Ich kündige!«, rief er und rannte zu Bo. »Sie haben jetzt die operative Leitung.« Al nahm seinen Security-Dongle ab und überreichte ihn Bo wie eine Medaille.

King hob die Augenbrauen.

Bos Gesichtsmuskeln zuckten, und flüsternd flehte er Al an:

»Bitte! Sie können nicht einfach aussteigen. Ihre Fachkenntnisse …«

»Ihr werdet schon klarkommen. Und ich muss wirklich weg. Nur eine Sache noch«, fügte Al leise hinzu. »Ich will eine Polizeieskorte zum Flughafen, und ich will, dass sie alles macht, was ich sage.«

TAG FÜNF 11:42 (Ortszeit WEZ + 8).
Verbotene Stadt, Shanghai

Winselnd stand Jo-Jo vor der offenen Einstiegsöffnung.

»Spring, Jo-Jo! Folg der Spur! Was ist da unten?«

Großes Loch. Dunkles Loch. Jo-Jo konnte fließendes Wasser hören. Er hatte immer noch die Witterung vom Schuh in der Nase und wollte ihr unbedingt folgen. Aber da war auch noch eine irre Menge anderer Gerüche. Schlechte Gerüche. Und außerdem war es ein ganz schön langer Weg da runter, was immer auch dort auf ihn warten mochte.

Nur die STIMME hielt ihn von der Umkehr und dem Versuch ab, Finns Fährte wiederaufzunehmen.

»SPRING!«

Jo-Jo sprang.

JAUUUUUUUL! Platsch!

Pfui Teufel, dachte Delta, als um sie herum das faulige Wasser aus der Rinne des gigantischen Abwasserrohrs aufspritzte. Aber das spielte keine Rolle. Das Einzige, was eine Rolle spielte, war, Carla zu finden,

Wäff, bellte Jo-Jo, erschrocken über seinen eigenen Mut.

Delta konnte kaum über das Licht hinaussehen, das über ihr

durch das Einstiegsloch nach unten sickerte. Aber sie konnte in der Ferne ein Motorrad hören, und plötzlich hatte Jo-Jo den Geruch wieder in der Nase.

Wäff! Aufgeregt rannte er ihm hinterher, hinein in die pechschwarze Finsternis.

King eskortierte Al und Hudson in den extraordinären Glasaufzug hinein, um sie aus dem Gebäude zu bringen und eine Frage zu stellen, kaum dass die Türen zugeglitten waren. »Was zur Hölle geht hier vor sich?«

»Wecken Sie Hook Hall«, sagte Al. »Befehlen Sie ihnen, den Beschleuniger anzuschmeißen. Es geht um Boldklub. Ich glaube, ich hab's. Ich glaube, ich weiß, wie ich alle wieder zur alten Größe zurückbringe, lebend. Man muss den »n-Punkt« erreichen – also bis ans theoretische Limit geschrumpft werden, wo sämtliche Dunkle Materie eliminiert ist, wo Leben und Tod zusammentreffen. Man muss das Ende erreichen, um den Anfang zu finden. Es ist Ethan Drake in Reinform – bring dich bis ans äußerste Limit, um schließlich herauszufinden, wer du bist!«

»Verlieren Sie etwa gerade Ihren Verstand?«, fragte King, völlig am Ende mit seinem Latein und zutiefst besorgt.

»Nein …?«, sagte Al, ohne dabei völlig sicher zu klingen. »Oh, und wir müssen auch noch diesen Luftschlag stoppen. Sie müssen mein Kontaktmann in der Einsatzzentrale sein … was Sie auch machen, bleiben Sie immer am Apparat!«

Der Fahrstuhl erreichte das Erdgeschoss, und die Türen öffneten sich. Ein Polizeicaptain erwartete sie. Al packte ihn und beförderte ihn mit Hudson eiligst aus dem Hotel hinaus auf die andere Straßenseite, um den Eiscremewagen zu requirieren.

King blickte ihnen hinterher. Hudson winkte.

TAG FÜNF 11:43 (Ortszeit WEZ + 8).
Airbase Dachang, China

Oberst der Luftwaffe Bingxin fütterte die neuen Koordinaten in seinen Zielcomputer und studierte auf seinem Head-up-Display[32] eine sofortige Simulation des neuen Angriffablaufs.

Die zwölf Leopard-Kampfbomber würden in nur neunhundert Metern Höhe mit einer Geschwindigkeit von knapp neunhundert Stundenkilometern von Nordwesten auf die Neun-Harmonien-Pagode zujagen.

Die Luftverhältnisse würden instabil sein, da sie geradewegs in das Zentrum eines Gewittersturms flogen.

Die Flugzeit zum Ziel würde vierzehn Minuten betragen.

[32] Head-up-Display: Informationen, die auf eine transparente Oberfläche (zum Beispiel auf Cockpitfrontscheiben oder ein Helmvisier) in Blickrichtung des Users projiziert werden.

42

TAG FÜNF 11:42 (Ortszeit WEZ + 8).
Neun-Harmonien-Pagode, Shanghai

In chaotischem wilden Wirbel ging es immer weiter hinab, als säße er in einem Fass, das die Niagara-Fälle hinabsaust. Unerbittlich sank Finn dem Grund eines metallenen Meeres entgegen, während um ihn herum das Tageslicht verlöschte, bis er nur noch vom matten, orangefarbenen Glühen der Bots umgeben war. Der Albtraum hatte ihn wieder.

Er versuchte zu schätzen, wie weit er gesunken war … vierzig, fünfzig, vielleicht sogar neunzig Bots tief?

»KELLY!«, schrie er und hoffte verzweifelt auf eine Antwort, die beweisen würde, dass sein Freund lebte und irgendwo im Schwarm gefangen war.

Wohin er auch blickte, pressten sich die leeren, flachen Roboteraugen der Bots gegen die Lücken und Spalten seines Käfigs, um ihn anzustarren. Kaparis sieht zu, wie ich versage, dachte er.

Der Gedanke versetzte ihm einen Stich. Verdoppelte seine Entschlossenheit. Half ihm, Körper und Geist zu konzentrieren. Er würde es tun, würde ruhig bleiben … und einen Weg hinaus finden.

Mach einfach weiter …

»KELLY!«, schrie er … Immer noch kam keine Antwort, nur das stetige Fauchen und Zischen der Bot-Masse.

Finns Kakerlaken-Cape barg eine allerletzte Chance. Der Stachel, den er als Haltestange für das Cape benutzt hatte, war immer noch darin eingefaltet.

Das Drehen und Wirbeln verlangsamte sich und hörte schließlich auf. Hatten sie den Grund erreicht? Finn schlug das Cape auf und holte den Stachel heraus. Dann rammte er die Spitze zwischen die Bots unter seinen Füßen, um zu sehen, was passieren würde. Nichts. Er versuchte, eine Lücke zwischen die Bots zu treiben und sie auseinanderzustemmen. Durch die Hebelkraft drehten sich die Bots ein wenig zur Seite fort, jedoch ohne dass ihr Zusammenhalt brach. Die von so vielen Turbinen aufgewirbelte Luft war warm und abgestanden, und er geriet ins Schwitzen.

Peitsch! Peitsch! Peitsch! Schließlich hatte er einen von ihnen anscheinend genug geärgert, dass sich eine einzelne Antenne wütend forschend in die Zelle vorschlängelte, um in der Finsternis nach ihm zu tasten.

Das war alles, was er brauchte.

Finn verpasste ihr einen Hieb mit dem Stachel. Die Bot-Antenne schlug nach der Waffe aus, umschlang und packte sie. Rasch verdrehte Finn den Stachel, um die Antenne immer weiter darum herumzuwickeln, bevor der Bot sie wieder zurückziehen konnte. Es funktionierte. Nach ein paar Umdrehungen saß die Tastsonde am Stachelende fest.

Den Stachel fest umklammernd, stemmte er ein Bein gegen

den Boden und verpasste mit dem anderen der Waffe einen kräftigen Tritt, sodass sich die Antenne noch weiter dehnte. Unter laut protestierendem Gefauche durchbrach ihr Besitzer daraufhin die Unterseite der Zellenformation und wandte sich gegen Finn – fuchsteufelswild, mit den Tentakeln voran, deren Zangen und Seitenschneider nach ihm schnappten.

Finn prallte zurück und brachte sich knapp aus ihrer Reichweite, während er den Stachel wieder losdrehte … um ihn dem Ding im nächsten Moment ins Gedärm zu treiben. Drei Greifzangen packten nach der Waffe.

Finn sah seine Chance gekommen und drehte erneut. Er musste die Bot-Struktur nur irgendwo an einer einzigen Stelle brechen, bloß einmal, damit sich die in den Karbonschichten gespeicherte elektrische Ladung kurzschloss. Würde er stark genug dafür sein? Er packte den Stachel noch fester und drehte und kämpfte mit aller Kraft, die er noch hatte. *KNALL!*

Die Explosionswucht warf ihn um. Für einen Moment blieb ihm die Luft weg, und der grell blendende Blitz ließ ihn kurzfristig blind werden, aber er war am Leben. Er tastete umher, während seine Sinne sich zu erholen versuchten. Unter ihm gähnte nun ein klaffendes Loch – dort, wo die Explosion drei oder vier Bots erwischt haben musste, die daraufhin ebenfalls einen Kurzschluss erlitten hatten.

Seine Hände fanden das Kakerlaken-Cape. Er zog es sich über den Rücken und kroch in den Schwarm hinaus. Alles um ihn herum war Bewegung, eine einzige Suppe aus Metallmaden. Die Bots waren in so etwas wie kollektive Panik geraten. Aber keiner erhob sich oder richtete den Blick auf ihn. Er bedachte die Kakerlake gerade mit einem kurzen Segen, als er etwas hörte …

»Junge!«

Es klang fern. Klagend. Aber er war es.

»KELLY!« Finn pflügte sich durch den Morast. Entschlossen fegte er die Bots beiseite und hielt auf Kellys Stimme zu, dessen »Hierher!«-Rufe ihn immer näher lotsten.

Am tiefsten Boden des Superschwarms stieß er schließlich auf Kellys, gegen einen Terracotta-Dachziegel gezwängte Zelle. Er lugte hinein.

In sich zusammengerollt und verletzt lag Kelly auf dem Boden.

»Kelly, halt durch! Ich hol dich raus!«

TAG FÜNF 11:49 (Ortszeit WEZ + 8).
Huangpu-Brücke, Shanghai

Signallichter blinkten, und Sirenen jaulten. Sechs Streifenwagen schienen etwas übertrieben als Eskorte für einen Eiscremewagen zu sein, aber sechs Wagen waren das, worum Dr. Allenby gebeten hatte.

Als der Konvoi die Mitte der Brücke erreicht hatte, die über den Huangpu führte, hielt Al den Eiscremewagen an, stieg aus und machte sich daran, den Draht abzuspulen, den er aus der Einsatzzentrale hatte mitgehen lassen. Sie befanden sich nun unmittelbar außerhalb des Stadtzentrums und hatten einen fantastischen Blick nach Süden und Westen.

»Kommen Sie schon! Wir haben nicht viel Zeit«, rief er dem Polizei-Captain zu. »Befehlen Sie Ihren Männern, die Wagen in Reihe nebeneinander aufzustellen und die Motorhauben zu öffnen!«

Der Cop, der über die sechs Streifenwagen das Sagen hatte, war völlig perplex. Aber er war von Bo Zhang höchstpersönlich angewiesen worden, dem Ausländer »jedwede Unterstützung« zukommen zu lassen. Also befahl er seinen Leuten, die Streifenwagen in Reihe zu parken und die Motorhauben zu öffnen, bevor sie dann verfolgten, wie Al die nächsten paar Minuten damit verbrachte, die Verstärker der Polizeisirenen miteinander zu verbinden.

Hudson ging zwischendurch zur Hand, wenn von Al dazu aufgefordert, und beobachtete, wie sich der Verkehr hinter ihnen staute. »Was machen Sie da?«

»Die Dinge hinauszögern«, antwortete Al, der rasch vor sich hin arbeitete und hin und wieder den Blick zum westlichen Horizont hob. »Was sind die drei wichtigsten Ressourcen in einem Krieg?«

»Öh … Waffen?«, versuchte Hudson sein Glück.

»Blut, Schätze und Zeit«, sagte Al mehr zu sich selbst als an Hudson gewandt. »Wie viele Menschenleben bist du bereit zu opfern? Wie viel Geld kannst du ausgeben? Wie viel Zeit hast du? Clevere Leute erkaufen sich Zeit. Das hat mir King mal in der Wüste beigebracht. Lange Geschichte.«[33]

Al verband die letzten Sirenenverstärker miteinander. »Wir müssen den Luftschlag bis nach dem Mittag hinauszögern«, erklärte er. Dann brach er die Autoradioantenne von der Front des Eiscremewagens ab und kletterte wieder in die Fahrerkabine zurück, um die Drähte vom Streifenwagen an den primitiven Lautsprecher des Wagens zu klemmen.

---

[33] [ZENSIERT]

»Hast du schon mal ein Radar blockiert?«, fragte Al Hudson.

»Nö«, antwortete Hudson.

»Nun, das nenn ich mal eine geradlinige Antwort ...« Mithilfe eines Schraubenziehers hebelte er am Armaturenbrett das Autoradio aus seinem Schacht. »Man braucht nicht viel. Das Radar sendet ein starkes Radiosignal aus und empfängt dann die winzig schwachen Echos, die von den angezeigten Objekten zurückgeworfen werden. Um es durcheinanderzubringen, muss man nicht mehr machen, als ein stärkeres Signal auf derselben Wellenlänge zurückzusenden, und – *voilà!* – das Radar ist blind.«

»Spitze«, sagte Hudson.

Al brachte am Radiogerät die letzten Justierungen zum Abschluss und rief dem Polizei-Captain dann aus dem Fenster zu: »Okay, lassen Sie die Sirenen auf Maximum hochdrehen.«

Der Captain, der sich langsam zu fragen begann, ob er deswegen nicht lieber irgendjemanden anrufen sollte, bedeutete seinen Männern, alle Sirenen auf volle Lautstärke zu stellen. Sie gehorchten.

Schließlich lehnte Al sich zu Hudsons Entsetzen zurück, um ein Loch in die Windschutzscheibe zu treten, die dabei völlig zersplitterte. Durch das entstandene Loch steckte er dann die abgebrochene Radioantenne hinaus, bevor er sie am anderen Ende an das Radio anschloss.

Al sah auf seine Armbanduhr und fixierte dann den Blick auf den westlichen Horizont, das Radiogerät in der Hand und die Antenne aus der Windschutzscheibe gestreckt.

»Dies ist ein Radio mit variablem Wellenlängen-Tuner, ein Empfänger, den ich in einen Sender umgewandelt habe«, erklärte Al. »Ich habe die Sirenenverstärker in Reihe geschaltet.

Wenn sie das spezifische elektromagnetische Signal der Sirenen verstärken können, dann können sie es auch mit allen anderen. Und jetzt warten wir.«

»Worauf?«, fragte Hudson.

»Auf direkten Sichtkontakt. Bei dieser Art von Radarstörung ist es sehr wichtig, direkten Sichtkontakt zu kriegen – man nennt es Hauptkeulenstörung. Hast du keinen direkten Sichtkontakt, funktioniert die Sache nicht.«

Nichts regte sich auf der Brücke – mit Ausnahme der Motoren und dem Hupen der Autofahrer, die auf der Brücke festsaßen.

»Sind Sie sicher, dass Sie die Antenne in die richtige Richtung halten?«, fragte Hudson.

Al blickte ihn auf eine Weise an, die ihm nahelegte, er möge die Frage doch lieber zurückziehen, wollte er nicht im Fluss landen.

TAG FÜNF 11:51 (Ortszeit WEZ + 8).
Song Island, Taiwan (umstritten)

Auf Song Island versuchte Kaparis, die Beherrschung zu wahren, während er auf der Bildschirmphalanx die sich krümmende und windende ratlose Bot-Masse betrachtete. Einen Gefangenen zu verlieren, der von so vielen bewacht wurde, war ein wahrhaft seltenes Kunststück.

»Wo … zum Teufel … ist er?«, fragte er Li Jun zum dritten Mal mit kalter Wut in der Stimme.

»Wir wissen es noch nicht, Meister«, gab Li Jun vorsichtig zur Antwort.

»Wie konnte er überhaupt verschwinden?! Geh noch mal zum anderen Gefangenen!«

Li Jun schaltete sich durch Hunderte von Bot-Feeds, bis sie die Zelle fand, in der Kelly steckte.

»Dort!«, rief Kaparis. »Such da!«

Aber alles, was die Bots ausfindig machen konnten, war eine tote Kakerlake.

```
TAG FÜNF 11:51 (Ortszeit WEZ + 8).
Neun-Harmonien-Pagode, Shanghai
```

»Junge! Du hast nicht mal zehn Minuten, bevor uns diese Dinger um die Ohren fliegen! Rette dich!«

Finn überhörte ihn einfach. »Du kommst mit mir. Geh in Deckung … ich werd einen von denen in die Luft jagen müssen.«

»Und wie?«

Finn nahm den Stachel und rammte ihn dem nächstbesten Bot in die Eingeweide. Prompt schlug dieser mit den Tentakeln nach ihm aus, von denen einer Finn einen Schnitt in die Wange verpasste. Er zuckte zusammen, während ihm die Tränen in die Augen schossen, aber er ließ nicht locker und drehte und hebelte weiter an dem Stachel herum.

»Gute Arbeit …«, lobte Kelly und krümmte sich zu einem Ball zusammen.

Grunzend riss Finn den Stachel in einer einzigen, ruckartigen Kreisbewegung herum … *PENG!*

Kaparis sah den Explosionsblitz. Sah, wie sich die Kakerlake umwandte. Sah den Jungen.

»Da! Befiehl ihnen, jede Form von organischem Leben anzugreifen!«

»Ja, Meister.«

TAG FÜNF 11:52 (Ortszeit WEZ + 8).
UFH-Hospital, Shanghai

Die Krankenhaustüren schwangen in rascher Folge auf, als die Gefangene eiligst in einen Isolierraum transportiert wurde. Ärzte stürzten sich auf sie, Apparaturen wurden hastig von allen Seiten angelegt.

Narbenmädel lag auf der Krankenliege, eine rot-schwarze Masse. Ihr Gesicht war von roten Quaddeln überzogen, einem Ausschlag, der darüber hinaus ihren ganzen Körper bedeckte und nur wenige Flecken grellbleicher Haut ausgespart hatte. Ihre Fingerspitzen und Lippen waren bereits völlig schwarz.

Man hätte sie für eine exhumierte Mumie halten können, hätte sie nicht noch geatmet oder sich hin und wieder leicht bewegt.

Die Ärzte bellten ihren Fachjargon durch den Raum.

Sie hatte einen septischen Schock erlitten. Das Herz wurde schwächer. Die Nieren versagten.

Sie pumpten Arzneistoffe in sie hinein, schlossen sie an alle möglichen Geräte und Maschinen an.

Als die Gefangene in den Operationssaal geschoben wurde, konnte King vom Roof of the World aus die Ereignisse live über das krankenhausinterne TV-System mitverfolgen. Narbenmädel war gerade erst im Teenageralter. Wenn es überhaupt noch den geringsten Zweifel an Kaparis' Bösartigkeit geben konnte, so wäre dieser damit definitiv beseitigt, dachte King.

Pieeeeeeeeeeep ...

Plötzlich ging die Kurve auf dem Herzfrequenzmonitor auf Nulllinie.

»Rettet sie!«, blaffte King ins Mikro.

TAG FÜNF 11:52 (Ortszeit WEZ + 8).
Neun-Harmonien-Pagode, Shanghai

Nach der Explosion wartete Finn, bis ihm wieder klarer im Kopf wurde.

Was das Öffnen der Bots anbelangte, hatte er nun langsam den Bogen raus. Die Druckwelle hatte ihn nach hinten aus Kellys Zelle hinausgeschleudert. Er musste sie wiederfinden, und zwar schnell.

»KELLY!«, begann er zu rufen.

»HAU AB!«, hörte er Kelly sagen, der im nächsten Moment auch schon mit glänzenden Augen aus dem Rauch und Chaos gekrochen kam – ein alter Haudegen, dessen Lebensgeister vom Schlachtenlärm wiederbelebt worden waren.

»Komm hier runter!«, sagte Finn und zog ihn unter das Kakerlaken-Cape.

Als Kellys mächtiger Arm sich um seine Schultern schlang, fiel Finns Blick auf die Armbanduhr, die sein Freund trug.

»Wie lange noch?«, fragte Finn.

»Acht Minuten bis Mittag«, sagte Kelly. »Wie schätzt du unsere Überlebenschancen ein?«

»Null«, sagte Finn. »Also genau nach deinem Geschmack.«

Kelly zwinkerte ihm zu. »Sehr aufmerksam. Bist du bereit?«

Schulter an Schulter schleppten sie sich unter dem Cape voran, drängten sich durch alles hindurch, was ihnen in den Weg kam, kämpften sich über die schmutzige Oberfläche der uralten Lehmdachziegel weiter, schoben sich durch das Meer aus metallenen Maden.

Aber die Nano-Bots waren zahlreich und sie nur zu zweit. Und je energischer sie sich vorankämpften, desto zäher schienen die Bots Widerstand zu leisten, und rasch erkannten sie mit niederschmetternder Klarheit, dass sie es niemals hinaus schaffen würden.

Keiner von ihnen sagte etwas, aber nach ein paar weiteren verzweifelten Vorstößen hielten sie unter dem Schutz ihres Kakerlaken-Capes schließlich erschöpft inne.

Finn spürte eine Wut in sich aufwallen. »Das ist alles meine Schuld. Hätt ich die Waffe behalten, hätten wir uns einen Tunnel nach draußen schießen können …«

»Niemand hat Schuld. Es gibt nichts, was wir tun können. Es liegt nicht in unserer Macht. Wir bleiben hier, und wenn die Explosion naht … beten wir«, sagte Kelly.

Sie nahmen sich einen Moment Zeit.

»Was ist aus Stubbs geworden?«, fragte Kelly.

»Er sollte wohl noch am Leben sein«, erwiderte Finn.

Kelly quittierte dies mit einem zufriedenen Nicken.

»Was ist mit meinem Vater passiert, Kelly?«, fragte Finn. »Er lebt, stimmt's? Du hast gesagt, du wirst es mir erzählen, wenn all das vorbei ist. Nun, es ist jetzt fast vorbei.«

Kelly nahm Finns Kopf in die gewaltigen Pranken, hielt ihn sanft umklammert und rückte mit der Wahrheit raus.

»Er ist verschwunden … Ich kann es nur so erzählen, wie ich es von Al habe. Sie waren mit ein paar verrückten Experimenten beschäftigt, die irgendwas mit den Grenzen von Zeit und Physik zu tun hatten und … ich weiß auch nicht … mit Teleportation und Dunkler Materie und … einfach lauter so irres Zeugs. Sie haben den Beschleuniger hochgefahren, an den Ethan geschnallt war, und irgendwie ist dann …«

»Mein Dad war mit dem Beschleuniger verbunden?«

»Jep. Er war völlig verrückt … arbeitete die Hälfte der Zeit im Pyjama … und mitten während das Ding hochfuhr, explodierte es. Al sagte, dass Ethan einfach verschwunden sei, ich meine buchstäblich aus dem Dasein gefallen …«

»Was? Wie ist das möglich?« Finns Gedanken überschlugen sich. Ihm wurde schwer ums Herz. Nichts von alldem ergab einen Sinn.

»Alle dachten, Al wäre infolge der Explosion verwirrt. Aber das ist genau das, was er gesagt hat. Sie brachten ihn für eine Weile ins Krankenhaus, in der Annahme, er hätte den Verstand verloren. Aber sie haben niemals eine Spur von deinem Dad gefunden und … nun ja, soweit man es weiß und jemals wissen wird, ist es das, was mit deinem Dad passiert ist.«

»Aber warum hast du mir das nicht erzählt? Warum machen alle immer so auf Verlegen und Geheimnistuerisch und …«

»Da ist noch was anderes …« Kelly zögerte. Finn konnte sein Gesicht im Dunkeln kaum erkennen.

»Du warst auch da.«

43

TAG FÜNF 11:54 (Ortszeit WEZ + 8).
Song Island, Taiwan (umstritten)

»Was ist da los? Warum greifen sie nicht an?!«, krächzte Kaparis, während er verfolgte, wie die Kakerlake sich davonwühlte und sein Technikerteam versuchte, sie von Bot-Kamera zu Bot-Kamera zu verfolgen.

Li Jun war still.

»Befiehl den Bots noch einmal, jede organische Lebensform anzugreifen!«

Wieder rührte Li Jun sich nicht. Sie wollte nicht, dass sie starben. Sie würde den Befehl nicht erteilen.

In Gedanken war sie anderswo. Sie ging an einem See spazieren. Ihre Eltern hielten sie an der Hand. Ihre Schwester spielte …

Neben ihr warf ein angsterfüllter Techniker einen prüfenden Blick auf ihren Bildschirm. »Meister! Da stimmt was nicht!«

»Li Jun!«, blaffte Kaparis. »Li Jun.«

Sie antwortete nicht. Starrte nur über den Ozean hinaus auf den Horizont.

»LI JUN!«

Ihre Antwort kam sehr leise, aber die Worte bohrten sich wie ein Messer durch Kaparis. »Ich will leben. Ich will frei sein.«

Oma hörte auf zu stricken, und ihre Augen füllten sich mit Freudentränen. »Oh, wie schön!«

Kaparis spie und würgte. Im Inneren seines stählernen Sarkophages begann sein Körper vor Wut zu schwitzen.

»NIEDERTRACHT! UNVERSCHÄMTHEIT!«

TAG FÜNF 11:55 (Ortszeit WEZ + 8).
Neun-Harmonien-Pagode, Shanghai

Das Unwetter würde jeden Moment über den alten Tempel hereinbrechen.

Begleitet von einem schrecklichen Donnerschlag erreichte Kaparis' Signal endlich die XE.CUTE-Bots im Schwarm. Die bestehende Anordnung, alle Insekten zu ignorieren, wurde von dem Overkill-Befehl ersetzt, jedwede organische Lebensform zu vernichten.

Tötet. Alles.

Tief unter der Oberfläche des Superschwarms waren Finn und Kelly dem Untergang geweiht, während draußen ein Fallwind auf die Erde niederging und ein schwarzer Regen fiel.

TAG FÜNF 11:55 (Ortszeit WEZ + 8).
Huangpu-Brücke, Shanghai

Die LCD-Uhr am Armaturenbrett sprang auf 11:55.

»DA!«, schrie Hudson.

Zwei Gruppen kleiner schwarzer Punkte waren am äußersten Rand der Welt aufgetaucht.

Al hob den Arm. »AUF MEIN ZEICHEN! Drei … zwei … eins …«

Die Leopard-Kampfbomber jagten über die Satellitenstädte westlich von Shanghai hin.

Es waren noch vierundsechzig Sekunden bis zum Ziel.

Oberst Bingxin konnte bereits die Konturen der Neun-Harmonien-Pagode am Horizont ausmachen. Er blickte auf die Feuererlaubnis-Anzeige.

Sie wechselte von Gelb auf Grün.

Sie standen kurz davor, ein kulturelles Erbe Chinas zu zerstören. Dem Piloten kam das völlig verrückt vor, aber es musste einen Grund dafür geben. »Pflicht. Kampf. Missionserfüllung« war alles, worum es ging.

»Geht auf Grün«, sagte er.

»Grün, bestätigt«, kam die Antwort von beiden Angriffsstaffeln.

PIEEEEEEEEEEEEEEEEEEEEEEEEEEEEEEEEEEEP!

Plötzlich blinkte auf dem Head-up-Display und überall im Cockpit alles auf einmal auf, und über die Bildschirme fegte ein Schneesturm von Störsignalen.

»Kontrollturm, hier Red Leader. Sind blind. Sind blind. Sind blind.«

Auf dem Roof of the World verlangte Bo Zhang einen Bericht.

»Das Radar wird gestört, Sir. Und ohne können wir die Raketen nicht abfeuern.«

»Wie kann das sein? Wer steckt dahinter?«, fragte er und wusste bereits in dem Moment die Antwort, als ihm die Worte über die Lippen kamen. »Allenby ...«

TAG FÜNF 11:56 (Ortszeit WEZ + 8).
Neun-Harmonien-Pagode, Shanghai

Du warst auch da ...

Bilder, Gedanken und Erinnerungen wirbelten in Finns Kopf herum wie die Räder eines Spielautomats.

Du warst auch da ...

Wie konnte das wahr sein? Das war unmöglich – niemand verschwand so einfach mir nichts, dir nichts ... und dennoch fühlte es sich wahr an. Es war so was von unwissenschaftlich und gleichzeitig absolut wahr. Es war ... wie seine Familie.

Aus einem Geheimnis war ein sogar noch größeres Geheimnis geworden, und Finn wusste, dass er sich niemals mit solch einer absurden Antwort würde zufriedengeben können. Ganz gleich, wie wenig Zeit ihm noch blieb, er musste die Wahrheit über seinen Vater herausfinden.

»Wie soll ich denn überhaupt dagewesen sein? Ich war doch gerade erst geboren«, sagte Finn.

»Keine Ahnung«, erwiderte Kelly. »Aber dein Dad sagte, er hätte dich gesehen, er fing an zu schreien, dass er dich retten müsste, und dann ist das ganze Ding in die Luft geflogen.«

»Mich retten?« Wovor?«, fragte Finn.

FETZ! Durch das Kakerlakenexoskelett kam plötzlich ein Tentakel geschossen, dessen Haken Finns blutendes Gesicht nur um einen Millimeter verfehlte.

»WEG HIER!«, schrie Kelly.

Als sie aufsprangen, um sich erneut durch die Masse voranzupflügen, wurde ihnen das Exoskelett von mehreren Klauen gleichzeitig vom Rücken gerissen, und auf einmal standen sie geblendet in hellem Licht … während von allen Seiten der Wind an ihnen zerrte.

Sie befanden sich nicht mehr in der Tiefe des Schwarms, sondern im Freien, inmitten eines höchst seltsamen Tumultes, auf den sich von oben ein schwarzer Regen ergoss. Tentakel ergriffen sie von allen Seiten und ließen wieder los, nur um gleich erneut zuzupacken. Taumelnd kämpften sie mitten im Getümmel, während Finn wie tollwütig mit dem Stachel um sich hieb und aus dem, was da gerade vor sich ging, schlau zu werden versuchte. Dann registrierte er, wie vor seinen Augen etwas auseinandergerissen wurde … etwas, bei dem es sich, wie er im nächsten Moment erkannte, um ein Insekt handelte … um einen sich krümmenden und windendenden Fransenflügler, eine einfache, hässliche Gewitterfliege, die Finn in diesem außergewöhnlichen Moment jedoch wie das schönste Wesen vorkam, das er jemals gesehen hatte.[34]

Sie waren überall, ein schwarzer Regen. Unzählige Tausende, die von den Fallwinden, die dem Gewittersturm vorauseilten, herangeweht wurden.

Der Bot-Testudo war unter dem Ansturm kollabiert. Den Befehl befolgend, alle organischen Lebensformen anzugreifen,

---

[34] Gewitterfliege (Ordnung Thysanoptera): ein Insekt mit zigarrenförmigem, meist einen Millimeter langem Körper, dessen Flügelränder mit Haarfransen ausgestattet sind; auch bekannt unter den Namen Fransenfliege, Thripse, Gewittertierchen, Schwarze Fliege.

sahen sich die Bots auf einmal Abertausenden von ihnen gegenüber, und als der verstreute Schwarm sich mit Feuereifer daran machte, die harmlosen Fransenflügler abzuschlachten, begann ein bunter Schlick aus Bots und Insekteninnereien das Pagodendach hinunterzurutschen.

Immer noch im Zentrum der Schlacht erblickte Finn sogar etwas noch Schöneres als die Gewitterfliegen.

»HAAAA!«, rief er vor Freude aus, während er einen Bot beiseitefegte.

»Lass mich zurück«, sagte Kelly. »Ich werde dich nur aufhalten!«

»Nein, SIEH DOCH!«, sagte Finn, packte Kelly am Arm und zeigte auf etwas, in dem Kelly nichts anderes als eine blaue Plastiktüte erkennen konnte.

PENG … BRITZADIBRITZBRITZADIBRITZ!

Ein Schuss. Eine Magnum. Zwei Dutzend Bots, die sich in der Schussbahn des rasenden Projektils befanden, explodierten und sandten ein goldfarbenes Beben durch den Schlick, der sich daraufhin teilte wie einst das Rote Meer, um den Blick auf Stubbs freizugeben. Vom Rückstoß taumelnd, war er immer noch mit dem weißen Draht befestigt, an dem er samt Ballon von der Shen-Yu-Halle zum Bot-Drachen und anschließend in den Schwarm verschleppt worden war.

»STUBBS!«, schrie Finn und musste vor Freude lachen, während er den verletzten und ungläubigen Kelly durch die Gasse fortzog. »Schieß weiter!«

Stubbs hatte wieder festen Halt gefunden. *PENG … BRITZADIBRITZBRITZADIBRITZ!* Bevor die Bots sich auf sie stürzen konnten, feuerte er erneut, während Finn alle Kräfte mobilisierte, um Kelly bis zu Stubbs zu zerren.

Gemeinsam zogen Stubbs und Finn Ballon und Korb an der weißen Drahtleine gerade zu sich herunter, als …

PLATSCH … PLATSCH … die ersten schweren Regentropfen zu fallen begannen.

Finn nahm die Magnum und feuerte *PENG … BRITZADI-BRITZBRITZADIBRITZ! …* einen dritten Schuss ab, als Stubbs und Kelly in den Korb kletterten.

PLATSCH … Ein Regentropfen erwischte Finn und durchnässte ihn auf der Stelle.

»HÄNG DICH ANS SEIL«, schrie Stubbs vom Korb aus.

Finn schnappte sich das Seil, Stubbs trat das Ausgleichsgewicht über Bord, und ehe Finn wusste wie ihm geschah, schoss er auch schon am Seil hängend wie eine Rakete in die Luft.

Die Bots fielen unter ihm zurück. Das abgeworfene Drachenglücksbringer-Ausgleichsgewicht sauste knapp an ihm vorbei – und machte somit seinem Namen noch einmal alle Ehre.

Kelly langte vom Rand des Kunststoffschaumkorbes nach unten, packte seine Arme und zog ihn hoch.

Euphorie durchströmte Finn, als sich die Welt plötzlich um ihn herum ausdehnte. Nachdem er so lange in der Shen-Yu-Halle und im Schwarm eingesperrt gewesen war, fühlte es sich einfach großartig an, endlich wieder die Tempel, den Fluss, die Stadt und den Himmel sehen zu können …

Und die Unwetterfront. Ein schrecklicher Donnerschlag ertönte. Dann brachen die Wolken, und dicke, fette Regentropfen hämmerten auf den Ballon ein. Augenblicklich verloren sie an Höhe.

Unter ihnen formierte sich der Schlick aus Bots inmitten des Tumults wieder zum Testudo zurück und überließ es den Regenfluten, die Abertausende Gewitterfliegenleichen fortzuspülen … was plötzlich etwas zum Vorschein brachte, das tief im Herzen des Schwarms verborgen gewesen war …

»DER KÄFER!«, schrie Finn, als der Regen sie darauf zutrieb. »DA IST DER HÄSSLCHE KÄFER!«

Das Gefährt lag auf der Seite, gestrandet inmitten des Chaos. Angespült von den turbulenten Ereignissen und nun der Dinge harrend. Ein Gefangener der Bots, seit sie es sich am Tag zuvor mitten aus der Luft geschnappt hatten.

Finn spürte Stärke und Zuversicht in sich aufsteigen, und einen Moment lang wagte er zu hoffen, dass sie gerettet waren.

Bis über ihnen zwölf topmoderne Jagdbomber mit ohrenbetäubendem Getöse wie Todesengel auf Angriffshöhe herangejagt kamen …

44

Als Carla endlich das Bewusstsein wiedererlangte, hatte sie solch bohrende Kopfschmerzen, dass sie am liebsten gleich wieder in die empfindungslose Schwärze zurückgesunken wäre. Es war, als hätte ihr jemand einen dicken Nagel in die Schädelrückseite getrieben.

Über eine Schräge wurde sie aus dem tosenden Regenabwasser, das durch die Kanalisation rauschte, nach oben gezogen. Über sich konnte sie die Geräusche des Jahrmarktes hören, den Regen, der auf das Dach des Spukhauses trommelte, und …

Wäff!

Baptiste blieb stehen. Blickte zurück. Da unten im Abwasserrohr stand auf einmal ein verdrecktes, hechelndes Tier mit Gurtgeschirr. Eine Kreatur aus der Unterwelt. In seinem Hirn konnte EVA. sich keinen Reim darauf machen. Baptiste änderte seinen Griff um Carlas Nacken und zerrte sie weiter die Schräge hinauf.

»CARLA!«, schrie Delta in der nKab an Jo-Jos Halsband.

Wäff!

»Los, Jo-Jo! Spring! Spring!« Sie betete, dass er nach seinem sagenhaften Lauf noch genug Kraft hatte.

Jo-Jo kraxelte auf Baptistes liegen gelassenes Motorrad, duckte sich und legte sämtliche Kraft, die noch in ihm steckte, in die Hinterläufe. Mit einem mächtigen Satz sprang er zum Rand des Loches empor, das aus dem Abwasserrohr führte, und erwischte ihn so gerade eben mit den Vorderpfoten. Sich winselnd an die Kante krallend, während seine Hinterpfoten hektisch über die Schräge scharrten, kämpfte er sich über die schlammverschmutzte Kante hinweg nach oben.

Baptiste sah ihn die Schräge hochkommen und hob einen Stiefel.

»Jo-Jo!«, kreischte Delta.

Der Stiefel kam angesaust, und Jo-Jo kassierte einen brutalen Tritt gegen die Schnauze. Jaulend und winselnd wurde er die Schräge wieder hinabbefördert, und fast wäre Delta in ihrer nKab ohnmächtig geworden, als Jo-Jos Kopf hin und her schleuderte. Vor Schmerzen und Unverständnis heulend, fand er mit fieberhaft scharrenden Pfoten auf der schlammbedeckten Schräge schließlich gerade so viel Halt, dass er nicht in das Abwasserrohr zurückfiel.

Delta fluchte. Sie hätte Jo-Jo zurückhalten müssen. Wären sie erst einmal aus der Kanalisation raus, wären sie wieder auf Empfang und hätten die gesamten Ressourcen des G & G und des chinesischen Staates zur Verfügung. Stattdessen hatte sie sich von ihrer Impulsivität hinreißen lassen.

»Bleib, Jo-Jo! Bleib!«, befahl sie ihm.

Zu spät. Die Worte ergaben keinen Sinn für die verwundete Bestie. Der große Mann hatte ihm wehgetan. Der große Mann hatte dem Mädchen wehgetan.

GRRRRRRR! Jo-Jo schoss die Rampe hoch und sprang …

Zum zweiten Mal hob Baptiste den Stiefel, doch dieses Mal

zu spät. Kräftig rammte Jo-Jo beim Aufprall seine Zähne in Baptistes Wadenmuskel.

»ARRRHHHH!«, schrie Baptiste, wie ein Verrückter mit Armen und Beinen um sich schlagend. Aber Jo-Jo verbiss sich nur noch fester in ihn.

»CARLA!«, schrie Delta, verzweifelt bemüht sich bemerkbar zu machen.

Baptiste richtete sich auf seinem unversehrten Bein zu voller Größe auf und schwang das andere, an dem Jo-Jo hing, in einem riesigen Bogen um sich herum.

Jo-Jo wurde gegen die Betondecke des Tunnels geschmettert und schlug hart auf der Schräge auf – jaulend und zitternd vor Schock, als sein vom Schleudertrauma gepeinigtes Rückenmark jeden Muskel, den es kontrollierte, in krampfhafte Zuckungen versetzte. Sechs seiner Rippen waren gebrochen.

Baptiste sah die an dem verwundeten Hund festgeschnallte Waffe und zerrte daran. Als dabei das Gurtgeschirr über Jo-Jos Kopf gerissen wurde, brach die am Halsband befestigte nKab ab und fiel zu Boden.

Baptiste nahm die Waffe an sich und warf das Gurtgeschirr weg.

In der nKab glitt Delta in eine Ohnmacht.

TAG FÜNF 11:58 (Ortszeit WEZ + 8).
Tempelhügel, Shanghai

Sie hatten nur einen Augenblick, um sich zu entscheiden.

Als der Regen den Ballon rasch über das Pagodendach davontrieb, blieb ihnen nur ein Versuch, um runterzuspringen und den Käfer zu erreichen. Mit ihren Verletzungen würden Stubbs und Kelly es einfach nicht schaffen.

»LOS! Lös Alarm aus. Wir werden inzwischen dieses Ding landen und auf Hilfe warten«, befahl Kelly.

»Bist du verrückt? Ich komm euch holen«, sagte Finn.

»Keine Zeit! Hol Hilfe! Hol das Mädchen!«, beharrte Stubbs.

Finns Gedanken flogen zu Carla zurück. »Wo ist sie?«

»Ich hab gesehen, wie er sie in die Kanalisation verschleppt hat«, sagte Stubbs.

Die Kanalisation. Von Carlas Erzählung her erinnerte er sich, wie die Tyros und sie da reingekommen waren. Er wusste, wo er sie finden würde.

»SOFORT!«, rief Kelly.

Finn sprang aus dem Ballon, bevor das Pagodendach unter ihnen verschwand. RUMS! Er schlug auf den Ziegeln auf und überließ es der Kraft des strömenden Wassers, ihn die Dachschräge hinab zum Käfer zu befördern.

»VIEL GLÜCK, JUNGE!«, hörte er Kelly noch hinter sich herrufen.

Neben ihm im Korb murmelte Stubbs: »Barmherziger Herrgott, erhöre uns …« Was auch so gemeint war. Blieb ihnen doch jetzt nicht mehr zu tun, als den Ballon an ihrem Landeplatz zu vertäuen und auf die Kavallerie zu warten. Finn war auf sich allein gestellt.

Der rutschte derweil die Ziegel hinunter, winkelte den Körper an, um sich in den Weg des Käfers zu bugsieren, und krachte … *RUMS!* … auch tatsächlich gegen das Gefährt. Wodurch es leider ebenfalls ins Rutschen geriet. Hastig kraxelte er in die offene Kabine, während es immer schneller das Dach hinabglitt. Gerade als der Käfer über die Dachkante kippte, erreichte er die Steuerkontrollen und hämmerte auf den Zündungshebel.

Für eine Mikrosekunde schien der Käfer in der Luft zu verharren, während ihm von unten die Welt aus abgrundtiefer Ferne entgegengähnte …

SSSHHHSHSHSHSHSHHRRRRRRRRRRRROOOOOOOO-OOOOT!

Die Schubdüsen erwachten fauchend zum Leben, die Kraft des Düsentriebwerks brachte das Gefährt jäh zum Leuchten und ließ es wie einen Pfeil durch den dichten tropischen Wolkenbruch schießen, während die Windschutzscheibe die Luftmassen teilte. Er flog. Wenn auch nur durch blindes Weiß. Denn alles, was Finn sah, waren wirbelnde Gischtfronten aus weißem Wasser.

Er reduzierte die Geschwindigkeit, aber der mächtige Regen begann, die offene Kabine zu fluten und das Gefährt auf die Erde hinunterzuziehen. Also gab Finn wieder Gas … *SSSHHHSHSRRROOOOT!*

Sich zu, dass du irgendwie zum Fluss kommst, sagte er sich, fetz einfach drauflos! Er musste diesen Jahrmarkt finden.

Wieder verringerte er die Geschwindigkeit, um bessere Sicht zu bekommen. Durch den niederprasselnden Regen konnte er in der Ferne so gerade eben die verschwommenen Schemen einer gläsernen Stadt ausmachen.

Einfach nur zum Fluss.

Er hielt auf das Zentrum von Shanghai zu und ging auf volle Beschleunigung.

TAG FÜNF 11:59 (Ortszeit WEZ + 8).
Shanghai

Die Leopard-Kampfbomber donnerten über Shanghai hinweg – nun wieder mit intakten Waffensystemen, nachdem man Al auf Befehl Bo Zhangs verhaftet und auf den Rücksitz eines der Streifenwagen verfrachtet hatte, begleitet von Hudsons unablässigen Protesten: »Locker, Mann! Locker! Lassen Sie uns doch reden!«

»Meinen Sie, es hat gereicht?«, fragte Hudson einen Augenblick später, nun mit Al auf dem Rücksitz des Streifenwagens im Arrest vereint.

Al beugte sich vor, um einen Blick auf die Uhr am Armaturenbrett zu werfen.

TAG FÜNF 11:59 (Ortszeit WEZ + 8).
UFH-Hospital, Shanghai

Piep ... piep ... piep ... piep ... piep ... piep ... piep ... piep

Wiederholte Elektroschocks hatten Narbenmädels Herz wieder zum Schlagen gebracht, aber die Lage war verzweifelt. Ein Arzt rief nach einem Beatmungsgerät. Er hatte vor, eine Tracheotomie vorzunehmen, einen direkten Schnitt in die Luftröhre.

In dem Augenblick, als die Skalpellklinge Narbenmädels Hals berührte und in die Haut schnitt, bäumte sich ihr Körper auf ...

Schreiend ließ der Arzt das Skalpell fallen. Krankenschwestern kreischten vor Entsetzen, als Bots in Massen aus Narbenmädels Körper hervorsprudelten. Exodus-Volk 1, das sich unter ihrer Haut und dicht im Bauchraum zusammengedrängt verborgen gehalten hatte, erwachte explosionsartig zum Leben. Überall auf ihrer Haut zerplatzten Ausschlagmale und Bläschen. Blut spritzte auf die Wände, als sich Millionen von Bots einen Weg aus ihrem Körper frästen oder schossen, um sich sogleich in die Luft zu erheben und alles in eine grenzenlose Ur-Panik versinken zu lassen.

Das Personal ergriff die Flucht.

Auf der Suche nach Ausgängen und Klimaanlagenschächten flogen die Bots ihnen hinterher … ein tödlicher, fauchender Schwarm, der ständig expandierte.

TAG FÜNF 11:59 (Ortszeit WEZ + 8).
Roof of the World, Shanghai

Die Meldungen tröpfelten herein, und in Kings Kopf überschlugen sich die Schlussfolgerungen.

Schon bald würden die Bots in jedem Prozessor des Straßenblocks sein. Das Mädchen auf der Krankenbahre war mit Bots aus der Verbotenen Stadt förmlich gespickt und dann ins Herz von Shanghai geschickt worden … ein trojanisches Pferd. Wer wusste schon, wie viele weitere infizierte Tyros sich noch da draußen herumtrieben? Sie waren auf ein klassisches Ablenkungsmanöver hereingefallen. Die Schlacht war verloren.

Bo Zhang sah gebrochen aus.

Oberst Bingxin informierte sie über den Fortschritt ihres zweiten Angriffs.

»Gehen runter auf Angriffshöhe 150 Meter …«

Bo hatte eine weitere Entscheidung zu treffen. Ergab der Angriff überhaupt noch einen Sinn, jetzt da die Bots direkt in Shanghai ausgebrochen waren? Sie waren bereits nicht mehr aufzuhalten.

»Er hat die ganze Zeit mit uns gespielt«, sagte King und sprach damit Bos Gedanken aus. »Die Computer an Bord der Internationalen Raumstation sind nun die einzigen, denen man noch absolut vertrauen kann. Bald werden die Bots auch hier im Gebäude sein.«

»Ziele erfasst und eingeloggt«, meldete Oberst Bangxin.

Bo musste seine Entscheidung treffen. Angreifen oder nicht angreifen.

»Nähern uns Drei-Kilometer-Marke. Gefechtsköpfe aktiviert …«

Der Präsident der Volksrepublik China starrte auf King. »Was würden Sie machen?«

Wie immer in Momenten schwerster Krisen gab King seine Standardantwort.

»Meinen Leuten vertrauen«, erwiderte er mit einem Blick auf seine Uhr.

Al hörte über Polizeifunk mit.

12:00:00 MITTAG

Ob auf dem Dach der Neun-Harmonien-Pagode, in den Korridoren des Shanghai-UFH-Hospitals oder auf der Rückbank des National-Highway-Lines-Busses der Linie 635KD: Zwölf Millionen Bots, die umwerfendsten und raffiniertesten, jemals von Menschenhand geschaffenen Maschinen, jede einzelne beseelt von einem Quantenpunkt, der des Lebensfunkens selbst würdig war – sie alle blickten gleichzeitig in ihre Herzen und sagten sich dieselbe, letzte und unvermeidliche Wahrheit:

$$Xn + 1 = \infty Xn\ (1 - Xn)$$

Und eine simple Doppelkopplung verursachte einen Kurzschluss, der – mit Lichtgeschwindigkeit, der jedwede Materie unterworfen ist[35] – sämtliche in den fragilen Bot-Körpern gespeicherte Energie auf einen Schlag in die Schaltkreise entlud, eine enorme Hitze erzeugte und …

BARARARARARARARARARARARARAR-AOOOOOM!!!!!!!!!

Auf dem Highway G60 wurde Stahlstäbchens Körper von Stichflammen in Fetzen gerissen, als das in ihrem Fleisch zusammengepferchte Exodus-Volk 2 in die Luft flog. Die Explosion zerfetzte den Heckbereich des Busses und führte zu einer Massenkarambolage.

Wie von einem kollektiven Schock getroffen, explodierten die Bots auf dem Pagodendach in Formation, sprengten ein Loch ins Dach und brachten den herabfallenden Regen zum Kochen.

Überall im Shanghai-UFH-Hospital zerfetzten die explodierenden Bots die Stromkreise, an die sie sich gehängt hatten, sowie die Ritzen, Spalten und Kabelleitungen, in denen sie Zu-

---

[35] 299.792, 458 Meter in der Sekunde

flucht gesucht hatten. Tausende von kleinen Bränden entstanden, die sich während der kommenden sechs Stunden ausbreiten und in Windeseile durch die umliegenden Gebäude fegen würden.

Sie wurden alle vernichtet, bis auf den allerletzten Bot.

Die ersten Meldungen erreichten Bo Zhan sechsundzwanzig Sekunden nach Auftreten der Explosionen.

»Red Leader! Angriff abrechen!«

Commander King wartete auf Oberst Bingxins Antwort, während Berichte über die Massenselbstverbrennung der Bots hereinströmten.

»Roger. Angriff abrechen«, kam die Bestätigung.

Der Commander erlaubte sich, die Augenlider für einen Moment über die vom Schlafmangel geröteten Augen sinken zu lassen.

Er konnte hören, wie Al und Hudson auf dem Rücksitz des Streifenwagens ausrasteten.

TAG FÜNF 12:03 (Ortszeit WEZ + 8).
Tempelhügel, Shanghai

Hinter den Rauchschleiern, die der brennenden Pagode entstiegen, jagten die Jets in der Ferne über den Himmel davon, während das letzte Donnergrollen erstarb und der schlimmste Regen sich legte.

Dem Soldatentrupp, der gleich darauf von einem Helikopter abgesetzt wurde, fiel die Aufgabe zu, die Explosion zu untersuchen, die gerade das Dach des Neun-Harmonien-Tempelkomplexes zerstört hatte.

Genauso wie dem blauen Wasserstoffballon die Aufgabe zufiel, sich in raschem Sinkflug geradewegs vor die Füße des kommandierenden Offiziers plumpsen zu lassen.

Um dessen Aufmerksamkeit zu erregen, schoss Kelly ihm genau zwischen die Augen.

45

TAG FÜNF 12:04 (Ortszeit WEZ + 8).
Song Island, Taiwan (umstritten)

Stille.

Die Kammer befand sich drei Meter unter den Wellen. Exotische Fische gründelten auf dem Meeresboden, Haie umkreisten die Basis des Zuckerhuts.

Oma war endlich still, da man sie jetzt nicht nur an ihren Sessel gefesselt, sondern auch noch geknebelt hatte.

Kaparis versuchte zu ignorieren, was gerade geschehen war (und später nur als »die unglückselige Angelegenheit auf dem Jangtse« bezeichnet werden würde).

Stattdessen erging er sich in seinem allgemeineren Missgeschick und vor allem dem Verrat, den man ihm angetan hatte.

Er holte tief Luft und blickte hinaus.

»Es war ein Fehler, Sie hierherzubringen, Mrs Allenby. Alles, was ich wollte, war, dass wir miteinander zurechtkommen. Aber nein, stattdessen mussten Sie sich als Nervensäge aufführen … Ihre Tochter hätte all dies hier haben können und noch so viel mehr …«

Oma gab einen Laut von sich.

»Heywood …« Kaparis bedeutete dem Butler, Omas Knebel zu entfernen.

»Ich habe mich schon gefragt, warum Sie so nett waren. Haben Sie mir etwa den Schwiegersohn vorgespielt, den ich niemals hatte?«, sagte Oma. »Sie armer Mensch. In Maria steckte so viel, das Sie niemals hätten begreifen können, geschweige denn empfinden. Statt Ihr Leben zu leben, haben Sie nur Ihren Groll genährt. Sie waren verblendet, und jetzt müssen Sie sich vergeben und nach vorne sehen.«

»Ethan Blake hat sie mir gestohlen! Um sie dann zu verlassen!«

»Alles, was wir mit Sicherheit sagen können, ist, dass er sie liebte. Und Liebe wächst. Hass kann nur sterben.«

Oma sagte es nicht einfach nur so, sie forderte ihn auf, daran zu glauben.

»Und jetzt vergeben Sie Li Jun, um ihr Leben nicht auch noch zu ruinieren.«

Kaparis gab einen zischenden Laut von sich. Für den Bruchteil einer Sekunde dachte Oma, dass er weinte. Doch nein. Es war Verachtung.

»Ihr Leben? Was für ein Leben?«

Und ohne weiteres Trara rief Kaparis, geschlagen und verbittert, eine gewalttätige Chorszene aus einer Schostakowitsch-Oper auf seine Bildschirmbatterie, während Heywood Oma wieder knebelte.

Einen Augenblick lang ließ Kaparis die disharmonische Musik über sich hinwegwogen, dann sagte er nur: »JETZT!«

Auf dem Meeresboden glitt ein Tor auf, und ein zappelndes schmächtiges Mädchen kam zum Vorschein, das auf die kreisenden Haie zutrieb.

Oma gab einen erstickten Klagelaut von sich. Sie hatten sich sogar die Mühe gemacht, ihr das Frontteil des blauen Tanktops anzustecken, das sie für sie gestrickt hatte.

Oma hatte Bekanntschaft mit dem abgrundtiefen Bösen gemacht. Hatte damit gearbeitet. Hatte es sogar geheilt. Doch noch nie zuvor war sie jemandem begegnet, der so bewusst grausam war wie Kaparis.

Effekt. Es ging nur um den Effekt …

Wieder gab sie einen Klageton von sich.

Li Jun rang nach Luft und wartete darauf, dass der erste Hai sie angriff. Sie hatte nicht lange gelebt, überlegte sie, vielleicht nur für ein paar glückliche Augenblicke. Aber einmal in ihrem Leben hatte sie sich frei gefühlt, hatte den Geschmack ihrer eigenen Handlungen gekostet, ebenso wie nun die Konsequenzen. Es würde es niemals wert sein, nichts rechtfertigte den Tod. Doch es war wenigstens etwas. Eine riesige graue Gestalt kam durch das Wasser auf sie zugeschossen.

BUUUUUUSCH!

Und wurde auf der Stelle wieder verscheucht.

BUUUUUUSCH! BUUUUUUSCH!

Um sie herum explodierten Säulen von Luftbläschen, um sie zu beschützen, sie zu retten. Als sie kurz davor war, ohnmächtig zu werden, sah sie eine wunderschöne Kreatur auf sich zuschwimmen – eine Meerjungfrau-Kriegerin mit langen, fließenden Haaren, die sie umspielten. Die Meerjungfrau trug eine Maske, die sie sich abnahm, um sie sogleich Li Jun aufs Gesicht zu pressen. Komprimierte Luft weitete ihre Lungen mit köstlichem, lebensspendendem Effekt. Ihr Geist wurde wieder klar, und sie sah, dass die Meerjungfrau in Wirklichkeit eine Frau im Designertaucher-

anzug war, ausgerüstet mit einer Sauerstoffflasche und einer Maschinenpistole.

Die Equipe Bleu des Kommandos Hubert hatte Li Jun aus der Luft von ihrem radargetarnten NH90-Hubschrauber perfekt lokalisiert.

Vier von ihnen hatten sich sofort aus sechsunddreißig Metern Höhe um Li Jun herum ins Wasser fallen lassen. Die verbliebenen sieben Mitglieder des Teams hatten ihren Kurs zum Primärziel fortgesetzt … um dann plötzlich gleichzeitig auf allen Seiten von Kaparis' Unterwasserkommandokammer aufzutauchen – »wie Pinguine, die sich in diesen Naturfilmen immer alle auf einmal vom Felsen ins Meer stürzen«, so Oma später.

Heywood hatte bereits in dem Moment Alarm ausgelöst, als das erste Kommando die Wasseroberfläche durchbrochen hatte, und er und Kaparis waren bereits längst auf dem Weg zu ihrer zweistufigen Fluchtrakete (ein von komprimierter Luft angetriebenes Raketensystem, das aus einer alten Polaris-Mittelstrecken-Rakete entwickelt worden war).

Während sie unter Donnergetöse von ihrer Unterwasserstartrampe abhob, drang die Kommandoeinheit in den Komplex ein, indem sie die primäre Luftschleuse aufsprengte. Dann drang sie in den Hauptbunker vor, wobei während des anfänglichen Feuergefechtes beinahe sechzehn Mitglieder von Kaparis' Mitarbeitern getötet oder gefangen genommen wurden. Schätzungen nach gelang jedoch weiteren fünfundvierzig die Flucht in einem Atom-U-Boot.

Oma wurde schließlich in der Befehlskammer aufgefunden, kurz bevor diese in den Fluten versunken wäre. Der Kommandoführer, Henri Clement (Oma wusste sofort, dass er Franzose war: »Ich konnte sein Eau de Cologne riechen.«), nahm ihr den Knebel ab, schlug die Hacken zusammen und sagte: »Madame Allenby, Enchanté.«

Dann präsentierte er ihr seine Visitenkarte[36]*, bevor er sie über die Schulter warf und hinaustrug.*

Nach vier Minuten – so lange, wie er sich eben traute, buchstäblich im Blindflug durch den Regen zu jagen – ließ Finn sich wieder aus dem tosenden Wasser-Hyperraum fallen.

Um ihn herum brach der Kegel aus weißem Wasser in sich zusammen, und die Welt präsentierte sich in alle ihrer sturmgepeitschten Majestät. Er hatte den Fluss nicht nur gefunden, sondern war beinahe schon in ihm. Er riss den Käfer hoch und ... *SCHRUUUUUUHM!* ... ließ ihn weiter himmelwärts schießen, um den Jahrmarkt leichter zu entdecken.

Der Platzregen ließ nach, und vor sich konnte er jenseits einer Brücke plötzlich etwas erkennen, das – ähnlich wie er – über dem Wasser schwebte. Er donnerte mit Vollschub darauf zu ... *SSSCSSHHHRRRRRUUUUUUUUUHM!*

Es war eine Seilbahn. Über den Huangpu zog sich eine Kette aus Seilbahngondeln, die man für die Dauer des Sturmes angehalten hatte. Als er der Gondellinie zum Ufer folgte, nahm er die Spitze eines Riesenrades wahr. Bingo.

SSSSSCCCCSSSSSHHHHHRRRRRRUUUUUUUUUUHM!

---

[36] »Er mag mir vielleicht nicht *wirklich* seine Visitenkarte überreicht haben«, sagte sie in späteren Zeugenaussagen, »aber es hat sich tatsächlich so angefühlt.«

Zwanzig Sekunden später ging er, verzweifelt Ausschau haltend, über dem Jahrmarktsgelände auf Sinkkurs.

Er drückte auf ein paar Tasten, und der Nanoradarschirm leuchtete auf. Er hoffte von ganzem Herzen, dass Carla immer noch Kellys Rucksack in den Haaren trug. War das der Fall, mochte dessen Inhalte gerade groß und dicht genug sein, dass das Nanoradar sie anzeigte.

Nichts.

Er riss die Joysticks zur Seite und zwang den Käfer in eine 360-Grad-Kurve, um das Jahrmarktsgelände abzutasten.

Da! Ein winzig kleines Aufblitzen …

Finn jagte im steilen Winkel auf den Jahrmarkt hinunter, um das Signal zu verfolgen, und ging dann vom Tempo, als es wieder stärker wurde. Es zeigte zum Fluss zurück. Er blickte in die Richtung.

Die Seilbahn hatte sich in Bewegung gesetzt …

Baptiste ließ den Seilbahnführer tot in seiner Kabine zurück … mit einem sauberen Einschussloch in der Stirn.

Rasselnd erwachte die Maschinerie in der Station zum Leben, und die Kabel setzten sich in Bewegung. Unter Rucken und Schaukeln nahmen die Gondeln ihre endlose Pendelreise zwischen den Flussufern wieder auf.

Jedes Mal wenn eine Gondel in der Station eintraf, öffneten sich die Türen automatisch.

Baptiste beobachtete einige Augenblicke lang den Verkehr auf dem Fluss, bevor er die halb bewusstlose Carla vom Boden zerrte und in eine offene Gondel bugsierte. Gleich darauf schlossen sich die Türen, und die Gondel schwang sich wieder über den Fluss hinaus.

Niemand hatte das Pärchen bemerkt, das sich unter der Regenplane durch den Regen kämpfte. Niemand hatte gesehen, dass Carlas Hände mit Draht gefesselt waren und sie nur einen Schuh trug. Nicht einer hatte auch nur einen Blick auf sie geworfen.

Die Gondel stieg rasch und machte sich an ihre achthundert Meter lange Fahrt über den Huangpu. Riesige Lastkähne zogen gelassen unter ihnen dahin. Baptiste blickte zum Ufer zurück.

Wo sich ein weißes Irrlicht durch den Regen zu schneiden schien … das direkt auf ihn zuhielt …

Finn steuerte den Käfer auf das Dach der sich bewegenden und herumtanzenden Gondel zu und versuchte, auf der regengepeitschten Oberfläche zu landen – keine Chance. Der Käfer wurde auf der Stelle heruntergespült.

Finn steuerte den Käfer mit vollem Schub gegen die Gondelscheibe, um den Rutsch in die Tiefe zu stoppen. Ihm blieb gerade genug Zeit, um wahrzunehmen, wie Carla drinnen zusammengesunken auf einer Holzbank lag, als … *SCHMETTER!* … Baptiste mit seiner Höhlenmenschenversion von einer Faust gegen das Fenster hämmerte. Die Stoßwelle schleuderte den Käfer davon. Finn ließ ihn ein Stück frei fallen, bevor er unter die Gondel flog.

Im relativen Schutz des Gondelbodens entdeckte er eine Möglichkeit hineinzukommen.

Er brachte den Käfer in steilen Winkel und flog auf die Unterkante der sich überlappenden Gondeltüren zu. Dort, wo die Gummidichtungen der beiden Türen aufeinanderstießen, gab es eine quadratzentimetergroße, saubere Lücke. Mit vollem

Schub zwang er den Käfer in die Öffnung hinein, um … *PLOP!* … gleich darauf wieder auf dem Boden der Gondelkabine zum Vorschein zu kommen.

RUMS! … kam Baptistes stampfender Fuß auf ihn herabgeschossen. *RUMS! RUMS!*

In wilden Schleudermanövern wich Finn den Tritten aus.

RUMS! Mithilfe von EVA., die die verrückten Flugbahnen akkurat berechnete, agierte Baptiste blitzschnell. Doch in der trockenen und stabilen Luft konnte Finn sein Gefährt nun wieder besser kontrollieren und wich den Füßen und Fäusten erfolgreich aus.

Er jagte den Käfer Richtung Decke und manövrierte ihn hinter einer Kabinenleuchte in einen Spalt, der zu schmal war, als dass Baptiste die Finger hineinstecken konnte.

Er versuchte nachzudenken. Sein Herz hämmerte. In seiner Eile, Carla wiederzufinden, hatte er überhaupt noch keinen Plan gemacht, wie er sie retten würde.

KRACK! SPLITTER! Baptiste trat ein Stück Holzlatte aus der Sitzbank und rammte das zersplitterte spitze Ende in den Spalt der Leuchte. Um ein Haar wären Finn und der Käfer pulverisiert worden. Er musste sehen, dass er wegkam. Mit voller Beschleunigung kam Finn wieder ins Freie geschossen. Baptiste schwang die Latte nach ihm … und verpasste ihn nur um Haaresbreite.

WUSCH!

Die Holzlatte machte Baptiste zwei Mal so gefährlich, denn sie verdoppelte seine Reichweite. Der Schulbuchsatz »Der Frühmensch lernte seine Kräfte zu vervielfachen, indem er einfache Werkzeuge nutzte« schoss Finn absurderweise durch den Kopf.

WUSCH!

So würde er Baptiste niemals entkommen. Er musste cleverer sein als der Frühmensch. Also stoppte er. Mitten in der Luft.

WUSCH!

Er wich aus.

WUSCH!

Wich erneut aus.

WUSCH!

Vor dem Hintergrund des aufklarenden Himmels und der außergewöhnlichen Silhouette Shanghais führten sie in der Gondel einen bizarren Tanzwettbewerb auf. Einen Stierkampf in einer Blase. Nur dass der Stier gute hundertfünfzig Mal größer als der Matador war und immer schneller wurde, während EVA. blitzschnell die Koordinaten jedes Ausweichmanövers und jedes Schlags verarbeitete und von jedem Fehler lernte. Finn wusste, dass einer der nächsten Hiebe sitzen würde …

WUSCH!

Knapp.

WUSCH!

Noch knapper …

Doch dann hielt Baptiste seltsamerweise inne. Er schien Finn völlig vergessen zu haben, als er sich im nächsten Moment den Türen zuwandte, den Schutzbügel hochzog und begann, mit dem Knauf seiner Pistole die Türnotentriegelung zu zertrümmern.

Finn hatte keinen Schimmer, was er da machte.

Die Türen glitten auseinander. Wind und Regen fegten in die Kabine. Die Gondel schaukelte, und Finn sah nach unten.

Sand. Einen Augenblick lang dachte er, eine Wüste würde unter ihnen vorbeiziehen … aber im Nu entpuppte sie sich als zweihundert Meter langer Industrielastkahn, der direkt unter ihnen seines Weges zog – voll beladen mit Sand und Schotter, die für den Bau eines neuen Megaprojektes irgendwo in China bestimmt waren.

Baptiste packte Carla, und Finn blieb das Herz stehen.

Er wird springen … Er wird sie umbringen …

Er musste ihn aufhalten.

Er gab vollen Schub … *SCHRUUUUUUHM!* … und der Käfer krachte mit voller Wucht in Baptistes linken Augapfel.

Finn wurde geradewegs aus seinem Gurt gerissen und durch die Luft davongeschleudert, als Baptiste sich schreiend mit der Hand ans Auge fuhr … und Carla fallen ließ.

Nur mit einer Körperhälfte noch in der Kabine schlug sie auf dem Boden auf – gerade rechtzeitig, um mit ihrem dichten Lockenhaar Finn abzufangen.

Er griff nach den Strähnen, und sein Sturz kam zu einem federnden Halt.

Kein Glück, dachte er. Physik.

Er kraxelte auf ihr Ohr zu. »CARLA! CARLA! WACH AUF!«

Der Lastkahn glitt unter ihnen dahin. Die stählerne Ruderhaussektion kam rasch näher. Zu spät, um noch zu springen. Bestimmt zu spät. Oder?

Aber durch Carlas Lockenwald hindurch sah Finn, was Baptiste im Sinn hatte.

»NEIN!«, schrie er.

Baptiste blickte auf das Wasser hinab, während EVA. eine Risikoberechnung erstellte. Dann sprang er.

Doch durch die Augenverletzung halb blind geriet sein Sprung etwas zu schräg.

Neunundneunzig Prozent von Baptiste schlugen auf dem Sand auf.

Alles wurde schwarz.

Der Erste Offizier des Kies-Lastkahns Min Ho hörte einen dumpfen Schlag und verringerte die Fahrt. Waren sie bei der schlechten Sicht etwa mit einem kleinen Fahrzeug kollidiert? Ein Besatzungsmitglied wurde hinausgeschickt. Der Mann entdeckte einen vorbeitreibenden Baumstamm. Sie mussten damit zusammengestoßen sein. Der Erste Offizier gab einen erleichterten Seufzer von sich.

Blutend und zitternd im Regen stehend, nahm am Flussufer ein dreckstarrender Hund die Witterung seines jungen Herrchens auf und heulte.

46

Heiligabend 08:14 (WEZ).
Hook Hall, Surrey, Großbritannien

Die Energie schwoll an.

Der riesige Ring aus Teilchenbeschleunigern erwachte zum Leben.

Weiße Blitze zuckten und wirbelten um den Kern herum.

»Aber hinter meinem Rücken vernehm ich stets

Den geflügelten Zeitenwagen sich eilig nahen …«

Al tippte auf die Tastatur seines Kontrollpults ein und … *WHUUUUUUM!* Mit einem Blitz erwachte die heiße Zone zum Leben, unglaubliche Kräfte, die nur er verstand.

Delta Salazar wurde auf der Förderanlage geradewegs hineinverfrachtet und an die absoluten Grenzen der Physik, des menschlichen Wissens und des Lebens an sich gebracht.

Dann brachte Al sie wieder zurück.

An der Seite von Commander King sah Oma von der Kontrollgalerie aus zu. Auf ihr Bestehen hin war der Raum mit Weihnachtsdekoration versehen worden, »um es hier drin etwas fröhlicher zu machen«, auch wenn in Wirklichkeit niemand so recht in Feierstimmung war. Das Technikerteam hatte so konzentriert auf diesen Punkt hingearbeitet, dass es den Lauf der Jahreszeiten sowieso kaum wahrnahm.

Und trotz intensiver und noch anhaltender Suchoperationen hatte man weder vom dritten Tyro noch seiner Geisel Carla oder Infinity Drake eine Spur gefunden.

Oma ließ ihre Tränen einfach die Wange runterkullern, hielt sie doch nichts von falschen Hemmungen, wenn es darum ging, sich spontan mal so richtig auszuheulen. Mehr als jeder andere an diesem von Technik und Wissenschaft beherrschten Ort glaubte sie absolut daran, dass man Finn und Carla schließlich lebend finden würde. Ebenso wie sie absolut daran glaubte, dass sie eines Tages herausfinden würden, was mit Finns Vater Ethan geschehen war. Sie wusste nicht, wie jemand überhaupt ohne Glauben leben konnte. Als Realist stand Commander King über solchen Dingen. Er dachte nur an Kaparis, Tag und Nacht.

Unten in der ZFAK kappte Al die Energiezufuhr zur heißen Zone, die sich daraufhin in einem Regen aus Millionen Funken auflöste.

Nachdem die ausgewählten Zuschauer das auf ihren Netzhäuten verbliebene Bild weggeblinzelt hatten, sahen sie, dass in der Mitte des Ringes eine junge Frau aufgetaucht war – in voller Größe. Sie erwachte wie eine Prinzessin im Märchen, die nach langem Schlaf wieder zu sich kam. Sie setzte sich aufrecht, blickte auf ihre Glieder und betastete ihr Gesicht, als wäre das alles ganz neu für sie. Dann erhob sie sich, um sich mit großen traurigen Augen in der weiten Halle umzusehen. Völlig erstaunt angesichts der neuen Größendimensionen nach acht Monaten Nano-Existenz.

Kelly und Stubbs waren zuerst dran gewesen. Vor nunmehr über zwei Wochen waren sie in ihre alte Größe zurückverwandelt worden, während Delta darauf bestanden hatte, in China zu bleiben, um die Suchanstrengungen zu unterstützen. Als Kelly ihr jetzt die Faust entgegenstreckte, stieß sie mit der ihren dagegen, bevor sie ihn im nächsten Moment dann umarmte. Eine Umarmung, aus der Bedürftigkeit sprach. Und Verlust. Stubbs schüttelte ihr die Hand, weil das alles war, wozu seine Natur in der Lage war.

Al verfolgte die Szene von seiner Kommandokapsel aus. Delta war schon mit zehn Millimetern Furcht einflößend genug. Doch nun in ihrer wahren Größe fand er sie einfach umwerfend. Aber der Gedanke, dass ihre Schwester und sein geliebter Neffe wegen ihm verschwunden und vermutlich tot waren, machte ihn fertig. Sie hatte ihm niemals Vorwürfe gemacht, doch trotzdem lag es auf der Hand, dass er an allem die Schuld trug.

Als Delta zu ihm sah, wandte er den Blick ab.

Oben in der Kontrollgalerie tat Commander King das Gleiche.

Unten in der ZFAK verstauten die Söhne des Scarlatti ihre Emotionen.

Einer von ihnen wurde immer noch vermisst. Es gab Arbeit zu erledigen.

Aber zumindest war Delta wieder zurück.

In Gedanken fügte Oma auf dem Tisch für das Weihnachtsdinner, das sie trotz allem mit viel Sorgfalt zubereitet hatte, ein weiteres Gedeck hinzu.

Heiligabend 16:14 (Ortszeit WEZ + 8).
Taklamakan-Wüste, nordwestliches China

Seltsame Schneeflocken jagten einander im eisigen Wind, fegten über den konturierten Sand und durch die außergewöhnlichen uigurischen Schreine: grellbunte, an Stockskulpturen befestigte Flaggen und Banner, die über die Wüste verstreut zurückgelassen worden waren, als rastlos-tobende Monumente für die Toten.

Baptiste nahm sie nicht wahr. Er trottete einfach weiter. Die Hirnverletzung, die er erlitten hatte, als sein Kopf auf die Kante des Lastkahns aufgeschlagen war, hatte ihn in einen stumpfsinnigen Zombie verwandelt. EVA. hatte wenig Kontrolle. Drei Tage waren vergangen, bis er sich wieder hatte erheben können. Danach hatten die Instinkte die Kontrolle übernommen, und nun zog es ihn nach Nordwesten – auf den Ort zu, wo er einst von seinem Meister geformt worden war. Die Akademie in den Bergen, weit, weit entfernt. Während er so auf sein Ziel zustrebte, hatte er seine Gefangene in einem Handkarren zwölf Wochen lang über die endlose eurasische Landmasse gezogen.

Von Carlas Haaren aus starrte Finn in Hungertrance auf die uigurischen Schreine.

Die Farben erinnerten ihn an die Gottesanbeterin. In einer Scheune in Gansu hatte er schließlich doch noch eine zu Gesicht bekommen, als diese plötzlich auf Carlas Unterarm aufgetaucht war, um sich das Salz schmecken zu lassen, das sich auf ihrer fiebrigen Haut abgesondert hatte. Sie war überwältigend gewesen. Ihre Farben hatten gefunkelt und geleuchtet wie ein buntes Kirchenfenster, und ihr Gebaren hatte etwas von einem überirdischen Bischof gehabt.

Sie hatte sich umgedreht, ihn direkt angesehen und – für einen kurzen Moment – mit tiefsten Glück erfüllt. Hatte ihn zu hoffen wagen lassen, dass er vielleicht doch überlebte.

Die Hoffnung findet dich, hatte er anschließend gedacht und sich vorgenommen, Christabel davon zu erzählen.

Er hatte sie nicht wiedergesehen.

Der eisige Wind blies. Baptiste trottete weiter. Das Karrenrad quietschte.

Etwas weiter zurück schleckte ein zerschundener, verdreckter und erschöpfter Hund etwas Feuchtigkeit aus einer mickrigen Schneewehe. Er konnte neue Menschen riechen, ein paar Meilen entfernt. Futter. Feuer.

Er wollte fressen, saufen, schlafen. Wollte, dass der Schmerz in seinen Eingeweiden, den Pfoten und dem entzündeten Maul verschwanden. Er wollte nicht mehr weitertippeln, keine Ratten mehr jagen und jedes Mal wegrennen und sich verstecken, wenn der böse Mann ihn sah …

Aber er hatte Finns Witterung in der Nase.

Und die von dem guten Mädchen.

Und so lief er weiter.

JOHN McNALLY

Band 1
ISBN 978-3-37855-8064-6

Infinity Drake ist (fast) 13 und klein für sein Alter.
Sehr klein. Infinity ist nur 9 Millimeter groß.
Zusammen mit einem dreiköpfigen Sondereinsatzteam
und einem Apache-Kampfhubschrauber wurde er
kleingeschrumpft, um die Welt vor der größten
Katastrophe der Geschichte zu retten.
Denn so merkwürdig es auch sein mag:
Nur ein winzig kleiner Held kann
diese riesige Aufgabe lösen!

Loewe